MARIA CALLAS INTIME

ANNE

Edwards

MARIA CALLAS INTIME

BIOGRAPHIE

Traduit de l'anglais par
Marie-Claude Elsen

J'AI LU

À Stephen Citron
mon inspirateur, mon amour

Titre original :
Maria Callas, an intimate biography
Publié par St. Martin's Press, New York, 2001

« La *Tosca* de Callas *[au Royal Opera House]* est superbe. Tout ce que nous attendons est là : beauté, vivacité des réactions, féminité, éclats soudains et vacillements inspirés par son amour constant, inquiétude, courage. Mais elle nous offre aussi quelque chose d'indéfinissable qui émane de son maintien, ses gestes, son timbre et son phrasé, sa manière de prononcer les mots, de toutes ces qualités qui ne font pas seulement qu'elle est Callas mais qui lui permettent de donner un caractère unique et inoubliable à toutes les héroïnes qu'elle incarne. »

Andrew Porter, *Financial Times*, 22 janvier 1964

1

New York : 1923-1937

À la différence des autres immigrants grecs embarqués à bord de l'imposant navire qui les emmène d'Athènes à New York, George et Évangélia Dimitriadis Kalogeropoulos et leur fille de six ans, Cynthia, occupent une cabine de première classe. Le manteau d'agneau persan de Mme Kalogeropoulos est suspendu dans la petite penderie, à côté de deux robes de cocktail. À l'intérieur de la cale du navire, ses chandeliers d'argent, son service de table, ses icônes et ses nappes de dentelle sont entassés dans des malles. Évangélia n'a nulle intention d'arriver dans un pays étranger en réfugiée démunie. L'idée de s'expatrier en Amérique vient de son mari. Pour ce faire, il a vendu la plupart de leurs biens, sans même la consulter. Jeune femme entêtée, elle a tout tenté, en vain, pour le convaincre de revenir sur sa décision. Si elle n'avait pas été enceinte de cinq mois, Évangélia serait restée dans sa famille avec Cynthia.

Elle n'avait que dix-sept ans lorsqu'un cousin lui présenta George Kalogeropoulos qui venait d'achever ses études de pharmacie à Athènes. Elle s'est éprise aussitôt de ce bel homme fringant aux cheveux auburn, à la moustache spirituelle et aux yeux bruns de velours, de quinze ans son aîné. George a pour sa part été séduit par sa jeunesse, sa vitalité et son milieu familial. Issu d'une famille pauvre, il a débuté comme employé de l'unique pharmacie de Meligala, une petite ville du Péloponnèse.

Peu après leur rencontre, le père d'Évangélia, le général Dimitriadis, décède. Cadette de onze enfants, elle trouve en George un substitut rassurant de ce père qu'elle adorait. Le 7 août 1916, deux semaines après le décès du général, ils se marient discrètement à l'église orthodoxe grecque, au grand dam de la famille d'Évangélia, scandalisée qu'elle n'ait pas observé la période de deuil réglementaire pour convoler. Comme George lui a assuré qu'elle aurait une maison et une domestique, ni les avertissements de ses frères, qui lui ont fait remarquer que George joue facilement de la prunelle, ni aucun autre argument n'ont pu la dissuader de l'épouser. Par respect pour son père, elle porte une robe blanche très simple et aucune réception n'est organisée à l'issue de la cérémonie.

Après une lune de miel d'une semaine sur l'île d'Aegina, à quelques encablures en ferry du Pirée, les nouveaux époux gagnent Meligala. La maison que George a fait miroiter à Évangélia s'avère n'être qu'un appartement de deux étages au-dessus de la pharmacie prospère dont il est à présent propriétaire. Première déception. Il ne lui faut pas longtemps pour s'interroger sur son mariage. À Athènes, elle n'avait d'yeux que pour le charme de George, sa prestance et son physique avantageux. À présent, elle réalise qu'ils sont issus de deux mondes dissemblables et doute de trouver le bonheur dans celui de son mari, plus prosaïque que le sien.

La famille Dimitriadis, à défaut d'être riche, appartient à la haute bourgeoisie. Elle compte dans ses rangs plusieurs musiciens, des officiers de carrière et des hommes politiques. L'un des frères d'Évangélia, qui s'est malheureusement suicidé par amour, était un poète prometteur. Évangélia s'enorgueillit d'appartenir à une famille cultivée. Tout ce qui touche à la scène la passionne ; elle aime faire étalage de ses connaissances musicales et évoquer les artistes célèbres qu'elle a rencontrés. Dans le domaine intellectuel et artistique, Meligala est un vrai désert. Elle parvient parfois à entraîner George à Kalamata, une ville de bord de mer qui possède un théâtre où se produisent des compagnies itinérantes. En secret, elle s'imagine un jour sur scène, ambition qui n'a rien d'inhabituel pour une Grecque. À une époque où presque toutes les professions sont réservées aux hommes, le théâtre est l'un des seuls domaines où puisse s'exprimer une jeune femme. Malheureusement, Meligala et les contraintes de son mariage n'offrent que peu de chances à Évangélia de concrétiser un jour son fantasme.

La ville est pittoresque, avec ses bâtiments blancs qui accrochent la lumière vive du soleil matinal et projettent leurs ombres fraîches dans la chaleur des après-midi estivaux, ses routes sinueuses et plusieurs oasis verdoyantes. À sa périphérie s'épanouissent de beaux vergers d'oliviers, appartenant à de riches propriétaires. Aucun d'entre eux n'a pourtant invité les nouveaux mariés. Autre déception.

Le 4 juin 1917, onze mois après leur mariage, naît leur premier enfant, Cynthia, qu'on surnomme Jackie. Évangélia, qui ne fait pas confiance à leur médecin local, accouche à Athènes. Trois ans plus tard, le 27 juin 1920, elle met au monde, toujours à Athènes, un fils ardemment désiré, Vasily. Évangélia sait à présent que son mariage avec George est un échec. Toujours sémillant, il a perdu, du fait de ses responsabilités professionnelles et paternelles, le goût de la fête qui l'avait attirée. De plus, les frères d'Évangélia ont vu juste : il fait les yeux doux à toutes les jolies femmes qu'il sert dans son magasin. Elle reporte alors toute son attention sur Vasily, un beau petit garçon aux grands yeux bleus rêveurs et au sourire tendre, qu'elle imagine déjà poète ou musicien. Elle s'occupe bien moins de Jackie, qui ne semble pas trop affectée par ses sautes d'humeur.

Le couple n'est plus lié que par ses enfants. Surtout par Vasily qui, à trois ans, sait déjà lire et reproduire des chansons enfantines sur le piano bien-aimé d'Évangélia. Puis l'inexprimable se produit. Le garçonnet attrape la fièvre typhoïde. Son état se détériore très vite. Ni les remèdes prescrits par le médecin local, ni les potions préparées par George sur le conseil d'autres médecins n'agissent. Une semaine plus tard, Vasily meurt. La maison se transforme en une caverne obscure plongée dans le deuil. Évangélia sombre dans la dépression et refuse de quitter sa chambre ; les journées grises du début de l'hiver ne font qu'alourdir l'atmosphère déjà sinistre de leur foyer.

À Pâques 1923, Évangélia se rend compte qu'elle est à nouveau enceinte. Elle répète à l'envi qu'elle veut retourner à Athènes où ce *fils* pourra bénéficier d'avantages dont a été privé le frère qu'il ne connaîtra jamais. Violentes disputes avec George, flots de larmes, paroles amères, leur foyer se transforme en champ de bataille.

Évangélia en est à son cinquième mois de grossesse lorsque George lui annonce qu'il a vendu sa pharmacie pour un très bon prix et acheté des billets de première classe (manière d'adoucir la nouvelle ?) sur un navire en partance pour New York trois semaines plus tard. Désireux d'offrir à sa famille une existence nouvelle, il a contacté un vieil ami d'université devenu chirurgien orthopédique, le Dr Leonidas Lantzounis. Ce dernier, qui a émigré à New York l'année précédente, lui a trouvé un poste de vendeur en pharmacie, en attendant qu'il obtienne l'autorisation d'exercer son métier de pharmacien.

La fureur et la rancœur d'Évangélia ne parviennent pas à contraindre George à renoncer à son projet. Bien que n'ayant pas caché son mécontentement de vivre au-dessus d'une boutique dans une petite ville provinciale, elle ne comprend pas l'insensibilité de son mari, qui lui demande de quitter sa Grèce natale pour un pays lointain dont elle ne parle pas la langue. De plus, le caractère subit de cette décision lui inspire des doutes sur les motifs de George. Fuit-il quelque chose ou quelqu'un ? Songeant à tous ses flirts, elle le soupçonne de s'être mis dans une situation inextricable qui le contraint à quitter Meligala. Cependant, c'est à son fils qu'elle doit penser. Il va bientôt naître et il a besoin d'un père.

Plus leur départ approche, plus Évangélia voit tout en noir. Lorsqu'ils embarquent, elle est trop affligée pour monter sur le pont et saluer les membres de sa famille rassemblés sur le quai du Pirée afin de leur souhaiter bon voyage.

Déjà trop avancée dans sa grossesse pour porter l'une de ses deux robes habillées, Évangélia refuse de dîner avec

George les deux premiers soirs. Le troisième, apprenant qu'une chanteuse qu'elle connaît donne un récital, elle jette un grand châle brodé sur sa robe de tous les jours, se pare de ses plus jolies boucles d'oreilles, d'un peigne en écaille de tortue et diamants, et fait une entrée remarquée au bras de son époux. Car ils forment un beau couple, au physique ténébreux et au maintien élégant. À partir de ce moment, Évangélia n'appelle plus son mari que « le Docteur » quand elle bavarde avec ses compagnons de voyage. Elle parle des passagers de troisième classe avec mépris et exhorte Jackie, une jolie fillette pleine de vivacité, à ne pas se rendre dans cette partie du navire pour éviter d'attraper des poux.

Le 2 août 1923, jour de leur arrivée à New York, George réveille sa femme et sa fille à 4 heures du matin, afin qu'elles montent sur le pont pour admirer la statue de la Liberté. Comme ils voyagent en première classe, que leurs passeports indiquent qu'ils viennent effectuer une visite de trois mois à New York pour une convention médicale et qu'ils ont assez d'argent pour couvrir leurs dépenses, ils ne subiront pas à l'arrivée la même attente pénible que les hordes d'émigrés entassés dans les couloirs d'Ellis Island.

Le Dr Lantzounis les accueille sur le débarcadère. Il maîtrise parfaitement l'anglais et son assurance leur permet d'obtenir sans tarder le dédouanement de leurs nombreux bagages, qui les obligent à emprunter deux taxis. George et le médecin montent dans le premier. Évangélia et Jackie dans l'autre. Terrifiée d'être conduite vers une destination inconnue par un homme incapable de la comprendre, Évangélia serre étroitement la main de sa fille pendant tout le trajet.

La famille Kalogeropoulos emménage à Astoria, dans un appartement de trois pièces d'où l'on aperçoit l'impressionnante ligne des immeubles de Manhattan. À cette époque, les trois quarts de la population new-yorkaise sont constitués d'émigrants. Au lieu de s'immerger dans le mode de vie américain, les nouveaux venus ont tendance à se regrouper par nationalité. En 1923, vingt-trois mille Grecs environ vivent à New York. Un dixième d'entre eux logent dans cette partie du Queens qui accueille les cols bleus. Évangélia, à la fois arrogante et humiliée, méprise ses voisins ouvriers et interdit à Jackie de jouer avec des enfants d'une « classe inférieure ».

En traversant l'océan, Évangélia ne s'est pas départie de son orgueil démesuré. En toutes circonstances, elle n'oublie jamais qu'elle vient de la famille Dimitriadis, qui jouit d'une grande réputation à Athènes, et elle le rappelle souvent à sa fille. Jamais elle n'acceptera sa condition d'immigrée. De son côté, George s'adapte facilement. Quelques jours après leur arrivée, il travaille déjà et apprend l'anglais à une vitesse sidérante. Tous les soirs, à son retour de la pharmacie, après de longues heures de labeur et un trajet de quarante-cinq minutes, il a droit aux plaintes de sa femme.

Le 2 décembre, quatre mois après leur arrivée à New York, sous un ciel gris plombé par une neige précoce, Évangélia est emmenée par le Dr Lantzounis au Flower Hospital, situé sur la 5e Avenue, dans le bas de Manhattan. Elle n'a pas cessé de parler du fils qu'elle allait bientôt avoir. Des mois durant, elle a tricoté de la layette bleue. Elle l'appellera Petros, en hommage à son père. Jackie s'entend répéter qu'elle va avoir un petit frère. On ne s'étonnera donc pas qu'après un accouchement sans nul doute difficile Évangélia ait ordonné à l'infirmière qui lui tendait une petite fille de 4,7 kilos au visage rose : « Emportez-la. »

Quatre jours plus tard, Évangélia accepte enfin de donner un prénom à son bébé : Maria. Elle la nourrit à contrecœur et pleure souvent quand on pose le nourrisson contre sa poitrine. Elle prétendra toujours que Maria est née le 4 décembre et qu'à cause de la grosseur du bébé elle a souffert le martyre pendant deux jours pour la mettre au monde. De son côté, le Dr Lantzounis affirme que la petite fille, qui allait devenir sa filleule, est née le jour où il a conduit sa mère à l'hôpital[1].

---

1. Enfant et jeune femme, Callas célébrait son anniversaire le 4 décembre. Plus tard, elle le fêtera le 2, sans doute par défi à l'égard de sa mère. On n'a jamais su la date exacte de sa naissance car les dossiers de l'hôpital ont été perdus.

Ce n'est qu'à l'âge de trois ans que Maria est baptisée Anna Cecilia Sophia Maria Callas à Holy Trinity, l'église orthodoxe grecque sise au 31 de la 74e Rue Est. George a légalement changé leur nom de famille, sous prétexte que Kalogeropoulos était trop difficile à prononcer pour ses clients. Ayant obtenu son autorisation d'exercer, il a demandé la nationalité américaine et acheté une pharmacie à l'angle de la 38e Rue et de la 8e Avenue. Un quartier peu reluisant, mais il n'a pas les moyens de s'offrir mieux. Une fois de plus, Évangélia vit audessus d'un magasin, non pas dans un taudis, mais dans une partie de la ville encore moins prospère qu'Astoria. Cela ne l'empêche pas de vêtir ses filles de beaux tissus et de parer leurs cheveux foncés, toujours propres et soyeux, de nœuds amidonnés. Les fillettes parlent toutes les deux l'anglais et n'ont pas de compagnons de jeu.

Maria est une enfant très potelée et heureuse. Elle partage une chambre avec sa sœur aînée qui lui lit des histoires tous les soirs. Dès cinq ans, toutes les deux portent des lunettes. George travaille douze heures par jour. Outre les remèdes, il vend des parfums et des produits de beauté qu'il fabrique lui-même. À présent qu'ils sont plus à l'aise, sa femme exige de déménager dans un appartement de Riverside Drive. Pour la consoler de n'avoir pu emporter de Grèce son précieux piano, il lui offre un pianola, grâce aux leçons de grec qu'il donne le dimanche.

Sur-le-champ, Maria est fascinée par les sons qui sortent de cet instrument. Évangélia achète des rouleaux de musique perforés, sur lesquels sont enregistrées des versions pour piano d'airs d'opéras, de Bellini et de Verdi en particulier. Le soir, pendant que George est encore dans sa boutique, elle s'assoit devant le pianola et appuie sur ses pédales pour en faire sortir la musique. Parfois, c'est Maria qui se faufile sous l'instrument pour en actionner les pédales de ses petites mains. Seul le pianola parvient à éclairer de temps en temps l'atmosphère de ce foyer déchiré par la mésentente.

Les deux sœurs subissent les dépressions de leur mère et les querelles de leurs parents. Elles se réconfortent mutuellement.

Évangélia, qui ne se départit jamais de sa sévérité, n'est pas femme à leur donner de la tendresse. Elle leur interdit de fréquenter les autres enfants et les contraint à se conduire comme des petites filles modèles, tirées à quatre épingles en permanence. De plus en plus souvent, George ne rentre pas le soir. Il prétend dormir dans sa boutique pour être à pied d'œuvre tôt le matin. Pas un instant, Évangélia ne doute qu'il ait une autre femme et elle s'arrange pour bien faire comprendre à ses filles que leur père les trahit. Elle se trompe pourtant. À cette époque tout au moins, George n'a pas de maîtresse.

En cet hiver 1929, le krach boursier précipite les États-Unis dans une récession économique qui durera une dizaine d'années. Le commerce de George en pâtit, car ses clients ne sont plus en mesure de s'offrir parfums et cosmétiques. Il se retrouve contraint de vendre. Les choses se répètent : comme à Meligala, il le fait sans en parler à sa femme. Lorsqu'elle apprend à la fois la vente et le fait qu'elle ne couvre pas leurs dettes, Évangélia se précipite dans la pharmacie pour insulter son mari, comme s'il était personnellement responsable de la crise financière du monde occidental. Puis elle se jette sur un flacon de pilules pendant qu'il a le dos tourné, si bien qu'on doit la transporter d'urgence à l'hôpital, afin de lui faire un lavage d'estomac.

George trouve un emploi de représentant en produits pharmaceutiques. Il parcourt en bus les routes des États de New York et du New Jersey, et descend dans des hôtels minables pour économiser sur son maigre salaire. Il est mieux loti que beaucoup, puisqu'il a un travail, mais ils sont néanmoins contraints de déménager une fois de plus. Ils se retrouvent dans un appartement sans ascenseur, situé au 157 de la rue Washington à Arlington Heights, à la frontière du quartier dit « nègre » de Harlem, où s'entassent plus de deux cent cinquante mille Noirs originaires du sud du pays, des Caraïbes et d'Afrique. La tuberculose y sévit.

Évangélia en veut de plus en plus à son mari de leur faire ainsi descendre l'échelle sociale. Pas un instant elle ne songe que des millions de personnes ont perdu comme lui emploi et logement, que beaucoup vivent dans des conditions encore plus précaires qu'eux et que, vu les circonstances, George s'en sort plutôt bien. Il s'arrange pour que sa famille ne manque jamais du nécessaire, pour que ses filles aient des chaussures neuves et soient toujours bien vêtues. Leur appartement comporte deux chambres et une cuisine assez vaste pour accueillir leur table en émail blanc et leurs chaises. Ils ont toujours le pianola, les icônes d'Évangélia, son service de table et ses jolies nappes, ainsi que leur vieux phonographe à cornet sur lequel ils peuvent écouter la musique de Puccini.

Cette passe difficile est éclairée par des moments de bonheur fugitif : des pique-niques, des excursions tous les quatre, où ils ont l'illusion de former une vraie famille. Le 25 mars, jour de l'indépendance de la Grèce, ils se mettent sur leur trente et un pour assister aux célébrations et à la messe à Holy Trinity. George s'est complètement américanisé et ne parle plus qu'anglais à ses filles. Évangélia fait de la résistance. Elle écoute les programmes grecs à la radio et lit le journal *Keryx*. Lorsqu'elle en a les moyens, elle assiste à une représentation de l'une des deux troupes théâtrales grecques de New York. Plus elle s'accroche à ses origines, plus elle s'éloigne de son mari qui veut complètement s'intégrer, et intégrer ses filles à la vie de leur nouveau pays.

Maria, incapable d'obtenir l'amour de sa mère et souffrant des absences de son père, plus gentil et plus doux, cherche l'affection de sa sœur aînée qu'elle suit comme son ombre. Jackie la lui rend bien. Un jour, Maria traverse la rue en courant, alors que le feu est au vert, pour se précipiter vers sa sœur qui descend du bus scolaire. Elle ne voit pas qu'une voiture se dirige sur elle. Le véhicule la heurte et la traîne sur plusieurs mètres. On la transporte au Saint Elisabeth Hospital, sur Fort Washington Avenue. Elle s'en tire avec quelques contusions et un traumatisme crânien ; elle ne sera heureusement hospitalisée que quelques jours.

Maria grandit, petite fille solitaire, abandonnée à elle-même plusieurs heures par jour, pendant que son aînée est en classe et que sa mère se laisse aller à sa mélancolie. Comme son anniversaire tombe en décembre, elle n'est autorisée à entrer à l'école qu'au mois de septembre précédant ses sept ans. En classe, elle est maladroite, car elle voit mal, malgré ses lunettes. De plus, elle est timide et plus que grassouillette. Elle a très peu d'amies et ignore toujours dans quel état elle va trouver sa mère en rentrant à la maison. Son plus grand bonheur consiste à écouter tranquillement leurs rares disques sur le phonographe.

Dès l'âge de sept ans, elle commence à chanter en même temps que les disques. Évangélia se dit que sa fille a un don, qui ne peut bien évidemment être hérité que de *son* côté de la famille. Maria a une bonne voix. Pour une enfant de son âge, son oreille est phénoménale. Plus surprenant encore, elle chante comme si elle comprenait à la fois la musique et les paroles, alors qu'elle ne connaît pas la langue des opéras. Signora Santrina, un professeur de piano habitant au premier étage de leur immeuble, enseigne déjà cet instrument à Jackie qui est assez douée. Elle prend 50 cents par leçon. Évangélia la convainc de donner des cours à Maria en même temps qu'à sa sœur pour 25 cents supplémentaires.

Du jour au lendemain, sa mère s'intéresse à Maria, car la fillette devient susceptible de réussir une chose qu'elle-même a laissé échapper : une carrière sur scène. Trop désargentée pour acheter de nouveaux disques, Évangélia emmène ses filles tous les dimanches après-midi à la grande bibliothèque de la 5e Avenue, qui dispose d'un département musical où on peut en écouter. À leur retour à la maison, Maria en chante des extraits – des chansons comme *La Paloma* ou *À Heart that's free.* Durant cette période économique difficile, l'Amérique s'entiche des enfants prodiges, transformés en idoles par des films touchants. Pourquoi pas Maria ? se demande Évangélia. Mais Maria n'a rien d'une adorable fillette. Elle est ordinaire, dénuée de charme. De plus, elle n'a pas du tout envie de devenir une enfant vedette, à imaginer que cela puisse être vaguement possible. Elle déteste être en représentation. Elle a honte de son physique ingrat, elle est myope comme une taupe et terrifiée à l'idée qu'on puisse se moquer d'elle. Reste une évidence : elle adore chanter.

« Je suis désolée pour les enfants qui ont grandi à l'époque *[les années 1920-30]* des enfants prodiges, se lamentera plus tard Maria, quand les parents nourrissaient des idées si merveilleuses pour acquérir richesse et célébrité... Je possédais effectivement cette voix et *[ma mère]* m'a poussée à faire carrière. Moi aussi, j'étais considérée comme une espèce d'enfant prodige... Vu la manière dont les choses ont tourné, je ne peux pas me plaindre. Mais il devrait y avoir une loi interdisant de faire peser de telles responsabilités sur un enfant si jeune. On prive toujours les enfants prodiges d'une véritable enfance. Je ne me souviens pas d'un jouet en particulier – d'une poupée ou d'un jeu préféré – mais des airs qu'on ne cessait de me faire répéter, parfois jusqu'à l'épuisement, pour me permettre de briller à la fête de fin d'année de l'école. Rien ne devrait éloigner un enfant de sa jeunesse, car elle se finit alors avant l'heure. »

Toutes les déceptions et frustrations intimes d'Évangélia se déchaînent dans les ambitions qu'elle nourrit pour Maria. Au début, la voix de mezzo-soprano légère de sa fille est agréable, mais ténue. Elle conviendrait idéalement si Maria s'en tenait aux chansons populaires comme celles qui sont en train de faire de Shirley Temple une star. Mais sa mère ne l'autorise qu'à apprendre des morceaux plus classiques. Vu les heures qu'Évangélia passe chaque jour devant le vieux piano droit qu'elle a obtenu en échange du pianola, il est miraculeux qu'elle n'ait pas complètement gâché les capacités vocales de Maria. Elle l'oblige en effet à atteindre des notes hautes de coloratura, alors qu'à cet âge, sa voix devrait être guidée avec un luxe de précautions.

Maria se produit pour la première fois en public à l'école de Washington Heights. Elle a dix ans, un ruban dans ses cheveux courts, une jupette qui expose ses jambes potelées, et elle chante l'*Ave Maria* de Gounod et la « Habanera[1] » de

---

1. L'amour est un oiseau rebelle...

Carmen. Un voisin suédois, John Eriksen, membre des chœurs du Metropolitan Opera, l'entend chanter par une fenêtre ouverte et propose de lui donner des cours de chant gratuitement. Il prévient Évangélia que sa fille n'utilise pas sa voix correctement et qu'elle va beaucoup l'abîmer si elle continue de la sorte. Au cours de l'été 1934, il aide Maria à ouvrir sa voix et à élargir son registre, afin qu'elle soit à l'aise dans les notes aiguës des arias pour soprano. Il lui montre aussi comment développer le médium et son lyrisme. Il ne fait aucun doute que ce premier professeur, bénévole et à jamais retombé dans les oubliettes, a évité à Maria de nombreuses erreurs qui auraient endommagé sa voix. Évangélia n'y connaissait rien et n'avait qu'un seul but : faire chanter sa fille plus haut et plus fort, pour attirer l'attention.

À douze ans, Maria participe au *Mikado* de Gilbert et Sullivan, monté par son école. Pour la remise des diplômes, elle chante « Je suis Titania », extrait de *Mignon* d'Ambroise Thomas, une éblouissante aria pour soprano aux roulades stratosphériques. Convaincue que Maria est une enfant virtuose, Évangélia la traîne dans des auditions à la radio et obtient qu'elle passe au *Major Bowes Amateur Hour*, le crochet radiophonique le plus écouté des États-Unis. Dans sa première correspondance avec l'émission, elle donne à sa fille le nom d'Anita Duval, puis elle le change en Nina Foresti pour l'audition. Terrifiée, accoutrée de telle sorte qu'elle paraît encore plus jeune que ses onze ans, Maria échange nerveusement quelques mots avec le présentateur, avant d'interpréter *A Heart That's free*, accompagnée au piano par Jackie, alors âgée de dix-sept ans. Toutes deux sont dans le brouillard, car Évangélia leur a interdit de porter leurs lunettes. Maria obtient la deuxième place derrière un accordéoniste et gagne un bracelet-montre et 50 dollars. « Un accordéoniste ! ricane Évangélia. Qu'est-ce que les Américains connaissent à la bonne musique ? »

Évangélia est convaincue que ses filles ont besoin d'une éducation musicale qu'elles ne pourront recevoir qu'en Grèce. Elle supplie son mari de lui donner la somme nécessaire pour rentrer à Athènes. Comme George n'a aucune envie de quitter l'Amérique, son entêtement grandit. En décembre 1936, elle emprunte au Dr Lantzounis de quoi acheter à Jackie un billet pour Athènes où elle pourra habiter chez sa grand-mère, le temps que sa mère et sa cadette la rejoignent à la fin de l'année scolaire. George fait des pieds et des mains pour garder Maria à New York. En vain. Fin janvier 1937, Évangélia vend tous ses objets de valeur, piano compris, et emprunte à l'un de ses frères de quoi réserver une cabine de seconde classe sur le *Saturnia* qui appareillera six semaines plus tard pour la Grèce. Elle promet à George de revenir à la fin de l'été, au plus tard à Noël, et il accepte de lui envoyer 125 dollars par mois, soit la moitié de son salaire.

Maria se souviendra qu'au moment du départ elle a supplié son père de les accompagner. Mais Évangélia l'a arrachée à lui et il a disparu en un instant, absorbé par la foule qui se pressait sur le quai. Une fois à bord, elle s'est précipitée vers le bastingage pour lui faire signe comme il le lui avait demandé. Au début, elle ne l'a pas vu. Puis elle l'a aperçu qui agitait frénétiquement son chapeau dans sa direction, et lui a répondu en agitant les bras. Il a hurlé quelque chose qu'elle n'a pas pu entendre. Quelqu'un l'a alors bousculée, l'empêchant de voir son père ; lorsqu'elle est parvenue de nouveau à se pencher au bastingage, il s'était volatilisé. La sirène du *Saturnia* a retenti et le paquebot s'est avancé lentement dans l'obscurité tombante de ce froid après-midi d'hiver, au milieu des cornes de brume lancinantes. À bord, les passagers n'avaient aucune conscience des nuages de guerre qui s'amoncelaient sur leur horizon.

2

Athènes : les années d'apprentissage

Le *Saturnia* est un navire italien dont le capitaine, un homme jovial, adore l'opéra et veille à bien nourrir et divertir ses passagers. Évangélia est euphorique. Durant les semaines qui ont précédé leur embarquement, elle a rajeuni sa garde-robe. Des morceaux de son manteau d'agneau persan ont servi à fabriquer un col et des manchettes à un manteau de laine noir éculé. À l'aide d'une longue plume, elle a transformé un vieux chapeau en bibi désinvolte. Le jeté de lit de satin couleur pêche qu'elle avait emporté de Grèce et qui était resté emballé dans du papier de soie lui a permis de confectionner une robe de cocktail.

Elle se lie d'amitié avec plusieurs couples de passagers. « Dieu sait quelles histoires elle a pu leur raconter, dira Maria plus tard. Je l'ai entendue dire que j'étais une musicienne prodige, que j'avais eu de nombreuses offres en Amérique mais que je retournais en Grèce pour suivre l'enseignement des meilleurs professeurs de l'époque. » Évangélia pousse sa fille à chanter dans le salon, en l'accompagnant elle-même avec maladresse au piano. Maria est mortifiée mais le capitaine l'entend et lui propose de chanter à une réception à laquelle assisteront un comte et une comtesse. Aux anges, Évangélia arbore sa robe de satin pêche, mais Maria, un nouveau nœud dans les cheveux et ses chaussures de vernis noir lustrées comme des miroirs, se plaint de se produire gratuitement devant des invités qui n'en sont pas vraiment.

Elle chante la « Habanera » de *Carmen*, à la fin de laquelle elle cueille une rose dans un vase et la jette par provocation au capitaine. Peu après, il lui offre un bouquet de roses rouges et une poupée de porcelaine aux cheveux noirs et au visage ravissant, vêtue d'un costume folklorique italien brodé. À treize ans, elle est en passe de devenir une jeune fille, et tous ses jouets sont restés à New York. Elle s'attache beaucoup à cette poupée, qui trônera sur son lit pendant des années.

Le *Saturnia* jette l'ancre dans le port de Patras, au nord du Péloponnèse. C'est la première ville étrangère dans laquelle Maria met les pieds : elle la trouve sale et négligée. Évangélia lui serre bien la main pour passer la douane et monter à bord d'un wagon de bois branlant du train qui va les emmener à Athènes. Durant toute leur traversée, sa mère lui a chanté les louanges et la beauté de la Grèce, tellement supérieure à ses yeux à New York. Mais par les vitres du tortillard qui roule au milieu d'un lugubre paysage hivernal, Maria ne voit que des taudis et une pauvreté dont elle ne concevait même pas l'existence.

Le train leur offre pourtant des vues plus séduisantes, il traverse des petites villes pittoresques, où des femmes aux pieds nus drapées dans des châles portent des paniers de petit bois et de légumes sur la tête. Des hommes déguenillés sont patiemment assis sur des ânes qui tirent des charrettes emplies d'une lourde cargaison de grains. Des murs de pierres et des arbres entourent des maisonnettes de terre battue aux toits inégaux. Ce dépaysement procure à Maria l'impression, inoubliable puisqu'elle la décrira avec précision des dizaines d'années plus tard, d'être tombée dans une distorsion du temps.

Elles arrivent à Athènes en fin d'après-midi. Évangélia lui montre le Parthénon qui se dresse majestueusement sur l'Acropole et lui raconte que la cité est le berceau de la civilisation occidentale. À la lumière du crépuscule grisâtre, Maria ne voit qu'une ville mal dégrossie, sans immeubles magnifiques et sans cette euphorie qui vous empoigne lorsque le métro new-yorkais sort de terre et que l'on sent vibrer autour de soi la pulsion de la vie. Pour sa mère, qui garde gravé en mémoire le souvenir ensoleillé des trois collines mauves et vert vif et de la mer d'un bleu profond encerclant Athènes, il s'agit d'un retour au bercail. Pour Maria, d'un voyage dépaysant et assez terrifiant dans l'inconnu.

À la gare, le comité d'accueil est composé de Jackie, de sa grand-mère et de trois des sœurs d'Évangélia. Dans le taxi qui emporte Maria, sa mère et deux de ses tantes, Évangélia est intarissable. Tout d'abord, elle a l'intention de demander à son frère Ephtémios Dimitriadis, un avocat qui a ses entrées dans le milieu musical, d'obtenir une audition pour Maria. Puis se pose le problème de leur subsistance. Elle s'imagine que sa famille est aussi aisée qu'à son départ en Amérique, mais la Grèce a également souffert de la récession et d'un changement de gouvernement qui a levé des impôts très lourds. Deux de ses sœurs ont dû emménager chez leur mère, car elles avaient perdu leur emploi. Évangélia apprend aussi avec consternation que Jackie est obligée de travailler comme secrétaire à mi-temps pour survivre et qu'elle n'a pas touché son piano depuis des mois.

Ce n'est donc pas dans la belle demeure où sa mère a passé son enfance que va vivre Maria, car Mme Dimitriadis, qui ne pouvait plus l'entretenir, l'a quittée quelques années plus tôt. Toute la famille s'entasse dans une modeste villa qui possède trois chambres exiguës et une salle de bains. Évangélia en partage une avec ses filles, mais face à l'adversité, ses rêves redoublent d'intensité. Elle est convaincue que c'est Maria qui va les sortir de cette précarité et ne pense qu'aux démarches à accomplir pour la faire entrer au Conservatoire national ou au Conservatoire d'Athènes, tremplins permettant de se lancer dans une carrière d'instrumentiste ou de chanteur en Grèce. Les obstacles à surmonter sont néanmoins nombreux, à commencer par l'âge de Maria.

Pour être admis dans ces établissements, il faut avoir seize ans et avoir terminé ses études scolaires. Maria n'a que treize ans. Elle ne conteste pas le refus de sa mère de l'inscrire dans une école ordinaire, car du fait de son accent américain, elle est la risée des jeunes de son âge, y compris de ses cousines qui la traitent de « Yankee » et prétendent ne pas comprendre les quelques mots de grec qu'elle baragouine. Leur pénurie financière constitue un problème plus sérieux. Elles sont en Grèce depuis deux mois lorsque George contracte une pneumonie et perd son travail. Il ne peut plus leur envoyer d'argent et demande à sa femme de rentrer en Amérique au plus tôt avec les filles. Maria et Jackie n'apprendront que plus tard pourquoi leur père avait cessé de les aider. Sur le moment, elles crurent qu'il les avait abandonnées, car Évangélia déchirait toutes ses lettres.

Grâce au maigre salaire de Jackie et à des subsides de parents, elles déménagent toutes les trois dans un appartement meublé assez confortable. Évangélia continue à compter sur Maria pour les sortir d'affaire. Elle rêve de la voir engagée comme chanteuse à la radio. Comme Ephtémios n'a pas réussi à établir les contacts nécessaires, elle la traîne partout, pour la présenter à tous ceux susceptibles de les aider financièrement ou de leur faire connaître des personnes influentes dans le monde musical. Maria est affreusement gênée, mais rien ne fait reculer sa mère.

Maria n'a pas encore prouvé qu'elle était capable de devenir chanteuse professionnelle. Évangélia n'en a cure, elle agit à l'instar de toutes les mères américaines poussant leurs enfants sur scène ou derrière la caméra. Elle malmène Maria avec une arrogance qui pourrait tarir l'amour de l'adolescente pour le chant. Pourtant, Maria ne se rebelle jamais. Elle laisse sa mère la trimbaler d'un bureau à un autre et accepte de chanter sur commande, gardant sa rancœur bien verrouillée.

Maria a-t-elle été traumatisée par les ambitions que sa mère nourrissait pour elle ? Elle le prétendra plus tard. Mais elles lui insufflent aussi de l'énergie et représentent, à ses yeux, un moyen d'être acceptée. Elle subit ces humiliations parce qu'elle ne voit pas d'autre biais pour atteindre son but. Cependant, elle jure à une cousine qu'une fois la chose faite, « elle volera de ses propres ailes ».

En septembre 1937, six mois après leur arrivée en Grèce, Évangélia apprend par son frère Dukas que les clients d'une taverne du nord d'Athènes, fréquentée par des agents et des découvreurs de talents, peuvent pousser la chansonnette. Elle lui demande de les y emmener sur-le-champ. Une odeur de tabac aigre et d'ouzo suinte de l'estaminet, dont la plupart des consommateurs sont des individus brailleurs. L'entrée est interdite aux mineurs mais Évangélia a fait une coiffure bouffante à Maria, lui a mis du rouge à lèvres et enveloppé les épaules dans un vieux châle espagnol. La taille et le physique épanoui de Maria font le reste : elle a l'air d'une femme. Au début, elle refuse de chanter, mais sa mère la pousse vers l'estrade placée au fond de la salle, tandis que Jackie s'assoit au piano.

Dès que Maria entame *La Paloma*, le silence se fait dans la taverne. À la fin, on lui réclame autre chose. Elle chante *A Heart that's free*, dont elle délivre les quelques trilles très aigus d'une voix pure et énergique. Elle regagne sa table sous des applaudissements enthousiastes. La chance leur sourit. Un jeune ténor, Zannis Cambanis, vient la féliciter. Membre de l'Opéra d'Athènes, il étudie au Conservatoire national avec Maria Trivella, qui est considérée comme l'un des meilleurs professeurs de chant de la capitale. Il leur dit qu'il lui parlera de Maria dès son prochain cours.

Évangélia se démène toujours de son côté. Par l'intermédiaire d'Ephtémios, elle obtient que Maria passe une audition devant Maria Trivella. Accompagnée de sa mère, de sa sœur, de son oncle Ephtémios, de sa grand-mère et de deux tantes, Maria arrive à l'audition vêtue et maquillée par Évangélia pour paraître plus âgée. Sa mère a également pensé qu'elle serait rassurée par un public amical, mais Maria Trivella tient à l'écouter sans témoins.

Des années plus tard, Maria se souviendra de sa nervosité lors de cette audition. Ce n'est pas Jackie, mais un jeune élève pianiste qui l'accompagne. Elle présente la « Habanera » de *Carmen*. Debout près du piano, elle oublie son trac dès les premières notes de la musique de Bizet et chante l'air à pleine voix, avec un remarquable phrasé.

Maria Trivella est sidérée, non pas tant par la voix de l'adolescente que par son sens dramatique, sa faculté, semble-t-il, à comprendre la passion de Carmen. Tout de suite, elle détecte ses possibilités. Pourtant la voix de Maria est à l'état complètement brut et elle chante de la gorge, défaut susceptible de détruire ses capacités vocales avant qu'elle ne soit pleinement femme. Outre sa présence stupéfiante, qui fait totalement oublier sa jeunesse, elle possède une justesse de ton, un don de transmettre l'émotion et des qualités physiques, grande bouche, long cou et stature solide, qui représentent des atouts pour une vraie cantatrice. Mais c'est surtout sa manière d'utiliser ses yeux et ses mains et d'accentuer certains mots et expressions qui donnent vie à l'aria. La plupart des espoirs ont beaucoup de mal à ressentir la musique de l'intérieur, et ne deviennent de grandes divas que celles qui possèdent cette faculté.

Après avoir écouté Maria, Trivella passe une vingtaine de minutes à lui expliquer qu'elle a besoin d'évoluer et à lui décrire les années de formation qu'elle devra totalement vouer à sa voix, le travail ardu, les gammes, les arpèges et les vocalises. Maria s'affirme prête à subir ce régime. Jackie rapportera que Maria Trivella s'est écriée en sortant du studio avec Maria : « C'est un vrai talent ! » Plus tard, Trivella elle-même dira : « J'ai accepté de prendre la petite Maria comme élève avec grand plaisir, parce que les possibilités de sa voix m'ont tout de suite enthousiasmée. »

Face aux problèmes financiers que représente la formation de Maria, Évangélia ne se gêne pas pour falsifier la date figurant sur le certificat de naissance de sa fille, afin de lui permettre d'obtenir une bourse au Conservatoire national où elle pourra bénéficier de l'enseignement gratuit de Maria Trivella. Cette dernière ferme les yeux sur cette tricherie, qu'elle n'ignore pas. Maria est acceptée et commence enfin sa vraie formation début septembre 1937.

Son emploi du temps est intensif, entre la pression du cursus musical et la somme d'études et de pratique du chant qu'elle doit effectuer en dehors du Conservatoire national.

Elle prend des cours privés quotidiens d'expression vocale avec Maria Trivella, des cours d'art dramatique et d'histoire de l'opéra avec George Karakantas, de piano avec Evie Bana, et de diction en français et en italien. Elle n'a aucun temps à consacrer aux jeunes de son âge ou à quelque vie sociale. La plupart du temps, elle s'enferme dans sa petite chambre spartiate et prend l'habitude de grignoter n'importe quoi pendant qu'elle étudie pour gagner du temps, au lieu de se mettre à table pour des repas normaux.

L'appartement qu'elles occupent à présent au 61 de la rue Terma Patission a six pièces, mais il a été loué vide. Évangélia le meuble au moyen d'objets disparates offerts par des membres de la famille. Elle en sous-loue une chambre pour avoir un petit revenu. Le chauffage est réduit au minimum. Il n'y en a pas du tout dans la chambre de Maria qui, pour étudier, porte des gants et s'emmitoufle dans plusieurs couches de vêtements, recouverts d'une couverture sur les épaules. Évangélia parvient néanmoins à se procurer un vieux piano droit, qu'elle installe dans le salon-salle à manger où Maria pratique ses exercices. La jeune fille parle mieux le grec, mais avec un fort accent américain du quartier de New York où elle a vécu.

Les contacts avec la matriarche de la famille Dimitriadis sont subitement rompus le jour où Évangélia cesse d'adresser la parole à sa mère, à la suite d'une dispute pour une question d'argent. Les deux jeunes filles sont anéanties, car leur grand-mère représentait « une oasis de calme affectueux, de bon sens et de bienséance au milieu des ambitions insatiables de *[leur]* mère », se souviendra Jackie.

Évangélia continue de reprocher à George tout l'inconfort dont elles souffrent. Elle essaie de monter Maria contre lui et ne lui montre jamais ses lettres, de moins en moins fréquentes, dans lesquelles il ne cesse, dira-t-il plus tard, de les supplier de rentrer à la maison. Il affirmera également leur avoir envoyé les quelques dollars qu'il parvenait à économiser, puisqu'il était toujours souffrant et employé seulement à mi-temps. Maria croit à la version de sa mère, mais son père continue malgré tout à lui manquer. Elle se souviendra d'avoir beaucoup pleuré le jour de son quatorzième anniversaire, parce qu'elle n'avait pas reçu de lettre de lui. George soutiendra qu'il lui en avait envoyé une, dans laquelle il avait glissé un billet de cinq dollars. On ignore si cette lettre s'est égarée ou si Évangélia l'a ouverte et jetée après avoir gardé l'argent, mais le résultat est le même : Maria souffre d'être rejetée. Elle se réfugie dans son travail au Conservatoire national et passe la plus grande partie de son temps en compagnie de Maria Trivella qui l'a prise sous son aile. Les heurts entre sa mère et son professeur ne tardent pas.

De crainte de perdre Maria, Évangélia se tourne vers Jackie pour améliorer leur situation matérielle désespérée. Jackie est grande, mince et séduisante. C'est une bonne pianiste et sa mère trouve qu'elle perd son temps dans son emploi de bureau. À ses yeux, la solution est toute trouvée : un homme riche. Comme cela, Maria et elle pourront vivre sur un plus grand pied. À l'époque, Jackie fréquente Milton Embiricos, fils aîné d'une famille d'armateurs connus. Évangélia décide que Jackie n'a qu'à lui parler de leurs soucis financiers et lui demander un emprunt.

Jackie s'y refuse mais sa mère parvient quand même à ses fins. Elle s'arrange pour voir Milton et lui fait comprendre sans détour que, s'il les aide, Jackie pourra devenir sa maîtresse. Sans tenir compte des larmes et de la résistance de sa fille aînée, Évangélia conclut rondement un « accord » raisonnable avec Milton. « Quelques jours plus tard, écrit Jackie dans ses mémoires, des fournisseurs nous livraient des meubles, une bonne était engagée, le garde-manger était plein – tout cela aux frais de Milton Embiricos. Maria aurait sa voix ; j'avais été offerte en contrepartie. » Elle raconte aussi qu'il lui était interdit d'avoir des contacts officiels avec la famille de Milton, de lui demander où il allait sans elle et de se présenter à son bureau.

Avec l'aide du petit revenu que Milton leur fournit à présent, Jackie reprend ses cours de piano et sa mère nourrit un nouveau fantasme : avoir un jour *deux* filles célèbres, l'une cantatrice et l'autre instrumentiste virtuose. Elle ne semble pas du tout culpabilisée d'avoir littéralement vendu Jackie à un homme et de l'avoir contrainte à une relation sexuelle qui la marquera sans doute à vie. Lorsqu'on le lui reprochera, elle répondra : « Idioties, Jackie aimait beaucoup Milton. » Elle dit vrai, mais cette liaison supprimera à jamais les chances de Jackie d'épouser Milton.

On n'informe pas tout de suite Maria de la véritable origine de leur aisance subite. L'appartement est meublé et chauffé. Jackie emménage dans la chambre du locataire qui a été évincé. Maria pense que l'argent vient de son père. Un an plus tard, elle s'offusque quand elle apprend la vérité. Quelque chose est cassé dans sa relation avec Jackie. Elle ne pardonne pas non plus à Évangélia, mais à l'époque, elle a accumulé tellement de raisons de lui en vouloir que l'immoralité de sa mère et le traitement qu'elle a infligé à sa sœur passent au second plan. Elle avouera néanmoins par la suite qu'elle craignait qu'Évangélia ne lui fasse subir un sort identique à celui de Jackie si elle ne satisfaisait pas ses ambitions.

Elle a toujours eu très bon appétit. Disposant à présent d'un garde-manger bien rempli, elle empile la nourriture sur une assiette et l'emporte dans sa chambre, dont elle ferme la porte à clé pour manger et étudier, étudier et manger, parfois la nuit entière, durant laquelle elle va se ravitailler pendant que les autres dorment. Elle ne prend jamais aucun repas en famille. Dévorer constitue pour elle une récompense, une compensation. Au bout d'un an, elle est énorme.

Sous la direction de Maria Trivella, elle consacre ses premiers mois d'études au conservatoire à travailler de simples chansons, à apprendre à utiliser son diaphragme, avant d'aborder les airs d'opéra. Elle a écouté beaucoup d'opéras sur des disques, mais elle n'a jamais assisté à une représentation. Milton y remédie. Un soir, il emmène Évangélia et ses deux filles voir *La Traviata* au Théâtre lyrique d'Athènes. Maria est clouée sur place. L'opéra sera son royaume. Elle s'imagine en Violetta, cette magnifique courtisane qui renonce à son amant afin de lui permettre de faire un beau mariage et qui meurt ensuite de phtisie. Comme la soprano qui chante Violetta, ce soir-là, est bien en chair, Maria n'a aucune difficulté à s'identifier au personnage, l'un des plus romantiques de tout l'opéra, inspiré de *La Dame aux camélias,* le roman d'Alexandre Dumas fils.

Le lundi 11 avril 1938, elle chante quatre airs à l'occasion de son premier concert d'étudiante à la salle Parnasse d'Athènes : *Leise, leise*, extrait du *Freischütz* de Weber souvent choisi par les étudiants en fin d'études mais d'une difficulté extrême ; « Plus grand dans son obscurité », d'un opéra de Gounod rarement donné, *La Reine de Saba,* qui lui offre la possibilité de déployer ses dons dramatiques ; *Two Nights,* un joli air folklorique grec de Psaroudas et un duo avec Zannis Cambanis, le ténor qu'elle a rencontré l'année précédente à la taverne[1]. Ce programme, monté par Maria Trivella, est sans nul doute ambitieux pour une si jeune fille qui n'étudie professionnellement le chant que depuis six mois. Mais Maria a fait des progrès avec une rapidité stupéfiante et son professeur ne doute pas qu'elle s'en sortira magnifiquement. Elle ne s'est pas trompée.

« Accompagnés par Stefanos Valtetsiotis, se souvient Jackie, Cambanis, avec sa silhouette imposante, et... Maria, âgée de quatorze ans et demi, se sont placés au centre de la scène. C'était terrifiant, et Mère et moi avons eu le plus grand mal à respirer jusqu'à la fin. Mais quand les applaudissements ont jailli de toutes parts et que Cambanis a poussé Maria sur le devant de la scène pour saluer, j'ai soudain compris que les choses ne seraient plus jamais pareilles. »

« Nous pensions tous qu'elle avait dix-sept ans, dira plus tard Cambanis. Mais déjà, nous savions qu'un grand destin l'attendait. J'avais encore beaucoup à apprendre à l'époque. Mais je savais néanmoins reconnaître une belle voix. Du

1. Il y a longtemps que le programme de ce concert a été perdu. On a dit que ce duo était « O dolci mani » de *Tosca* de Puccini. Sans doute une erreur car cet air est chanté par l'amant de Tosca, Cavaradossi, à l'héroïne qui se contente de l'écouter.

point de vue des couleurs vocales, elle n'était pas encore prête à assumer un rôle entier d'opéra, mais elle traduisait les émotions de façon extraordinaire. »

Même si elle a accusé Évangélia de lui avoir dérobé son enfance en la poussant sur scène, Maria est dès lors totalement obsédée par sa voix et par son ambition personnelle. Sa vie n'a rien de « normal », et on peut même douter qu'elle ait su ce qui était normal pour une jeune fille de son âge. Elle n'a pas encore abandonné l'idée de retourner auprès de son père en Amérique. Malgré ses plaintes perpétuelles, Évangélia est heureuse d'avoir retrouvé sa patrie et Jackie s'est vite réadaptée au pays dans lequel elle a passé sa petite enfance. De son côté, Maria se sentira pendant de longues années une intruse, une étrangère. Elle ne se fait que de rares amis au Conservatoire national. Sa vie tourne autour de ses cours et de la musique. Ils la consument et elle traverse le reste de ses journées en se sentant « étrangère, y compris à elle-même ».

Elle ne voit pas non plus les nuages de guerre qui survolent l'Europe dans leur direction. Contrairement à Jackie qui, jour après jour, écoute avec crainte Milton prophétiser le danger imminent représenté par l'Italie, devenue partenaire de l'Allemagne dans l'Axe, les émissions quotidiennes de la BBC ne la rassurent pas. Hitler s'est mis en marche. En avril 1939, Mussolini envahit l'Albanie. L'ennemi campe aux portes de la Grèce. Jackie et sa mère se querellent violemment à propos de Maria. Sa sœur cadette possédant la nationalité américaine, Jackie pense qu'elle devrait repartir à New York avant l'inévitable invasion. Maria y serait en sécurité. Elle a toujours été la préférée de leur père, il veillerait sur elle et elle pourrait obtenir une bourse à la Juilliard School ou dans un autre bon conservatoire américain. Sa propre situation est plus compliquée. Elle n'est jamais devenue citoyenne américaine et elle risque d'avoir du mal à rentrer en Amérique. Mais surtout, il y a Milton. Comme il cessera d'aider sa mère si elle part, elle estime de son devoir de rester.

Évangélia rejette avec dédain la perspective de la guerre et reste intraitable : Maria doit rester en Grèce, rien ne doit contrecarrer ses études musicales. Des semaines durant, Jackie et sa mère ne s'adressent pas la parole. Maria, qui dort à présent plus souvent chez Maria Trivella que chez elle, est très occupée. Les 2, 9 et 16 avril, elle doit interpréter son premier rôle : celui de Santuzza, une jeune paysanne trahie par son amant, dans *Cavalleria Rusticana* de Mascagni. La représentation aura lieu sous les auspices du Conservatoire national au Théâtre Olympia d'Athènes.

Cet opéra n'a qu'un seul acte, mais le rôle est exigeant, vocalement et dramatiquement. Dans un village sicilien, Santuzza apprend que son amant Turridu n'a pas oublié Lola, qui depuis a épousé Alfio. Elle tente de le confondre mais il la rejette violemment. Elle va révéler à Alfio l'infidélité de sa femme. Les deux hommes s'affrontent. Alfio tue Turridu. Santuzza s'effondre, morte de chagrin et de culpabilité d'avoir causé le meurtre de Turridu. Un tel mélodrame représente un défi d'interprétation hors du commun pour une jeune fille de quinze ans qui n'étudie le chant que depuis un peu plus de dix-huit mois. Durant les six semaines qui précèdent la représentation, Maria ne quitte presque jamais la maison de Trivella. Ensemble, elles travaillent jusqu'à une heure avancée de la nuit. Maria se dévoue corps et âme à sa tâche. La foi qu'a en elle son professeur va lui permettre de se surpasser.

« Maria a interprété le rôle de Santuzza comme une vraie professionnelle, se souviendra plus tard George Karakantas, le directeur musical. Aux répétitions, elle écoutait, en transe, et parfois elle marchait de long en large en se répétant passionnément à elle-même : "Un jour, je serai là." Elle ne maîtrisait peut-être pas totalement sa voix, mais son interprétation de « Voi lo sapete » et de l'*Hymne de Pâques* avait un tel impact dramatique qu'on en oubliait ses imperfections. »

Le pays a davantage conscience de la situation de l'Europe qu'Évangélia et Maria. Le 1er septembre 1939, Hitler envahit la Pologne et l'Europe entre en guerre. Le 9 avril 1940, les Allemands pénètrent en Norvège dont la population se bat bravement pendant deux mois, aidant une grande partie des Juifs norvégiens à s'échapper avant l'occupation nazie. Fin juin, les Allemands entrent dans Paris. Avec les Italiens massés à leur frontière, les Grecs ne peuvent ignorer qu'ils risquent d'être bientôt écrasés par Mussolini.

Depuis vingt ans, la vie politique grecque est violemment divisée entre les royalistes et les républicains. Après plusieurs années d'exil en Grande-Bretagne, le roi Georges Ier des Hellènes a retrouvé son trône en 1935. Mais dès 1938 il a remis le pouvoir entre les mains du général Metaxas, royaliste au passé de conspirateur notoire qui a installé sur-le-champ une dictature militaire. La vie est devenue beaucoup plus difficile pour Évangélia, sa famille et tous les citoyens grecs : le couvre-feu a été mis en place, les impôts augmentés et on arrête tous les jours des dissidents politiques. Simple marionnette entre les mains du général Metaxas, le roi Georges Ier ne garde son trône qu'en raison de ses liens de parenté avec la famille royale britannique.

Une population italienne assez nombreuse a toujours vécu à Athènes. Ces Italiens se retrouvent en posture délicate, accusés d'espionnage ou de méfaits inventés de toutes pièces. Maria Trivella court subitement de graves dangers, comme son entourage. Situation qui n'échappe pas à Évangélia. L'heure a sonné de faire entrer Maria au Conservatoire d'Athènes où elle pourra étudier sous la direction de la prestigieuse Elvira de Hidalgo. Agissant totalement contre le souhait de Maria qui désire rester loyale à Trivella, Évangélia tire toutes les ficelles dont elle dispose pour parvenir à ses fins. Au printemps 1940, elle obtient enfin l'audition tant recherchée pour sa fille.

3

Les années de guerre : 1939-1945

Le 25 juin 1939, Maria donne son dernier concert sous la houlette de Mme Trivella et du Conservatoire national. L'audition qu'elle va passer devant le célèbre professeur espagnol Elvira de Hildago pour entrer au Conservatoire d'Athènes est prévue deux jours plus tard. Évangélia prétend l'avoir obtenue elle-même, grâce aux recommandations et aux critiques des concerts de Maria jointes à la lettre qu'elle lui a envoyée. La réputation de Maria l'a cependant précédée. On sait qu'elle est une jeune étudiante prometteuse. Par trop consciente des ennuis que sa situation précaire peut causer à ses élèves, Maria Trivella s'écarte gracieusement.

Lors de ce dernier concert, Maria interprète d'abord le duo dramatique « Voi lo sapete » de *Cavalleria Rusticana* avec Michales Koronis. Pour la première fois, elle voit les spectateurs se lever à la fin de son second air, l'aria émouvante d'Amélia extraite du troisième acte du *Bal Masqué* de Verdi. Cette soirée lui procure des émotions intenses. Ses tourments intérieurs ont donné davantage de force à son interprétation. Qu'elle soit acceptée ou non au Conservatoire d'Athènes, elle quitte les bienveillants auspices de son premier mentor pour l'inconnu. Celle qu'elle considère presque comme une mère va cruellement lui manquer.

Son adolescence est ponctuée de terribles crises d'acné, qu'elle combat sans succès à l'aide de cataplasmes et d'épaisses couches de maquillage de scène. Elle frise déjà les quatre-vingt-dix kilos alors qu'elle ne mesure que un mètre soixante-cinq. Aucun des jeunes gens du Conservatoire national n'a vu autre chose en elle qu'une voix. Non seulement son problème alimentaire persiste, mais rien n'est fait pour le comprendre ou le soigner. Elle dira plus tard qu'elle ne se sentait aimée que lorsqu'elle chantait devant un public. Pour elle, son père l'a rejetée, sa mère l'utilise, l'amour de sa grand-mère lui a été enlevé, sa sœur a Milton, ses pairs l'excluent de leur vie sociale et au final, la politique la sépare de Maria Trivella, la seule personne qui l'ait accueillie avec chaleur et acceptée.

Évangélia accompagne sa fille à son audition devant Elvira de Hildago. Maria choisit un siège dans un coin de la salle et attend son tour en compagnie de plusieurs jeunes espoirs. Évangélia lui reproche de se cacher mais elle ne répond rien.

« J'ai effectivement remarqué cette jeune fille, dira Elvira de Hildago vingt ans plus tard. Elle était grosse, elle avait des boutons et elle se mordait les ongles de nervosité. J'ai trouvé ridicule qu'elle veuille devenir chanteuse d'opéra. »

Maria est la dernière à passer. La tête baissée, elle s'approche du piano et tend à l'accompagnateur la partition de *Ocean, thou Mighty monster* de l'*Oberon* de Weber, qu'elle a déjà chanté à deux reprises avec le Conservatoire national. Un choix étrange, pompeux pour une si jeune fille, qui semble confirmer le pressentiment pessimiste du professeur. Avant de chanter, Maria détourne le visage. Alors que l'accompagnateur entame les premières mesures, elle pivote en redressant la tête, le regard fixe, et ses mains se lèvent lentement le long de ses hanches. Une atmosphère électrique règne dès l'instant où sa voix s'élève. Totalement prise au dépourvu, Elvira de Hidalgo se redresse sur son siège. Ce n'est plus la jeune fille qui se mordillait les ongles, mais une jeune femme qui impose l'attention. Et la voix… « Évidemment, sa technique vocale était loin d'être parfaite, se souviendra-t-elle, mais sa voix possédait un sens dramatique inné, une musicalité et une individualité qui m'ont tout de suite émue. J'ai même versé une ou deux larmes et je me suis détournée pour qu'elle ne me voie pas. J'ai tout de suite su que je serais son professeur et, quand j'ai regardé dans ses yeux magnifiques, je me suis dit qu'en dépit de tout le reste elle était belle. »

Elle informe Maria que l'air qu'elle a choisi de chanter ne correspond ni à son âge ni à sa voix, mais elle lui dit aussi qu'elle est admise au Conservatoire d'Athènes et qu'elle bénéficiera d'une bourse. Maria vit sur un nuage pendant une semaine, attendant avec une folle impatience le début de ses cours avec Elvira de Hidalgo. Cette dernière, qui a chanté au Metropolitan Opera, à Covent Garden et à la Scala, s'est illustrée dans son interprétation de Rosine du *Barbier de Séville* de Rossini. Cheveux noirs, yeux étincelants, peau crémeuse et personnalité imposante, elle représente la femme idéale que Maria souhaite devenir un jour.

Sans oublier Maria Trivella, la jeune fille s'attache de la même façon à son nouveau mentor, passe le plus de temps possible en sa compagnie et se propose même de lui faire ses courses et le ménage dans son appartement. Tout lui est bon pour ne pas la quitter après ses cours. Elvira de Hidalgo n'hésite pas à l'accueillir dans sa vie. « Elle avait des dons extraordinaires, dira-t-elle, mais elle représentait davantage pour moi. Je me rendais compte de la solitude de cette enfant, mais même si je l'aimais – et si je l'aime toujours – comme une fille, j'aurais eu tort de me prendre pour sa mère. Je ne lui permettais pas de faire le ménage. Je l'encourageais au contraire à prendre soin de ses mains, de ses ongles et du reste. Une future prima donna se devait d'être élégante à la fois par sa voix et par son physique. »

Ainsi commencent ses efforts pour améliorer l'image de Maria, parallèlement à l'enseignement intensif qu'elle lui donne. Du fait de sa prise de poids, Maria est mal habillée : les vêtements à sa taille, destinés à des femmes plus âgées, la rendent informe. Elle croit compenser cette impression en portant des couleurs tellement criardes que Hidalgo la menace d'arrêter de lui donner des leçons si elle ne change pas son apparence.

Chose plus facile à dire qu'à faire. Acheter des vêtements est une expérience si humiliante que Maria les choisit sans les essayer, laissant à Évangélia le soin de procéder aux reprises nécessaires. Sa sœur et sa mère ne cessent de la tourmenter à propos de son poids et de son mauvais goût vestimentaire. Évangélia pense que les réprimandes l'inciteront à y changer quelque chose, mais c'est uniquement lorsque Hidalgo prend le relais que Maria essaie de modifier ses habitudes alimentaires et de mieux s'habiller. Elle se lance dans un régime draconien qui ne fait que la frustrer, si bien qu'elle se goinfre de bonbons et de confiseries en cachette. Résultat, au lieu de perdre du poids, elle continue de grossir. Cette alimentation déséquilibrée aggrave ses crises d'acné. Des vêtements de couleur sombre la mincissent cependant un peu, et elle adopte une coiffure plus seyante, les cheveux tirés en arrière.

À cette époque, le monde médical ne considérait pas l'obésité comme une maladie, et il n'existait pas de traitements rapides contre l'acné. Hildago adopte la seule solution à sa disposition pour aider Maria à avoir davantage confiance en elle-même : elle prête la plus grande attention à ses progrès et l'entoure d'une affection bienveillante.

Soprano au passé prestigieux, Hidalgo a perdu ses notes aiguës très tôt et s'est tournée vers l'enseignement. Lorsqu'on réfléchit à l'évolution de sa propre voix, on est troublé de constater qu'elle va marcher sur les traces d'Évangélia, et pousser la voix de Maria dans des airs qui, vu sa jeunesse, risquent d'endommager sa puissance vocale. Revivant sa carrière à travers son élève, elle veut montrer au monde lyrique qu'elle est capable de former une grande diva qui chantera les éblouissantes arias nécessitant de délivrer les notes les plus hautes des sopranos, alors que Maria Trivella considérait que le registre de Maria était plutôt celui d'une mezzo-soprano. Convaincue d'avoir correctement évalué la voix de Maria et de nourrir pour elle des ambitions réalistes, Hidalgo lui enseigne d'abord des airs des XVIIe et XVIIIe siècles et lui fait travailler plusieurs heures par jour la ligne mélodique, le *legato*, la maîtrise du souffle et le phrasé. Chez elle, Maria répète arpèges, gammes et roulades pour élargir sa tessiture. En septembre, des leçons de langue et de diction, des cours d'art dramatique et de piano viennent s'ajouter à cet emploi du temps chargé. En avril 1940, Hidalgo décide de la distribuer dans le rôle d'Angélique de la production de *Sœur Angélique* de Puccini, que le Conservatoire montera en juin. Maria n'a donc que deux mois pour apprendre un rôle qui contient l'un des airs les plus passionnés de tout le répertoire, « Senza mamma », et un autre comportant un contre-*ut* qui doit être soutenu.

Sœur Angélique, opéra en un acte, est un véritable joyau sur le plan dramatique. Le rôle d'Angélique permet de déployer toute la gamme des émotions, de la gaieté juvénile au tragique. La jeune Angélique, fille-mère d'un garçon, a pris le voile pour expier son péché. L'enfant a été adopté par sa tante, mais Angélique le garde dans son cœur. Elle semble avoir trouvé sa place au couvent, entourée de l'affection de ses sœurs qu'elle guérit à l'aide d'herbes médicinales. Sa tante vient lui annoncer le mariage imminent de sa sœur cadette et lui demande de renoncer à ses droits à l'héritage familial. Angélique le fait avec joie puisqu'elle a déjà prononcé ses vœux. Elle demande timidement des nouvelles de son fils et sa tante lui répond froidement qu'il est mort. Une fois sa tante partie, Angélique pousse un cri perçant et chante de façon pathétique son malheur : « Qu'est-il arrivé à mon petit enfant ? Il est mort sans avoir sa mère près de lui. » Incapable de surmonter cette tragédie, elle se suicide, péché ultime dans la religion catholique.

Maria a juste seize ans, et même si elle vit souvent dans un monde créé de toutes pièces par son imagination, où elle a déjà atteint le sommet de son art, des événements d'une telle noirceur lui sont tout à fait étrangers. Pourtant, elle parvient, comme son professeur en avait la certitude, à entrer dans la peau de cette nonne torturée avec une aisance confondante. Hidalgo exige d'elle – d'une façon peut-être trop obsessionnelle – une agilité dans sa technique vocale qui, combinée à ses dons d'actrice, en fera un jour – le plus tôt sera le mieux – la diva à laquelle elles rêvent *toutes les deux*.

Maria n'a pas de temps à consacrer aux préoccupations et aux rêves éveillés des jeunes filles de son âge. Jackie note dans ses mémoires que sa cadette est jalouse de sa vie intime, qu'elle flirte avec Milton chaque fois qu'il leur rend visite, et qu'elle fait même du charme au dentiste qui lui fabrique un plombage. À partir de ces petites manifestations de frustration, elle en conclut que Maria ne pense qu'au sexe. Mais pendant que toutes ses compagnes du conservatoire bavardent, rient et sortent avec les jeunes étudiants et se vantent de leurs conquêtes, Maria n'a pas d'amis. Une fois de plus, elle est l'intruse. Mais de tous ses pairs, elle est déjà la plus habitée par son art.

« Mon intérêt, le seul intérêt peut-être de ma vie, était la musique, confiera-t-elle plus tard. Très vite, écouter tous les élèves de *[Elvira de Hidalgo]* m'a fascinée, non seulement les sopranos, mais aussi les mezzos et même les ténors dans des opéras légers ou dramatiques, si bien que je me rendais au conservatoire à 10 heures du matin et que j'en sortais la dernière tard le soir. *[De]* Hidalgo... m'a demandé pourquoi je restais si tard *[alors qu'elle devait encore travailler plusieurs heures une fois rentrée chez elle]*. Je lui ai répondu que j'avais l'impression que le moins talentueux des élèves lui-même pouvait m'apprendre quelque chose. »

Elle chante *Sœur Angélique* le 16 juin 1940. « Une performance saisissante, dit Zannis Cambanis. J'ai pleuré, j'ai vraiment pleuré. » Hildago a demandé à Costis Bastias, le directeur du Théâtre Royal d'Art Dramatique qui fait partie de l'Opéra d'Athènes, d'assister à la représentation. Très impressionné, Bastias recommande Maria au conseil d'administration de la compagnie d'opéra. La semaine suivante, elle se voit offrir 1 500 drachmes par mois (18 euros) pour devenir choriste, tout en poursuivant ses études au conservatoire. Évangélia est euphorique : sa fille va commencer sa carrière, gagner un salaire, même s'il est modeste, encore plus tôt qu'elle l'envisageait.

Au cours de son apprentissage, Maria est aussi engagée par le Théâtre national d'Athènes pour cinq représentations du *Marchand de Venise*, afin de doubler des coulisses la voix de Portia qui doit interpréter une chanson de Humperdinck.

En ce début de l'été 1940, malgré la récente annexion de l'Albanie par l'Italie et l'agressivité des forces de l'Axe, de nombreux Grecs continuent d'imaginer qu'ils pourront garder leur neutralité et les Athéniens se disent que leur cité est imprenable. Maria ne s'intéresse ni à la politique ni à la guerre. Elle lit rarement les journaux et n'écoute pas davantage les bulletins d'informations de la BBC. Elle est tellement plongée dans ses études que les commentaires inquiets de Jackie et de Milton lui passent au-dessus de la tête.

Pourtant, un matin de début octobre, une Évangélia hystérique se précipite dans sa chambre pour lui apprendre qu'à la suite d'un ultimatum de Mussolini les troupes italiennes ont franchi la frontière entre l'Albanie et la Grèce. Metaxas déclare que l'ennemi sera repoussé en quelques jours, voire quelques heures, mais plusieurs semaines vont être nécessaires pour acculer les Italiens à la mer dans les ports de Durazzo et Volorë, au prix de nombreuses vies de soldats grecs. Puis les Italiens reviennent, rasant au passage des villages entiers dans les montagnes de l'intérieur et bloquant toutes les routes d'approvisionnement. Les vivres manquent. Des tickets de rationnement pour l'huile, les céréales et la viande sont distribués. Sans objet, car les magasins sont presque vides. Il y a aussi pénurie de produits laitiers, de légumes et de fruits frais.

Enrôlé dans l'armée, Milton se voit confier un emploi de bureau à Athènes. Il veut faire partir les trois femmes. Comme Maria est citoyenne américaine, elle pourra peut-être, si elles parviennent à passer en Égypte, obtenir un visa pour retourner aux États-Unis et, la chance aidant, emmener sa sœur et sa mère avec elle. Il essaie de les faire embarquer à bord d'un navire en partance du Pirée pour l'Égypte. Mais, peu avant l'appareillage, un cuirassé grec est coulé et Évangélia, par peur que leur bateau ne soit lui aussi bombardé, refuse de monter à bord. Elles restent prisonnières d'Athènes.

La vie y est sinistre. Le couvre-feu tombe à 22 heures. Les rues sont plongées dans les ténèbres, car les fenêtres sont doublées de tissu noir ou de carton pour dissimuler les lumières brûlant à l'intérieur des maisons. Partout, des hommes en uniforme. Au conservatoire, la plupart des étudiants se sont engagés. Maria continue à étudier et à travailler à l'Opéra d'Athènes. Elle est distribuée dans le second rôle féminin de *Boccace*, un opéra de Franz von Suppé très rarement monté, au côté de Nausica Ghalanou, une soprano de quelques années son aînée, dans le rôle principal. L'attention que lui prodigue Hidalgo ainsi que la facilité apparente avec laquelle elle accomplit des progrès, si jeune et si vite, suscitent la rancœur du reste de la compagnie. Sa position est d'autant plus inconfortable qu'on prend malheureusement pour du mépris sa peur d'être rejetée.

Ghalatia Amaxopoulou, qui participe aussi à cette production, dira vingt ans plus tard que plusieurs membres de la troupe lui en voulaient vraiment et trouvaient que sa voix ne convenait pas à ce rôle, malgré le succès critique qu'elle avait remporté. Selon elle, « comme Maria était née et avait été élevée en Amérique, elle parlait grec avec un léger accent étranger et cela a servi comme prétexte pour l'empêcher d'avoir un autre rôle ». Mais surtout, au cours des huit représentations de *Boccace* qu'elle chante entre janvier et mars 1941, la voix de Maria se met à vibrer légèrement. Très inquiète, Elvira de Hidalgo se demande si elle n'a pas poussé son élève trop vite et la tient à l'écart de la scène pendant plusieurs mois, durant lesquels, dit-elle, « elle s'efforce d'améliorer sa technique, sans restreindre mais plutôt en élargissant son champ d'interprétation ».

En juin, Maria reprend son rôle dans *Boccace* pour six représentations. Grave erreur. Son vibrato reprend de plus belle. Une année entière s'écoulera avant qu'elle ne règle ce problème et ne remonte sur scène. Elle est désespérément malheureuse. Rue Terma Patission, l'atmosphère est insupportable.

Le 7 juin, les forces d'Hitler s'allient à celles de Mussolini. Deux semaines plus tard, le roi George, sa famille et le gouvernement s'enfuient en Égypte. La Grèce se prépare à l'inévitable occupation allemande. Quelques jours après, la toute-puissante armée d'Hitler, avec ses divisions de panzers et d'engins motorisés, pénètre dans Athènes et hisse le drapeau à croix gammée au sommet de l'Acropole. Les modestes forces britanniques ont été incapables d'arrêter les Allemands. Quelques soldats anglais coincés à Athènes se retrouvent en danger de mort. Un officier grec, ami de la famille Dimitriadis, emmène deux d'entre eux rue Patission, où les femmes les hébergent dans la pièce minuscule qui abrite leurs canaris. Au bout de quelques semaines, ces soldats blonds se teignent en brun et, habillés de vieux vêtements de Milton, ils sortent en ville avec les deux jeunes filles.

La résistance va les aider à sortir du pays. La terreur se propage en ville. Évangélia a le plus grand mal à maîtriser ses nerfs. Les nazis surveillent de très près ceux qui aident les résistants et les personnes d'origine juive. Les vivres se font de plus en plus rares et les querelles d'Évangélia et de Jackie, de plus en plus fréquentes. Maria craint de ne plus jamais revoir son père ni l'Amérique. Comme tout échange de courrier a été stoppé, elle n'a aucun moyen de savoir que George a fait des pieds et des mains pour contacter toute personne susceptible de faire savoir à sa famille ou aux forces qui occupent la Grèce qu'elles détiennent une citoyenne américaine, encore mineure et sûrement contre sa volonté. Ce qui n'est pas tout à fait exact : d'un côté, Maria a envie de quitter Athènes ; de l'autre, elle sait qu'elle ne peut pas renoncer à ses études.

Les signes de l'occupation sont omniprésents : dans la rue, on entend parler allemand, les écriteaux indiquent *Soldatenheim* et *Stadtkommandantur*, des soldats allemands règlent la circulation, les menus sont imprimés en allemand. Chaque jour, des réfugiés des villages dévastés arrivent à Athènes, épuisant davantage les rares vivres, à peine suffisants pour la population de la capitale. La situation est d'autant plus grave que les Allemands annihilent tout sur leur passage et qu'ils confisquent toutes les réserves de sucre, farine, froment et autres denrées qui leur tombent sous la main.

Le peuple grec ne se soumet pas. Bravant le risque des arrestations ou des tracasseries, il ovationne au passage les camions bondés de prisonniers de guerre anglais. Les soldats allemands et italiens se vouent une vive animosité et se battent souvent dans les rues. Les nazis ont fait main basse sur les chemins de fer, les compagnies du télégraphe, du téléphone, de l'eau, de l'électricité et du gaz. Hormis la BBC qu'on peut capter sur les ondes courtes, ils contrôlent tous les moyens de communication. Des sacs de sable condamnent les entrées de tous les tunnels menant à la capitale occupée et des sentinelles en armes se tiennent sur les autres voies d'accès, prêtes à tirer sur quiconque essaie d'y entrer ou d'en sortir sans les papiers d'identité requis.

Le père de Maria, New York et son enfance américaine ressemblent à un rêve lointain. Elle ne parle plus jamais anglais, sachant que cela pourrait lui attirer des ennuis. L'hiver 1941 s'installe, plus sinistre, plus sévère encore que l'automne déjà éprouvant. Cela fait quarante ans qu'un tel froid n'a pas régné et la pénurie de charbon et de bois empêche de se chauffer. Les boulangeries sont fermées. Il n'y a plus de marchés. Les tickets de rationnement ne servent à rien. Pour se nourrir, on tue les animaux domestiques, chiens, chats, oiseaux. Pourtant, même ces mesures drastiques ne peuvent empêcher la population d'être décimée. À Noël, plus de trois cent mille Athéniens ont succombé à l'épuisement et à la faim. À ces malheureux viennent s'ajouter les milliers d'autres qui ont été exécutés sans procès, après avoir été accusés de conspiration, d'aide à la résistance, de sabotage. On ne peut procéder à des enterrements décents. Les cadavres sont abandonnés le soir dans la rue pour être transportés le matin jusqu'à des charniers situés à la périphérie de la ville. Les nuits sont entrecoupées par les coups de feu des Allemands, tenant en respect les hordes hurlantes de chiens affamés, désormais sans maîtres, qui se sont réfugiés dans les collines environnantes.

De cette époque datent la peur panique du noir de Maria et sa crainte d'être seule dans la rue, qu'elle gardera toute sa vie. Elle est traumatisée, pourtant sa petite famille jouit d'un sort bien plus enviable que la plupart des gens. Elles ne meurent pas de faim. Milton y veille. Même au marché noir, on achète difficilement mieux qu'un minuscule écureuil en échange d'un anneau d'or blanc. Au début de l'occupation, Milton s'est arrangé à plusieurs reprises pour trouver des vivres en se glissant hors d'Athènes. Il leur a aussi fourni des couvertures et des vêtements chauds. Elles ignorent comment il s'y prend et n'oseront jamais lui poser la question, de crainte qu'il ne cesse de les aider. Milton leur apporte surtout des fruits secs et des noix, du poisson séché ou un animal mort, pas toujours identifiable. Elles cuisent la viande sur-le-champ et la consomment tout aussi vite. Les restes sont mis sous clé dans le garde-manger.

Les sœurs se disputent de plus en plus violemment. Jackie accuse Maria de piller leur petite réserve de nourriture. « Mon souvenir le plus marquant de l'occupation, écrira-t-elle, est celui de Maria pliée en deux avec son gros postérieur qui remplissait le cadre de la porte, une main tendue pour saisir une poignée de figues ou de noix. »

En 1957, Maria racontera pour sa part : « L'occupation d'Athènes a été la période la plus douloureuse de ma vie. Je ne me souviens que trop bien de l'hiver 1941. Le plus froid qu'Athènes ait connu de mémoire d'homme, durant lequel il a neigé pour la première fois en vingt ans. Pendant tout l'été, j'ai mangé des tomates et des choux que je me procurais après avoir marché pendant des kilomètres et supplié les fermiers de se départir de quelques légumes. *[Évangélia prétendra par la suite que c'était elle qui se chargeait de ces expéditions pour trouver des vivres.]* C'était extrêmement dangereux de la part des fermiers de donner ne serait-ce qu'une part infime de leurs produits ; les Allemands étaient implacables et s'ils s'en étaient aperçus, ils se seraient retrouvés devant un peloton d'exécution. J'arrivais néanmoins toujours à obtenir quelque chose de ces malheureux fermiers. »

Maria reconnaît qu'à partir de l'hiver, c'est Milton, « le riche fiancé de *[sa]* sœur », qui leur apporte de quoi se sustenter. Après les longues et glaciales journées hivernales, elles subissent des pluies printanières torrentielles. Maria racontera que cet été-là, elle a été présentée au fonctionnaire italien chargé de distribuer les provisions aux troupes. « Il a accepté de me vendre dix kilos de viande une fois par mois pour une petite somme d'argent. J'étais donc heureuse de porter ce lourd fardeau sur mes épaules et de marcher une heure sous le soleil torride, comme s'il s'agissait d'un bouquet de fleurs. » La viande, selon elle, devient leur unique capital. « Nous en revendions la plus grande partie à nos voisins et amis et cet argent nous permettait de nous procurer les autres produits indispensables *[bois, huile, bougies, farine et sucre]* et avec l'aide de Dieu, nous avons survécu. »

Des années plus tard, quelques-uns de ses camarades l'accuseront d'avoir « couché avec l'ennemi ». Il est évident que Maria a pris conscience de sa sexualité et qu'elle rêve sans doute de rencontres sentimentales. Mais les occupants n'ont aucun mal à trouver une partenaire consentante en échange d'un dîner ou du carburant nécessaire pour chauffer une chambre. Toujours trop grosse, en dépit du rationnement de la nourriture, ses problèmes de peau toujours présents, Maria n'a rien d'une beauté. Il est cependant vrai qu'elle chante en allemand et en italien pour l'ennemi quand on le lui demande et qu'elle choisit alors des chansons qui rappelleront aux soldats leur foyer. Il semble, d'après ce qu'elle dira plus tard, que ces petits « concerts » se sont toujours limités à un auditoire de cinq à dix personnes et que son public respectait son talent et son âge.

Pendant cette période troublée, Maria se consacre entièrement à ses études. Elle parle à présent couramment l'allemand et l'italien, non seulement parce que cela lui permet de converser avec les occupants, mais parce qu'elle veut maîtriser les livrets des opéras dans leur langue originale. Ce n'est qu'au cours de l'été 1942, lorsque les Allemands assouplissent l'interdiction des représentations publiques, que son rêve se réalise enfin. Elle va chanter le rôle titre de *Tosca* de Puccini, dans la production que prépare l'Opéra d'Athènes. Elle n'a que dix-huit ans et demi quand elle commence à se préparer pour les représentations qui se tiendront au théâtre de la place Klafthmonos. Cela fait sans doute d'elle la plus jeune Tosca de toute l'histoire de l'opéra.

Deux ans se sont écoulés depuis qu'elle a chanté dans *Boccace*. Hidalgo estime qu'elle est à présent prête à affronter ce rôle célèbre, redouté de certaines des plus grandes cantatrices du monde. Les fonds étant maigres, les costumes et les décors seront réduits au minimum. D'où la nécessité d'une plus grande compréhension de Floria Tosca, cette cantatrice belle, volontaire et passionnée au point d'être capable de tuer l'homme le plus puissant de Rome pour sauver son amant Cavaradossi, puis de se suicider quand elle comprend qu'elle a en fait conclu un marché avec le diable en personne et causé la mort de son amant au lieu de le sauver.

Les Grecs en mesure de s'acheter un billet étant fort rares, le public sera principalement constitué de membres des forces d'occupation. Maria n'y pense même pas. Elle va chanter *Tosca* avec le plus célèbre ténor grec, Antonis Dhellentas, dans le rôle de Cavaradossi, et cela lui suffit. Mais plus les répétitions avancent, plus le rôle et son interprétation la laissent insatisfaite, comme si elle se rendait davantage compte que son professeur qu'elle n'est pas encore prête vocalement à ce défi. Elle se concentre donc sur son jeu d'actrice. La première a lieu le 27 août 1942. En raison du couvre-feu, la représentation commence à 17 heures. Évangélia et Hidalgo restent toutes les deux dans la petite loge de Maria avant son entrée en scène. Il n'y a pas que sa voix qui la tracasse, mais sa myopie. Comme elle ne peut évidemment pas porter ses lunettes, elle craint de trébucher ou, pis encore, de ne pas placer correctement les bougies près du corps de Scarpia dans la scène du meurtre qui constitue le point culminant de l'acte II.

Dans le vieil amphithéâtre en plein air de la place Klafthmonos, il fait ce soir-là une chaleur torride et le costume de Maria est très lourd. Entre les actes, Évangélia se précipite en coulisses pour aider sa fille à se sécher et à replâtrer son maquillage. Malgré sa crainte de ne pas avoir l'air assez féminine et assez mûre, Maria a droit à une *standing ovation* et à un nombre incalculable de rappels. Elle rentre néanmoins chez elle inconsolable, car elle est persuadée d'avoir été désastreuse.

Le lendemain matin, la version que donnent les journaux de la représentation est tout autre. Sophia Spanoudi (*Athenaika Nea)* loue chaleureusement ses débuts, tout en ajoutant que « sa voix de soprano, dramatique, magnifique, n'est pas encore complètement épanouie ». Le critique musical de *Provia* remarque « une légère dureté qui s'est glissée à une ou deux reprises dans sa voix » mais conclut que « Kalogeropoulos a interprété son rôle autant avec sa voix qu'avec son corps, accomplissement que l'on rencontre rarement, y compris chez les artistes les plus expérimentés ».

La recension la plus favorable est publiée dans *Vradhyni* sous la plume de la prestigieuse critique musicale Alexandra Lalaouni : « Non seulement *[Maria Kalogeropoulos]* tient le rôle avec aisance et le chante correctement, mais elle est en même temps capable de le vivre avec une pénétration souvent bouleversante. Un vrai miracle. Sa voix est pleine sur tout son long registre, elle sait comment la produire et comment donner un sens aux paroles. Quelle que soit l'efficacité de sa formation, j'ai néanmoins l'impression qu'elle possède encore autre chose : cette profonde musicalité naturelle, cet instinct et cette compréhension du théâtre ne peuvent pas avoir été appris en classe. En tout cas pas à son âge ; ce sont des qualités innées. Il n'est pas du tout surprenant qu'elle ait électrisé le public. »

Une seule représentation a suffi à Maria pour devenir une vedette et être reconnue comme l'une des meilleures chanteuses grecques. Son petit salaire de choriste est doublé et le commandant de l'armée italienne d'occupation « organise » pour elle et la distribution de *Tosca* un concert d'airs de Rossini qui se tiendra à Salonique en octobre 1942. Bien que cela signifie qu'ils vont chanter pour les ennemis des Grecs, tous sont contents d'avoir obtenu un autre engagement. Du côté de sa vie privée, Maria rêve d'amour physique. L'état de sa peau s'est beaucoup amélioré. Elle est encore bien trop forte mais son succès a attiré sur elle l'attention de jeunes gens (et d'hommes plus âgés) qui ne l'avaient encore jamais trouvée sexuellement attirante.

4

Les nazis sortent d'Athènes au pas de l'oie

Évangélia et Maria vivent à présent seules dans l'appartement du 61, rue Terma Patission. Jackie, incapable de supporter l'aigreur qui y régnait, a déménagé dans une petite chambre d'hôtel aux frais de Milton. Maria sort avec un officier de renseignements italien, le commandant Di Stasio, à la stature imposante et à la chevelure légèrement dégarnie. Il a environ quarante-cinq ans ; Maria dix-huit. Fou d'opéra, il a cru autrefois que sa voix de baryton lui permettrait de faire carrière. Il a entendu Maria chanter pour la première fois à Salonique et depuis, lui rend souvent visite à l'appartement. Il apporte toujours des vivres et des petites gâteries comme du savon et des bonbons. Quelque part en Italie, il a laissé une signora Di Stasio et des enfants. Il n'a rien d'un prétendant adéquat pour Maria mais Évangélia approuve la cour qu'il lui fait, parce qu'elle pense qu'il peut aider sa fille à trouver des engagements, y compris après la guerre. Par ailleurs, il a des manières impeccables et fait bien évidemment preuve d'une grande générosité.

Di Stasio comble la grande soif d'affection de Maria et lui apporte un bien-être, tout au moins temporaire. Même si on dispose d'assez de preuves pour affirmer qu'ils ont une relation d'ordre sexuel, il se conduit avec elle de manière très paternaliste. Exerçant une profession avant tout fondée sur le secret, il mène sa vie privée sur le même mode. Les visites qu'il rend à Maria sont toujours déguisées en hommages rendus à une jeune artiste. Il s'attarde plusieurs heures dans l'appartement. Évangélia n'est jamais loin, tout en restant assez discrète pour ne pas interrompre leurs rencontres. Di Stasio parle à Maria des opéras, des compositeurs et des chanteurs qu'il a entendus à la Scala ou grâce à son importante collection de disques.

Le 22 avril 1943, Maria et la contralto Arda Mandikian donnent un concert organisé par Di Stasio à la Casa d'Italia. Ce beau bâtiment d'angle, qui accueillait avant-guerre des expositions, des spectacles et des conférences, dispose d'un auditorium de deux cent cinquante places. En cette semaine de Pâques, Maria va chanter le *Stabat Mater* de Pergolèse. Elle n'écoute pas son professeur qui la supplie de se démarquer de Di Stasio et des forces d'occupation. Ce concert ne va pas seulement accentuer les dissensions entre elle, Jackie et Milton, mais lui aliéner nombre de ses pairs et sérieusement compromettre la suite de ses études de boursière au Conservatoire d'Athènes.

Le 2 août, accompagnée d'Évangélia, son « habilleuse », Maria se rend pour la seconde fois à Salonique, afin de chanter devant les troupes italiennes et allemandes. Après l'atmosphère étouffante d'Athènes, le voyage en train est une véritable bouffée d'air frais, sur fond de paysages de mer et d'îles sauvages, si vastes pour certaines que leurs rochers escarpés s'estompent à l'horizon bleuté. Les deux femmes vont séjourner chez des cousins d'Évangélia, qui leur a raconté que Maria avait reçu l'ordre de chanter pour l'occupant.

L'invasion a causé de sérieux dégâts dans la belle ville de Salonique. Non loin de là, les locaux d'une usine ont été transformés en camp de prisonniers qui accueille les soldats britanniques et les Juifs. Chaque semaine, un nombre alarmant de Juifs grecs sont envoyés en Allemagne. Les concerts ont lieu les 2 et 3 août 1943, au Théâtre de la Tour Blanche, devant un public essentiellement nazi. Maria chante deux programmes : des airs de Rossini et le *Stabat Mater* le premier soir ; des lieder de Schubert et de Brahms le lendemain.

Sans doute y a-t-il eu d'autres artistes grecs pour divertir les troupes d'occupation, mais cela ne minimise en rien la grave erreur commise par Maria. Elle déclarera par la suite qu'elle ne s'est jamais souciée de son public mais uniquement des œuvres qu'elle chantait et de la manière dont elle les chantait. Il est vrai qu'elle était alors jeune et inconnue hors de Grèce ; elle se produisait sous son nom grec de Maria Kalogeropoulos ; ces éléments atténueront l'idée qu'elle ait véritablement collaboré.

Début septembre, les forces alliées envahissent l'Italie au prix de lourdes pertes. Un terme est mis à la dictature de Mussolini. Hitler rompt dès lors son alliance avec l'Italie et les Allemands se retrouvent entièrement maîtres d'Athènes. Les trains et les camions ramenant les troupes italiennes dans leur pays les déposent à plusieurs kilomètres de la frontière, si bien que les soldats sont contraints de poursuivre leur route à travers un pays aux mains des partisans armés. D'autres, susceptibles sans doute de fournir des renseignements de valeur aux Alliés, disparaissent. Di Stasio se volatilise du jour au lendemain. Maria n'aura plus jamais de nouvelles de lui et ignorera le sort qui lui a été réservé. Plus tard, Évangélia niera toujours que sa fille ait éprouvé un quelconque sentiment pour lui. Maria observera un silence absolu à ce sujet.

Après la disparition de Di Stasio, elle s'immerge dans la musique. Elle continue de grossir. Les vivres sont encore rares mais elle se goinfre de figues sèches, de noix et de succédanés de saucisses. Ni son problème de poids, ni sa tristesse d'avoir perdu Di Stasio n'affectent pourtant sa voix. Au contraire. Elle s'est encore affermie, tandis que ses interprétations ont gagné en profondeur et en finesse. Juste après la séparation avec Di Stasio, elle donne deux concerts de bienfaisance au Conservatoire. Le premier pour les étudiants nécessiteux ; l'autre en faveur des victimes de la tuberculose, maladie qui progresse dangereusement à Athènes. En dépit de ces gestes philanthropiques, le conseil d'administration du Conservatoire d'Athènes refuse de prolonger sa bourse. Elle ne pourra donc plus y étudier sous la férule d'Elvira de Hidalgo. Partagée entre l'amertume, la colère et la rancœur, Maria, en larmes, supplie Hidalgo d'intercéder en sa faveur.

Sachant qu'elle n'obtiendra pas gain de cause, bien au contraire, son professeur se contente de lui promettre qu'elle continuera de lui donner des cours particuliers.

Maria est néanmoins toujours sous contrat avec l'Opéra d'Athènes qui la distribue dans le rôle de Martha de *Tiefland*, une œuvre vériste d'Eugen d'Albert, compositeur allemand d'origine française né en Angleterre, rarement donnée depuis sa création en 1932. Le choix de cet opéra plaira aux Allemands, tout en permettant à l'Opéra d'Athènes de présenter sa compagnie aux mélomanes grecs. Martha est une pauvre fille trahie par son amant Sebastiano, un riche meunier dont elle est la chose depuis l'âge de quatorze ans mais qui, pour faire un beau mariage, la donne au berger Pedro. Par amour, et pour venger Martha, Pedro va tuer Sebastiano. Le rôle offre une vitrine naturelle aux qualités de soprano dramatique de Maria. Elle a deux célèbres chanteurs grecs pour partenaires : le ténor Antonis Dhellentas dans le rôle de Pedro, l'amoureux de Martha, et le baryton Évangélios Mangliveras dans celui de l'homme qui la trahit.

Mangliveras, la quarantaine bien entamée, a chanté partout dans le monde avant de rentrer en Grèce juste avant la guerre. Silhouette corpulente, yeux noirs expressifs, personnalité exubérante et grand talent dramatique, il se prend tout de suite d'affection pour Maria qui le lui rend bien. Le schéma qui s'instaure entre Maria et des hommes deux fois plus âgés qu'elle laisse subodorer qu'elle cherche un père de remplacement. En fait, les choses sont moins simples : son embonpoint, et plus encore sa maturité et sa dévotion obsessionnelle à la musique, rebutent les jeunes gens. De son côté, elle s'intéresse avant tout aux hommes capables de l'aider à satisfaire son ambition.

Di Stasio était en mesure de lui trouver des engagements où elle chantait un autre genre de musique qui, par ricochet, aidait sa carrière. Il lui offrait aussi des petits cadeaux qui éclairaient cette période terne de sa vie. Elle a besoin de le remplacer. En dehors des répétitions, Mangliveras l'aide à peaufiner son interprétation de Martha. Du coup, les autres membres de la compagnie leur attribuent une liaison et les critiques vont bon train, car Mangliveras est marié.

La pomme n'est pas tombée loin de l'arbre : aussi ambitieuse que sa mère, Maria va nouer des amitiés et prendre des décisions en fonction de leur impact sur sa carrière. Pas un instant, elle ne doute de sa réussite future. Mais surtout, elle veut devenir la meilleure et conquérir la célébrité dans *son* domaine : celui de soprano *dramatique.*

La première des huit représentations de *Tiefland* a lieu le 22 avril. Maria chante Martha dans un allemand parfait et le critique de la presse allemande à Athènes porte aux nues son « instinct dramatique, sa grande intensité et la liberté de son jeu. Dans le registre aigu, sa voix juvénile de soprano possède beaucoup de tranchant et dans les passages sereins, elle déploie une somptueuse palette de couleurs avec une musicalité innée ».

Avant la fin des représentations de *Tiefland*, elle reprend aussi au pied levé le rôle de Santuzza dans *Cavalleria Rusticana* pour trois soirées. Elle donne ensuite un concert bénévole pour les artistes dans le besoin, au cours duquel elle chante le célèbre « Casta diva », extrait de l'acte I de *Norma* de Vincenzo Bellini. Maria dira que « Casta diva » est l'une des arias les plus difficiles à chanter, « non seulement parce qu'elle exige un beau legato mais parce qu'on est à nu vocalement ». Comme il faut l'interpréter non seulement avec limpidité, fluidité et justesse mais aussi avec une grande finesse dramatique, il est rare qu'une soprano la chante si tôt dans sa carrière. Le conflit tragique embrasant la druidesse Norma éprise du Romain Pollione doit être tempéré par la nécessité d'apparaître calme aux yeux de son peuple, et Maria se délecte des défis susceptibles de prouver son épanouissement musical précoce et son prodigieux talent.

Bientôt, elle fêtera son vingt et unième anniversaire. Huit ans se sont écoulés depuis qu'elle a quitté les États-Unis, presque six sans qu'elle ait eu de nouvelles de son père. Elle parle rarement anglais et ne connaît pas d'Américains à Athènes. Cela ne l'empêche pas d'affirmer souvent qu'elle retournera à New York « quand la guerre sera terminée ». Un jour, Mangliveras lui demande : « Pourquoi à New York ?

— Pour voir mon père et chanter au Metropolitan Opera. »

Pour l'heure, elle doit se contenter de son travail à l'Opéra d'Athènes. La défaite des Italiens semblait indiquer que la fin de la guerre était proche. Personne ne se doutait que le pire restait à venir.

L'Opéra d'Athènes a prévu de donner *Fidelio* de Beethoven après *Tiefland*. Maria a soif d'interpréter le rôle de Léonore, qu'elle a étudié. Après son succès retentissant dans *Tiefland*, les critiques allemands qui l'ont saluée comme la « plus grande soprano grecque », elle est persuadée qu'on va le lui confier. À sa vive déception, il est attribué à une autre chanteuse de la compagnie, plus âgée. Elle se plaint d'être victime de la politique et de subir une « réprimande » en raison de ses liens passés. Elle n'a peut-être pas tort. La chance est cependant de son côté : dès le début des répétitions, la Léonore choisie ne s'avère pas à la hauteur. Sollicitée, Maria accepte sur-le-champ de reprendre le rôle.

Là encore, ses partenaires seront Antonis Dhellentas et Évangélios Mangliveras. Elle n'a que quatre semaines de répétitions. Elle a appris le rôle en allemand, mais la compagnie va présenter *Fidelio* dans une traduction grecque. Animée d'un sens de la perfection aigu, elle demande davantage de temps à tout le monde, des répétitions supplémentaires avec la troupe, seule avec le pianiste et avec l'orchestre. Elle doit porter un costume d'homme, puisque Léonore se déguise en Fidelio pour tenter d'aider son mari, Florestan, à s'échapper de prison. Sa corpulence l'empêche de porter élégamment cette tenue. Les épaules rembourrées entravent ses mouvements ; le poids du costume est d'autant plus lourd à supporter qu'il fait une chaleur torride en ce mois d'août, et que les représentations se donnent dans le théâtre en plein air d'Hérode Atticus.

Au milieu des répétitions, sa grand-mère est victime d'une crise cardiaque. Au 61, rue Terma Patission, c'est la tourmente. Évangélia n'a pas adressé la parole à sa mère depuis des années, elle ne s'est même pas souciée de savoir comment elle se sortait des vicissitudes de la guerre. Jackie lui rendait visite en secret, contrairement à Maria, qui continue pourtant à l'aimer profondément. En larmes, Maria insiste pour qu'elles aillent toutes les trois à son chevet.

Adossée à ses oreillers, le visage blafard, la matriarche de l'orgueilleuse famille Dimitriadis parvient tout juste à hocher la tête à leur entrée. Jackie se penche vers elle pour étreindre doucement son corps frêle. Sans cacher ses larmes, Maria prend sa main, froide et molle, entre les siennes. Évangélia garde une attitude glaciale. Le décès de sa grand-mère va véritablement affecter Maria. Le sentiment d'avoir été privée par sa mère de l'amour de la vieille femme augmente encore l'hostilité qu'elle nourrit à son égard.

Maria remporte un vif succès dans *Fidelio*. Grâce à l'étude fervente de l'œuvre et du rôle de Léonore, elle a compris les thèmes psychologiques et spirituels de l'opéra de Beethoven, qui traite de l'altruisme dans la quête de la liberté. Léonore est prête à échanger sa mort contre la liberté de son mari. C'est une héroïne romantique d'une grande noblesse, à la force contenue, qui s'offre en martyre à la cause de la liberté. Léonore et Florestan finiront par être sauvés. L'Opéra d'Athènes a fait preuve de bravoure en programmant *Fidelio*, si l'on considère la rudesse impitoyable de l'armée d'occupation allemande. Dans le public, les Grecs ovationnent la scène finale, au cours de laquelle Léonore délivre Florestan de ses chaînes et où les autres prisonniers sont également libérés. La nouvelle de ce triomphe se propage rapidement et va droit au cœur de la population, qui ne supporte plus le joug de ses envahisseurs. Des manifestations s'ensuivent. Des arrestations aussi. Mais *Fidelio* est quand même donné douze fois. Davantage que d'un opéra, les Allemands s'inquiètent à présent de l'avancée des forces américaines et des risques de désobéissance civile et d'émeutes susceptibles de compliquer leur position d'occupants.

Subitement, le public voit Maria sous un nouveau jour. Son image de collaboratrice est presque effacée. Comme souvent au théâtre, une confusion s'instaure entre l'interprète et le rôle. La dernière représentation de *Fidelio* a lieu le 10 septembre. À la surprise, consternation et condamnation de la compagnie et de Mangliveras, Maria donne alors un autre concert à Salonique pour les Allemands. On a vraiment du mal à comprendre ses motifs, alors qu'elle vient de reconquérir ceux qui lui reprochaient d'avoir collaboré. Elle prétend haïr les nazis et ne peut ignorer les conséquences négatives d'une telle apparition. Elle se querelle à ce sujet avec Mangliveras. Quelques jours plus tard, le chanteur succombe à une crise cardiaque sur le chemin de l'hôpital. Maria le pleure en secret mais n'assiste pas à ses obsèques.

Les troupes anglaises et grecques sont pratiquement au pied de l'Acropole. Le 19 octobre, après trois années et demie d'occupation oppressante, les Allemands sortent d'Athènes au pas de l'oie. Ce soir-là, c'est la liesse dans la cité, la foule se presse dehors, chante, crie aux fenêtres, danse dans les rues. Ils offrent un spectacle étrange, ces êtres souvent émaciés au point de ressembler à des spectres fantomatiques, qui arrachent les écriteaux en allemand et les jettent dans de gigantesques brasiers. Les vestiges de la guerre sont partout : magasins vides, bâtiments incendiés, dilapidation générale.

Au cours des difficiles années qu'elle a vécues depuis son arrivée en Grèce, Maria a volontairement ignoré ce qui se passait autour d'elle afin de se concentrer sur sa musique et sur les gestes nécessaires à sa survie quotidienne. La fin de la guerre alimente sa rancœur à l'égard de sa mère qui, en les amenant en Grèce, lui a fait courir un danger constant. Évangélia l'a écartée de son père, privée de sa liberté de choix, de sa jeunesse, et maintenue captive de son rêve. Mais, sans ces privations et ces contraintes, se serait-elle réfugiée dans la musique, aurait-elle accompli à une telle rapidité les mêmes progrès sidérants ? Serait-elle déjà arrivée si loin ?

Toutes ces épreuves l'ont emplie d'une ferveur pour son art et d'une concentration qu'elle n'aurait sans doute pas atteinte dans des circonstances plus favorables. Mais elle veut à présent s'éloigner d'Évangélia et de son insupportable possessivité, quitter Athènes et retrouver son père. Elle est américaine et à ses yeux, c'est seulement à New York qu'elle trouvera de grands maîtres et pourra entrer dans une compagnie prestigieuse comme le Metropolitan Opera. Elle projette donc de retourner dans sa « patrie » le plus tôt possible, même si elle ne dispose pas de l'argent nécessaire.

Son projet secret la transporte de joie. Elle se renseigne sur les bateaux emmenant des passagers, sur le prix de la traversée. Elle écrit une longue lettre de réconciliation à son père, à laquelle elle joint un extrait de presse avec sa photo dans *Fidelio*. Elle signe la missive *Ta fille cadette* et l'envoie à la dernière adresse de George. Puis elle attend anxieusement sa réponse. Elle déborde d'espoir. Bientôt elle connaîtra la liberté et elle sera embarquée dans sa carrière de cantatrice internationale. Rien ne pourra l'arrêter. Mais un matin de début décembre, elle est réveillée par des coups de feu et des hurlements de terreur. Elle se précipite à la fenêtre et aperçoit des tireurs sur les toits des bâtiments et des gens qui s'éparpillent dans la rue. Elle recule en hâte, ferme les volets et rejoint sa mère qui se lamente dans une autre pièce. La guerre civile a éclaté. Les partisans, pour la plupart communistes, sont descendus des collines. Ils ont assiégé la ville et essaient de renverser le gouvernement par la violence. Sous la fenêtre de la chambre de Maria, les cadavres s'entassent. Des tireurs isolés, postés sur les toits voisins, mitraillent quiconque essaie de sortir.

De l'autre côté de la ville, Jackie et Milton sont réduits à l'impuissance. Personne ne peut entrer ou sortir de la zone aux mains des partisans. Maria et Évangélia restent prisonnières dans leur appartement. Pour ne pas être repérées, elles gardent les volets clos vingt-quatre heures sur vingt-quatre, n'allument jamais et n'utilisent qu'une bougie dans la salle à manger dépourvue de fenêtre. Elles ont quelques vivres et l'eau a été coupée. Maria n'ose bien sûr pas jouer du piano. Elle s'enferme dans la salle à manger avec ses trois canaris et, pour ne pas succomber à la peur, pousse des cris aigus en même temps qu'eux.

La vingtième nuit, Maria emporte la cage des volatiles dans sa chambre. Une balle traverse la fenêtre fermée et les rideaux et tue l'un des canaris. Elle est terrorisée. Le lendemain, on leur porte enfin secours. Milton a trouvé un homme prêt à se faufiler dans la zone occupée au péril de sa vie. Il s'introduira dans leur appartement et les guidera dans un quartier plus sûr. Craignant le pire, Évangélia ne veut pas le laisser entrer. Après avoir cédé, elle refuse aussi de le suivre, puis capitule sous la pression de Maria.

Les deux femmes enfilent plusieurs couches de vêtements, mettent au fond de leurs poches leurs quelques objets de valeur et, terrorisées, suivent l'inconnu par la cave de leur immeuble. Il les fait entrer dans une autre cave et emprunter un circuit tortueux par des ruelles. Il les oblige à se terrer dans l'attente que la voie soit libre, jusqu'au moment où ils parviennent enfin hors de la zone occupée. De là, il les emmène directement à l'hôtel de Jackie, où elles prennent leur premier vrai repas depuis trois semaines.

La BBC annonce que Winston Churchill va venir offrir de l'aide au gouvernement assiégé, signe que la guerre civile est sur le point de se terminer. La veille de Noël, Maria est dans la foule qui se presse dans les rues pour voir passer le grand chef du gouvernement anglais, symbole même de la résistance. Elle avouera avoir ressenti un des plus grands frissons de sa vie en voyant Churchill lever le bras et former le V de la victoire des doigts avant de monter à bord de sa voiture. La révolte matée, la vie reprend peu à peu son cours normal. Maria et sa mère regagnent leur appartement. Les volets ouverts laissent à nouveau pénétrer le soleil hivernal.

En mars 1945, la lettre que Maria avait envoyée à son père lui est retournée avec la mention « inconnu à cette adresse ». Elle tente alors de le joindre par le biais de son parrain, le Dr Lantzounis. Consternée d'apprendre que Maria veut retourner seule en Amérique, sa mère lui affirme qu'une carrière lyrique se construit en Europe. À la suite d'une dispute d'une grande violence, Évangélia va voir Elvira de Hidalgo, qui confirme à Maria que sa mère a raison et qu'elle devrait d'abord tenter sa chance en Italie. Pour la première fois, le maître et l'élève ont un accrochage sérieux.

L'adresse du Dr Lantzounis se révèle également erronée, mais Maria ne baisse pas les bras. Elle demande à l'attaché américain de l'aider à localiser son père et à trouver un bateau sur lequel elle pourrait embarquer pour l'Amérique. Comme elle a besoin de fonds, elle décide d'organiser un récital le 3 août au théâtre Kotopoulli-Rex. Accompagnée au piano par Aliki Lykoudi, elle chante des airs de *Don Juan, Sémiramide, Aida* et *Le Trouvère*, et termine son concert par des airs espagnols et grecs. Le public, assez dense, lui permet d'empocher presque 100 dollars. Cette somme, la plus importante dont elle ait jamais disposé, est pourtant bien loin de représenter un capital suffisant pour son entreprise.

En cet été 1945, Athènes subit encore le rationnement. On a le plus grand mal à trouver œufs, viande, graisse et sucre. Les hommes en uniformes militaires, à présent britanniques et grecs, rappellent constamment la guerre. Maria n'a pas le téléphone et traverse la ville plusieurs fois par semaine par une chaleur suffocante pour demander à l'attaché américain si les choses avancent concernant son retour « à la maison ».

Entre-temps, elle accepte le rôle de Laura dans l'opéra-comique *Der Bettelstudent* (*L'Étudiant vagabond*) de Karl Millîcker, qui sera donné à l'Opéra d'Athènes à partir du 5 septembre pour douze représentations. « Avant de partir, déclarera-t-elle plus tard, je voulais leur donner un dernier exemple de mon art pour qu'ils se souviennent bien de moi. Ils ont été obligés de me confier ce rôle important parce que personne d'autre n'était capable de le chanter. » En vérité, Maria attend avec beaucoup de nervosité d'apprendre qu'elle peut quitter Athènes. Son professeur et sa mère exercent une très forte pression sur elle pour la faire changer d'avis. Outre sa répugnance à perdre la meilleure élève qu'elle ait jamais eue, Hidalgo est également convaincue qu'en partant en Amérique avant de s'être fait un nom sur le plan international dans le cadre d'une grande compagnie d'opéra italienne, Maria commet une erreur stratégique. Elle lui fait remarquer que l'Opéra d'Athènes n'est qu'une compagnie de niveau provincial et que le succès qu'elle y a remporté n'a pas dépassé les frontières de la Grèce. À son avis, c'est en Italie qu'elle pourra vraiment développer son art du bel canto.

« Le bel canto, expliquera Maria beaucoup plus tard lors d'une master-class, est une méthode de chant, une espèce de camisole de force dans laquelle on doit entrer. Il faut apprendre à aborder une note, à l'attaquer, à former un legato, à créer une humeur, à respirer afin de donner l'impression qu'il n'y a qu'un début et une fin. Entre les deux, on doit faire croire qu'on n'a pris qu'une longue respiration, alors qu'en réalité, il y aura plusieurs phrases ponctuées de nombreuses petites respirations. »

Elle reconnaîtra toujours que les leçons de bel canto d'Elvira de Hidalgo lui ont donné une base solide. Elle lui en est reconnaissante mais le moment est venu de poursuivre sa vie. Elle a besoin de retrouver ses racines, un peu comme sa mère à une autre époque. Elle est hantée par des images nostalgiques de son enfance à New York. Elle se revoit dégustant une glace avec son père, lors d'une promenade dans les rues de Manhattan. À l'époque, ils étaient capables de communiquer sans parler, d'un simple échange de regards. Cet univers rassurant ne peut avoir changé, puisque aucune bombe n'a détruit tous ses points de repère : son école, le parc où la famille pique-niquait, la bibliothèque publique de New York où elle a passé tant d'après-midi.

Juste avant la huitième représentation de *Der Bettelstudent*, l'attaché américain l'informe qu'il y a une place pour elle sur un bateau en partance le lendemain après-midi pour Le Havre, d'où elle pourra embarquer sur le *Stockholm* qui traversera l'Atlantique. Maria ne s'inquiète même pas du fait que la compagnie n'a pas de Laura à la hauteur pour la remplacer. Elle rassemble ses quelques effets en hâte et, surtout, ses partitions de musique. Pour une fois, Jackie, envahie par l'amertume et la rancœur, est de l'avis de sa mère. Milton a un cancer et elle a du mal à concevoir un avenir où elle devra non seulement le soigner et peut-être perdre le petit revenu qu'il lui procurait, mais où elle sera aussi seule responsable d'Évangélia.

Ni sa mère, ni sa sœur n'accompagnent Maria au port. Des voisins et Elvira de Hidalgo s'en chargent, après avoir déjeuné avec elle pour fêter son départ. Maria ne connaît personne sur le premier bateau ni à bord du *Stockholm*. Elle n'a toujours pas obtenu les adresses de son père et du Dr Lantzounis. Les 100 dollars qu'elle a en poche constituent toute sa richesse. Et pourtant, elle se sent libre pour la première fois en huit ans. Elle dit adieu à Maria Kalogeropoulos. Comme le dit son passeport américain, elle s'appelle à présent Maria Callas.

5

New York : 1945-1947

À l'aube, Maria monte sur le pont du *Stockholm* qui pénètre dans le port de New York plongé dans la brume matinale. La traversée s'est passée calmement. Au début, elle s'est tenue à l'écart, car elle ne voulait pas qu'on lui demande de chanter. Elle s'est vite rendue compte que les quelques Grecs à bord ne la connaissaient pas sous le nom de Maria Callas et que les autres passagers n'avaient jamais entendu parler d'elle. Cela lui a permis de se déplacer librement, mais elle est néanmoins restée très solitaire. Elle a voyagé en classe touriste, occupant la couchette supérieure d'une cabine de quatre personnes. Ses compagnes, deux Juives portugaises et une enfant, partaient rejoindre au Brésil leur famille dont elles étaient depuis longtemps séparées. Malgré leurs difficultés de communication, Maria a compris sans mal l'appréhension de ces femmes devant l'inconnu, car elle s'inquiète du sort qui l'attend à New York, avec si peu d'argent en poche.

L'attaché américain lui a fourni les noms de plusieurs organisations helléno-américaines susceptibles de l'aider à dénicher un logis temporaire et à retrouver la trace de son père. En attendant de signer son premier contrat, elle va devoir prendre un emploi pour subsister. Elle a de grandes ambitions : seul le Metropolitan Opera fera l'affaire.

Avant-guerre, elle a rencontré à Athènes Nicola Moscana, célèbre basse d'origine grecque, venu rendre visite à sa famille. Moscana a été très impressionné par ses dons. Il lui a prédit un bel avenir et conseillé de faire appel à lui, si elle avait un jour besoin de conseils pour sa carrière. Une proposition désinvolte, même s'il était sans doute sincère sur le moment. Comme Maria n'a pas oublié leur rencontre, il ne lui est jamais venu à l'esprit que Moscana, devenu depuis la basse principale très sollicitée du Metropolitan Opera, pouvait ne plus savoir qui elle était. Elle a donc l'intention de l'appeler dès qu'elle se sera organisée et qu'elle aura bien préparé les morceaux de son audition.

Elle croit tellement à la conclusion heureuse de ce scénario qu'elle a même réfléchi aux conditions qu'elle est prête à accepter, le jour où on lui proposera un contrat. Malgré son manque de confiance sur le plan personnel, Maria est tellement obsédée par son extraordinaire talent de cantatrice et par sa future carrière qu'elle ne doute pas un instant d'être engagée par le Metropolitan. Ce qui importe, c'est le rôle dans lequel elle va faire ses débuts américains. Il doit lui permettre de déployer son talent dramatique : *Tosca, Norma* ou *Turandot*. Elle est forte, c'est vrai, mais pas obèse. Les divas sont rarement minces et Maria n'envisage que des rôles principaux. Elle a emporté toutes les critiques de ses apparitions à l'Opéra d'Athènes, accompagnées de tous les rêves juvéniles de célébrité rapide inspirés par ses débuts réussis en Grèce.

Sur le pont du *Stockholm*, les passagers saluent la statue de la Liberté d'ovations délirantes. Cela fait juste trois semaines que les Japonais ont signé leur reddition à bord du cuirassé *Missouri*, après le largage par les Américains des bombes atomiques sur Hiroshima et Nagasaki. La victoire a été officiellement déclarée, la guerre est terminée, les Alliés sont vainqueurs, Hitler et Mussolini sont morts. Personne n'a encore tenu le compte des victimes de l'Holocauste, des morts et des disparus des différentes armées, des civils innocents tués par les bombardements et les mitraillages au sol, ni celui des nombreuses autres horreurs de la plus atroce des guerres à ce jour. Dans cette aura rosée de la paix censée à présent régner sur le monde, ces chiffres sinistres ne se dressent pas encore comme les fantômes d'une Seconde Guerre mondiale en laquelle personne ne croyait. Les passagers du navire, Maria comprise, éprouvent une joie euphorique d'être arrivés en Amérique.

Il est midi passé lorsque le *Stockholm* jette enfin l'ancre et que les passagers disposant de passeports américains valides commencent à descendre de la passerelle inférieure pour remettre le pied sur le sol de leur pays natal. La brume s'est levée. Maria, surchargée de lourdes partitions, réalise subitement l'immensité qui l'attend. Elle se souviendra plus tard du sentiment de peur et de solitude qui l'a alors étreinte, de la perte momentanée de cette confiance absolue qui l'a poussée à traverser l'océan. Des centaines de personnes se bousculent sur le débarcadère pour accueillir les nouveaux arrivés. Personne ne l'attend, elle va devoir se frayer un chemin jusqu'au magasin des bagages et s'adresser au comptoir « Aide aux voyageurs », comme on le lui a conseillé. Elle tient ses précieuses partitions encore plus étroitement et tente de se frayer un chemin au milieu des personnes partagées entre les rires et les larmes des retrouvailles, des sacs qu'on laisse tomber lourdement et d'une multitude d'enfants.

Soudain, elle entend quelqu'un crier : « Maria ! » Un homme sémillant, portant une fine moustache, un feutre, une pochette d'un blanc immaculé sortant de la poche de son pardessus chesterfield, saisit ses bagages à main et l'enlace de son bras libre. « Maria, Maria ! », continue-t-il de crier. Maria regarde son père droit dans les yeux et éclate en sanglots de soulagement et de bonheur. Huit années se sont écoulées depuis leur séparation. Le temps a adouci l'apparence de George. Des mèches grises strient ses cheveux. Dans sa tête, Maria l'imaginait beaucoup plus jeune mais sinon, il n'a guère changé. Elle reconnaît même le parfum de sa lotion capillaire. Quant à George, c'est d'une enfant qu'il a été séparé avant la guerre. À présent, il a devant lui une femme mûre à la poitrine généreuse, maquillée, portant des talons hauts et vêtue d'une robe pas très seyante. Il l'a cependant reconnue à sa démarche, à son port de tête et à son regard « de feu ». D'instinct, peut-être.

C'est par hasard qu'il a pris connaissance la veille dans le journal de l'arrivée imminente d'un navire transportant à son bord de nombreux Américains que la guerre avait retenus en Europe. Il a appelé la ligne suédoise afin d'obtenir la liste des passagers et le miracle s'est produit : *Maria Callas* y figurait. Ensemble, ils vont dédouaner les deux petites valises de Maria, puis George hèle un taxi qui les emmène sur la 157e Rue Ouest, non loin de l'appartement qu'ils occupaient autrefois.

George travaille désormais dans un drugstore appartenant à une famille grecque. Il gagne chichement sa vie, mais son salaire suffit à payer ses factures. Il l'aidera dans la mesure de ses moyens. Maria lui raconte sa voix, ses triomphes, ses espoirs de faire carrière en Amérique, et dès qu'ils arrivent à l'appartement, lui montre ses critiques. Devant l'orgueil qu'il manifeste, elle rayonne de joie. Elle a l'impression que tout se déroule selon ses espérances. Washington Heights n'a presque pas changé. L'appartement de son père est situé dans un immeuble qu'elle connaît bien, où habitaient les Papajohn, des amis de sa mère. Au bout d'une semaine, elle comprend qu'Alexandra, leur fille, qui occupe encore l'appartement de ses parents, est la maîtresse de son père.

En fait, Alexandra tient l'appartement de George, et cette situation ne date pas de la veille. Elle fait les courses, prépare les repas et dîne avec eux. George la raccompagne ensuite chez elle et ne redescend pas le reste de la soirée. Maria n'aurait pas dû s'offusquer. Son père n'a qu'une cinquantaine d'années et cela fait huit ans que son épouse est partie. Alexandra est une célibataire discrète, aux manières et au maintien agréables. Approchant de la quarantaine, cette femme aux goûts vestimentaires simples ne manque pas de charme, malgré un léger embonpoint. George et elle se connaissent depuis des années, leur amitié s'est lentement transformée en une liaison solide et si George n'était pas toujours marié, ils auraient convolé. Si Maria se souvenait, ne serait-ce qu'un peu, des années de malheur que sa mère a infligées à son père, elle comprendrait la situation de ce dernier. Mais elle éprouve à son égard, à présent qu'elle l'a retrouvé, un sentiment de possessivité farouche. Alexandra n'entre tout simplement pas dans la représentation idéale qu'elle s'était faite de la situation.

S'ensuit une querelle pénible, car Maria somme son père de choisir entre sa maîtresse et elle. George s'y refuse. Maria déménage dans une petite chambre de l'élégant hôtel Astor. Très vite cependant, elle s'aperçoit qu'elle n'en a pas les moyens. Au bout de cinq jours, son père paie la note et elle revient à l'appartement. Ils ont conclu un marché : tant qu'elle y logera, c'est elle, et non Alexandra, qui le tiendra. Cet épisode laisse à penser que Maria a moins réagi par sens de la morale que parce qu'elle était piquée au vif d'avoir à partager l'affection de son père avec une rivale beaucoup plus jeune que sa mère.

La petite réserve d'argent de Maria fond comme neige au soleil, au fur et à mesure qu'elle parcourt les rues de New York, s'arrêtant sans cesse pour s'empiffrer de hot dogs, hamburgers, crêpes au sirop d'érable et desserts sucrés qui lui ont tellement manqué. « J'avais faim comme on a faim quand on n'a pas été rassasié pendant très très longtemps. Je n'arrêtais pas de manger, se souviendra-t-elle, et j'ai beaucoup grossi. » Du coup, elle n'entre plus dans ses vêtements et doit en acheter d'autres. George ne peut pas lui donner suffisamment d'argent pour couvrir ses besoins personnels. Elle rejette vite l'idée de prendre un emploi, car elle n'a aucune qualification pour obtenir un salaire décent. De plus, elle doit revenir à sa musique et s'occuper de sa carrière en Amérique. Pour cela, il lui faut un piano, un professeur de chant et un agent. Elle veut également s'installer dans un quartier plus huppé que Washington Heights.

Elle renoue avec son parrain, le Dr Lantzounis, qui a épousé une jeune femme, Sally, à peine plus âgée qu'elle. Il s'intéresse à sa carrière, d'autant qu'elle vient souvent travailler sur le piano de son appartement. Elle lui emprunte de l'argent et il lui verse une petite somme mensuelle pour lui permettre de se concentrer sur son avenir. Elle n'a pas encore les moyens de quitter l'appartement de son père, mais elle passe davantage de temps dans le duplex de l'East Side de Manhattan de Lantzounis et de Sally que chez lui. Ces problèmes urgents résolus, Maria essaie de contacter Nicola Moscana. Le bureau du Metropolitan Opera refuse de lui communiquer son adresse et son numéro de téléphone. Elle lui envoie une lettre, aux bons soins de la compagnie. Deux semaines plus tard, n'ayant pas de réponse, elle appelle le Met et demande au culot à parler à sa secrétaire. Cette dernière accepte de transmettre un message au chanteur. De nouveau, pas de réponse. Ces allées et venues durent plusieurs mois avant que Maria n'accepte de se rendre à l'évidence : Moscana ne se souvient plus d'elle ou alors, il ne désire pas l'aider. Cependant, elle s'accroche. Elle lui écrit encore, mais pour lui demander cette fois, à défaut de l'auditionner personnellement, de parler d'elle au directeur du Met, Edward Johnson, et de souffler son nom par la même occasion au grand chef Arturo Toscanini, dont elle a entendu dire qu'il était l'un de ses grands amis.

Le temps passe et aucun résultat concret ne se profile. Évangélia n'étant plus là pour la pousser constamment, Maria s'aperçoit qu'elle est capable de se montrer plus agressive. Le courrier traverse l'Atlantique dans les deux sens. Maria ne parle pas à sa mère de George et d'Alexandra ; les missives d'Évangélia sont emplies de récriminations et de plaintes : Milton est de plus en plus souffrant et il se montre moins généreux à son égard. Elle est dans le besoin. Que fait Maria ? Elle fait le tour des bureaux d'agents et d'organisateurs de concerts, sans parvenir souvent à en dépasser l'antichambre. Force lui est d'admettre que, pour le monde lyrique new-yorkais, ses succès à l'Opéra d'Athènes durant les années de guerre ne représentent rien. Pis encore : qu'elle ait chanté Léonore et Santuzza si jeune la transforme en objet de suspicion. Ses critiques sont en grec, si bien que personne n'est capable de les lire. On est encore loin de l'époque où la fourniture d'un enregistrement suffira à montrer ce que l'on sait faire. Quelqu'un lui suggère de louer une salle pour se faire entendre en récital, mais elle n'en a pas les moyens.

Au bout de six mois de rejet, alors qu'elle est vraiment démoralisée, Maria obtient enfin sa première audition importante. Non pas pour le Met, mais pour un ténor de renommée mondiale, Giovanni Martinelli, qui se trouve être un patient du Dr Lantzounis auquel il a accepté de rendre ce service. Martinelli est un chanteur révéré, une légende, comme on disait à l'époque. Malgré ses soixante ans, il chante encore avec une voix « d'argent fin », un style impeccable, une technique sans défauts. Puccini l'a engagé à l'âge de vingt-six ans pour la première en Europe de *La Fanciulla del West.* Ténor principal du Met depuis 1913, il s'est illustré dans le rôle d'Otello. Son interprétation de Tristan, face à l'Isolde de Kirsten Flagstad dans deux productions célèbres de l'Opéra de Chicago, en a fait une star mondiale. Son soutien aurait du poids. Maria est persuadée que, s'il parle d'elle à Edward Johnson, elle obtiendra son audition au Met.

Depuis janvier, Maria travaille avec Louise Taylor qui, fascinée par son talent, a volontiers accepté de lui donner des cours à prix réduit. Taylor lui suggère de chanter « Casta Diva » de *Norma* devant Martinelli. Maria loue les services d'un pianiste pour l'accompagner dans l'appartement du ténor. Martinelli les fait longuement attendre avant de leur réserver un accueil très frais. Manifestement, il les considère comme des intrus et regrette déjà la promesse qu'il a faite à son médecin. Maria, son accompagnateur et Martinelli, assis sur une chaise à dos droit, sont seuls dans la pièce. Encore bel homme, le ténor fait signe à Maria de commencer. Elle ne parvient pas, semble-t-il, à effacer l'impression de nervosité qu'elle lui donne au départ. Martinelli ne l'interrompt pas. À la fin, il se lève, lui dit sans aucune bienveillance qu'elle a une voix intéressante au timbre parfois un peu désagréable, qui mérite d'être travaillée avec un bon professeur. Il lui serre la main, remercie le pianiste et disparaît.

Effondrée, Maria retourne chez Louise Taylor. C'est la première fois qu'elle s'est fait traiter comme une simple amatrice par un professionnel renommé. Taylor ne décolère pas, car elle ne parvient pas à comprendre comment l'audition a pu mal tourner. Elle n'est d'ailleurs pas la seule à être séduite par la voix de Maria. Deux de ses amis proches, Richard Bagarozy, un avocat, et son épouse, Louise Caselotti, une mezzo-soprano qui a fait carrière à Hollywood durant les années trente et le début des années quarante en doublant des actrices de comédies musicales, y croient aussi passionnément. Tous deux rêvent de fonder leur propre compagnie d'opéra. Maria chante souvent dans leur superbe appartement de Riverside Drive à Manhattan, pourvu d'immenses baies vitrées d'où l'on aperçoit le New Jersey, de l'autre côté de l'Hudson River.

Les Bagarozy forment un beau couple cosmopolite d'origine italo-américaine. Ils ont beaucoup voyagé et connaissent énormément de monde. Maria a tout de suite été conquise par eux. Physiquement, Louise pourrait passer pour sa sœur aînée et elles ont noué une relation de cet ordre. Maria fait confiance au goût de Louise et aux qualités d'entrepreneur de Richard. Les Bagarozy ont vite fait de la réconforter. Ils donnent de superbes réceptions auxquelles assistent des passionnés d'opéra et quelques vrais « noms ». Maria chante lors de ces soirées, mais de manière à ne pas donner l'impression aux invités d'assister à une audition ni à leur laisser entendre qu'ils devraient investir leur argent dans l'entreprise de Richard... C'est pourtant, évidemment, le but de l'opération et des commentaires sur le talent de la protégée des Bagarozy parviennent aux oreilles d'Edward Johnson, le directeur du Met, qui a par ailleurs déjà le curriculum vitae de Maria entre les mains. Johnson est un ténor canadien qui a fait carrière au Met avant d'en prendre les rênes. Ayant hérité en 1935 d'une compagnie pratiquement en ruine, il a créé les retransmissions lyriques du samedi après-midi à la radio, qui ont rapporté 90 000 dollars au Met lors de leur première saison. Lorsque la guerre a éclaté, de nouveaux problèmes très lourds ont surgi. Beaucoup d'artistes étant restés coincés dans leur pays natal, la compagnie s'est retrouvée en panne de chanteurs (l'inverse s'est produit avec de nombreux chefs d'orchestre : Bruno Walter et Georg Szell, présents à New

York au début de la guerre, y sont restés). Johnson s'est alors mis en quête de jeunes talents américains et a lancé toute une génération de chanteurs importants, dont Helen Traubel, Leonard Warren, Eleanor Steber, Astrid Varnay, Regina Resnik, Richard Tucker, Robert Merrill et Jerome Hines.

Lorsque Maria a sollicité une audition, Johnson n'avait pas de place disponible. De plus, elle se recommandait de l'Opéra d'Athènes, qui n'évoquait rien pour lui. Pour finir, il lui a suggéré, par le biais d'un courrier de sa secrétaire, de s'inscrire à l'audition annuelle des jeunes chanteurs, dont les vainqueurs signent un contrat avec la radio et ont la possibilité d'apparaître sur scène dans un rôle secondaire la saison suivante. Comme elle n'envisageait pas d'entamer sa carrière en Amérique de la sorte, Maria, malgré de bien sombres perspectives d'avenir, a rapidement rejeté cette solution et continué de ne pas accepter les compromis.

En juin 1946, Johnson se retrouve confronté à un sérieux problème de programmation. Il a inscrit *Fidelio* au programme de la saison 1946-47, mais il ne dispose pas de soprano dramatique pour le rôle de Léonore. Subitement, il se rappelle vaguement que la jeune cantatrice dont on lui a parlé l'a chanté à l'Opéra d'Athènes. Il fait traduire les critiques que lui a envoyées Maria et, après en avoir pris connaissance, l'appelle pour lui demander de venir passer une audition au Met. Maria ignore tout des raisons de ce coup de fil qui l'enivre. Son rêve va enfin se réaliser. Armée une fois de plus de la partition de « Casta Diva », elle s'habille simplement pour être à l'aise et prend un taxi – grand luxe – jusqu'à l'entrée des artistes du bâtiment de brique jaune qui abrite à l'époque la plus importante compagnie d'opéra américaine.

Edward Johnson, toujours bel homme à soixante-huit ans, est un personnage moins imposant que Giovanni Martinelli. Traits réguliers, cheveux grisonnants, il est aussi beaucoup plus séduisant et chaleureux que lui. Il accueille Maria avec amabilité, échange quelques propos avec elle pour la détendre et prend ensuite place au premier rang de la petite salle de répétition. Maria n'a jamais mieux chanté *Casta Diva*.

Johnson se lève et vient la féliciter près du piano. Il la prie de le suivre dans le dédale de couloirs tortueux du bâtiment. Une fois qu'elle est assise en face de lui, derrière son grand bureau d'acajou encombré de piles de papiers, il lui propose un engagement. Comme elle est jeune et sans véritable expérience, il ne pourra bien entendu pas la payer très cher, mais elle fera ses débuts dans un rôle vedette dès cette saison. Maria est enchantée. « Lequel ?

— Léonore de *Fidelio*. Je crois que vous le chantez en allemand, mais vous n'aurez sans doute pas de difficultés à apprendre la version anglaise que nous allons présenter. »

Il ajoute que, si elle a du succès, elle pourra sans doute chanter aussi *Madame Butterfly*. Sidéré, il voit alors Maria se redresser sur sa chaise et lui répondre qu'elle ne pense pas que ces deux rôles soient indiqués pour ses débuts en Amérique.

Elle garde un souvenir désagréable du costume masculin de Léonore. Comme elle est plus enveloppée qu'à l'époque, elle sait qu'elle aura l'air davantage empêtrée, et que pour les mêmes raisons, son physique ne lui permet pas non plus d'incarner avec crédibilité la fragile Butterfly. En outre, malgré l'immense succès remporté par *Fidelio* à Athènes, Léonore ne chante pas à ses yeux d'aria susceptible de faire de ses débuts un triomphe fracassant. Face à cette grande occasion qu'elle attend désespérément, Maria ne veut ni se ridiculiser, ni perdre toute chance de devenir l'une des premières cantatrices du Met. Elle demande alors à Johnson s'il a un autre rôle à lui proposer. Il lui répond que non.

Maria s'adosse à sa chaise et réfléchit longuement. « Dans ce cas, je pense que je ne peux pas accepter votre offre », finit-elle par répondre. « Elle a eu raison de refuser, dira Edward Johnson beaucoup plus tard. Franchement, c'était un contrat de débutante. Elle n'avait pas d'expérience, pas de répertoire. Elle était beaucoup trop grosse, mais… les jeunes sont en général trop gros. »

Sur le moment, il est cependant très déçu, et stupéfait qu'une chanteuse fraîchement arrivée aux États-Unis puisse, sans avoir chanté le moindre rôle important dans un grand théâtre, refuser un contrat avec le Met. C'est Regina Resnik, qui a remporté un certain succès avec le New York City Center avant d'être engagée par le Met, qui va accepter de chanter Léonore, bien qu'elle soit en réalité une mezzo-soprano. La production ne sera pas un succès, et malgré quelques bonnes critiques personnelles, ce rôle n'aidera pas beaucoup la carrière de cette cantatrice douée, comme Callas, d'un grand sens dramatique.

À son retour chez les Bagarozy, Maria leur raconte son entrevue avec Johnson. Personne n'arrive à croire qu'elle ait refusé un contrat avec le Met. Louise Taylor lève les bras au ciel et lui déclare qu'elle a gâché toutes ses chances de faire un jour carrière aux États-Unis. « Idioties, réplique Maria du tac au tac. Un jour, le Met viendra me supplier à genoux de chanter. »

Sur ces entrefaites, l'Opéra de San Francisco lui propose aussi d'auditionner. Cette compagnie a été fondée en 1923 par Gaetano Merola, chef d'orchestre doué pour l'administration qui a réussi à en faire la deuxième troupe d'opéra derrière le Met, dont les artistes apparaissent souvent dans ses productions. Une fois par an, Merola vient à New York recruter de nouveaux talents. Louise Taylor organise l'audition, qui se passe mal. Maria déteste les auditions. Non par crainte d'avoir à montrer ce qu'elle sait faire, car ce défi la stimule, mais parce qu'elle préfère de loin chanter pour un public que pour une seule personne. Elle est en effet incapable de se donner à fond si elle ne sent pas de bonnes ondes avec cet unique auditeur. Sur-le-champ, Merola lui déplaît. Il la traite comme une étudiante et lui dit : « Vous devez maigrir. Vous êtes beaucoup trop grosse pour votre âge. »

Quand elle a terminé de chanter, il la contemple d'un air sceptique pendant un certain temps. Puis il lui lance : « Vous êtes jeune. Allez d'abord faire carrière en Italie et je vous engagerai après.

— Merci, répond-elle d'un ton coupant. Mais une fois que j'aurai fait carrière en Italie, je n'aurai plus besoin de vous ! »

Sur ce, elle sort de la salle la tête haute. Maria Callas aimait relater cet échange. S'il y a bien une chose dont elle ne manque pas, c'est d'arrogance. Son petit cercle d'admirateurs – les Lantzounis, Louise Taylor, les Bagarozy et certains de leurs invités – ont nourri son ego, à juste titre. Maria a un talent hors du commun, mais elle ne plaît pas à tout le monde. Lorsqu'elle est un peu froissée, sa personnalité peut se révéler très désagréable. Elle est effectivement beaucoup trop forte et porte des vêtements peu flatteurs lors de ses auditions. Mais, surtout, elle a encore parfois quelques lacunes dans la formation de sa technique vocale.

Maria possède une grande voix dramatique, absolument unique, mais on peut comprendre les préoccupations de Merola, qui devait réfléchir en fonction de sa compagnie et non d'une seule artiste. Maria n'est pas encore prête à chanter dans des ensembles et n'est pas assez flexible pour être distribuée dans tous les genres de rôles. On peut même avancer que Merola l'a estimée honnêtement et, en lui disant qu'il l'engagerait une fois qu'elle aurait de l'expérience, lui a donné un but vers lequel tendre. La réplique de Maria était complètement stupide. Elle a peut-être fait un bon mot pour ses admirateurs, mais elle vient de dire non au Met et de perdre toute chance que Merola change d'avis à son égard dans un avenir proche. Résultat, les deux plus grandes compagnies d'opéra nord-américaines lui sont à présent fermées.

Elle aurait peut-être été moins outrecuidante si les Bagarozy ne l'y avaient pas autant encouragée. Richard cherche toujours à fonder sa propre compagnie, qui comprendra bien entendu sa femme mais aussi Maria et de nombreux artistes étrangers qu'il a engagés par l'intermédiaire d'un agent italien, Ottavio Scotti, en leur faisant miroiter une grande liberté de choix dans leurs rôles et des primes au prorata du succès des représentations. Parmi ces artistes figurent le ténor Galliano Masini, la basse Nicola Rossi-Lemeni qui vient de faire ses débuts à Venise, la soprano Mafalda Favero, belle interprète de Mimi et de Manon, et le ténor wagnérien Max Lorenz.

Pendant la plus grande partie de l'année 1946, Richard s'efforce de trouver le capital nécessaire pour fonder la compagnie du Chicago Civic Opera, dans ce théâtre construit en 1929 qui a été victime de la Dépression. Les tentatives de le remettre à flot ont toutes échoué. Richard est par-dessus tout un promoteur avisé, capable de rassembler les personnes et les institutions susceptibles de soutenir une telle entreprise. Il se heurte au fait que Chicago n'est pas considérée comme une cité favorable à l'opéra, puisque ce théâtre, même lorsqu'il était au pinacle dans les années vingt avec la célèbre Mary Garden au gouvernail, perdait plus d'un million de dollars par an.

En dépit de ces obstacles, Richard parvient à trouver la somme nécessaire pour se lancer dans cette aventure, mais il lui faut encore beaucoup d'investisseurs. Vers la fin de 1946, il entame dans son appartement les répétitions d'une production de *Turandot* dans laquelle Maria tiendra le rôle principal. S'inspirant des théâtres de Broadway, il collecte de l'argent en donnant des soirées au cours desquelles sont chantés des extraits de l'opéra. Maria est aux anges. Elle imagine une compagnie d'opéra qui tournera autour d'elle. En pleine illusion, elle se dit alors qu'elle ne pourra pas supporter seule le fardeau de la célébrité, qu'il lui faut à ses côtés quelqu'un en qui elle ait une confiance absolue. Ce rôle lui paraît convenir idéalement à sa mère, qui continue de se plaindre amèrement qu'elle l'a abandonnée au moment où elle était le plus dans le besoin. Sans consulter son père, Maria demande de l'argent au Dr Lantzounis pour faire revenir Évangélia aux États-Unis. Son parrain, à qui elle a menti en lui affirmant que c'était le souhait de ses parents, s'exécute.

L'arrivée imminente d'Évangélia déclenche une crise terrible entre George et Alexandra. Évangélia va revenir vivre dans l'appartement de la 157e Rue Ouest. Comment comprendre que Maria se soit immiscée ainsi dans la vie privée de ses parents, si ce n'est en admettant qu'elle est totalement insensible aux sentiments de son père, qu'elle veut mettre un terme à sa liaison avec Alexandra et l'obliger à reprendre sa vie conjugale contre sa volonté ? Alexandra est affolée ; George extrêmement agité. Maria répète que c'est la meilleure solution pour tout le monde et George finit par accepter d'accorder une seconde chance à son mariage.

La veille de Noël 1946, le luxueux paquebot *Queen Elizabeth*, à bord duquel voyage Évangélia, jette l'ancre à New York. Son mari et sa fille sont venus l'accueillir. Dès l'instant des retrouvailles, il s'avère que George et Évangélia auront le plus grand mal à se réconcilier. Le lendemain, les hostilités sont déjà lancées. Évangélia a découvert des preuves de la liaison d'Alexandra avec son mari. Elle hurle des insultes comme « Ta putain ! » et jette par la fenêtre tous les objets susceptibles d'avoir appartenu à Alexandra. Puis elle se barricade dans sa chambre et interdit à George de l'approcher. Elle menace de se suicider si Alexandra ne quitte pas l'immeuble. De crainte qu'elle ne passe à l'acte, Alexandra déménage à quelques rues de là avec sa vieille mère.

« Père a haussé les épaules et décidé qu'il était plongé dans son pire cauchemar, entouré de ses femmes cinglées qui avaient repris le contrôle », écrit Jackie. Ils parviennent à une sorte d'accord : Évangélia et Maria partagent une chambre et George occupe l'autre. Maria s'en veut frénétiquement de s'être infligé ce souci. Sa liberté est de nouveau menacée : chaque fois qu'elle veut passer la nuit chez les Bagarozy, sa mère pousse les hauts cris.

Pour ajouter de l'huile sur le feu, Bagarozy fait faillite. L'*American Guild of Musical Artists* lui a demandé une garantie excessive pour les salaires des chanteurs de sa compagnie. Comme il n'a pas pu la déposer, ses investisseurs se sont retirés et il se retrouve dans l'incapacité de payer les salaires en instance, les costumes qui ont été commandés et les décors déjà conçus. Il n'y aura ni *Turandot*, ni accession au vedettariat pour Maria. Elle ne peut même plus aller se réfugier dans l'appartement des Bagarozy, car il a été mis en vente.

Sa situation n'a jamais été plus noire. Mais au moment où Évangélia l'incite même à prendre un emploi de vendeuse, l'espoir surgit en la personne du célèbre ténor Giovanni Zenatella. Agé de soixante-quinze ans, Zenatella, créateur de Pinkerton dans *Madame Butterfly* de Puccini, a été le professeur de Lily Pons et de Nino Martini. Fondateur du festival estival des Arènes de Vérone, un amphithéâtre romain qui peut accueillir vingt-cinq mille spectateurs, il est à la recherche d'une jeune soprano capable de chanter l'été suivant le rôle principal de *La Gioconda*, l'opéra en quatre actes d'Amilcare Ponchielli. La basse Nicola Rossi-Lemeni, qui a été engagée pour chanter Alvise, chef de l'Inquisition, lui suggère d'écouter Maria avant de distribuer le rôle de Gioconda.

Maria auditionne dans « Suicido », monologue dramatique du dernier acte de l'opéra qu'elle a étudié avec Hidalgo. Dans cette aria, Gioconda, en proie au désespoir – elle a perdu son amant, sa mère a disparu –, envisage de se suicider. Zenatella se lève avant même qu'elle en ait terminé. Maria possède exactement la voix et les dons dramatiques qu'il recherche. Richard Bagarozy se propose de mettre les contrats au point. Le lendemain, il présente à Maria un contrat d'imprésario selon lequel elle lui cède les droits de la représenter exclusivement pendant dix ans. Elle le signe à contrecœur.

Le dilemme de Maria est résolu. Non seulement elle va faire ses débuts en Italie dans un premier rôle qui lui permettra de déployer toutes les facettes de son talent, mais elle chantera sous la baguette du grand chef italien Tullio Serafin, qui a dirigé au Metropolitan Opera pendant dix ans et joué un rôle déterminant dans la carrière de Rosa Ponselle. Elle va également échapper à la situation intolérable qu'elle a elle-même créée en réunissant ses parents.

Évangélia ne décolère pas de devoir rester à New York dans ces conditions vraiment hostiles et pénibles et ne se calme un peu que lorsque Maria lui remet la plus grande partie de l'argent qu'elle a reçu à la signature de son contrat. Trois mois plus tard, allégée de plusieurs kilos, Maria est accompagnée par ses parents et Richard Bagarozy jusqu'au *Rossia*, le navire russe qui effectuera en huit jours la traversée jusqu'à Naples. Nicola Rossi-Lemeni et Louise Caselotti-Bagarozy sont du voyage.

« Le bateau était dégoûtant, racontera Maria à son ami Stelios Galatopoulos. Et l'attitude de l'équipage aussi. On aurait dit un transport de troupes, et ils ont eu l'audace de croire qu'à l'arrivée, les passagers écriraient un mot pour les remercier de les avoir si bien traités ! Je n'ai pas besoin de vous dire ce que j'ai fait. Disons que j'ai déchiré le papier, qui était sale aussi, sous leur nez. »

Pourtant, Maria est loin d'être aussi sûre d'elle que sa conduite le laisse supposer. Elle se sait capable de chanter Gioconda et d'en extraire toute la substance dramatique, mais elle n'est pas sûre que les Italiens apprécieront son interprétation. Ces préoccupations l'incitent à se plaindre et, comme chaque fois qu'elle est en crise, elle est obsédée par la nourriture. Les repas servis à bord du paquebot sont infects et elle se rabat sur le bon pain et les bonbons. Lorsque le bateau arrive à Naples, elle a repris une grande partie du poids qu'elle avait récemment eu tant de mal à perdre.

Tout le monde sait cependant que les divas sont souvent corpulentes. Par conséquent, quelle importance ? Maria se dit qu'elle va bientôt faire ses débuts de vedette dans le monde de l'opéra. De *diva*. Elle a vingt-trois ans et elle est sur le chemin de la gloire.

6

Débuts italiens : Vérone, 1947

Le matin du 29 juin, le *Rossia* jette l'ancre dans la baie de Naples sous un soleil éblouissant. Maria a hâte de commencer son aventure italienne. Louise Caselotti Bagarozy aide Nicola Rossi-Lemeni et Maria à débarquer et à passer dans la salle des douanes bondée où l'on entend surtout parler anglais, comme à bord du navire. Les voyages organisés en Italie ont repris. Appâtés par le succès international de films italiens récents comme *Rome ville ouverte* de Rossellini ou *Sciuscia* de Vittorio De Sica et par le taux de change plus qu'avantageux des dollars en lires, nombreux sont les voyageurs américains. Apparemment, rares sont ceux qui manifestent à l'égard des Italiens l'animosité qu'ils éprouvent envers les Allemands.

Grande voyageuse, Louise n'est pourtant pas davantage la guide des deux jeunes chanteurs que leur professeur de chant. Elle les accompagne en qualité de représentante de leur agent, statut qui lui vaudra de percevoir 10 % sur leurs apparitions au festival de Vérone. Ce voyage lui procure aussi un motif pour quitter les États-Unis, pendant que Richard essaie de calmer leurs créditeurs. Rossi-Lemeni, bien que d'origine italienne, est né et a été élevé à Istanbul. C'est à peine s'il connaît l'Italie mieux que Maria, qui n'y a jamais mis les pieds.

Nos trois voyageurs ne voient pas grand-chose de Naples, car ils doivent prendre un train tôt dans la matinée pour

Vérone. Ils s'arrangent pour faire expédier leurs bagages plus tard et se précipitent à la gare. En 1947, les voyages par le rail en Italie laissent encore beaucoup à désirer en matière de vitesse et de confort. Entre Naples et Vérone, le trajet prend alors dix heures, avec deux changements à Rome et Modène, ainsi que de nombreux arrêts et des horaires très élastiques.

Malgré son épuisement, Maria confie à Louise ses pressentiments positifs : une chose merveilleuse va se produire et elle est prête à l'accepter. À Modène, le train est tellement bondé que Rossi-Lemeni est contraint de céder sa place à une femme enceinte et de s'asseoir par terre dans le couloir jusqu'à la fin du voyage. À la nuit tombée, ils approchent de Vérone. Le train traverse le Pô, encore gonflé par de lourdes pluies de fin de printemps. À la vue des terres agricoles verdoyantes bordant le fleuve, Maria a du mal à concevoir que si peu de temps s'est écoulé depuis la guerre et l'époque où ces mêmes terres étaient jonchées de gravats et de cadavres de soldats, pour la plupart beaucoup trop jeunes pour mourir, indépendamment du camp qu'ils défendaient.

À la gare de Vérone, ils sont accueillis par Gaetano Pomari, représentant des Arènes. Il est presque 21 heures. Leur train a une heure et demie de retard. Une dizaine de notables les attendent au restaurant Pedavena pour le dîner. Pomari tend un bouquet de fleurs à Maria et les fait monter tous trois dans un taxi. Un véhicule datant manifestement d'avant-guerre, qui fait tressauter ses passagers en empruntant avec fracas les rues pleines d'ornières de la ville jusqu'à l'hôtel Academia où le trio va séjourner pendant sept semaines. Maria dispose de sa propre chambre, mais elle partage une salle de bains avec Louise. Comme leurs bagages ne sont pas arrivés, les jeunes femmes se contentent de se rafraîchir avant de redescendre dans le hall de l'hôtel où Pomari a été rejoint par un officiel de la cité, Guiseppe Gambato. Ils n'ont qu'à traverser la rue pour gagner le restaurant.

Pomari, célibataire, partage depuis sept ans un appartement, situé commodément au-dessus de l'hôtel, avec un ami,

Giovanni Battista Meneghini. Agé de cinquante-deux ans, ce dernier a hérité de la briqueterie de son père. Comme Pomari, il se passionne pour l'opéra. Le succès de son entreprise lui permet de subventionner le festival de Vérone. Il fait donc partie à ce titre des hôtes qui accueillent Maria et ses compagnons à leur entrée dans le restaurant.

Battista Meneghini n'est pas homme à susciter l'intérêt immédiat d'une jeune femme. Petit, bedonnant, yeux de hibou, cheveux clairsemés et double menton, il est l'un des individus les moins séduisants présents à ce dîner. Il a pourtant « quelque chose ». Non pas du charme au sens habituel du terme, mais une attitude attentionnée, un certain vernis et un air prospère. Il ne parle pas anglais mais son italien dénote sa bonne éducation. En fait, il a étudié le journalisme à Venise mais la mort de son père a mis un terme à ses espérances de jeune homme et l'a contraint à reprendre l'entreprise familiale et la charge de ses frères cadets et de sa mère, à laquelle il est toujours dévoué. Pendant la guerre, du fait que ses usines pourvoyaient aux importants besoins militaires, il n'a pas été enrôlé.

Malgré sa réussite, il est clair que son métier l'ennuie. Célibataire endurci, il ne s'intéresse que de loin aux familles de ses frères et ne pratique aucun sport. Son exutoire, il le trouve dans l'univers de l'opéra, de la musique et dans l'histoire de Vérone et de Venise, sa voisine. Ses connaissances lui permettent de jouer au guide et Pomari s'en remet souvent à lui pour escorter les divas invitées durant leur séjour à Vérone.

« Lorsque Pomari nous a présentés, se souviendra Maria, j'ai eu l'impression au premier abord d'un homme honnête et sincère. Il m'a plu. Puis je l'ai oublié, parce qu'il n'était pas assis à côté de moi et que, sans mes lunettes, je ne pouvais pas le voir. À un moment donné, il m'a fait passer un message par Louise. Il voulait nous emmener, elle, Rossi-Lemeni et moi, le lendemain à Venise. J'ai tout de suite accepté son invitation. »

Le lendemain matin, au réveil, elle change d'avis en constatant que ses bagages ne sont toujours pas arrivés. Rossi-Lemeni la persuade de remettre sa robe de la veille, comme Louise va le faire. Lorsqu'ils se retrouvent dans le hall, elle prie Battista de l'excuser d'avoir tergiversé et lui explique ce qui s'est passé. Il compatit mais soutient galamment qu'elle est « belle comme le jour », qui s'avère des plus ensoleillés.

Avant leur excursion à Venise, il tient à les emmener faire un tour rapide de Vérone, dont la beauté ne cesse de l'émerveiller. Il la considère comme une cité bien plus grandiose que Rome, Florence ou Venise qui l'ont toutes dominée politiquement au fil des siècles. De par sa position stratégique, non loin de la frontière autrichienne, elle a subi de lourds bombardements alliés pendant la guerre et de pires profanations au moment de la retraite des Allemands en 1945. Les décombres ont été enlevés, mais des trous béants subsistent à la place des maisons bombardées. Par miracle, la plus grande partie de son trésor architectural, églises anciennes, murs romains, cours, places grandioses et demeures historiques, est pourtant restée debout.

Dans le train qui les emmène à Venise, où ils auraient pu se rendre en voiture, n'eussent été les sévères rationnements d'essence[1], Maria est assise à côté de Battista. Il lui parle de son amour pour l'opéra, de son impatience de l'entendre dans *La Gioconda.* Il ne semble pas remarquer son embonpoint, alors qu'elle est douloureusement consciente que sa robe ne lui sied pas vraiment et que ses chaussures de marche à talons plats alourdissent encore ses jambes. Rossi-Lemeni lui a raconté que Meneghini est aisé et qu'en qualité de mécène il connaît beaucoup d'artistes et de chefs influents en Italie, mais elle est surtout touchée par l'attention qu'il lui manifeste.

« J'ai eu l'impression que Maria m'appréciait pour moi-même, dira Meneghini plus tard, et non parce que je pouvais lui être utile. Cela m'a procuré un bonheur que je n'avais encore jamais éprouvé au cours de mes "longues" cinquante-deux années. Vous comprenez, il s'agissait d'un

1. Meneghini écrit dans ses mémoires qu'ils y sont allés en voiture. *(NdT)*

sentiment mutuel. Moi aussi, j'ai éprouvé de l'affection (je n'ose pas dire de l'amour) pour elle avant même de l'avoir entendue chanter une seule note. »

Entre eux, l'attirance ne se transformera cependant en sentiment plus profond que lorsqu'il l'aura entendue à la première répétition de *La Gioconda*. Le lendemain de leur arrivée, il se contente de jouer les hôtes prévenants : promenade en vaporetto, repas tardif dans un restaurant de la place Saint-Marc. Aucun homme n'a jamais regardé Maria comme une femme à l'époque où elle résidait à New York, si bien que l'intérêt que lui manifeste Battista lui fait tourner la tête.

La première fois qu'elle pénètre dans les arènes de Vérone, leur gigantisme la laisse interdite. L'amphithéâtre en plein air s'enorgueillit de ses magnifiques productions d'*Aïda*, le chef-d'œuvre égyptien de Verdi. C'est le seul opéra, grâce à son immense décor exotique, sa pompe et ses dizaines de figurants nécessaires pour agiter les plumes de paons du haut des vertigineuses murailles égyptiennes, capable de remplir à la perfection cet espace colossal. Maria craint que *La Gioconda* n'ait l'air d'une petite production sur cette scène immense et que sa voix ne porte pas jusqu'au dernier rang.

Elle s'en ouvre avec une vive inquiétude à Battista qui lui offre un répétiteur à ses frais, l'excellent Ferrucio Cusinati, maître des chœurs des Arènes, pour l'aider au cours des semaines suivantes à surmonter tous les problèmes qu'elle rencontrera. Le chef Tullio Serafin doit arriver le 20 juillet pour les répétitions avec orchestre ; la première est fixée au 3 août. Maria dispose donc de quatre semaines pour préparer son rôle.

Elle comprend alors que ses apparitions en Grèce n'étaient en quelque sorte qu'une « période de préparation, l'achèvement, somme toute » de sa scolarité. Elle y a appris l'étendue de ses possibilités. Elle est à présent sur le point de devenir une véritable professionnelle, une vraie musicienne. « Une des plus grandes chances qui m'ait été donnée… non, *la* plus grande ! dira-t-elle plus tard, c'est d'avoir été dirigée par Tullio Serafin pour mes débuts en Italie. » Dès l'instant où ils font connaissance dans une salle de répétition surchauffée des Arènes, pendant qu'on installe des ventilateurs pour qu'ils ne meurent pas de chaleur, Maria réalise que c'est Serafin qui lui permettra d'accéder au statut de prima donna.

« N'oubliez pas, lui dit-il, que la voix est le premier instrument de l'orchestre. C'est exactement le sens du mot prima donna : "première dame", le premier instrument de l'orchestre. »

« Ce que cet homme vous donnait ! se souviendra Maria à propos de Vérone. Il m'a enseigné que tout ce que l'on fait doit avoir un sens, une justification... que toutes les ornementations doivent être placées au service de la musique et que si on tient à respecter le compositeur et pas seulement à remporter un succès personnel, on trouvera toujours la signification d'un trille ou d'une gamme, qui traduira un sentiment de bonheur, d'inquiétude, de tristesse. Maestro Serafin m'a appris, en résumé, la profondeur de la musique. »

Le chef s'étonne de la voir assister à toutes les répétitions d'orchestre, zèle dont s'abstiennent la plupart des chanteurs. « Au début, elle l'a fait en secret, confiera Serafin à un journaliste, mais après, chaque fois que j'en parlais, elle me disait avec un sourire : "Maestro, ne suis-je pas censée être le premier instrument de l'orchestre ?" »

Maria monopolise tous les instants dont dispose Serafin pour travailler avec lui sa diction et son intonation. « Lorsqu'on veut trouver un geste ou bouger sur scène, lui conseille-t-il, il suffit de le chercher dans la partition ; le compositeur l'a déjà mis dans sa musique. »

Tullio Serafin, « Maestro » pour ses instrumentistes et ses chanteurs, n'a rien d'un colosse et, pourtant, il domine une salle de répétition avec autant d'assurance, de dynamisme et d'énergie qu'il dirige un orchestre et des interprètes sur scène. « Il avait des yeux qui vous hypnotisaient, se souvient un de ses contemporains... Il vivait dans la musique et la musique vivait à travers lui. Il portait toujours ce vieux chapeau de feutre plutôt comique pendant les répétitions, qu'il enlevait et agitait comme un bâton pour souligner quelque chose. Maria était fascinée par lui. Il pensait avoir découvert une cantatrice à laquelle il pourrait conférer de la grandeur. Pour quelle raison ne l'aurait-elle pas idolâtré et n'aurait-elle pas saisi la moindre bribe de conseil qu'il lui donnait ? »

« Lorsque vous montez en scène, dit Serafin à Maria, il ne doit plus y avoir de surprises. » Maria boit chacune de ses paroles. Elle a toujours été la première à arriver aux répétitions et la dernière à en partir, mais son travail, *durant* les répétitions, acquiert une intensité et une profondeur nouvelles.

Tullio Serafin a vu le jour à Rottanova di Cavarzere, près de Venise, en 1878. Violoniste prodige, il a joué enfant devant Verdi. Il a fait ses débuts de chef d'orchestre à la Scala en 1900. Quelques années lui ont suffi pour devenir le « grand maître de la direction d'opéras ». En 1911, il était au pupitre pour la première du *Chevalier à la rose* de Richard Strauss à la Scala. De 1924 à 1934, il a été chef au Met. À son retour en Italie, il est devenu chef principal de l'Opéra de Rome. Il apprécie Vérone, où il a dirigé la première représentation dans les Arènes en 1913. Célèbre dans le monde entier, il a travaillé avec les plus grandes voix de son temps et s'est acquis une réputation de découvreur de jeunes talents, qu'il modèle et transforme en stars. C'est ainsi que la magnifique soprano américaine Rosa Ponselle, qu'il a également dirigée dans *La Gioconda*, lui doit sa carrière.

« Dès que je l'ai entendue chanter, se souviendra Serafin à propos de la première répétition de Maria dans *La Gioconda*, j'ai trouvé sa voix exceptionnelle. Quelques notes n'étaient pas encore tout à fait bien placées mais j'ai tout de suite su que c'était une future grande cantatrice. »

Quand elle ne répète pas avec Serafin, Maria passe son temps avec Meneghini. Ils savourent de délicieux cafés noirs dans les cafés bordant la gigantesque place Bra, face aux Arènes, ou se promènent à pied dans Vérone. Il s'étonne toujours que les touristes pensent que l'histoire de Roméo et Juliette est entièrement sortie de l'imagination de William

Shakespeare, alors que les célèbres amants ont vécu à Vérone. Il lui fait visiter les demeures des Montaigu et des Capulet, qui ont résisté aux outrages du temps. Ils s'aventurent dans des ruelles tortueuses où les grandioses bâtisses anciennes et Renaissance, depuis longtemps délabrées, ont été divisées en petits appartements pour les ouvriers. Il n'a jamais l'air pressé d'atteindre leur destination et ils savourent mutuellement ces moments d'intimité.

Lorsqu'il discute musique et opéra avec les Serafin, Meneghini déploie des connaissances étonnantes. Il se montre toujours courtois avec la femme du maestro, Elena Rakowska, une soprano qui a chanté au Met et à la Scala.

Maria est en train de tomber amoureuse. Elle écrit des « lettres rêveuses » à Jackie et à sa mère, pleines de descriptions de Battista, des petits soins dont il l'entoure et de sa présence constante à ses côtés.

La répétition générale a lieu le 1er août. Cette soirée va être particulièrement difficile pour Maria, puisqu'en Italie, les critiques y assistent. Elle arrive en coulisses avant le coucher du soleil, alors que les techniciens sont en train de vérifier l'installation des haut-parleurs disséminés dans le vaste amphithéâtre. Elle dispose d'un canapé pour se reposer, mais elle se contente d'arpenter sa loge, plus nerveuse qu'à l'ordinaire. Il a fait une chaleur torride durant la journée, au point qu'elle souffre de maux d'estomac. On lui apporte un ventilateur supplémentaire, mais il parvient tout juste à brasser l'air brûlant. Elle a encore grossi depuis son arrivée en Italie et ses costumes la boudinent, malgré le travail de l'habilleuse en chef qui a œuvré jusqu'à la dernière minute pour en élargir la taille.

Pourtant, lorsque le rideau se lève sur la fête vénitienne qui ouvre l'œuvre et que Maria s'avance devant la foule avant d'entonner son premier air, Serafin et la compagnie sont médusés par la manière dont elle prend possession de la scène et donne le ton à la représentation. Elle était très bonne aux répétitions. Sa voix s'est affermie à chaque séance de travail avec le maestro. Mais sur scène, costumée, on dirait qu'elle est devenue son personnage. Ils ont sous les yeux une Gioconda qui garde sa dignité malgré son désespoir pathétique. Sa mère aveugle a été accusée de sorcellerie et elle est prête à sacrifier son corps et sa vie pour sauver Enzo, l'homme qu'elle aime et qui l'a trahie pour une autre femme. C'est la profondeur dramatique de Maria qui les étonne tous, ses regards de terreur et de tendresse d'un réalisme inouï, le frémissement d'une main au moment absolument exact, la tension qui habite son incarnation de Gioconda.

En raison de sa très mauvaise vue, Maria a mémorisé chaque centimètre de la scène et des décors pour ne pas se tromper. Mais, lors de la conclusion dramatique de l'acte II, située dans un lieu sombre et rocailleux près de la mer, où Enzo met le feu à l'embarcation à bord de laquelle il voulait s'enfuir, elle trébuche et tombe. Serafin ne change pas de tempo car il la voit, avec stupéfaction et soulagement, se relever en s'accrochant au rocher le plus proche, comme si cette chute faisait partie de son interprétation. Elle continue ensuite sans montrer qu'elle s'est peut-être blessée.

À l'entracte, elle prétend avec insistance qu'il n'en est rien. Mais, pendant le troisième acte, sa cheville enfle tellement et la douleur devient si aiguë qu'il faut appeler un médecin. Il diagnostique une vilaine entorse et lui suggère d'annuler la fin de la représentation. Maria refuse. Elle parvient, à force de volonté, à se sortir du quatrième acte. Elle a le plus grand mal à prendre appui sur son pied droit qui la lance douloureusement, mais elle se sert de sa douleur. Lorsque Gioconda, au fond du désespoir, chante « Suicido ! » elle « s'élève magnifiquement au niveau du point culminant du drame. Elle déverse des sons fondus et lyriques d'une grande amplitude avec une belle musicalité – allant de la voix de soprano dramatique à celle de contralto opulente », écrit un critique, qui ajoute : « Elle a parcouru la gamme des émotions, du fatalisme introspectif dans "Ultima croce del mio cammin" (La dernière croix de ma vie), à la beauté presque éthérée dans "E un di leggiadre volavan l'ore" (Autrefois la vie s'envolait gaiement) et à la résignation absolue dans "Or peombo esausta fra le tenebre" (Je m'enfonce à présent d'épuisement dans les ténèbres). » Elle interprète et chante sa dernière scène, au cours de laquelle Gioconda se poignarde et hurle à Barnabé, l'homme auquel elle s'est offerte en échange de la vie de son bien-aimé, « Demon maladetto ! E il corpo ti do ! » (Démon maudit ! Tu as à présent mon cadavre !), avec un « réalisme brut, dénué de toute sentimentalité ».

Au baisser du rideau, elle s'effondre de soulagement sur le sol. Des collègues l'aident alors à se relever pour saluer et la transportent ensuite dans sa loge où l'attend un Battista inquiet. Il la reconduit à l'hôtel et reste à son chevet toute la nuit, afin d'appliquer des compresses froides sur sa cheville et lui administrer le léger sédatif prescrit par le médecin, qui ne semble cependant pas soulager sa douleur. Le lendemain, on lui donne un remède plus fort, mais il faut bander plus étroitement son pied et sa cheville pour lui permettre de se déplacer. Le dimanche soir, par une température de 35 °C, Maria fait ses débuts officiels sur une scène italienne, devant un amphithéâtre bondé, éclairé avant le lever du rideau par des milliers de chandelles. Rares sont les spectateurs conscients de son handicap, car elle se déplace avec agilité, sans qu'ils puissent deviner qu'elle souffre. Aux entractes, pendant qu'elle se repose, on applique des compresses de glace sur son entorse et on change sa bande.

Les critiques notent « un timbre plutôt métallique » mais s'accordent à trouver que Maria possède des « qualités extrêmement émouvantes et personnelles », qu'elle chante avec expressivité et que ses notes hautes sont « vibrantes et sans effort ». Ils lui prédisent un avenir glorieux.

« Ce qui m'a d'abord frappé, se souviendra Serafin, c'était sa manière d'interpréter les récitatifs, la signification que cette jeune chanteuse (elle avait vingt-trois ans en 1947 quand je l'ai entendue pour la première fois) qui n'était pas italienne, qui n'était jamais venue en Italie et qui n'avait manifestement pas du tout été élevée dans la tradition italienne, était capable de donner aux récitatifs italiens. Je crois qu'elle y parvenait entièrement à travers la musique. Elle avait bien évidemment une bonne formation vocale, mais aussi une manière innée de s'exprimer à travers la musique.

« Caruso, Titta Ruffo et Ponselle… on peut dire qu'ils relevaient plus ou moins du miracle. Bien sûr, ils ont perfectionné leur technique vocale, mais ils ne possédaient pas le génie de Callas et n'ont pas vraiment éclairé leur art sous un nouveau jour. Callas n'était pas un miracle. Elle aussi avait des dons du ciel éminents mais qui lui étaient tous donnés à l'état brut. Il lui fallait tout atteindre par le biais d'un travail forcené, d'une détermination et d'un dévouement absolus. »

À la troisième représentation, Maria a la certitude de s'être trouvée. Elle doit prendre une décision importante : sa Gioconda, en dépit de son succès, n'a pas créé le genre d'enthousiasme dans la presse internationale susceptible d'inciter les compagnies d'opéra à réclamer ses services à cor et à cri. Selon Serafin, elle est, pour les deux dernières représentations, « brillante, la meilleure Gioconda » qu'il ait entendue. Mais les critiques n'y ont pas assisté. Que doit-elle faire ?

Elle a un billet de retour prépayé pour New York, mais il est trop tôt pour repartir, surtout sans contrat. Elle n'a reçu qu'un maigre cachet pour cette série de représentations. Les Bagarozy ne pourront pas l'aider. De plus, elle ne se voit pas retourner vivre dans l'atmosphère infernale qui règne entre ses parents.

Meneghini prend la décision à sa place. Il lui offre avec générosité de financer la prolongation de son séjour en Italie. Il l'aidera à poursuivre sa formation et à trouver d'autres engagements. Le 18 août au matin, lendemain de la dernière représentation de *La Gioconda*, Louise et Rossi-Lemeni quittent Vérone. Louise et Maria se disputent à la gare, car Louise lui rappelle que son mari et elle sont légalement ses représentants. Elle la prévient que Meneghini n'est pas un véritable imprésario et qu'il est dangereux pour un artiste de laisser son cœur diriger sa carrière. Maria ne l'écoute pas. En fait, elle a déjà accepté avec enthousiasme que Battista prenne ses intérêts en main.

Non seulement elle est amoureuse, mais elle est enchantée de pouvoir désormais se reposer sur un mentor. Meneghini l'emmène renouveler sa garde-robe. Il dîne avec elle tous les soirs et ils débattent de sa future carrière. Il subit une énorme pression de sa mère qui désapprouve complètement leur relation, ainsi que de Pomari, qui lui reproche de négliger ses affaires et de mettre en péril sa position à Vérone. Encore indécis, il ne la demande pas en mariage. Peut-être est-il déçu qu'en dépit du succès qu'elle vient de remporter aucun agent, aucune compagnie d'opéra ne lui manifeste le moindre intérêt. C'est par le plus pur des hasards que la carrière de Maria va basculer.

À la mi-octobre, Battista décide, en partie pour échapper aux critiques de sa mère et à ses disputes avec Pomari, d'emmener Maria à Milan où il connaît un certain Liduino Bonardi, qui dirige une agence lyrique. La rencontre avec Bonardi se révèle plus mondaine que professionnelle. Il n'y aura pas d'audition, comme l'avait laissé miroiter Battista à Maria. En fait, Bonardi ne peut rien pour elle. Alors qu'ils ressortent, fort déçus, de son bureau, Battista tombe sur Nino Catozzo, directeur de La Fenice, le magnifique opéra de Venise. Catozzo se rend lui aussi chez Bonardi, car il est en quête d'une Isolde pour la production de *Tristan et Isolde* qui ouvrira sa saison en décembre.

« Vous ne pouvez pas mieux tomber ! lui dit Battista. Maria connaît bien le rôle et elle est libre à ce moment-là. »

La chance leur sourit, puisque c'est Serafin qui dirigera *Tristan*. Le maestro se trouvant aussi à Milan, Maria et Battista vont directement lui demander son approbation. Serafin accompagne au piano Maria qui, après avoir reconnu qu'elle n'a en fait jamais appris le rôle, chante avec la partition. Le maestro est tellement impressionné qu'il accepte de la distribuer dans Isolde. Maria va retourner à Vérone étudier avec Ferrucio Cusinati, puis elle ira à Rome travailler avec lui.

Débordante de joie, Maria se plonge de tout son être dans cette tâche difficile. Isolde n'exige pas seulement une voix extraordinaire, mais une endurance hors du commun. Comme l'opéra, qui sera chanté en italien, dure cinq heures, Serafin va jusqu'à lui conseiller d'un ton facétieux de porter des chaussures solides et confortables.

Battista écrit qu'il l'a regardée avec émerveillement et crainte devenir « possédée. Quelque chose s'était emparé d'elle et même moi, qui savais maintenant que je l'aimais, j'étais traité comme un intrus ».

7

Une diva est née : Europe, 1948-1949

Le Théâtre de La Fenice[1], véritable écrin, n'est peut-être pas la plus grande salle du monde, mais c'est la plus belle, avec ses loges incrustées d'or, surmontées d'un somptueux plafond à coupole décoré d'imaginatives peintures murales du XVIIe siècle qui se détachent sur des ciels bleus de Della Robbia et des nuages blancs duveteux. Les plus célèbres chanteurs du monde s'y sont produits, le plus souvent en été, quand la saison touristique bat son plein à Venise et que les grands théâtres comme la Scala, le Met et Covent Garden sont fermés. Sous la direction de Tullio Serafin, *Tristan et Isolde* va être interprété par une distribution étincelante à laquelle s'est jointe Maria : Fiorenzo Tasso sera Tristan, Fedora Barbieri Brangaene et Boris Christoff, le roi Mark. La saison hivernale de La Fenice attire certains des amateurs d'opéras et des critiques italiens les plus perspicaces et les plus connaisseurs. Maria va découvrir si elle a vraiment la carrure d'une cantatrice de classe mondiale.

Ses quatre semaines de travail à Rome avec Serafin, à raison de huit à douze heures par jour, sont éreintantes mais très fructueuses. Le maestro et son épouse, Elena Rakowska, la reçoivent chez eux. Battista est resté à Vérone, où sa famille et ses amis essaient toujours de le convaincre de rompre sa

1. Détruit pour la seconde fois par un incendie le 29 janvier 1996 mais en cours de reconstruction, d'où son nom (La Fenice, Le Phénix). (*NdT)*

relation avec Maria. Qu'un homme riche de cinquante-deux ans puisse avoir une liaison avec une jeune chanteuse démunie dépasse leur entendement. Pomari s'inquiète de l'effet de cette situation inconvenante sur le conseil d'administration du Festival de Vérone. Battista n'écoute personne. Il attend simplement avec impatience de retrouver Maria à Venise, avec l'espoir que son Isolde remportera un grand succès, car il pourra alors abandonner son métier d'industriel et devenir imprésario à plein temps.

Comme il ne lui a pas encore proposé de l'épouser, Maria craint que cette longue séparation ne l'incite à l'oublier. De Rome, elle lui écrit : « Tu ne peux pas savoir à quel point tu me manques. J'ai hâte de me retrouver dans tes bras. » Hâte qui ne l'empêche pas de se dévouer complètement à son rôle et de se nourrir des instructions de Serafin. Durant ces quatre semaines, ils vont nouer une collaboration qui jouera un rôle essentiel dans son éclosion définitive.

« Il m'a ouvert un nouveau monde, dira Maria de nombreuses années plus tard. Il m'a montré qu'il y avait une raison à tout, que chaque fioriture[1] et chaque trille ont une nécessité dans l'esprit du compositeur... qu'ils sont l'expression du... personnage, c'est-à-dire des sentiments qu'il éprouve à cet instant-là, des émotions passagères qui le traversent. Il *[me]* donnait des directions à propos de chaque petit détail, de chaque mot, de chaque geste, de chaque souffle... Il m'a appris que les silences ont souvent plus d'importance que la musique. »

Maria s'étonne que Serafin lui demande de se faire tailler ses propres costumes. « Le premier acte de *Tristan* dure quatre-vingt-dix minutes, lui explique-t-il. Quelle que soit la fascination que votre voix exercera sur le public, il aura tout le temps de vous examiner de la tête aux pieds et de détailler vos tenues. Votre apparence sur scène doit être en harmonie avec la musique. »

---

1. Les fioritures sont des ornementations ajoutées par les chanteurs et destinées à mettre en valeur leur agilité.

Dans la lettre de remerciements qu'elle envoie à Battista qui lui a envoyé la somme nécessaire pour payer ces costumes, Maria lui écrit aussi : « Plus je chante Isolde, plus elle se développe. C'est un rôle assez impétueux, mais il me plaît... Hier, j'ai entendu Serafin parler si chaleureusement de moi au téléphone à Catozzo que j'en ai été émue aux larmes... J'aimerais tellement, Battista, que tu sois près de moi... Si j'exprime à travers Isolde tous mes sentiments pour toi, ce sera merveilleux... »

À la mi-décembre, Battista l'accueille à son arrivée à Venise. Dans ses bras, elle verse des larmes de bonheur. Venise est très différente de l'été précédent. À la lumière pâle de l'hiver, la belle teinte dorée des bâtiments encadrant la place Saint-Marc a pris une couleur sépulcrale. Malgré le départ de la plupart des touristes, la cité est encore très animée. Le lendemain matin, Battista et elle prennent le petit déjeuner dans le restaurant de la place Saint-Marc où ils avaient dîné au mois de juin. Ils écoutent les cloches des *marangoni* qui, depuis des siècles, annoncent le début et la fin des journées de travail vénitiennes.

La première répétition sur scène a lieu quelques heures plus tard. Battista fait de son mieux pour calmer une Maria très nerveuse. Il parle vite, les mots sortent de sa bouche comme d'une mitraillette : « *Mia cara, mia cara,* tout se passera bien. Je crois en toi. Le maestro croit en toi. Fais-lui confiance. Fais-moi confiance. »

Maria a cependant conscience que c'est elle qui va être jugée. Elle aborde les répétitions avec une intensité farouche, chantant à pleine voix alors que ses collègues se contentent de marquer. Comme toujours, elle arrive la première et repart la dernière. Battista quitte rarement le théâtre. Il reste assis au dernier rang quand elle est sur scène et à portée de voix quand elle se repose dans sa loge. Le 30 décembre, soir de la première représentation, il la regarde entrer en scène des coulisses et attend qu'elle en sorte pour lui chuchoter des encouragements.

Serafin lui a dit : « Une fois dans la fosse, je suis là pour vous servir, car je dois réussir ma représentation. » Chaque fois qu'elle jette un coup d'œil dans sa direction, elle a la sensation d'avoir là un ami. « Il vous aidait sans répit, se souviendra-t-elle. Il formait tous les mots... il respirait la musique avec vous, il vivait la musique avec vous, il l'aimait avec vous. C'était élastique, ça croissait, ça vivait. »

Son Isolde, qu'elle chante avec un timbre très sensuel, est bien accueillie. On loue son extraordinaire présence scénique, tout comme la chaleur et « le lyrisme approprié » de sa voix. Et pourtant, elle ne reçoit pas les acclamations qu'elle attendait. Elle n'a pas créé de sensation. Elle n'est pas destinée à devenir une grande soprano wagnérienne. Ce verdict ne l'attriste pas vraiment. Elle admire Wagner et elle a pris du plaisir à chanter Isolde mais dans le fond, elle sait qu'elle n'a pas trouvé son créneau. Après avoir chanté quatre représentations de *Tristan*, elle entreprend tout de suite les répétitions du *Turandot* de Puccini, qu'elle a accepté de reprendre au pied levé quand la cantatrice distribuée est tombée malade.

Elle a étudié le rôle de Turandot à New York, puisqu'elle devait l'interpréter dans la compagnie que Bagarozy essayait de créer. Serafin, pris par d'autres engagements, ne sera pas au pupitre, mais il lui a conseillé d'accepter cette proposition, même si elle n'a que deux semaines pour se préparer. Il faut qu'elle se montre et que les critiques puissent constater sa versatilité. De plus, Turandot est un rôle éminemment dramatique, une vitrine idéale pour ses dons d'actrice et son registre vocal, que le maestro considère comme ses qualités les plus exceptionnelles.

Turandot, qui a pour cadre une Pékin immémoriale, est l'opéra le plus exotique de Puccini. La princesse Turandot est une femme puissante et cruelle, animée à la fois par la passion amoureuse et un désir de revanche. La ligne des somptueux kimonos brodés dissimule la corpulence de Maria. Son maquillage saisissant met particulièrement en valeur ses yeux expressifs. C'est dans cet opéra, dans son incarnation de la princesse farouche de Puccini, que Maria inaugure les gestes, simples mais d'une efficacité souveraine, et les contacts visuels qui exerceront un tel magnétisme sur le public et marqueront toutes ses futures interprétations.

« Callas a incarné une admirable Turandot, écrit le critique d'*Il Gazzettino*. Sa voix est précise et sonore, surtout dans le registre aigu. *[Elle est]* une artiste d'une finesse, d'une sensibilité et d'une intelligence hors pair, à l'instar de son impressionnante présence scénique. Callas s'est attaquée à la tessiture[1] ardue du rôle avec énergie et confiance. »

Tout de suite après ces cinq représentations de *Turandot* des 29, 31 janvier et 3, 8 et 10 février, Maria reçoit des propositions des opéras d'Udine *(Turandot)*, Trieste *(La Force du destin)*, Gênes *(Tristan et Isolde)* et Rome *(Turandot)*. Aucun n'est un théâtre de premier plan, mais Serafin et Battista lui conseillent d'accepter. Ils pensent qu'elle doit multiplier les apparitions sur scène qui lui permettent de peaufiner son art. Elle n'obtient que de bonnes critiques. Elle construit lentement sa réputation mais la gloire n'est pas encore au rendez-vous.

Durant l'été 1948, elle chante de nouveau aux Arènes de Vérone, cette fois dans *Turandot*. Elle est déprimée et ses troubles alimentaires se sont aggravés avec sa prise de poids. Elle en est revenue aux habitudes prises en Grèce quand elle était jeune fille : chiper de la nourriture, la rapporter dans sa chambre, la cacher – sous le lit, dans le placard à pharmacie et sur l'étagère du haut de son armoire – pour s'aider à passer les nuits d'insomnie, emplies d'angoisse, qui ont commencé à la tourmenter.

Elle ne se fait pas seulement du souci pour sa carrière mais pour son avenir avec Battista. Il ne lui a toujours pas demandé de l'épouser, même s'il fait tout ce qu'il peut pour l'aider et s'il s'est presque entièrement débarrassé de son entreprise en la transmettant à ses frères cadets. Ils couchent ensemble et les collègues de travail de Maria savent qu'il est son amant, tout comme la famille de Battista, qui ne l'accepte

1. Étendue des sons capables d'être émis par une voix. Les airs de *Turandot* sont éprouvants pour la voix et dépassent souvent l'étendue normale d'un registre.

pas davantage que la famille de Milton n'a accepté Jackie. Ils ont pris une suite dans l'un des meilleurs hôtels de Vérone. Battista y a emporté certains de ses objets d'art préférés, il y a toujours des fleurs dans les vases et il l'appelle « leur maison ». Mais Maria, qui est sincèrement éprise et qui a besoin de la présence de Battista, sait que, si ses sentiments changent, il disparaîtra et la « maison » aussi.

Le vrai succès, le grand succès, reste hors de portée, comme l'homme qu'elle aime. Pour le pousser à faire sa demande, elle le menace de repartir aux États-Unis. Battista fait part de son désarroi à Serafin mais ne se décide toujours pas. Le chef d'orchestre est très contrarié que Maria songe à quitter l'Europe, car elle cassera l'intérêt grandissant pour sa voix. Elle a signé pour chanter *Aïda* sous sa direction à Turin en septembre, six semaines après son engagement à Vérone. Alors que Serafin lui fait travailler le rôle, son ami Francesco Siciliani, directeur du Teatro Comunale de Florence, lui fournit l'occasion dont il avait besoin pour la convaincre de ne pas retourner en Amérique.

Siciliani se retrouve en effet subitement sans cantatrice pour le rôle titre des représentations de *Norma* prévues au Teatro Comunale. Ignorant qu'il a déjà décidé de monter *Madame Butterfly* à la place de *Norma*, le maestro l'appelle pour lui demander de venir à Rome écouter sa jeune protégée. Siciliani n'a pas oublié la retransmission radio de la première Isolde de Maria à Venise. L'ayant trouvée pleine de promesses, il a gardé son nom dans ses dossiers. Dès le lendemain matin, il prend un train pour Rome.

Depuis longtemps, Serafin sent que Maria a tout pour chanter un rôle de bel canto comme *Norma*. Il ignore cependant qu'elle a étudié et chanté « Mira, o Norma » et « Casta Diva » sous la férule d'Elvira de Hidalgo et qu'elle a souvent présenté la seconde aria lors de ses auditions. Il décide donc qu'elle présentera à Siciliani ce que, dans son esprit, elle chante le mieux. Accompagnée par lui au piano, Maria interprète « Suicido ! » de *La Gioconda*, « O Patria mia » de *Aïda*, « In questa reggia » de *Turandot* et « Liebestod » de *Tristan et Isolde*. Un programme sidérant et prodigieux pour une audition.

Siciliani est impressionné, quoique pas encore persuadé, en dépit du visage expressif et de l'interprétation intelligente de Maria, qu'elle puisse tenir le rôle de la druidesse de Bellini, Norma, qui exige une voix flexible, un registre et une puissance que cette « grosse et grande femme » n'a pas entièrement déployés dans les airs qu'elle vient de lui chanter. Le crépuscule tombe déjà. La domestique de Serafin leur sert le thé et ils bavardent tous les trois. Siciliani questionne Maria sur sa formation. Elle lui dit qu'elle a étudié avec la colorature espagnole Elvira de Hidalgo en Grèce. Siciliani lui demande alors si elle chante aussi des airs de colorature. Elle lui répond que oui. Il dresse l'oreille. « Cela semblait un exploit immense de la part d'une soprano dramatique », dira-t-il.

Serafin n'hésite pas. Il se rassoit au piano et fait signe à Maria de s'approcher de lui. Ils se concertent. Elle l'assure qu'elle se souvient de « Qui la voce », l'air de la folie des *Puritains* de Bellini, et il en joue l'introduction. D'instinct, Serafin a pris un pari risqué. Mais la révélation est à la hauteur. Maria, qui possède effectivement une mémoire prodigieuse, se rappelle parfaitement l'air, et elle applique à la lettre les directives d'Elvira de Hidalgo sur l'art de chanter le bel canto.

« En entendant cette musique avec la cabalette enfin correctement chantée, j'ai été conquis. C'était le genre de cantatrice dépeinte dans les livres sur le XIXe siècle, une vraie colorature dramatique, se souvient Siciliani. J'ai jeté un coup d'œil à Serafin. Des larmes coulaient sur ses joues. J'ai agi tout de suite. Je lui ai dit qu'elle ne repartait ni en Amérique, ni ailleurs, et j'ai téléphoné à Pariso Votto, le directeur général du Teatro Comunale. "Oubliez *Butterfly*, lui ai-je dit. J'ai trouvé une soprano extraordinaire et nous ouvrirons la saison avec *Norma*." »

L'heure décisive va enfin sonner pour Maria. Le 30 novembre, six semaines après cette audition inoubliable, elle chante *Norma* à Florence sous la direction de Serafin. Après la première répétition, le maestro la prend à part. « À présent, rentrez chez vous, ma chère Mademoiselle Callas, lui ordonne-t-il, et dites à voix haute ces récitatifs pour vous-même. Après, nous verrons quelles proportions, quel rythme vous aurez trouvés. Oubliez que vous chantez. Bien sûr, respectez la partition, mais essayez d'être plus libre, de trouver un rythme fluide pour ces récitatifs. »

La voix de Maria couvre près de trois octaves, du *fa* dièse (clé de *sol* sous la portée) au contre-*mi*, soit un registre immense pour une soprano dramatique, ce qu'elle est fondamentalement. Les sopranos descendent rarement sous le *do* (médium). Le *fa* dièse sous la portée chanté à pleine voix appartient à la tessiture d'une voix de mezzo ou de contralto ; et la tenue des contre-*ut*, contre-*ré* et contre-*mi* la place aussi dans le royaume des coloratures. Maria possède un son crémeux dans le médium, alors que ses notes hautes sont parfois stridentes et son registre grave à l'occasion poitriné, si bien que sa voix n'est pas belle au sens classique du terme. Elle est unique, frappante, et comme on ne peut la séparer de ses interprétations dramatiques d'une force admirable, sans équivalent parmi celles des cantatrices de son époque, elle nécessite souvent d'être entendue à plusieurs reprises avant qu'on en mesure pleinement la beauté et l'importance.

Maria n'en a pas conscience à l'époque, même si Serafin s'en doute un peu, mais on ne pourra plus chanter l'opéra de la même façon lorsque son talent aura été complètement reconnu. Elle est en effet la première colorature (tout au moins depuis que les voix sont enregistrées au XXe siècle) à chanter les notes hautes, ni comme de simples ornementations, ni pour montrer qu'elle est capable de roucouler comme un oiseau, mais de manière à souligner la signification des mots prononcés sur ces notes et donc de les intégrer à la progression dramatique de l'action.

Dans la cadence de *Casta Diva*, le public est stupéfait par le saut surhumain qu'effectue sa voix du *fa* moyen au *contre-ut* forte. Puis vient la fin de la strette[1] du trio, où elle « tient pendant douze mesures un stupéfiant contre-*ré* libre ». Cet

1. La strette est la fin d'une cadence où le tempo est accéléré de manière à marquer un point culminant.

exploit, pratiquement sans précédent chez les sopranos dramatiques, est salué par des ovations.

« Je crois que l'impact exercé par Callas dès la fin de sa première *Norma*, commentera Serafin, a amené le public, dans son inconscient tout au moins, à changer sa manière d'aborder l'opéra... Je tiens d'une personne bien placée du théâtre que nombre des spectateurs présents à sa première représentation ont également assisté à la seconde et à la dernière... »

Les critiques partagent manifestement son avis. « Quoique sa technique soit sûre et parfaitement maîtrisée, écrit Gualterio Frangini de *La Nazione*, elle est issue d'une école très différente de ce que nous avons l'habitude d'entendre, tout comme le sont ses couleurs vocales. Ses qualités sont néanmoins indéniables ; elle réussit à donner à son incarnation de Norma une féminité subtile et émouvante. C'est une femme amoureuse, une femme trahie, la mère, l'amie et à la fin, l'implacable prêtresse. »

Après la dernière représentation du 5 décembre 1948, Maria se rend directement à Venise pour les répétitions de Brünnhilde dans *La Walkyrie* de Wagner, qui ouvrira la saison de La Fenice le 8 janvier 1949, là encore sous la direction musicale de Serafin. *La Walkyrie* est traduite et chantée en italien, car c'est la seule façon de faire accepter Wagner au public italien.

« Pendant la même période, Serafin dirigeait *Les Puritains*, se souviendra Maria à propos de cette période capitale de sa vie, et sa soprano a été victime d'une grave épidémie de grippe. Mme Serafin, qui m'entendait chanter « Qui la voce » *[des* Puritains] pour mes vocalises, m'a suppliée de le chanter à son mari quand il rentrerait à l'hôtel. "Bien sûr, ai-je répondu, si cela peut lui faire plaisir." Et je l'ai fait. Il m'a remerciée, est resté assis sans mot dire pendant un moment puis il est parti. Le lendemain matin, vers 10 heures, après que j'avais chanté ma deuxième représentation *[la veille au soir]* de *La Walkyrie*, le téléphone a sonné. C'était maestro Serafin. « Venez tout de suite dans ma chambre.

— Mais Maestro, je n'ai pas fait ma toilette et je ne suis pas habillée. J'ai besoin d'une petite demi-heure.

— Peu importe. Venez comme vous êtes.

On ne disait pas non à Serafin. À l'époque, on vouait une véritable vénération aux maestri. J'ai donc enfilé mon peignoir et je suis descendue. Le directeur du théâtre se trouvait dans sa chambre. "Chantez-moi l'aria que vous m'avez chantée hier soir", m'a demandé Serafin. Je me suis exécutée. "Bon, Maria, m'a-t-il déclaré ensuite, vous allez chanter *Les Puritains* dans une semaine.

— Je ne peux pas, ai-je répondu. J'ai encore des *Walkyrie*. C'est ridicule. Ma voix est trop lourde.

— Je vous garantis que vous en êtes capable, m'a répondu Serafin.

Je me suis dit que si Serafin, qui n'est pas un enfant et qui connaît son métier, pouvait me le garantir, je serais idiote de refuser. »

Le régime exténuant de la semaine suivante la pousse dans ses derniers retranchements : elle apprend Elvira des *Puritains* pendant la journée et, le soir, elle chante Brünnhilde, deux rôles exigeant des qualités opposées. Elle chante la dernière représentation de *La Walkyrie* dans la foulée de la répétition générale des *Puritains*. Serafin et elle prennent un risque immense, mais Maria est prête à relever ce défi. « J'étais préparée. Il n'y a pas eu de surprise », affirmera-t-elle plus tard.

La première des *Puritains* a lieu trois jours après la dernière de *La Walkyrie*. La presse parle de sa prestation comme « d'un miracle… on ne trouve la chaleur et l'expressivité de son Elvira chez aucune des autres Elvira à la froideur fragile et transparente », écrit un critique influent. Le personnage d'Elvira est celui d'une femme instable, déchirée entre fantasmes et réalité, folie et raison. Il est difficile à incarner et de ce fait, les *Puritains* sont rarement montés. À elle seule, Maria fait revivre l'opéra de Bellini pour le public, comme elle l'a fait avec *Norma*.

On la demande à présent de partout. Des articles sur elle et sur le « miracle » qu'elle a accompli à Venise paraissent dans toute l'Europe et aux États-Unis. « Ce n'était pas un miracle…

dira Serafin. Elle avait la voix, elle avait la technique, l'intelligence et tout le reste. Je savais qu'elle était capable de le faire. À mes yeux elle *[était]* le genre d'artiste que vous ne rencontriez que dans les livres d'histoire de l'opéra. Ce n'était pas... vraiment si intelligent ou si risqué de lui confier le rôle de Bellini... vous comprenez, elle avait déjà étudié et chanté *Norma* pour moi. Je lui aurais confié n'importe quel rôle. Elle avait fait ses preuves à mes yeux. Cela n'avait rien d'un miracle. »

Les deux mois suivants se consument en un sentiment de gloire, nouveau et exquis, et en une épuisante succession d'engagements : Palerme, Naples, Rome et Turin. Maria oscille cependant entre l'euphorie et la profonde démoralisation, et continue de grossir. Pourquoi ne l'a-t-on pas invitée à chanter à la Scala, à Covent Garden ou au Met ? C'est sur ces scènes que l'on accède à la gloire mondiale. Pour quelle raison Battista se garde toujours d'aborder le sujet du mariage ?

Fin mars, elle retourne à Vérone afin de passer quelques semaines auprès de lui, avant de partir à Buenos Aires pour une tournée qu'il lui a organisée. Jackie l'y rejoint. Elle est très préoccupée. Elles doivent parler de leur mère. Évangélia est coincée à New York, où ses rapports avec son mari se sont tellement dégradés qu'ils ne s'adressent plus la parole alors qu'ils partagent un appartement exigu. Ils n'ont pas d'argent pour adoucir leur situation ou pour permettre à Évangélia de regagner l'Europe. Il y a ensuite sa propre situation. Milton est aux portes de la mort et elle sait qu'elle va se retrouver sans le sou. Jackie veut reprendre ses études musicales et chercher à faire carrière de son côté.

« Lorsque je suis arrivée à la gare de Vérone, écrit-elle, j'ai pris un taxi auquel j'ai demandé de me conduire à l'hôtel où elle vivait avec Meneghini et où je devais occuper une petite pièce dans leur suite. Le réceptionniste m'a dit de monter directement et un garçon m'a ouvert leur porte et m'a laissée entrer... Je me suis avancée prudemment dans le long couloir qui reliait toutes les pièces. J'ai jeté un coup d'œil dans le salon puis dans une autre pièce et j'ai fini par tomber sur eux, au lit. J'ai laissé échapper un cri de stupéfaction. Maria a levé les yeux de la partition posée sur ses genoux et a éclaté de rire. La silhouette dodue de Meneghini, revêtue d'un pyjama à rayures, s'est retournée sur le côté en ronchonnant et il s'est rendormi. Je me suis enfuie dans le salon où je me suis perchée sur le bord d'un canapé, tremblante de gêne. »

Maria l'y rejoint et, après que les sœurs eurent bavardé un certain temps, Battista fait son apparition. « Lui aussi était loin d'être un Adonis, écrit Jackie – allusion à l'embonpoint choquant de Maria – même s'il paraissait solide pour un homme de son âge, avec son teint frais et ses cheveux blancs. Pour un individu si petit et si replet, il se déplaçait comme un jeune homme, mais je dois dire que côte à côte, vu leur taille et leur corpulence, ils formaient un couple plutôt bizarre. »

La rancune que Jackie éprouve à l'égard de sa cadette ne s'est manifestement pas apaisée, mais le lien de famille subsiste et lui inspire un sentiment protecteur envers Maria, même si cette dernière lui refuse une aide financière. Jackie se demande pour quelle raison cet Italien n'épouse pas sa sœur. Elle est au courant des racontars. La famille de Meneghini trouve peut-être que Maria n'est pas assez bien pour lui. Ou alors, il est homosexuel. Cela pourrait expliquer pourquoi il est encore célibataire à son âge. Reste une autre possibilité : il n'aime pas sincèrement Maria et se sert simplement d'elle pour satisfaire sa propre ambition.

Endossant un rôle maternel, Jackie décide d'intervenir et, à l'insu de Maria, parle à un membre de la famille de Battista : à cause de Meneghini, sa sœur est triste, déprimée et perd sa réputation. Il faut faire quelque chose. Un des frères de Battista, ou sa seule sœur, Pia, pourrait peut-être lui parler. Or ses frères, qui s'opposent depuis le début au mariage, ont même refusé de rencontrer Maria. Comme dans la famille de Milton, c'est la cupidité qui mène la danse, les cadets craignant de perdre leur part de l'affaire familiale si leur aîné se marie et s'il a des enfants.

La démarche de Jackie porte néanmoins ses fruits puisque, dès le lendemain, Battista finit par faire sa demande. Le 21 avril 1949, pendant la semaine de Pâques, Maria devient

Signora Meneghini. Comme elle tenait à ce qu'ils se marient avant la tournée sud-américaine, Battista a accompli à la dernière seconde les démarches nécessaires pour que ce soit chose faite. Maria n'étant pas encore catholique romaine, la cérémonie se tient dans la sacristie d'une petite église de Vérone, Chiesa del Filippini. En toute intimité, puisque n'y assistent que Pia, les Serafin et Pomari. Jackie est déjà retournée à Athènes et ni George ni Évangélia ne sont au courant des noces. Maria leur câble en italien, *Siamo sposati e felici* (Nous sommes mariés et heureux), phrase que ses parents ne comprendront pas et qui est loin de traduire la réalité.

Le bonheur qu'elle a connu durant les brèves semaines précédant la cérémonie ne va en effet pas survivre à l'échange des vœux. Plusieurs membres de sa future famille par alliance deviennent ouvertement hostiles envers elle à l'annonce du mariage. Ils ne lui laisseront jamais oublier qu'elle n'est que la fille d'un humble Grec. Son talent ne signifie rien à leurs yeux. Pris entre deux feux, Battista va se servir de la promotion de la carrière de sa femme comme bouclier. Il est à son affaire dans les transactions monétaires, car l'argent lui inspire du respect. C'est lui qui a négocié ce premier vrai contrat relativement bien payé pour la tournée sud-américaine, en laquelle Maria voyait l'occasion d'une belle lune de miel. Mais, une semaine avant le départ, il l'informe qu'il ne l'accompagnera pas. Il lui explique qu'il doit rester à Vérone, afin de superviser l'aménagement d'un appartement convenable pour eux au-dessus de ses bureaux et de s'occuper du pan administratif de sa tournée. Maria menace d'annuler la tournée au cours d'une dispute, mais il parvient à lui démontrer que ce serait stupide, car elle représente l'occasion, selon lui et le maestro qui la dirigera, de faire d'elle une prima donna. Maria finit par céder.

Battista a peut-être subi des pressions familiales, car les usines de la famille Meneghini traversent une mauvaise passe financière, mais elles n'expliquent pas tout. En fait, il se sent mal à l'aise en terrain étranger. Il semble incapable d'apprendre une seconde langue, et s'il jouit d'un grand respect à Vérone, partout ailleurs on le considère comme un simple membre de l'entourage de la cantatrice. Or il ne se voit pas dans ce rôle-là, et c'est Maria qui va subir les conséquences de sa déception.

Si le maestro Serafin a emmené toute sa famille, c'est donc seule que Maria Callas Meneghini, mariée depuis vingt-quatre heures, embarque à bord du paquebot américain *Argentina* en partance pour Buenos Aires. Une fois de plus, elle vogue en pleine mer sans compagnon, redoutant la houle qui risque de se lever.

8

Maria Callas Meneghini

La traversée de Maria dure presque deux semaines. Bien qu'il ait été rafraîchi, l'*Argentina*, qui a servi de transport de troupes pendant la guerre, commence à montrer des signes d'usure. Maria occupe néanmoins une suite luxueuse de première classe et est traitée royalement par le commodore Thomas N. Simpson, capitaine du navire. Les passagers, ignorant pour la plupart qu'elle est une nouvelle diva, l'apprennent à la lecture de la gazette quotidienne du paquebot qui publie une petite notice biographique. Comme lors de sa dernière traversée, elle ne se mêle pas beaucoup à ses compagnons de voyage. Le plus souvent, elle reste confortablement emmitouflée dans un transat sur le pont, plongée dans la lecture des partitions de *Turandot*, *Norma* et *Aïda* qu'elle va chanter au théâtre Colón de Buenos Aires. Le soir, elle dîne à la table du commodore Simpson.

Maria appréhende l'arrivée en Argentine, car elle ne se sent jamais à l'aise dans les grandes villes, surtout quand elle est seule. Or Buenos Aires est une immense métropole, à l'architecture aussi cosmopolite que la population. Les styles espagnol, créole, gothique, victorien et français de toutes les époques y créent une véritable cacophonie ; de grands platanes la font ressembler à Paris sous les pluies hivernales, mais lorsque brille l'éclatant soleil argentin, ils paraissent bizarrement artificiels.

Le jour de son arrivée, un million d'Argentins se sont rassemblés sur la place de Mai pour fêter Evita, la femme du dictateur Juan Perón, surnommée la « Dame de l'Espoir » et la « Mère des innocents ». D'un balcon, Evita s'adresse à la foule, d'une voix rendue aiguë par l'émotion, en écartant parfois les bras comme si elle voulait envelopper son public.

Ce spectacle, qu'elle voit de sa chambre qui donne sur la place, impressionne beaucoup Maria. Elle est fascinée par Evita, cette femme d'humble extraction qui s'est élevée au rang de protagoniste et d'âme même de la « révolution » argentine. Par son mariage avec Perón, son abnégation et son ambition infatigables, Eva Duarte est devenue la femme la plus puissante de son pays et un personnage de renommée mondiale. Juan Perón tient le pays d'une poigne de fer, que vient adoucir sa blonde épouse, adorée du peuple en raison de ses actions en faveur des déshérités.

Il ne déplairait pas à Maria d'être l'objet d'une même adulation. « Et elle n'a pas à chanter ! », déclare-t-elle à son vieil ami Nicola Rossi-Lemeni – devenu le gendre de Serafin – qui interprétera Timur dans *Turandot*, Oroveso dans *Norma* et Ramfis dans *Aïda*.

Mai marque le début de la saison mondaine hivernale argentine. Depuis le début du XXe siècle, le magnifique théâtre Colón, qui ressemble beaucoup au Palais Garnier de Paris, se targue d'accueillir d'immenses artistes comme Caruso ou Rosa Ponselle. C'est à l'intention de Ponselle que le Met a remonté *Norma* et *La Gioconda* vingt ans plus tôt[1]. Maria est flattée de chanter sur la même scène que son illustre devancière, même si cette perspective ne l'intimide pas, contrairement à Buenos Aires.

Ceux qui font la mode dans la capitale argentine sont aussi férus d'élégance que les Parisiens. Maria prend conscience de son manque de style lors d'une réception donnée par

---

1. Rosa Ponselle a pris sa retraite en 1937 alors qu'elle était encore au sommet de son art. Callas ne l'a jamais vue sur scène mais ses disques sont pour elle des trésors. Ponselle a une voix sombre et excitante, que sa jeune collègue admire. En 1949, Ponselle vit à Baltimore et enseigne au conservatoire Peabody. Callas la rencontrera dix ans plus tard.

le directeur de l'opéra pour le maestro et la compagnie. Les femmes sont parées de bijoux étincelants, coiffées et habillées avec classe. Son poids, qui flirte avec les cent kilos, lui interdit de suivre la mode. Les vêtements tristes dont on se satisfaisait pendant la guerre ont été remplacés par des robes soulignant la silhouette féminine ; toutes les toilettes sont conçues pour briller et séduire. Or Maria peut tout au mieux porter des vêtements vagues, sur scène et en ville, pour dissimuler ce corps volumineux.

À cette réception et à d'autres, elle constate que les hommes ne posent pas sur elle le même regard que sur les femmes plus sveltes. Le travail l'empêche de s'apitoyer sur son sort. Elle essaie de se laisser consumer par lui, mais arrive toujours le moment où elle referme la porte de sa chambre d'hôtel et se retrouve seule, face à la longue nuit d'insomnie qui l'attend. Elle oublie alors sa colère contre Battista qui ne l'a pas accompagnée.

« Merci encore de m'avoir épousée avant mon départ, lui écrit-elle une semaine après son arrivée à Buenos Aires. Tu m'as fait t'aimer davantage. Aucune femme n'est plus heureuse que moi... Par-dessus tout, tu es l'homme de mes rêves. Mon seul but dans la vie est de te rendre le plus heureux et le plus fier des maris. » Elle termine sa lettre en lui disant qu'à partir de cette tournée elle veut être connue sous le nom de Maria Callas Meneghini, et lui demande de faire le nécessaire pour que son patronyme soit libellé dans cet ordre sur tous ses engagements et contrats.

Sa première semaine à Buenos Aires est gâchée par des dissensions. On a assuré à Serafin que la saison s'ouvrirait sur *Turandot* avec Maria dans le rôle titre, mais le directeur de l'opéra veut l'entamer avec *Aïda,* chantée par Delia Rigal, une soprano dramatique argentine appréciée par le public du théâtre Colón. Serafin tient à faire appliquer les termes du contrat de Maria. Les membres de la compagnie prennent parti et Maria se retrouve au cœur d'une controverse désagréable dont elle n'est en aucune façon responsable. Dans une lettre à Battista, elle écrit : « Je suis bouleversée par la duplicité de certains de mes collègues. *[Mario]* del Monaco *[le Calaf de* Turandot*]* s'est montré particulièrement déplaisant... parce qu'il chantait avec moi et non avec cette Rigal... De mon côté, je n'ai jamais nui à aucun de mes collègues, mais à la fin d'une très bonne répétition de *Norma* applaudie par les musiciens de l'orchestre, les chanteurs non distribués ont répandu de fausses rumeurs : j'étais malade et il fallait remplacer l'opéra par un autre. Je plains ces pauvres salauds ! Dieu, dans sa grandeur et sa bonté, m'a permis de l'emporter parce que je n'ai jamais fait de tort à personne et bien entendu, parce que j'ai travaillé très dur. »

Maria va chanter *Turandot* pour la vingt-huitième fois, mais elle ne tombe jamais dans la routine. Elle cherche toujours un sens supplémentaire dans la musique et le texte, des façons plus subtiles de traduire les émotions du personnage. Un critique écrit qu'elle insuffle une profondeur nouvelle à la princesse Turandot, qu'elle confère à l'œuvre un brillant d'une netteté et d'un éclat « à couper le souffle », et loue « son riche tempérament et la magnifique progression de sa voix dans la montée des phrases de son duo avec Calaf... » Rares sont les chanteurs que l'on parvient à identifier sur-le-champ, « facteur d'une importance vitale pour soutenir l'attention des auditeurs et établir un lien entre l'interprète et son public ». Maria en fait partie.

Sa Turandot est un succès. Les critiques sont pour la plupart chaleureuses, même si elles soulignent le son désagréable que prend parfois sa voix dans les passages très dramatiques d'une aria. Maria sait que cette caractéristique gêne les auditeurs. À la première écoute en tout cas. Cependant, elle ne conçoit pas d'utiliser des tons suaves pour exprimer la colère, l'horreur et les imprécations contre soi. « Posséder une belle voix ne suffit pas, dira-t-elle un jour. Qu'est-ce que cela signifie ? Quand vous interprétez un rôle, vous devez disposer d'un millier de couleurs pour exprimer le bonheur, la joie, le chagrin, la peur. Comment peut-on le faire avec une jolie voix ? Si on chante durement parfois, ce qui m'est souvent arrivé, c'est pour servir l'expression. Il faut le faire, même si les gens ne comprennent pas. Au bout du compte, ils y viendront, parce qu'on doit les convaincre de ce que l'on fait. »

Cette théorie est très vite devenue le credo de Maria. L'opéra lui offre l'occasion d'incarner des êtres aux émotions grandioses et elle estime de son devoir de ne pas édulcorer les sentiments profonds et parfois bruts, qu'ils soient d'amour, de tendresse, d'extase, de peur, de rage ou de haine qui les animent.

Ce séjour à Buenos Aires la frustre. Non seulement Battista lui manque et elle doit supporter la mesquinerie et la jalousie de certains membres de la compagnie, mais elle n'est pas fêtée par la haute société comme Delia Rigal et Mario del Monaco. Une rencontre a été organisée avec Eva Perón à l'occasion d'une manifestation de bienfaisance, mais elle est annulée à la dernière minute, la première dame étant souffrante. Il y a aussi le problème d'*Aïda*. Rigal maintient que c'est elle qui doit chanter le rôle. Serafin défend Maria. Cette contestation se conclut par un compromis : chacune d'elles chantera une représentation.

Le 9 juillet, date de la commémoration de l'indépendance de l'Argentine, Serafin dirige un concert d'adieu au cours duquel Maria chante des duos de *Norma* et de *Turandot* avec Rossi-Lemeni et del Monaco. Encouragée et rassurée par le chef d'orchestre, impatiente de retrouver Battista au plus vite, elle rassemble son courage et prend l'avion avec les Serafin, leur fille et leur gendre pour rentrer à Rome, « le cœur au bord des lèvres et parfois dans les talons », commentera-t-elle plus tard.

Battista l'accueille à l'aéroport. Il l'emmène à Vérone dans sa nouvelle voiture de sport flambant neuve et lui fait visiter avec fierté leur appartement. Du balcon qui donne sur les Arènes, on peut apercevoir la scène – mais pas entendre les chanteurs. Il ne lui a montré ni les plans ni les projets de décoration de ce duplex qu'il a acheté quelques mois avant leur mariage. Il y a des dorures partout : sur les moulures, le plafond, les encadrements de miroirs et de tableaux. La chambre de Maria est rose vif, tout comme la salle de bains attenante, équipée d'une baignoire et d'un sol de marbre veiné rose. L'eau jaillit de la gueule de dauphins dorés. La suite de Battista, avec ses brocarts beige et or et sa salle de bains de marbre veiné brun et ocre, est un peu moins flamboyante.

À l'étage inférieur, il a choisi des meubles anciens vénitiens pour le vaste salon. Un lourd chandelier de verre de Venise tarabiscoté orne la salle à manger. Maria dira plus tard que tout cela était le comble du mauvais goût. Mais, sur le moment, elle est très fière de cet appartement, grandiose à ses yeux, même si sa pièce préférée est la vaste cuisine où elle peut prendre ses repas avec Battista sur une simple table de bois.

Le lendemain, ils partent pour une brève lune de miel de cinq jours à Venise. Elle ignore combien sa tournée lui a rapporté et pense que c'est Battista qui a réglé de sa poche l'ensemble des travaux de l'appartement. Elle se repose entièrement sur lui pour toutes les questions financières, étant d'avis, comme le veut alors la coutume dans les ménages italiens, qu'il revient au mari de dépenser ou d'investir les gains de son épouse.

La nouvelle signora Meneghini ne dispose que de huit semaines pour jouer les femmes au foyer. Battista est subitement tout à son affaire, imprésario d'une prima donna qu'il fait engager dans tous les principaux opéras italiens, à l'exception de celui où Maria souhaite le plus faire ses débuts : la Scala. Le 18 septembre, elle chante à Pérouge le rôle de la fille d'Hérode dans *San Giovanni Battista*, un oratorio d'Alessandro Stradella[1]. De là, elle se rend à Naples où elle interprète le 20 décembre la princesse Abigail, assoiffée de

1. Alessandro Stradella (1642-1682), qui eut une vie aventureuse et mourut assassiné, est lui-même le personnage titre de plusieurs opéras du XIXe siècle. Il a beaucoup influencé les compositeurs napolitains de la fin du XVIIe et du début du XVIIIe siècle, à commencer par Alessandro Scarlatti. Son oratorio, rarement donné, contient des passages sombres pour une soprano dramatique.

revanche, dans le *Nabucco* de Verdi. Elle obtient des critiques dithyrambiques pour elle-même et pour sa voix superbe, sa « vitalité et sa grande compréhension du personnage ». On loue l'électrisant saut de deux octaves qu'elle accomplit sur le mot *sdegno* (mépris) dans l'aria de l'Acte II, « Ben io t'invenni, o fatal scritto ».

La dernière des trois représentations de *Nabucco* ayant lieu le 27 décembre, elle passe Noël à Naples avec Battista, puis le Nouvel An à Vérone. En janvier, elle chante trois fois *Norma* à La Fenice, suivi d'*Aïda* à Brescia. En mars, Maria passe à *Tristan et Isolde* à l'Opéra de Rome, suivi d'un concert à Turin et de *Norma* à Catane, où elle reçoit l'invitation dont elle rêve depuis des années : trois représentations d'*Aïda* à la Scala, dont la première aura lieu le 12 avril en présence du président Einaudi[1].

Lorsque Maria apprend que cet engagement n'est dû qu'au fait que Renata Tebaldi est tombée malade, son orgueil est blessé. D'autant que Renata Tebaldi est très aimée à la Scala. C'est Arturo Toscanini qui l'a choisie en 1946 pour en faire la réouverture après la guerre. Tebaldi possède une voix d'une « beauté lumineuse », plus lisse, plus agréable esthétiquement que celle de Maria, surtout dans les passages exigeant d'exprimer des émotions intenses. Le public milanais y est habitué. Tebaldi, contemporaine de Maria, est également plus mince, dotée d'un physique plus romantique. Après avoir attendu de tous ses vœux cette occasion de se produire à la Scala, Maria craint à présent les comparaisons et l'animosité éventuelle des amateurs d'opéra milanais qui ont payé pour entendre Tebaldi et vont avoir droit à une autre voix.

Lors d'une conférence de presse à son arrivée à Milan fin mars, des reporters lui demandent si elle est émue de faire ses débuts à la Scala.

« Oui, je suis émue. Bien évidemment je suis émue. Grand théâtre. Mais vous savez, je suis myope. Pour moi, tous les théâtres se ressemblent », réplique-t-elle d'un ton coupant qui

1. En 1946, après un référendum, la république a été proclamée en Italie.

dissimule ses vrais sentiments. "Est-ce que je suis émue ? La Scala est la Scala, mais je suis myope : *ecco tutto*."

— Et votre voix, signora Meneghini ? On dit qu'elle est inégale ?

— Ils peuvent dire ce qu'ils veulent, se hérisse Maria. Je chante comme je chante. »

Dès la première répétition, elle n'accroche pas avec Franco Capuana, chef et directeur musical. Ce différend augmente son malaise intérieur, car elle a l'impression à cette époque que sa vie et sa carrière vont mal. Elle est lasse de voyager, de vivre dans des hôtels inconnus avec ses valises alors qu'elle aimerait jouer les femmes au foyer. En outre, elle a honte de son poids. On a ressorti des oubliettes cette *Aïda* aux décors et aux costumes surannés. Serafin a prévenu Battista que cette production n'allait pas montrer Maria sous son meilleur jour. Il lui a même laissé entendre que Tebaldi ne souffrait *peut-être* que d'une maladie diplomatique.

Meneghini est passé outre ces aspects négatifs. Il est convaincu que le moment est venu pour Maria de faire ses débuts à la Scala. Une seule apparition dans ce véritable temple de la musique lyrique aux yeux des Italiens a suffi à lancer des carrières. Il veut que Maria s'impose une fois pour toutes le plus vite possible et il est persuadé que la Scala le lui permettra. Il n'envisage pas les conséquences d'un échec. À son crédit, il croit tellement en Maria que cette éventualité ne lui traverse même pas l'esprit.

Maria elle-même est déchirée. Bien sûr, elle veut chanter à la Scala. Mais elle craint à présent que le moment soit mal choisi. Pour empirer les choses, elle souffre d'un problème de peau, dû sans doute au trac, et son maquillage ne parvient pas à cacher les grosses plaques rouges qui la défigurent. Elle réalise que Battista aurait dû suivre le conseil avisé du maestro.

La première représentation se solde par un fiasco. Pour cacher son problème dermatologique, Maria a ajouté des voiles au costume qui ne la flattait déjà pas. Ces voiles n'ont aucune raison d'être, puisque Aïda, autrefois princesse éthiopienne, est à présent esclave en Égypte. De la part de Maria, qui croit tant à l'authenticité, cette initiative est stupide. Elle va la regretter longtemps.

« Tout ce que les Milanais ont vu, se souviendra un de ses plus fervents admirateurs, Franco Zeffirelli, c'est cette dame grecque trop grosse, lorgnant derrière ses mètres de mousseline. Ils ont entendu les inégalités, les ruptures de registre entre contralto et soprano qui, dans son esprit, aidaient à révéler l'âpreté de caractère de la princesse barbare. »

Maria subit l'injure d'être huée lors de la première représentation. De plus, l'administrateur de la Scala, Antonio Ghiringhelli, ne vient pas la saluer dans sa loge à la fin du spectacle comme le veut la coutume. Une gifle épouvantable pour elle et une déception sérieuse pour Battista, convaincu que Ghiringhelli allait offrir un contrat à sa femme. La deuxième et la troisième représentations se déroulent beaucoup mieux, mais Ghiringhelli s'est évanoui dans la nature. Le lendemain de sa dernière *Aïda*, Maria est au plus bas lorsqu'ils partent pour le San Carlo de Naples où elle va de nouveau chanter cet opéra, avec un immense succès et des interrogations sur les raisons de son échec milanais. Cette fois, Serafin est à la barre et ses problèmes de peau sont guéris. Mais l'engagement désastreux à la Scala l'a sérieusement ébranlée.

Elle n'a guère le temps de panser ses blessures, car elle doit s'envoler le 6 mai pour une tournée au Mexique. Battista prétend ne pas pouvoir l'accompagner mais lui promet de la rejoindre quatre semaines plus tard. Les répétitions à Mexico commençant le 12 mai et la première étant fixée au 23, elle décide de faire une étape à New York. Évangélia y vit toujours à couteaux tirés avec George. Elle continue d'envoyer à sa fille de longues lettres dans lesquelles elle se plaint de sa vie, s'enorgueillit de la carrière de Maria et lui fait part de sa douleur que « la fille pour laquelle elle a fait tant de sacrifices et qu'elle a encouragée depuis si longtemps semble avoir oublié sa mère qui vit à présent dans une quasi-misère auprès d'un mari volage ».

« Elle est venue à New York pour voir sa mère, dira un proche. Pas pour calmer sa culpabilité ou par compassion.

Elle se sentait un peu abandonnée par Meneghini et, après les difficultés qu'elle avait eues en Argentine, elle avait besoin de quelqu'un qui "se battrait pour elle" si cela se reproduisait. Vers qui pouvait-elle se tourner, en dehors de la mère tigresse qui avait griffé tous ceux qui se trouvaient sur la voie pour protéger sa petite ? »

Son père, un peu trop fringant pour la « quasi-misère » dont parle sa mère, vient la chercher à l'aéroport. Évangélia, souffrant d'une infection oculaire, est à l'hôpital. Maria se rend directement à son chevet. Sa mère est adossée à ses oreillers, parfaitement maquillée, un bandeau sur l'œil. Leurs retrouvailles, très sentimentales, sont mouillées de larmes. Il était prévu qu'Évangélia s'envole pour Mexico le soir même avec Maria. Cette dernière lui donne de l'argent pour son voyage et pour ses dépenses, afin qu'elle puisse la rejoindre dès qu'elle sera rétablie.

À Mexico, Maria ne peut pas se reposer sur Serafin mais elle commence par bien s'entendre avec Guido Picco, le chef qui dirigera *Norma*, premier des quatre opéras au programme de cette tournée. En outre, petite revanche du sort, elle va avoir pour partenaire Nicola Moscana, la basse grecque qui a refusé de la recevoir jadis à New York. Il est distribué dans le rôle de son père, le grand prêtre Oroveso.

Au fil des répétitions, ses relations avec le chef se désagrègent. Picco ne semble pas comprendre sa conception de Norma, dont il attend une interprétation plus conventionnelle et plus classique. Maria est en plein désarroi. Tous les jours, elle écrit de longues missives à Battista. Elle se sent seule, abandonnée ; elle craint de revivre la même expérience douloureuse qu'à Milan. Elle essaie, sans obtenir gain de cause, de lui faire changer ses plans. Battista lui répète qu'elle est là-bas pour chanter et que son travail à lui consiste à gérer sa carrière.

Le 21 mai, avant-veille de la première, Évangélia la rejoint à l'hôtel Prince de Mexico. Maria est sincèrement heureuse de la revoir. Évangélia va vivre son heure de gloire. Elle dispose d'une suite fleurie au même étage que Maria. Elle l'accompagne à la répétition générale, où la compagnie la traite avec le plus grand respect. Le lendemain, Maria demande à son assistante de les emmener toutes les deux dans l'un des plus beaux magasins de la capitale mexicaine pour choisir des toilettes qu'elles porteront à la réception donnée après la première.

Le Palacio de las Bellas Artes fait salle comble. Évangélia reste en coulisses jusqu'au moment où Maria passe son costume. Un employé du théâtre l'emmène alors dans le grand foyer, puis on l'installe à une place centrale du premier rang. Une orchidée est fixée sur l'épaule de sa robe dernier cri et elle a paré ses cheveux grisonnants de son unique bijou, le peigne en écailles de tortue et diamants. Une atmosphère électrique règne dans la salle. La presse mexicaine a beaucoup insisté sur l'apparition de Maria et sur « son accession météorique au rang de prima donna » en un an. Elle n'a pas évoqué ses débuts ratés à la Scala. Le public s'attend par conséquent à une prestation étonnante de la cantatrice pour laquelle a été montée cette nouvelle production.

Norma est un rôle qui tient la plupart des sopranos en échec, car elles ont du mal à soutenir ses lignes de bel canto épurées. Maria, qui le chante pour la troisième fois, va définitivement se l'approprier.

Le costume lui sied et elle délivre ses récitatifs avec un héroïsme impressionnant, même si elle n'est pas très en voix durant le premier acte et ne se libère qu'au troisième[1], au moment où Norma envisage d'assassiner ses deux enfants. Derrière la façade de la druidesse puissante affleure une femme vulnérable. On comprend Norma comme on ne l'a encore jamais comprise. Au dernier acte enfin, Maria « accomplit un petit miracle ».

Sa Norma, malgré ce début un peu laborieux, remporte un succès retentissant. Le public se lève lorsqu'elle vient saluer seule et refuse de la laisser quitter la scène. Le théâtre entier

1. À l'origine, *Norma* est un opéra en deux actes. Au XXe siècle, il a été divisé en quatre.

est en délire. Maria croule sous les applaudissements et les ovations. Les bouquets s'alignent à l'avant-scène et des roses tombent des loges, mais Maria ne voit qu'une mer de visages et de bras tendus vers elle. Elle pose une main sur son cœur et envoie un baiser au public. Son geste n'a rien de creux ; leur enthousiasme l'émeut aux larmes. Elle recule derrière le rideau sous le tonnerre de leurs acclamations et de leurs applaudissements et s'autorise une brève pause, avant de revenir saluer un nombre incalculable de fois.

Évangélia, en pleurs, se précipite dans les coulisses. Tout le monde la félicite en même temps que sa fille et elle accepte les compliments comme s'ils lui étaient dus.

« Elle nous a enchantés, écrit le critique de l'*Excelsior*, et si nous avons éprouvé un sentiment de tristesse à la fin d'une représentation si superbe, c'est parce que nous avions peut-être l'impression que nous ne reverrions pas une telle Norma de toute notre vie. »

Maria apparaît ensuite à Mexico dans Aïda, Tosca et Léonore du *Trouvère*. Umberto Mugnai remplace Guido Picco pour les deux premiers opéras et leur collaboration est excellente. On ne peut en dire autant de ses relations avec certains membres de la compagnie.

« *Aïda* s'est extrêmement bien passé, écrit-elle à Battista, le public était en extase devant *[Giulietta]* Simionato *[qui chante le rôle d'Amneris]* et moi... Mais j'en veux terriblement au ténor *[Kurt]* Baum qui m'a insultée. Il me reproche d'avoir tenu un contre-*mi* bémol[1] à la fin de l'ensemble. Tellement jaloux (pire que n'importe quelle femme) que j'ai cru qu'il allait me tuer... quand il a appris que je refusais de rechanter avec lui s'il ne me présentait pas ses excuses, il est venu me voir avant la deuxième représentation, pour me demander d'oublier ce qu'il avait dit. *[Je ne rechanterai jamais avec vous*

1. S'écartant de son habitude de suivre à la lettre les instructions du compositeur, Callas, à la fin de la scène triomphale de l'acte II, fait un bond d'un octave et soutient un contre-*mi* bémol pendant toute la fin du postlude orchestral – un exploit inouï.

et je ferai en sorte que vous ne chantiez jamais au Metropolitan] Le mufle ! »

Maria va de triomphe en triomphe. Pour la première de *Tosca,* Mexico et le monde entier bruissent de ses succès. Elle n'a pas rechanté Tosca depuis ses débuts à Athènes sous la férule d'Elvira de Hidalgo. Elle est nerveuse, l'absence de Battista et la présence constante de sa mère lui pèsent. Incapable de se retenir, Évangélia a commencé à s'immiscer dans son travail après le triomphe qu'elle a remporté dans *Norma.* Elle lui donne des conseils, critique ses collègues. Maria croyait avoir besoin de cette présence maternelle, mais dès qu'Évangélia se met en avant, elle recommence à lui en vouloir d'essayer de contrôler sa vie. De plus, elle a le sentiment que Mugnai n'est pas à la hauteur de son attente.

Sa Tosca ne remporte pas le succès frénétique de *Norma*, mais elle se sort avec brio des scènes dramatiques, superbement chantées, avec le chanteur américain Robert Weede qui interprète un Scarpia véritablement maléfique. Elle en est arrivée à appeler Battista deux fois par jour et à le réveiller au milieu de la nuit. Sa mère la rend folle et elle supplie son mari de tout abandonner pour la rejoindre.

Sourd à ses demandes, Battista n'arrive que le 12 juin, comme prévu, deux jours avant la dernière représentation de *Tosca*, alors que viennent de commencer les répétitions du *Trouvère.*

Évangélia souhaite divorcer pour pouvoir retourner en Europe où elle sera « plus utile » à Maria. Mariée à présent à un Italien catholique, Maria n'approuve pas le divorce et les deux femmes se heurtent. L'arrivée de Battista calme la situation. Il ne connaît que quelques mots d'anglais et Évangélia ne parle pas italien, si bien que toute discussion entre eux se révèle impossible. Évangélia ne peut le juger au-delà des apparences, qui lui suffisent d'ailleurs amplement : il appartient à une famille fortunée et respectée de Vérone et il se montre affectueux avec Maria et courtois à son égard. Elle ne se formalise ni de son âge ni de son physique, et dès qu'il arrive, cesse de se mêler de la carrière de sa fille.

Maria demande à Serafin de l'aider à préparer Léonore du *Trouvère* de Verdi, mais le maestro refuse, arguant que sa déontologie lui interdit de se mêler de la conception d'un autre chef. Elle dira qu'elle a « plongé dans la partition de la seule façon qu'elle connaissait, "comme une éponge" ». Guido Picco tient de nouveau la baguette, mais cette fois il semble mieux disposé à son égard. Kurt Baum interprète Manrico – autant pour ses menaces de ne plus jamais être son partenaire ! – et s'ils ne sont pas au pinacle dans leurs duos, ils donnent néanmoins de belles interprétations. Le comte di Luna est chanté par le baryton américain Leonard Warren, dont la voix se marie magnifiquement avec celle de Maria.

Le Trouvère conclut brillamment l'engagement de Maria à Mexico. Si le Palacio de las Bellas Artes ne figure pas dans la même catégorie que la Scala et si Mexico ne peut rivaliser avec Milan, elle y est quand même devenue une star internationale et Battista se retrouve assiégé par les propositions d'engagements. Un seul problème subsiste : la présence étouffante d'Évangélia, dont Maria veut à tout prix se débarrasser.

Incapable de le lui dire en face, elle suggère à sa mère de s'attarder quelques jours à Mexico, où Évangélia s'est liée d'amitié avec des membres de la compagnie. Elle lui fait don de plusieurs milliers de dollars pour ses dépenses. Pour compléter le tout, Battista lui offre un manteau de vison accompagné d'une carte de Maria. Ce cadeau étouffe les doutes qu'Évangélia aurait pu nourrir au sujet des véritables intentions de sa fille.

« Mère, raconte Jackie, m'a écrit que Maria lui avait offert un somptueux manteau de fourrure... C'est seulement quand j'ai compris que ce présent n'était pas un gage d'affection mais un pot-de-vin d'adieu coupable que j'ai réalisé ce qui s'était vraiment passé. » Évangélia reste donc encore un peu à Mexico. L'hôtel est payé d'avance, les fleurs continuent d'arriver et elle n'a pas à partager les feux de la gloire avec sa célèbre fille pendant ces quelques jours.

Maria et Battista regagnent Vérone en avion. Pendant six semaines, elle se repose. Selon une amie proche, « *[elle]* jouait à la femme d'intérieur. Elle n'aurait pas pu continuer longtemps. Maria assimilait son mari et sa maison à la sécurité et à l'amour qu'elle cherchait depuis toujours. Malheureusement, Battista ne voulait pas vraiment qu'elle soit une femme au foyer et il ne l'aurait probablement jamais épousée s'il avait pensé que c'était son souhait. Mais ça ne l'était pas. C'était un jeu. Rien qu'un jeu ».

9

Maria Meneghini Callas

Peu après son retour de Mexico, un an à peine après s'être mariée, Maria s'aperçoit que Battista n'est pas aussi riche qu'elle le pensait et qu'il règle beaucoup de frais sur ses cachets. Si les Meneghini sont une famille aisée, leur fortune est constituée pour sa plus grande part, non pas de liquidités, mais de biens immobiliers. Battista gagnait bien sa vie lorsqu'il était responsable de l'entreprise familiale. Devenu l'imprésario de sa femme, il en est resté consultant et membre du conseil d'administration, mais il a renoncé à une grande partie de son généreux salaire.

À peine Évangélia a-t-elle regagné New York que Maria recommence à être bombardée de missives implorantes : sa mère veut quitter George et retourner en Europe. Elle ne peut le faire sans l'aide de Maria, qui doit la soutenir, en raison de toutes les années qu'elle a vouées « à sa survie et à son succès ». Comme la drachme vient de faire l'objet d'une forte dévaluation, Évangélia estime qu'elle pourrait vivre raisonnablement à Athènes pour 100 dollars par mois. Maria, qui est à présent consciente de chaque lire dépensée, commence par faire la sourde oreille aux suppliques de sa mère, puis elle cesse complètement de lui répondre.

Son attitude ne l'empêche pas de se soucier beaucoup de l'hostilité qui règne entre ses parents. D'un point de vue religieux d'abord, mais aussi parce qu'elle se dit que, s'ils se réconciliaient, Évangélia cesserait de l'importuner et elle serait déchargée de cette responsabilité. Cette antipathie renaissante à l'égard de sa mère survient à un moment où sa relation avec Battista évolue. Elle met en question les décisions de son mari et exige les comptes de ses cachets et de leurs dépenses. Échaudée par les adultères de son père, elle se demande aussi comment Battista passe son temps quand elle est en tournée.

En fait, elle est en train de s'émanciper. En témoigne l'inversion sur les affiches de Maria Callas Meneghini en Maria Meneghini Callas. Elle tient à ce Callas qui souligne son héritage grec, même si elle a encore besoin du cocon et de la sécurité offerts par son mariage. Elle essaie d'affirmer, sans obtenir toujours gain de cause, sa prérogative d'approuver ou non les choix de son mari. Le jour où Battista reçoit une offre d'engagement au Théâtre Municipal de Rio de Janeiro, elle déclare qu'elle ne signera le contrat que s'il l'accompagne. Comme il s'y refuse, elle va se contenter pendant un an de chanter sur des scènes italiennes.

Presque toujours accompagnée de son mari, elle va d'une ville de la péninsule à une autre, vivant dans les hôtels qu'elle déteste tellement, ajoutant des rôles à son répertoire et consolidant sa réputation de cantatrice qui ne craint pas de prendre des risques et de relever des défis. En octobre, elle est à Rome pour *Le Turc en Italie* de Rossini, charmant opéra bouffe qui a été censuré à Londres en 1822 pour immoralité[1] et rarement donné depuis. Maria chante Dona Fiorilla, une femme insatisfaite qui se plonge avec délices dans une aventure avec le Turc éponyme. Elle se réjouit d'interpréter son premier rôle comique, dans lequel elle prouve qu'elle possède de l'abattage, de l'invention et de l'esprit, et remporte un succès aussi vif que l'opéra lui-même.

Trois semaines après son dernier *Turc*, elle chante Kundry, dans *Parsifal* de Wagner. Deux œuvres à l'opposé l'une de

1. Les affiches du *Turc en Italie* montrent une dame très flirteuse à côté d'un Turc fringant à la peau très sombre, portant un turban exotique et un costume brodé.

l'autre : une histoire romanesque tournant autour du sexe et du mariage ; une légende sombre et mystique de souffrance spirituelle et de rédemption religieuse. Avec la même sensualité, elle incarne une tentatrice dans les deux. *Parsifal* est un opéra d'une longueur inhabituelle (quatre heures et demie de musique avec seulement deux entractes). Pour faire passer plus facilement la pilule, l'œuvre est donnée en deux soirées, le premier acte le 20 novembre, les deuxième et troisième actes le lendemain.

Luchino Visconti assiste à ces deux soirées romaines. Il a la ferme intention de mettre ses extraordinaires talents de metteur en scène de théâtre et de cinéma au service de l'opéra, sa véritable passion. Il est issu d'une grande famille très fortunée de l'aristocratie, descendante de Desiderio, roi des Lombards et beau-frère de Charlemagne. Il a derrière lui un passé éminemment romantique : play-boy à Paris dans sa jeunesse, héros de la résistance pendant la guerre, il s'est engagé dans le parti communiste italien. Son premier film, *Ossessione*[1], a reçu un accueil mitigé, soutenu par les jeunes critiques et descendu en flammes par la presse catholique et fasciste. Cette œuvre tournée pendant la guerre, en 1942, qui mettait en scène des personnages de la classe ouvrière dans un cadre ultraréaliste avec beaucoup de vérité et de force, a donné naissance au mouvement néoréaliste.

Agé de quarante-cinq ans, Luchino Visconti, comte de Modrone, possède une beauté aristocratique, des traits accusés, de saisissants yeux noirs et une présence dominatrice. C'est un personnage fascinant, très cultivé, d'une grande élégance vestimentaire, dont l'obsession de l'opéra va de pair avec une admiration fervente pour les plus grands chanteurs lyriques. Cependant, rares sont les divas qui lui ont procuré des émotions aussi intenses que Maria. « La première fois que j'ai vu Maria dans Kundry, se rappellera-t-il, elle était encore énorme. Elle était à moitié nue au deuxième acte, couverte

1. *Ossessione* est tiré du *Facteur sonne toujours deux fois* de James Cain. Visconti a transplanté l'action dans l'Italie fasciste.

de mètres et de mètres de mousseline transparente – une tentatrice merveilleuse, pareille à une odalisque. Elle portait un petit chapeau en forme de tambourin qui retombait sur son front à chaque note aiguë. Elle se contentait de le remettre en place d'une légère tape.

Chaque fois qu'elle était à l'affiche, je réservais la même loge d'avant-scène et je hurlais comme un fou quand elle saluait. Je lui envoyais des fleurs. Elle était belle, mais grosse sur scène... dominatrice, avec des gestes qui vous donnaient le frisson. »

Après la dernière représentation de *Parsifal*, ils se rencontrent brièvement en coulisses. Il lui dit qu'il aimerait la diriger dans un opéra.

« Pourquoi ? demande-t-elle.

— Parce que pour moi, vous êtes la plus grande soprano de notre époque. »

« Elle est restée assise là *[dans sa loge]* à me regarder en plissant les yeux. Puis elle a pris ses lunettes sur sa coiffeuse et les a chaussées. “Vous n'avez l'air ni stupide ni fou, m'a-t-elle dit. Quand vous aurez trouvé l'opéra, nous en reparlerons.” »

Cette rencontre marque le début d'une longue amitié, d'une future alliance artistique, et pour Maria d'un flirt naïf, car elle ne s'aperçoit pas au début des penchants sexuels de Visconti, qui n'a pourtant jamais caché son homosexualité. Le 14 janvier 1951, il assiste à ses débuts dans *La Traviata* de Verdi à Florence. Elle s'approprie immédiatement le rôle tragique de la courtisane amoureuse, inspirée par *La Dame aux camélias* d'Alexandre Dumas fils. Serafin est à la baguette et il a conscience, comme Visconti, d'être témoin de l'un de ces rares moments où chanteur et personnage ne font plus qu'un, malgré l'embonpoint de Maria, la raideur du ténor qui chante le rôle du jeune amant de Violetta, Alfredo, et une production aux décors et aux costumes usés et surchargés.

Visconti brûle de monter une nouvelle production pour Maria. Il lui suggère *Carmen*. « Elle avait peur d'interpréter l'héroïne de Bizet parce qu'elle ne savait pas danser comme une gitane », rapportera-t-il. Elle rejette l'idée de la *Salomé* de

Richard Strauss, car il faudrait qu'elle se dénude durant la Danse des sept voiles. Elle ne retient pas non plus le *Chevalier à la rose*, car elle devrait chanter en allemand le rôle de la maréchale, pourtant d'une superbe richesse vocale et théâtrale. Maria s'exprime et chante dans plusieurs langues, mais elle garde un léger accent américain et c'est en allemand qu'elle se sent le moins à l'aise.

En public, elle donne l'image d'une épouse aimante et soumise, mais dans l'intimité, ses amis remarquent une fébrilité, assortie d'échanges de propos acerbes avec son mari. Il s'occupe moins brillamment de ses contrats qu'elle ne l'imaginait. Le côté démonstratif de leur relation a disparu. Évidemment, leur lune de miel appartient au passé, mais c'est surtout son attitude à l'égard de Battista, la distance qu'elle observe physiquement, qui laissent présager à leur cercle d'intimes – à commencer par les Serafin et les Rossi-Lemeni – que quelque chose ne tourne pas rond entre eux.

Alors que Maria s'ouvre au monde qui l'entoure, qu'elle fait la connaissance d'intellectuels brillants comme Visconti, son poids la rend très malheureuse. Elle a appris à se maquiller et à se coiffer de manière à mettre en valeur ses yeux superbes et l'ossature remarquable de son visage. Elle demande souvent conseil à Visconti qui est devenu son confident. « Tu es belle, la rassure-t-il. Oui, tu es grosse. Tu le sais déjà. Mais cela ne gâche pas ta beauté. Cela t'empêche simplement de te sentir belle, parce que de nos jours, la beauté d'une femme est assimilée à une silhouette mince. Ce n'était pas le cas il y a cinquante ans. C'était même le contraire. »

Maria s'éprend peu à peu de Visconti, même si elle a du mal à l'admettre. « C'est juste un ami », répond-elle à Rossi-Lemeni qui la sonde à son propos. « Maria est tombée amoureuse de moi, témoignera Visconti. C'était stupide. Tout dans la tête. Et comme beaucoup de Grecques, elle avait un penchant à la jalousie qui a provoqué de nombreuses scènes pénibles. »

Ses engagements l'éloignent la plupart du temps de Vérone. *La Traviata* a été suivie du *Trouvère* à Naples, de *Norma* à Palerme, *Aïda* à Calabre, d'un concert à Turin, d'une autre

Traviata à Florence, un concert à Trieste, ses débuts d'Elena dans *Les Vêpres siciliennes* à Florence, ceux d'Eurydice dans *Orphée et Eurydice* et, pour conclure ce marathon, un autre concert à Florence. Les Meneghini rentrent alors à Vérone d'où ils prennent, cinq jours plus tard, un avion pour Mexico où se tiendra une série de représentations au Palacio de las Bellas Artes, du 3 au 22 juillet. Maria a personnellement invité son père à se joindre à eux pendant toute la durée de leur séjour.

Battista a fini par vendre sa part de l'entreprise familiale à ses frères. Il dispose désormais de davantage de liquidités et de tout son temps pour se consacrer à la carrière de sa femme. Maria l'a pressé de le faire, par souci sans doute d'améliorer leur situation financière, même si elle gagne à présent des cachets assez élevés, mais surtout parce que, craignant ses propres émotions, elle a besoin de sa présence constante pour lui rappeler son état de femme mariée. Leur arrangement est cependant loin d'être idéal. À ce stade de sa carrière, il lui faudrait un imprésario capable de lui trouver des productions et des engagements de plus grande qualité et de faire fructifier son succès. Malgré toute sa bonne volonté, Battista n'est tout simplement pas qualifié pour ce rôle.

La Scala a enfin cédé devant son talent ; avant de quitter Vérone, elle a été invitée à y chanter trois rôles : Constance de *L'Enlèvement au sérail* de Mozart, le rôle titre de *Norma* et celui d'Élisabeth de Valois dans *Don Carlos*. Le cachet offert est de 500 dollars pour chacune des trente représentations, soit la même somme que les chanteurs les mieux payés de la Scala. Battista l'a pressée d'accepter, mais comme elle voulait chanter *La Traviata* dans laquelle était déjà programmée Tebaldi, elle a refusé. Malgré la fureur de son mari, elle ne pouvait pas agir de façon plus avisée, car la Scala a fini par se plier à ses exigences et accepté de monter pour elle une nouvelle production de *La Traviata*, mise en scène par Visconti.

Fière de sa réussite, Maria a hâte que son père la voie sur scène et fasse la connaissance de son mari. Dans la bataille entre ses parents, elle s'est toujours rangée du côté de son père. George lui apprend qu'Évangélia a emprunté de l'argent au Dr Lantzounis pour retourner à Athènes vivre avec Jackie, qu'elle pousse une fois de plus à reprendre ses études musicales pour devenir chanteuse. Maria le prend très mal, car elle ne peut concevoir d'avoir une autre Callas comme rivale, même si elle sait, dans le fond, que cela est impossible. Jackie possède peut-être des facilités vocales, mais elle n'a ni l'ambition ni l'endurance nécessaires pour faire carrière. Maria comprend que sa sœur n'est plus que la marionnette de sa mère, comme si Évangélia ne l'avait pas déjà assez humiliée lorsqu'elle l'a contrainte à devenir la maîtresse de Milton.

Malgré la joie des retrouvailles avec son père, une certaine gêne s'installe entre eux. George n'a plus en face de lui l'enfant aimante mais plutôt une bienfaitrice généreuse. Il déçoit Maria. Elle l'a tellement défendu qu'elle se fait de lui une idée irréaliste. George est un homme simple, un pharmacien aux goûts ordinaires. Il a du mal à sympathiser avec les artistes ou les célébrités. Maria reconnaît que, de ce point de vue, sa mère avait raison. Sans doute aveuglée par ses propres problèmes, elle ne sent pas la véritable humanité de son père, elle ne perçoit pas le malaise qu'il éprouve dans un monde qui n'est pas le sien.

En lui faisant signer un contrat à Mexico pour juillet, mois le plus torride de l'année où la température dépasse souvent les 35 °C, Battista a fait preuve, sinon de pur sadisme, du moins de sottise. Rares sont les immeubles climatisés. Des ventilateurs électriques brassent l'air fétide des salles de répétition et les coulisses sont un véritable four. Maria, qui vient d'achever une saison éreintante, ne dispose que de quarante-huit heures pour se remettre d'un vol de nuit et d'un décalage horaire de huit heures.

Son *Aïda*, au côté de Mario del Monaco, reçoit un accueil enthousiaste. Les lumières de la rampe sont si brûlantes qu'à la fin de la dernière représentation l'épuisement provoqué par cette chaleur, aggravé par le poids de ses costumes et les conditions insupportables des coulisses, l'oblige à garder le lit deux jours. Ses jambes et ses chevilles sont douloureusement enflées. Cela ne va cependant pas l'empêcher de triompher dans *La Traviata*.

À son retour à New York, George trouve une pile de lettres d'insultes d'Évangélia. Elle lui réclame une somme d'argent mensuelle pour couvrir ses besoins. La guerre va continuer entre eux, sans que Maria en soit pour l'instant partie prenante. De leur côté, les Meneghini avaient l'intention de rentrer se reposer à Vérone avant de repartir en septembre pour le Brésil où Maria doit se produire à São Paulo et à Rio de Janeiro. Comme elle souffre toujours de son œdème aux jambes et que les médecins lui déconseillent de multiplier les déplacements en avion, ils décident d'aller directement au Brésil où la température est plus clémente. Elle est engagée dans *Aïda*, *Norma* et *La Traviata* à São Paulo. Son état de santé la contraint à annuler la première représentation d'*Aïda*. À son arrivée à Rio, elle apprend que Renata Tebaldi vient d'y mettre en émoi le monde de l'opéra dans *La Traviata*. Ses propres apparitions ne manqueront donc pas de susciter des comparaisons.

Battista savait pertinemment que Tebaldi chanterait aussi au Brésil, mais comme il était persuadé que Maria ne signerait pas le contrat si elle l'apprenait, il s'était bien gardé de l'en informer. Son attitude va ériger entre eux une barrière infranchissable. Durant l'une de leurs disputes, on entend Maria hurler : « Je ne suis pas un morceau de viande ! » Seules la sagesse et la bonté apaisantes de Serafin parviennent à la calmer.

Tebaldi a peut-être un physique aussi lisse et suave que sa voix, mais comme le déclare Rudolf Bing, le nouveau directeur du Met, elle a « des fossettes d'acier ». Elle est tout aussi mécontente que sa consœur de se produire à Rio de Janeiro au même moment, d'autant qu'elles doivent participer toutes les deux à un concert pour la Croix-Rouge le 14 septembre.

Le jeune ténor italien Giuseppe Di Stefano s'est vu confier le rôle d'Alfredo au côté de la Violetta de Maria. D'une beauté ténébreuse, légèrement arrogant, Di Stefano ne s'entend pas immédiatement avec elle, même si leurs voix s'harmonisent bien. Tito Gobbi (Germont), l'un des meilleurs barytons et chanteurs-acteurs de sa génération, fait également partie de la distribution. Maria a droit à des critiques extatiques, dont la plupart notent que sa conception du rôle n'a rien à voir avec celle de Tebaldi. Une querelle couve.

Pour sa première apparition à Rio de Janeiro dans *Norma*, elle a droit à une *standing ovation* dont a été privée Tebaldi, malgré son succès dans Violetta. Le concert de la Croix-Rouge précipite la crise. Il a été décidé qu'elles ne donneraient de bis ni l'une ni l'autre. Maria chante *Sempre Libera*, feu d'artifice du premier acte de *La Traviata*, une aria d'ordinaire associée à Tebaldi. Cette dernière enrage. Elle interprète l'Ave Maria d'*Otello*, sur lequel elle enchaîne non pas un, mais deux bis. À l'évidence, elle les avait prévus et répétés malgré leur accord, puisqu'elle est accompagnée, non pas d'un pianiste, mais de l'orchestre.

Lors du dîner donné en leur honneur, les deux divas échangent des piques. Tebaldi déclare que *Sempre Libera* n'est pas fait pour être donné en concert. Maria, reine du sarcasme, réplique : « Une grande chanteuse peut extraire n'importe quelle aria et la faire décoller ! » Sur ce, elle attrape Battista par le bras et fait sa sortie.

Barretto Pinto, le directeur musical de l'Opéra municipal de Rio de Janeiro, est un petit individu pompeux, marié à l'une des femmes les plus riches du Brésil, qui dirige la saison musicale d'une main tyrannique. Les Meneghini lui ont tout de suite déplu, quand Maria s'est plainte d'une voix stridente qu'il ait engagé Tebaldi et elle pour chanter le même rôle. Complètement acquis à Tebaldi, Pinto prend ombrage du fait que Maria n'aime pas la grande diva[1]. Battista rapporte que, lors de leur conversation au restaurant, « Tebaldi n'arrêtait pas de dire qu'elle n'avait jamais été dans sa meilleure

---

1. Callas devait déclarer qu'elle pensait que Tebaldi l'admirait et était son amie jusqu'à ce qu'elles chantent durant la même saison à Rio de Janeiro. Tebaldi nie qu'elles aient jamais été amies : « Il n'y a jamais eu d'affection entre nous, aurait-elle déclaré. Pourquoi dire que nous sommes ennemies alors que nous n'avons jamais été amies ? »

forme à la Scala et essayait d'écarter Maria de cet théâtre... Subitement, je me suis dit que c'était le brio avec lequel Maria avait chanté *La Traviata [au concert]* qui l'inquiétait. Vous comprenez, Tebaldi n'avait pas remporté un grand succès à la Scala la saison précédente. Ce n'était donc pas dans son intérêt que Maria y chante ce rôle... Maria lui a répliqué d'un ton plutôt coupant qu'elle ferait peut-être bien de ne pas chanter trop souvent à la Scala car "les gens se lassent de vous" ».

Barretto Pinto en veut terriblement à Maria d'avoir insulté – à ses yeux – Tebaldi. « Cette femme ne reviendra plus jamais dans *mon* théâtre », déclare-t-il à un associé. Maria chante *La Tosca* quelques jours après sa prise de bec avec Tebaldi. Durant la scène de meurtre tendue avec Scarpia, plusieurs spectateurs hurlent des commentaires méprisants. Légèrement déconcertée, Maria se ressaisit très vite. Aux rappels, elle est chaleureusement acclamée. Le lendemain, Pinto convoque Meneghini dans son bureau pour lui annoncer que Maria ne chantera plus de représentations pour les abonnés parce qu'elle est *protestata* (indésirable). Furibonde, Callas écarte son mari et apostrophe le directeur, qu'elle soupçonne d'avoir placé lui-même les contestataires dans le public.

Elle lui rappelle sans ménagement les termes de son contrat et le fait qu'il devra la payer, qu'elle chante ou non. Elle le menace de lui faire un procès, même s'il la paie sans qu'elle chante, et le prévient que tous les chanteurs italiens rechigneront à se produire à Rio de Janeiro tant qu'il sera en place. Pinto lui déclare avec dédain qu'elle peut chanter *La Traviata*, mais que « personne ne viendra *[l']* écouter ».

Maria chante deux Violetta devant des salles combles, couronnées de nombreux rappels. Dans tous ses contrats sud-américains, Battista a obtenu une clause selon laquelle sa femme doit être payée en liquide ou en pièces d'or à la fin des représentations. Lorsqu'elle pénètre dans le bureau de Pinto, il pousse l'argent vers elle et lui dit avec mépris : « Je ne devrais rien vous verser pour les horribles représentations que vous avez données. »

Callas se saisit alors d'un objet lourd sur le bureau du directeur (un presse-papiers ou un encrier, selon Battista) et menace de le lui jeter à la figure. Son mari la retient juste à temps. Mais quand Pinto contourne son bureau pour lui demander de sortir, elle lui assène un coup de genou dans le ventre. Pinto trébuche et tombe presque. Battista, de crainte qu'il n'appelle la police, l'aide à se relever, puis il fait sortir Maria en hâte. Le lendemain, ils sont dans l'avion qui les ramène en Italie. Maria s'est acquis sa réputation de tigresse.

Le 7 décembre 1951, quatre ans après avoir chanté *La Gioconda* à Vérone, Maria fait ses débuts officiels à la Scala de Milan. Ghiringhelli a accepté toutes ces conditions : pour l'ouverture de la saison 1951-52, elle chante la duchesse Elena, dans une nouvelle production des *Vêpres siciliennes* de Verdi, montée pour le cinquantième anniversaire de la mort du compositeur. Les costumes ont été spécialement conçus pour elle et elle est à l'affiche des sept représentations, ce qui signifie que le rôle lui appartiendra. Tout le travail exténuant, les tournées épuisantes et les humiliations qu'elle a subies vont être enfin récompensés. Elle a vingt-huit ans, elle a atteint la gloire et elle va devoir à présent dépenser la moindre bribe de son talent pour conserver son statut.

Dès sa première répétition à la Scala, elle s'impose en star, en dépit de la déception initiale des membres de la distribution et des chœurs qui la voient arriver vêtue d'un pull de laine peu flatteur, chaussée de vilains souliers plats pour soulager ses jambes encore enflées et les cheveux tirés en un gros chignon de matrone. Elle n'a pas davantage l'apparence de la diva flamboyante qui vient de faire la une des journaux que l'air d'être capable de se muer en belle duchesse Elena. Pourtant, dès qu'elle monte sur scène, tous sont frappés par « sa prestance, l'autorité innée qui émane de chacun de ses gestes ». Son registre sidérant, qui va avec la même puissance du profond contralto au contre-mi bémol, les stupéfie.

Les Vêpres siciliennes se déroulent durant l'occupation de la Sicile par les Français au XIIIe siècle. La duchesse Elena est la sœur du duc Frédéric d'Autriche, exécuté par les envahisseurs.

Maria donne une version électrisante de « Corragio del mare audici figli » (Courage, braves fils de la mer), l'air vibrant du premier acte. De cette scène jusqu'au point culminant de l'acte III, le mariage d'Elena avec Arrigo, fils du duc de Montfort, le gouverneur français de l'île, elle tient son public dans le creux de sa main. Revêtue d'une somptueuse robe de mariée de satin ivoire brodée de lions dorés, sa chevelure auburn sombre couronnée d'un diadème étincelant, elle atteint le sommet de son registre vocal dans le splendide boléro, au cours duquel elle remercie les invités de lui avoir offert des fleurs. Sonne ensuite la cloche des vêpres indiquant à la fois le début de la cérémonie et l'entrée des patriotes siciliens qui massacrent les Français désarmés assistant au mariage. Avec cette Elena dont elle fait un être humain complexe, déchirée entre son patriotisme et sa vulnérabilité féminine, Maria conquiert Milan et entame son règne à la Scala.

La nouvelle *Traviata*, produite et mise en scène par Visconti, est prévue pour la saison suivante. Bien que déçue d'avoir à attendre, Maria a du pain sur la planche avec des productions prestigieuses qui atténuent son impatience. Elle chante Violetta à Parme le 29 décembre, *Les Puritains* à Florence (avec Rossi-Lemeni et Serafin à ses côtés) début janvier, puis elle revient à la Scala le 16 janvier pour huit représentations de *Norma*. Là encore, les Milanais sont électrisés.

Elle va rechanter *Norma* dix mois plus tard pour ses débuts à Londres, le 8 novembre 1952. En cette année de l'accession au trône d'Élisabeth II, une atmosphère de jeunesse et de renouveau règne dans le monde artistique anglais. L'ascension éblouissante de la jeune diva plaît à la presse britannique qui cite son nom quotidiennement dans des articles, pour la plupart de pure invention, évoquant sa rivalité avec Tebaldi et son caractère ombrageux.

Une jeune soprano de la compagnie, la future prima donna Joan Sutherland qui interprète le rôle secondaire de Clotilde à côté de Maria, éprouve l'émotion de sa vie. « Entendre Callas sur scène exerçait sur vous un impact inoubliable, se souviendra-t-elle. Lorsque les voix de Norma et d'Adalgisa *[chantée par la grande mezzo-soprano, Ebe Stignani]* se sont mêlées dans leurs extraordinaires duos et dans le trio, j'ai pensé que plus jamais, je n'éprouverais pareils frissons… Je n'osais les approcher ni l'une ni l'autre, mais elles étaient toutes les deux gentilles. Maria a pas mal plaisanté avec moi avec son accent de Brooklyn. C'était une grande professionnelle. Elle avait beau connaître le rôle à fond, elle tenait à répéter jusqu'à ce que les choses soient parfaites.

Elle avait une vue épouvantable et comme on ne portait pas encore de verres de contact, elle mesurait ses mouvements et elle comptait le nombre de pas la menant d'un point à un autre, chaussée de ses épaisses lunettes qu'elle n'enlevait que pour les ultimes répétitions. Je ne pense pas qu'elle pouvait voir le chef *[Vittorio Gui]*, mais comme ils avaient effectué un travail assidu, tout s'est bien passé. »

L'important pour Maria, c'est que *Norma* n'ait pas été donné à Covent Garden depuis que Rosa Ponselle l'a chanté en 1929. Elle n'a donc pas à se soucier des comparaisons. Les Britanniques vont l'appeler « la Norma de notre ère » et le public va lui réserver un accueil délirant. Elle époustoufle tout le monde, même si le doyen des critiques, Ernest Newman, lève son parapluie à la sortie du théâtre et déclare d'une voix haut perchée : « Mais elle n'est pas Ponselle ! »

Maria vient de vivre une année passionnante et exténuante. Elle n'a eu que de rares occasions de se reposer à Vérone, et ces séjours ont été fort déplaisants. Le duplex des Meneghini est situé au dernier étage de l'immeuble de la famille de Battista, dont les frères occupent des bureaux au rez-de-chaussée et au premier étage. Maria vit en fait « au-dessus de la boutique », comme sa mère durant les premières années de son mariage. Entre Maria et ses beaux-frères règne une vive animosité. Ils lui reprochent la défection de Battista et se conduisent avec elle comme des goujats.

Ils n'ont même pas la courtoisie de la saluer quand ils la croisent. Un jour où elle rate une marche et tombe sous les yeux de l'un d'eux, il se contente de s'écrier : « Son cas est tellement désespéré qu'elle n'est même pas capable de descendre un escalier! »

Battista ne réprimandant pas davantage ses frères qu'il ne leur demande de montrer davantage de respect à l'égard de sa femme, Maria a très vite pris son foyer en grippe. Bien qu'une partie de sa colère soit dirigée contre son mari, c'est en définitive son amour-propre qui est blessé. Si elle ne sombre pas dans le découragement, c'est grâce à Visconti. Il la suit partout où elle se produit, l'encourage et l'aide à choisir des vêtements jeunes et seyants qui minimisent sa corpulence.

En 1953, Maria découvre Audrey Hepburn dans le ravissant film *Vacances romaines*. Elle est fascinée par cette sylphide aux yeux de biche et au visage de petite fille. Un jour où Visconti vient la voir dans sa loge, elle écarquille les yeux et lui demande :

« Luchino, est-ce que je pourrais être belle si j'avais le corps d'Audrey Hepburn ?

— Tu serais trop maigre.

— Mais belle ?

— Tu serais une Traviata plus véridique. N'oublie pas qu'elle meurt de consomption. »

Il n'a pas à lui en dire davantage. Le lendemain, Maria entame un régime draconien. Elle se contente d'un repas en milieu de journée, en dépit de son emploi du temps exigeant. En moins de deux ans, elle va perdre trente-cinq kilos. Une nouvelle Callas, éblouissante, apparaît presque du jour au lendemain. Sa métamorphose est si inouïe que les journaux du monde entier publient des photos d'elle, avant et après. Pour la première fois de sa vie, Maria voit dans son miroir une image qui lui plaît.

10
Métamorphose

Durant ces mois de torture où, à force d'autodiscipline, elle a suivi son régime sans faillir, Maria a procédé aussi à d'autres changements dans son apparence. Du fait de sa célébrité et de l'intérêt que lui porte la presse, certains des plus grands couturiers comme Dior, Balmain ou Givenchy lui prêtent des toilettes, dans lesquelles on la photographie lors d'événements publics. Par un tournant du sort ironique, l'humble petite fille d'un goût vestimentaire douteux de Washington Heights se transforme presque du jour au lendemain en symbole des chics parisien et milanais. Au fur et à mesure que fondaient ses kilos et qu'apparaissaient ses courbes puis une silhouette déliée, elle a adopté des couleurs et des formes plus osées : une époustouflante robe bouffante de taffetas écarlate à la taille de guêpe pour un bal de charité à Venise, un drapé grec éthéré en crêpe de Chine pour sa troisième visite à Mexico.

Le papillon a émergé de sa triste chrysalide sous les yeux de son public. Maria ne s'est pas contentée de fuseler sa silhouette, elle ne cesse de changer de coiffure et de couleur de cheveux, lesquels passent en onze mois de l'auburn foncé au roux et à l'auburn clair, avec un détour par le blond. Elle est presque satisfaite de ses jambes auparavant informes, aux chevilles si épaisses qu'un critique a pu écrire que sur scène, « on avait du mal à distinguer les chevilles de Callas de celles d'un éléphant ». Cette remarque cruelle lui a fait verser beaucoup de larmes et on peut imaginer à quel point elle a dû l'accabler. Elle ose porter des talons aiguilles à la place de ses grosses chaussures plates et, grâce aux cinq centimètres ajoutés à son mètre soixante-dix, acquiert une grande prestance.

Il y a toujours eu deux Maria : la femme empruntée dans la vie privée et la sublime interprète. Elles ne cessent pas de coexister, mais la Maria intime a trouvé un bouclier pour se défendre contre le monde.

Ce régime impitoyable semble paradoxalement redoubler son énergie. En 1953, elle se produit à cinquante-trois reprises dans dix-sept opéras (dont *La Traviata*, *Lucia di Lammermoor*, *Le Trouvère*, *Norma*, *Aïda* et *Médée)* qui la font voyager de Venise à Rome, Florence, Milan, Gênes, Catane, Londres, Vérone et Trieste, sans compter des enregistrements pour Cetra et EMI-Angel Records[1]. Pendant son séjour à Vérone, où elle chante dans *Aïda* puis dans *Le Trouvère,* elle se dispute avec les frères de Battista. Elle ne supporte plus leurs humiliations et leurs insultes et exige de déménager à Milan. Battista accepte d'y chercher un appartement qu'elle pourra décorer elle-même, mais il refuse de couper avec sa famille. Il gardera le duplex de Vérone comme pied-à-terre pour rendre visite aux siens. Maria accepte ce compromis avec joie.

Le 13 décembre, dix jours après son trentième anniversaire, elle chante *Médée* à la Scala sous la baguette d'un jeune chef américain encore inconnu à l'époque, Leonard Bernstein. C'est la première fois que Bernstein dirige un opéra du XIXe siècle et il n'a eu que cinq jours pour apprendre la partition complexe de Cherubini, dont l'œuvre n'a pas été donnée depuis plus de cent ans. Bernstein est un personnage théâtral : beau, intense, brillant. Malgré les reproches de Maria, il fume à la chaîne. Quand il dirige en bondissant sur le podium, ses cheveux noirs retombent sur son front, son visage se contorsionne durant les passages dramatiques, puis se détend pour exprimer

1. En 1953, Callas enregistre les versions intégrales des *Puritains*, *Cavalleria Rusticana*, *La Traviata*, *Tosca* et *Lucia di Lammermoor.*

une « félicité béate » durant les plages lyriques. Il a l'habitude dérangeante de chantonner la partition et d'en ponctuer les moments les plus marquants par des grognements. À la première répétition, la compagnie s'attend à un conflit entre la diva et son chef, aussi volatiles l'un que l'autre. C'est tout le contraire qui se produit : ils se traitent avec une retenue forgée par le respect qu'ils vouent à leur talent mutuel.

Au départ, la Scala avait prévu de monter *Mithridate Eupator*, le bel opéra d'Alessandro Scarlatti. À peine Maria a-t-elle reçu la partition que le chef, Victor de Sabata, est tombé gravement malade. Maria ayant chanté *Médée* à Florence en début de saison, on a programmé cet opéra à la place. Ghiringhelli a convaincu Bernstein, présent en Italie, de le diriger. Une chimie électrisante s'opère entre les deux artistes au cours des répétitions. Non seulement ils sont de la même nationalité, mais ils ont presque le même âge et un sens identique de la perfection. Tous ces éléments concourent à donner un dynamisme inédit à leur collaboration.

« Je pense que *Médée* a profondément inspiré Maria, déclare le metteur en scène, Margherita Wallmann. Elle s'est identifiée au rôle. Elle était elle-même déchirée entre l'Amérique, la Grèce et l'Italie, comme Médée, une voyageuse sans véritable foyer. Et comme Médée, elle trouvait la force, lorsque cela s'avérait nécessaire, de rompre des liens de longue date *[sa famille]* pour survivre et aller de l'avant... Elle était encore jeune, mariée à un homme beaucoup plus âgé qu'elle *[Battista vient de fêter son soixante-cinquième anniversaire]*. Je suis persuadée que certaines frustrations trouvaient un exutoire dans le travail. Elle exprimait dans son chant et son interprétation ses passions inassouvies. »

L'intensité de Bernstein est à la hauteur de celle de Maria. Il déclarera que, lorsque le rideau est tombé à la fin de la première représentation, « la salle était en délire. Callas ? C'était de l'électricité à l'état pur ».

Son travail avec Bernstein amène Maria à penser de plus en plus aux États-Unis. Le chef d'orchestre est habité par la ferveur, l'ivresse de son art, de la vie, qu'elle trouve propres à l'Amérique. Elle n'a pas encore reçu d'offre intéressante du Met, mais début janvier 1954, on lui propose un engagement au Civic Opera House de Chicago pour le mois de novembre suivant. Le cercle semble se refermer. En compagnie de Rossi-Lemeni, elle va enfin chanter dans le théâtre où elle pensait faire ses débuts américains. Deux jeunes organisateurs, Carol Fox et Lawrence Kelly, ont réussi, là où les Bagarozy avaient échoué, à fonder une compagnie d'opéra à Chicago.

Depuis plus de cinq ans, Maria a des ennuis à cause du contrat qu'elle a signé avec Bagarozy. En 1949, après le succès des *Puritains* à Venise, elle s'est heurtée à Louise, qui se trouvait en Italie à la recherche de talents pour la compagnie que son mari et elle continuaient d'essayer de former. En quête de fonds, les Bagarozy mettaient au compte de leurs rares avoirs les contrats qu'ils avaient fait signer à Rossi-Lemeni et Maria, selon lesquels ils étaient leurs représentants exclusifs pour dix ans. Pour éviter des ennuis, Rossi-Lemeni leur a versé à l'époque un forfait et il a suggéré à Maria d'en faire autant. Battista lui a conseillé le contraire. De plus, elle était persuadée d'avoir la loi de son côté, le contrat ayant été signé aux États-Unis avec une compagnie mise en faillite après le seul engagement que les Bagarozy lui avaient procuré et pour lequel elle leur avait versé le pourcentage adéquat. Mais en fait, c'était avec les Bagarozy en personne que Maria avait signé. Pas avec la compagnie.

Depuis, elle n'a cessé de recevoir des lettres de relance et des menaces de poursuites en justice. Outre dix pour cent sur tout ce qu'elle a chanté depuis la signature du contrat, les Bagarozy lui réclament des dommages et intérêts. Mais ils ne peuvent lui faire un procès que dans le pays où a été signé le contrat. Elle a donc ignoré toutes les missives de leurs avocats. À présent qu'elle va faire ses débuts en Amérique, Battista et elle s'inquiètent des éventuels problèmes légaux.

Le contrat qu'on lui propose à Chicago est trop alléchant pour qu'elle puisse le décliner : trois opéras de son choix, 2 000 dollars par représentation (le double de la somme payée par le Met à ses plus grands chanteurs), voyages en première classe et hôtel, frais de transport et autres dépenses pendant le séjour à Chicago. Rossi-Lemeni la prévient que les Bagarozy peuvent saisir ses cachets ou lui présenter une citation à comparaître devant un tribunal. « Qu'ils essaient ! », répond-elle.

Malgré la grande ferveur avec laquelle le public et les critiques mexicains ont accueilli sa première *Lucia di Lammermoor* en 1952, Maria n'était pas satisfaite. Il s'agissait d'une vieille production et le chef, Guido Picco, n'avait pas de vision théâtrale. Le 18 janvier 1954, elle reprend le rôle à la Scala sous la direction du déjà célèbre Herbert von Karajan, le grand chef allemand d'origine austro-grecque. Maria apprécie l'homme et respecte son brio musical, mais elle conteste sa conception esthétique de l'œuvre : des décors austères et stylisés, des éclairages faibles jouant sur les ombres, qui confèrent aux scènes une atmosphère fatale. Le manque de lumière lui pose de graves problèmes. L'éclairagiste démissionne d'ailleurs après s'être battu en vain avec Karajan pour obtenir d'en augmenter l'intensité.

Karajan tient à sa vision artistique. Il veut éclairer Lucia dans la scène de la folie de telle sorte qu'elle ressemble à un oiseau blanc égaré, battant des ailes contre un ciel d'un noir d'encre. Croyant à tort que son amant Edgar est amoureux d'une autre femme, Lucia accepte d'épouser lord Arthur Bucklaw, à l'instigation de son frère, lord Henry Ashton, ennemi d'Edgar. Durant la cérémonie des noces, Edgar apparaît et jure qu'il n'aime qu'elle. Mais il est trop tard. Lucia a déjà signé son contrat de mariage. Au bord de la démence, elle tue son mari et, dans la scène de folie la plus célèbre de toute l'histoire de l'opéra, réapparaît aux festivités du mariage, dont les invités ignorent la mort de lord Arthur. Accompagnée d'une flûte, elle se lance dans d'éblouissantes vocalises d'une subtilité suprême, avant de s'effondrer, morte. Edgar, entendant le tocsin sonner son décès, se poignarde.

Maria porte une sublime robe fluide aux gigantesques manches plissées qui, telles les ailes d'un cygne géant prenant son envol, s'ouvrent lorsqu'elle lève les bras et se referment ensuite lentement comme si elles étaient trop pesantes à porter. L'effet est fantastique, tout comme sa voix, qui atteint un éblouissant *mi* bémol qu'elle soutient dix secondes pendant la cadence. Le public de la Scala se déchaîne durant ses saluts seule. Grâce à Karajan, cet effet restera l'un des moments dramatiques les plus inoubliables de la carrière de Maria, même si la production reste dans l'ensemble décevante. Elle a donc hâte de reprendre Lucia sur la scène du Chicago Civic Opera.

Mais d'abord, elle doit chanter *Lucia* et *Médée* à Venise, *Tosca* à Gênes et Élisabeth de *Don Carlos*, ainsi qu'une rareté de Glück, *Alceste*, à la Scala. Cette saison-là, sa plus grande déception est de ne pas encore travailler avec Visconti, qui n'a pas réussi à conclure un accord financier avec la direction de l'opéra milanais. *Alceste* n'a encore jamais été représenté à la Scala. « Pour moi, se souviendra son chef, Carlo Maria Giulini, Maria était *il melodramma* – l'harmonie absolue entre les paroles, la musique et les gestes... Elle avait une capacité sidérante de susciter l'attention même lorsqu'elle était immobile. De toute mon expérience au théâtre, je n'ai connu personne comme Callas. Sa légende n'a rien d'usurpé : elle possédait quelque chose de différent. »

Dans *Alceste*, elle interprète une grande reine, pourvue de tous les attributs de la majesté innée. Il se passe, selon Giulini, « une transformation mystique ». Maria *est* Alceste. Sa nouvelle silhouette a avivé son désir de chanter le rôle. Tiré d'un drame d'Euripide, *Alceste* raconte comment une reine grecque de l'Antiquité se sacrifie pour sauver de la mort son mari bien-aimé, Admète, et se voit accorder la vie par Apollon. Les drapés grecs siéent particulièrement à la minceur de Maria. Au final de l'acte II, trois des suivants d'Alceste la soulèvent au-dessus de leurs têtes pour la faire entrer dans un temple, scène qui aurait été totalement incongrue si Maria n'avait pas autant maigri. Elle craint qu'ils ne la laissent choir, mais Margherita Wallmann la rassure et elle se détend complètement. Sa tête ployée dans la mort, sa longue chevelure rouge flottant derrière elle exercent un effet spectaculaire.

Elle revient à sa couleur naturelle de cheveux pour interpréter Élisabeth de Valois, la jeune épouse du vieux Philippe II d'Espagne dans le *Don Carlos* de Verdi. Le public de Milan est à ses pieds ; beaucoup l'admirent à présent davantage que Tebaldi. Sa versatilité, l'envergure de sa voix unique, son magnétisme auxquels vient à présent s'ajouter sa beauté plastique suscitent l'émerveillement. Elle n'a aucun mal à incarner la belle reine d'opéra éprise du fils que son mari a eu d'un mariage précédent. Musicalement, le rôle d'Élisabeth ne lui permet cependant pas de déployer sa grande technique vocale, et le caractère passif du personnage la frustre en tant qu'actrice. La production est un succès, les critiques excellentes, mais Maria choisira de ne plus rechanter cet opéra.

En août, les Meneghini rejoignent Vérone où Maria doit chanter Marguerite dans *Mefistofele* de Boïto. Ce séjour se révèle encore plus aigre que les précédents avec la famille de Battista. Maria ne comprend pas leur animosité. Dès le début, elle a essayé de les amadouer par le truchement de nombreux cadeaux à leurs enfants, mais ils n'ont jamais changé d'attitude.

La force du lien familial dans la vie italienne semble lui échapper. En Italie, la famille est la place forte contre le monde et aucune famille ne laissera l'un des siens se détacher d'elle sans tout faire pour l'en empêcher, car le mur familial ne doit pas avoir de brèche. Le passé familial de Maria l'empêche peut-être de le comprendre. Malgré ses origines grecques, elle a d'abord vécu aux États-Unis où les femmes, contrairement aux Méditerranéennes, peuvent être indépendantes si tel est leur choix. À cette époque, la femme est encore considérée en Italie comme inférieure à l'homme, placée sur terre pour le divertir et le réconforter et pour lui donner beaucoup d'enfants, de sexe masculin de préférence.

De plus, si l'Europe considère à présent Maria comme sa « diva grecque », les Meneghini, outre leur antiaméricanisme primaire, voient encore en elle une ennemie passée. Toute tradition culturelle mise à part, ils estiment aussi avoir de nombreuses raisons de ne pas l'aimer et de ne pas lui faire confiance. Sa célébrité jette de l'ombre sur Battista. Ils se sentent personnellement humiliés. Et les enfants ? Avec elle, ils sont froids, distants voire grossiers. Si Battista désapprouve leur attitude, il ne leur en fait part, comme au début, que rarement et du bout des lèvres. Comme tous les Italiens, il ne veut pas perdre la protection de sa famille.

Maria quitte Vérone en jurant de ne plus jamais y remettre les pieds et elle tiendra parole, sauf pour aller y chercher quelques objets personnels. La cité qui lui paraissait jadis si romantique ne fait à présent que lui rappeler la jeune femme grosse et pataude qui a dû subir tant de rebuffades et de déceptions avant de devenir, grâce à un labeur incessant et à sa personnalité éclatante, la svelte diva célébrée, qui changera à jamais le visage de l'opéra.

À la mi-octobre, les Meneghini s'envolent pour Chicago. C'est la première fois que Battista met les pieds aux États-Unis. Son incapacité à s'exprimer en anglais, qu'il s'est entêté à ne pas apprendre, exerce une pression de plus sur Maria. Il est intimidé par la ville et ses habitants dont il déclare : « Ils pensent que tous les Italiens sont des gangsters. »

Maria a toujours voulu faire ses débuts américains au Met, ce qui a d'ailleurs failli se réaliser. De son côté, le nouveau directeur, Rudolf Bing, Autrichien de nationalité anglaise, cherche à l'engager depuis 1950. À l'époque, il avait écrit à son ami Erich Engel à l'Opéra d'État de Vienne pour lui demander si elle était aussi phénoménale vocalement qu'on l'incitait à le croire. Engel lui avait répondu qu'elle avait chanté une Norma éblouissante et que, si elle pouvait faire salle comble à l'Opéra de Vienne, elle était capable de remplir n'importe quel autre grand théâtre au monde.

Pour ses contrats avec l'étranger, Battista collaborait avec l'agence d'opéra de Liduino Bonardi – ce même Bonardi à qui il avait présenté Maria tout de suite après son succès dans *La Gioconda* à Vérone. Bonardi était loin de parler couramment anglais. Bing lui écrivit en proposant à Maria, « artiste inconnue en Amérique », 400 dollars par représentation, avec la garantie d'une présence de douze à quatorze semaines à New

York durant la saison du Met. Bonardi lui répondit dans son anglais approximatif : « J'ai parlé à l'artiste *Maria Callas Meneghini* qui est très heureuse d'accepter votre offre de rester à New York plus de deux mois si nécessaire. En ce qui concerne les conditions, ça va 600 dollars par représentation ; mais je maintiens de réduire les conditions à 500 dollars[1]. »

N'y comprenant goutte, Bing réitéra son offre de 400 dollars. « Maria Callas Meneghini a très envie d'entrer dans la compagnie de ce théâtre très connu et elle est d'accord pour accepter 200 dollars par représentation », répondit Bonardi par câble.

Bing, qui y perdait vraiment son latin, s'en tint à sa première offre de 400 dollars. Dans sa lettre suivante, Bonardi changeait les conditions : le cachet serait le même, mais il faudrait y ajouter les frais de voyage et d'hôtel pour son mari, et elle voulait chanter, outre *Aïda* que lui avait proposé Bing, deux des opéras suivants : *Norma*, *Les Puritains*, *La Traviata*, *Le Trouvère*.

Comme aucune de ces œuvres n'était au programme du Met et que Bing ne se sentait pas obligé de régler les dépenses du mari, l'offre fut annulée. L'année suivante, il assista à une représentation des *Vêpres siciliennes* à Florence, dans lesquelles Maria chantait Elena. Verdict : « Elle est monstrueusement grosse et maladroite, et elle a encore beaucoup à apprendre avant de pouvoir prétendre être une star du Met. » C'est en 1953 qu'il changea d'avis, après les triomphes de Maria au Mexique et au Brésil. Il lui offrit alors *La Traviata*, avec de meilleures conditions, mais en refusant toujours de prendre en charge les frais de Meneghini. Bonardi lui répondit que Maria « ne *[voulait]* pas envisager une telle insulte à son mari ». Cette seconde occasion de chanter au Met s'étant soldée par une autre déception, Maria signa donc finalement avec Chicago car, outre son cachet astronomique, ils prenaient à leur charge tous les frais de son époux.

---

1. Bonardi suggère en fait un compromis : il baissera de 100 dollars si Rudolf Bing augmente de son côté de 100 dollars.

Carol Fox et Lawrence Kelly ont accepté toutes ses exigences car ils ont besoin de lancer leur compagnie avec une production éblouissante. À l'évidence, aucune autre star de l'époque n'est en mesure de leur apporter meilleure publicité que Maria Meneghini Callas. Maria ayant signé, ils sont parvenus à engager une distribution extraordinaire : Tito Gobbi, Giuseppe Di Stefano et Giulietta Simionato, la mezzo-soprano du Met qui a chanté avec succès avec Maria dans les tournées sud-américaines. Le chef, Nicola Rescigno, va devenir l'un des chefs favoris de Maria, mais elle continuera à avoir comme conseiller musical le plus proche son très cher ami Serafin, qui dirigera un grand nombre de ses meilleurs enregistrements et de ses rôles les plus célèbres.

À son arrivée à l'aéroport O'Hare de Chicago, Maria est accueillie par une nuée de photographes de presse et de caméras de cinéma et de télévision. Elle ressemble davantage à une vedette de cinéma qu'à une cantatrice. Cheveux blonds savamment coiffés, elle porte un ensemble rouge saisissant de Dior, à la taille étroitement pincée. Des brassées de roses rouges l'attendent dans sa suite de l'hôtel Ambassador West. Fox et Kelly font de leur mieux pour satisfaire leur prima donna, même si ces dépenses démesurées représentent un énorme pari pour eux. Ils travaillent sur un budget serré, obtenu grâce au petit succès du *Don Giovanni* qu'ils ont produit au printemps avec Rossi-Lemeni dans le rôle titre. L'engagement de Maria leur a permis d'obtenir des subventions privées, mais ils peuvent tout au plus espérer ne pas perdre d'argent avec *Norma* et s'en sortir ensuite avec une petite marge pour *La Traviata* et *Lucia di Lammermoor.*

Maria ne laisse tomber personne. Dans *Norma*, en dépit du manque d'éclat des décors et des costumes qu'il a fallu reprendre pour les adapter à sa taille mannequin, elle donne l'une de ses meilleures interprétations de la prêtresse druide. Elle crée une tension électrique presque palpable, « pareille au feu de l'enfer » à certains moments, « douce et tendre » à d'autres.

« Callas insuffle à son personnage une passion et une beauté juvénile rares dans notre théâtre lyrique, écrit un important critique. On peut trouver des défauts dans la technique de Mlle Callas : un vibrato occasionnel dans les fortissimi aigus ; un trémolo gênant dans les pianissimi. Mais c'est l'effet général qui compte et nous sommes en présence d'une grande voix d'opéra utilisée de la plus grandiose des façons... C'était une grande soirée pour Chicago, qui s'avérera peut-être encore plus grande pour l'opéra en Amérique. »

Un autre critique ajoute que, dans cette production de *Norma*, Callas est « une chose à raconter à ses petits-enfants ».

Lorsqu'elle vient saluer seule la première fois, elle reçoit une extraordinaire ovation. Personne ne comprend peut-être la profondeur de son émotion, face à ce public qu'elle ne voit que confusément, alors que montent vers elle les acclamations comme un raz de marée. Elle s'est imposée en Amérique. Pendant sept années frustrantes, elle s'est sentie méconnue de ses compatriotes et de la presse américaine qui parlait davantage de ses colères et de sa perte de poids que de ses performances phénoménales sur les scènes lyriques les plus prestigieuses d'Europe. Le visage noyé de larmes, elle rejoint Battista qui l'attend en coulisses. Il l'enlace et elle s'appuie contre lui pour regagner sa loge.

Le lendemain matin, Maria reçoit un télégramme chaleureux de Bing qui lui propose de discuter d'un engagement au Met pour la saison 1955-56. *Traviata* et *Lucia* remportent le même succès que *Norma*. Malgré la présence constante de Battista, elle se sent terriblement seule quand elle ne travaille pas. Elle appelle son père pour lui demander de venir l'écouter dans *Lucia*. Lorsque George repart à New York, on les photographie côte à côte au moment où il va monter dans l'avion. Maria domine son père vieillissant, quoique toujours fringant. Durant cette visite, elle lui manifeste beaucoup de tendresse et promet de le voir plus souvent.

Pendant les représentations de *La Traviata*, elle perd encore 2,5 kilos et pèse désormais moins de 59 kilos. Elle ne suit plus de régime et son problème s'est inversé : elle a du mal à avaler quoi que ce soit et ne cesse de répéter que, si elle mange, elle redeviendra grosse et laide. Son mari doit l'inciter à grignoter plusieurs fois par jour et à boire un fortifiant aux protéines.

Comme ils ont reçu plusieurs lettres de menaces de Bagarozy, Battista a obtenu que Maria soit payée en liquide *avant* chaque représentation, afin que son cachet ne soit pas saisi. On leur conseille de ne laisser aucun étranger aller la voir en coulisses, comme le font souvent fans ou collègues artistes. Un garde du corps lui est affecté, au cas où on la convoquerait au tribunal. Rien ne se produit et ils en concluent que Bagarozy a abandonné ses revendications.

Les Meneghini regagnent Milan quelques jours avant que Maria n'entame les répétitions de *La Vestale* de Gasparo Spontini. Sa collaboration avec Visconti va enfin voir le jour. Elle lui a écrit de nombreuses lettres pendant son séjour à Chicago et mis à profit chacun de ses moments de loisir pour étudier la partition et le livret de *La Vestale*. Elle n'a jamais abordé une production avec un tel enthousiasme. Elle meurt d'impatience de retrouver Visconti, qui lui a beaucoup manqué. Elle regrette qu'il n'ait pas assisté à ses débuts triomphaux à Chicago. Maria a du mal à se l'avouer, mais elle est éprise de Visconti. Elle ne peut pas non plus admettre que son total manque d'appétit provient peut-être d'un sentiment de culpabilité. Battista ne l'a jamais soutenue davantage, mais elle n'éprouve plus les mêmes sentiments pour lui et ne peut accepter cette évolution. Elle a soif de connaître le frisson d'une relation plus romanesque que celle de son mariage, et Visconti remplit tous ses fantasmes. La culpabilité la ronge : elle est mariée et amoureuse, comble de l'ironie, d'un homosexuel.

Au cours des rares moments où elle se trouve à Milan sans Battista, soit pour enregistrer avec Serafin, soit pour faire du shopping, elle trouve le moyen d'être seule avec Visconti. Si ce dernier ne l'encourage pas, il ne la décourage pas non plus. À dire vrai, il trouve excitante la compagnie d'une femme qui ne cache pas le désir qu'il lui inspire, une femme que lui-même admire presque jusqu'à l'obsession. Des femmes ont traversé sa vie, mais elles étaient plus ordinaires que Maria, et tout à fait conscientes qu'elles n'établiraient jamais avec lui une relation suivie.

Maria est presque autant éprise du mode de vie de Visconti que de l'homme lui-même. Il n'apprécie pas les restaurants et dîne rarement en ville. Il reçoit ses amis dans son magnifique palazzo, via Salaria. Durant les mois d'été, Maria et lui déjeunent, prennent un cocktail ou dînent sur la grande terrasse dominant le jardin luxuriant peuplé de statues antiques ou dans la véranda où il a installé une volière de colombes blanches. Lorsque la température est moins clémente, ils choisissent la bibliothèque ou l'une des dizaines de pièces somptueusement décorées du palais. Le rez-de-chaussée, avec son entrée gigantesque et ses nombreux salons, respire l'opulence : sols de marbre, chandeliers de cristal scintillants, brocarts aux couleurs vibrantes. Certains plafonds ont été peints au XVIIe siècle, époque où la demeure a été construite. Les pièces sont pleines d'antiquités rares, les cheminées souvent assez hautes pour qu'un adulte puisse s'y tenir debout. Depuis toujours, Visconti a une passion pour les chiens. Après les alsaciens et les bassets, il s'est entiché des mastiffs dont plusieurs le suivent de pièce en pièce, s'installent devant l'âtre et l'interrogent, avec une dévotion visible, de leurs yeux aux paupières lourdes.

Il crée toujours lui-même ses arrangements de table, choisit les vins et, après le dîner, transforme la préparation du café en rituel théâtral. Il montre à Maria comment procéder et elle a l'impression d'accomplir une tâche inestimable quand il la laisse faire. Il leur arrive de prendre le café dans son immense chambre du deuxième étage où il conserve sa collection d'icônes russes et de bronzes. Des photographies de célébrités – Maria comprise – dans des cadres d'or ou d'argent garnissent les tables.

Maria est fascinée par l'élégance, la sensualité, la culture de Visconti qui, en Italie, est presque un mythe. Il est aussi un intellectuel, déchiré entre sa dévotion aux arts et à la politique. Son cercle d'amis – homos et hétérosexuels – reflète cette complexité. Il dira plus tard qu'ils ont eu une aventure, mais qu'il a parlé clairement à Maria de sa sexualité et qu'elle savait qu'une relation de cette nature ne pouvait pas durer entre eux, ce qu'il ne désirait d'ailleurs pas. Cette liaison ne comporte que des éléments dangereux pour Maria, dans une Italie où un homme peut collectionner les maîtresses et rentrer auprès de sa femme en toute impunité, alors qu'une femme, si on apprend son infidélité, est sur-le-champ rejetée et humiliée.

Les répétitions de *La Vestale* commencent à la mi-novembre. Rosa Ponselle a chanté le rôle de la chaste vestale Giulia vingt ans plus tôt mais, depuis lors, l'ouvrage n'a pas été monté. Giulia, condamnée à mort parce qu'elle a laissé s'éteindre le feu sacré, exige en effet de la soprano un art achevé et les chanteuses comme Ponselle et Callas sont rares. Visconti estime beaucoup cet opéra qu'il considère comme « une *Norma* néoclassique avec une fin heureuse ».

Dans le rôle de Licinus, le général romain aimé de Giulia, Maria a pour partenaire le ténor italien Franco Corelli qui fait ses débuts à la Scala. « Maria détestait Corelli parce qu'il était beau, racontera Visconti. Cela l'agaçait, les gens beaux la rendaient circonspecte *[surtout les hommes, comme dans le cas présent]*. Elle restait aux aguets, afin de voir si je ne lui accordais pas davantage d'attention qu'à elle. »

Elle laisse Visconti modeler son interprétation, comme si elle souhaitait qu'il la domine. Les membres de la compagnie qui ont déjà travaillé avec elle et qui la considèrent comme « une femme agressive maîtrisant tout » sont stupéfaits par son changement d'attitude. « Elle faisait tout ce que je demandais scrupuleusement, avec une précision et une beauté inouïes, racontera Visconti. Ce que je voulais, elle le donnait. Lorsque je lui demandais d'improviser, elle m'interrogeait : "Qu'est-ce que je dois faire ? Comment dois-je placer cette main ? Je ne sais pas où la poser." »

« En fait, ajoutera-t-il, ce fol engouement la poussait à vouloir que je dirige le moindre de ses pas. »

Sans doute refuse-t-elle de regarder la vérité en face. Visconti, qui ne l'aimera jamais comme elle peut le rêver, regrette beaucoup d'avoir laissé leur relation prendre un tour physique. Il va devoir reculer, lui faire comprendre qu'il ne peut que dévouer son talent artistique à son génie. Maria est, selon lui, « quelque chose de beau. L'intensité, l'expression, tout. Un phénomène monstrueux. Presque une maladie. Le genre d'actrice qui n'existe plus du tout ». Mais c'est de la diva qu'il parle, pas de la femme.

La rigueur des répétitions ne leur laisse que peu de moments d'intimité, et lorsque l'occasion se présente, il s'arrange pour être occupé ailleurs. Battista assiste rarement aux répétitions. Maria s'attarde de longues heures au théâtre à la fin de son travail : elle assiste aux répétitions d'orchestre ou elle reste dans sa loge à relire sans fin la partition. « Pourquoi est-ce que je suis si seule ? demande-t-elle à une amie proche.

— Je ne comprends pas, Maria, tu es rarement seule.

— Ah oui, ici... là, c'est vrai. Mais *ici [elle pose ses longs doigts sur sa nouvelle poitrine d'adolescente]... ici*, je suis seule. »

11

Belle Amérique

Maria s'est découverte. Sa maladresse a disparu, son accent américain a laissé la place à des inflexions plus subtiles. Elle est plus délicate, plus féminine. Sur scène, elle a toujours été capable d'incarner ses plus grands fantasmes. À présent, elle cherche à les réaliser dans la vie. Elle ne s'émerveille plus – si cela a jamais été le cas – de sa relation avec Battista. Son amour pour lui s'est mué en un sentiment de gratitude. Il l'a encouragée lorsqu'elle était démoralisée, réconfortée lorsqu'elle était rejetée. Mais la gloire, dira-t-elle, *sa* gloire, lui est montée à la tête. Il n'est plus pour elle le substitut de père qu'elle a épousé. Il vit et s'enivre du pouvoir que sa célébrité lui apporte. Il a utilisé sans lui en toucher mot l'argent qu'elle gagne pour renflouer l'entreprise familiale. « Si vous ne pouvez pas faire confiance à votre mari ou à votre mère, vers qui pouvez-vous vous tourner ? », demandera Maria à son ami John Ardoin, écrivain et critique musical.

Elle est fière de sa trajectoire artistique, fière de son nouveau physique. Elle a le sentiment de mériter d'être aimée pour elle-même. Elle a cru que l'homme de sa vie pouvait être Visconti ; elle l'a sincèrement désiré. Quoi que Visconti en pense, elle n'est pas naïve. Le metteur en scène n'a jamais caché son homosexualité. Elle soupçonne à présent Battista d'avoir eu, et d'avoir peut-être encore, des partenaires homosexuels. Elle s'y perd pourtant, puisque ces deux hommes sont capables d'avoir des relations avec une femme. Battista serait-il plus hétérosexuel qu'homosexuel, et Visconti l'inverse ?

« À mon avis, Maria pensait sincèrement que Luchino pouvait abandonner sa vie antérieure si elle parvenait à se faire aimer assez de lui, déclarera une collègue. De l'autodestruction pure ! Luchino était avant tout honnête vis-à-vis de lui-même et de Maria. Il ne pouvait tout simplement pas "abandonner" son homosexualité. Elle faisait partie de sa nature, exerçait une grande influence sur l'homme qu'il était, sur ses accomplissements, passés et futurs. Regardez *Mort à Venise [qu'il a dirigé plus tard, avec Dirk Bogarde dans le rôle principal].* Ce thème occupait une grande place dans son art. »

La Somnambule de Bellini va de nouveau les réunir à la Scala en février 1955. Huit semaines seulement se sont écoulées depuis la dernière représentation de *La Vestale*, et Maria n'a pas eu beaucoup de loisirs. En janvier, alors qu'elle chantait Madeleine dans *Andrea Chénier* à la Scala et *Médée* à Rome, elle en a profité pour voir Visconti et évoquer avec lui sa conception révisionniste de *La Somnambule* et du rôle d'Amina qu'elle va interpréter.

L'intrigue de *La Somnambule* est simpliste. Amina, une jeune fille suisse, est sur le point de se fiancer à un fermier, Elvino. Une nuit, dans une crise de somnambulisme, elle sort de sa chambre, traverse le village et entre dans la chambre du comte Rodolfo qui n'ose pas la réveiller. Des paysans, venus saluer le comte, la trouvent endormie sur son lit. Elvino la répudie et annonce qu'il va épouser Lisa, aubergiste du village amoureuse de lui depuis des années. Amina est désespérée. Le comte vient à son secours. Il explique à Elvino et aux villageois que le somnambulisme est une vraie maladie et que rien ne le lie à Amina. Personne ne le croit, mais tous voient alors Amina traverser dans son sommeil une passerelle insalubre au-dessus d'un torrent. Parvenue sur l'autre rive après un suspense haletant, elle s'effondre. Elvino comprend qu'elle ne l'a pas trahi et, à son réveil, Amina le trouve à ses côtés. Il lui jure son amour et son désir de l'épouser.

Visconti adopte la seule optique possible pour mettre en scène cette historiette : il souligne le côté « ballétique » de l'opéra, de façon à lui donner des réminiscences de *La Belle au bois dormant*. Dans sa production, Amina n'est plus une simple paysanne mais une ballerine gracieuse, parée de bijoux et d'une couronne de fleurs dans ses crises de somnambulisme. Elle marche pieds nus, sa chevelure déployée sur les épaules, vêtue d'une chemise de nuit blanche qui symbolise son innocence. Les décors représentent un village et des paysages suisses stylisés.

Bernstein va diriger la production. Il travaille en collaboration étroite avec Visconti pour traduire au plus près sa vision de l'œuvre. Au bout de deux semaines de répétition, Maria se met en tête que Visconti et Bernstein sont amants. « Nous *[Visconti et Bernstein]* étions souvent ensemble et Maria nous espionnait, y compris lorsque nous sortions du théâtre pour boire un café ou faire quelques pas. Une fois, Lennie et moi sommes allés lui rendre visite *[souffrante, Maria n'avait pas répété ce jour-là]*. Au moment de partir, nous lui avons dit "Ciao, Maria, porte-toi mieux !" et nous nous sommes dirigés vers la porte. "Reste ici ! m'a-t-elle ordonné. Je ne veux pas que tu repartes encore avec Lennie." »

La plupart des collègues de Maria ont conscience des sentiments passionnés qu'elle nourrit à l'égard de Visconti. Un soir, elle fait une scène du même genre après une répétition. Alors que Visconti et Bernstein, théâtralement vêtus de capes du soir noires identiques doublées d'écarlate, se dirigent vers la sortie des artistes, elle hurle : « Pourquoi est-ce que tu ressors avec cet homosexuel ? »

Visconti porte toujours sur lui une pochette parfumée. Maria lui demande de la lui prêter pour la placer sous l'oreiller du lit du comte. Le parfum l'aidera à se diriger droit vers le lit dans la scène de somnambulisme. « Heureusement, aucun des musiciens d'orchestre ne portait le même parfum, sinon elle aurait pu un soir aller en direction de la fosse et tomber dedans », commentera sans galanterie Visconti.

Maria le supplie de rester en coulisses pendant toute la représentation, comme le faisait autrefois Battista. Il racontera : « Je devais l'amener jusqu'à la scène avant chaque acte et l'y pousser. »

Elle demande à son habilleuse de serrer son corset le plus étroitement possible, pour réduire de cinq centimètres sa taille qui ne fait déjà plus que soixante centimètres, sans craindre qu'il entrave sa respiration et que sa voix en souffre. Miraculeusement, ce carcan ne la gêne pas. « Dès qu'elle entrait en scène, se souviendra le décorateur Piero Tosi, elle paraissait menue, d'une fragilité éthérée, et se déplaçait avec une grâce inouïe. Elle marchait comme une ballerine, et quand elle était immobile, adoptait la cinquième position d'une danseuse. »

Dans la première scène de somnambulisme, elle est éclairée par la lune, à moitié dans l'ombre – « sylphide marchant sur un rayon de lune... elle était enchanteresse. Lorsque le comte effleurait son épaule, elle se laissait choir sur le sol, très doucement, comme une Margot Fonteyn ».

Dans le dernier acte, elle crée une illusion spectaculaire quand elle traverse la passerelle pieds nus. Sa silhouette se détache sur le décor de lac et de montagnes. À l'approche de l'extrémité du pont, Amina pose le pied sur une planche vermoulue. À la stupéfaction de tous ceux qui se trouvent en coulisses, Maria donne alors l'impression de tomber. De la salle, on croit qu'elle est vraiment tombée. Elle obtient cet effet en s'immobilisant totalement pour prendre une longue inspiration, si bien qu'on dirait qu'elle se redresse. Puis elle expire de toutes ses forces, très vite. Dans la pénombre, on imagine qu'elle tombe. « Que dire ? commente Tosi. Sur scène, c'était une magicienne et elle le savait. »

Les critiques sont autant impressionnés par son brio vocal qu'enchantés par cette cantatrice bellinienne capable de donner, en jouant avec une subtilité extrême sur les couleurs vocales, des interprétations aussi convaincantes de Norma que d'Amina. Ces héroïnes sont en effet d'ordinaire chantées par des sopranos différentes : dramatique pour Norma, légère pour Amina. « Callas était tout simplement superbe », rapportera

Bernstein avec enthousiasme. Elle chantait comme si « elle était le premier instrument de l'orchestre. Suivant les cas, elle était le violon, l'alto, la flûte. En fait, j'avais parfois l'impression que c'était moi qui chantais et qu'elle doublait ma voix. N'oubliez pas que je dirigeais ».

Sa myopie ne s'étant pas améliorée, Maria a du mal à distinguer le chef dans la fosse, et comme toujours, elle a accompli un travail acharné avec Bernstein. Chaque cadence, chaque fioriture, chaque note, chaque phrase musicale, chaque geste, chaque déplacement ont été répétés jusqu'à la perfection. La compagnie lui reproche les heures de travail supplémentaires devenues monnaie courante. Les costumes ont dû être repris s'ils présentaient le moindre petit défaut. Elle a assisté aux discussions avec l'éclairagiste. Aucun détail n'a échappé à sa méticulosité.

Lors de la réception donnée après la première triomphale de *La Somnambule*, Bernstein lui demande de chanter des extraits de *Tristan et Iseide* en italien, en l'accompagnant lui-même au piano. Ils échangent quelques propos désagréables. Le chef est surexcité alors que Maria est fatiguée et n'a jamais aimé chanter dans une réception. Pressée par Visconti, elle cède mais ne chante pas très bien, et cet incident la trouble beaucoup, gâchant à ses yeux une soirée bénie. Un peu plus tard, alors que la plupart des invités sont partis, elle demande à Bernstein qui se tient auprès de Visconti : « Comment se fait-il que tous les hommes séduisants soient homosexuels ? » N'obtenant pas de réponse, elle insiste, les yeux plongés dans ceux de Bernstein : « Je veux connaître la vérité et toute la vérité. Es-tu homosexuel ? » Bernstein se détourne et, quelques minutes plus tard, quitte la réception en compagnie de Visconti.

En Bernstein, Maria respecte le maestro. Elle se sent en harmonie avec lui sur le plan musical, mais elle ne se laissera jamais aller à apprécier l'homme, pas davantage qu'il ne semble avoir jamais éprouvé d'affection pour elle[1].

1. Il le reconnaît dans ses mémoires, *Findings*. Ce livre reproduit une photo de Callas très peu flatteuse, sur laquelle elle a le visage déformé par la colère.

Quelques jours après, elle commence à la Scala les répétitions du *Turc en Italie* de Rossini, avec Rossi-Lemeni dans le rôle du Turc et le jeune Franco Zeffirelli, à la fois producteur et metteur en scène, à la barre. Zeffirelli est l'étoile montante de la scène italienne. Il apporte beaucoup de fraîcheur à la production, qui insiste sur le côté bouffe de l'œuvre. Les décors sont amusants ; les costumes de Maria pimpants. « Elle était adorable. Vraiment, vraiment drôle, se souvient Zeffirelli. Elle dansait même une petite tarentelle et donnait un coup de soulier sur la tête de Zaïda, sa rivale. » Les rires, ingrédient rare à l'opéra, fusent dans la salle de la Scala. Les critiques sont époustouflés par la versatilité de Maria, qui prouve cette fois qu'elle peut chanter avec le même brio un opéra bouffe que *Norma*.

Maria est devenue la reine de la Scala. Beaucoup la qualifient de « plus séduisante cantatrice du monde ». Elle obtient tout ce qu'elle veut, et ce qu'elle veut, c'est que Visconti monte *La Traviata* pour elle. Violetta est belle et, pour la première fois de sa vie, Maria se sent belle aussi : sa minceur – et Visconti – l'en ont convaincue. Heureux de satisfaire sa première diva, Ghiringhelli accepte les termes de Visconti et une nouvelle production de *La Traviata* est mise en chantier. Visconti tient avant tout à ce que Violetta soit partout à l'aise. Les décors raffinés doivent être aussi familiers à Maria que son cadre de vie. Il souhaite qu'elle incarne une héroïne « tendre, très intérieure » et se concentre sur la psyché ultra-fragile de Violetta, qui rappelle beaucoup la Marguerite Gautier de Greta Garbo dans *Camille,* le film tiré par George Cukor en 1937 de l'œuvre d'Alexandre Dumas fils.

Le drame de cet opéra tourne autour des relations entre les trois personnages principaux : Violetta, Alfredo et Germont, le père sinistre et insensible du jeune homme. Germont ne laissera pas son fils hériter de sa fortune si la courtisane ne renonce pas à lui. Par amour, Violetta va accepter de rompre avec Alfredo dont elle craint de détruire l'avenir. Elle découvre peu après qu'elle a la tuberculose, synonyme d'une condamnation à mort au XIXe siècle. L'œuvre se termine sur la scène poignante de ses retrouvailles avec Alfredo. Elle a le temps de lui pardonner avant de mourir dans ses bras.

Vocalement, le premier acte demande de Violetta la flexibilité d'une coloratura et des notes très aiguës. Dans le deuxième[1], elle doit déployer la subtilité et le legato d'une vraie soprano lyrique et pour finir, les accents plus sombres et plus lourds d'une soprano dramatique.

Selon Carlo Maria Giulini, qui tient la baguette, Maria « a trouvé des couleurs inédites dans sa voix, une nouvelle expressivité musicale, par le biais d'une compréhension de la personnalité intime de Violetta. Tout se justifiait ». Le travail a été pénible, l'obsession de la perfection de Maria ayant été poussée dans ses retranchements par les exigences de Visconti.

L'amant de Violetta, Alfredo, est chanté par Giuseppe Di Stefano. Dès la première répétition, la mésentente s'installe entre lui et le metteur en scène. Sans se plaindre, Maria répète à l'infini une petite phrase d'un récitatif jusqu'à satisfaire Visconti. Le ténor, qui n'apprécie pas ce genre d'exercice ennuyeux, arrive en retard aux répétitions ou n'y vient pas du tout.

« C'est du manque de respect, pour moi, et pour *toi*! se plaint Maria à Visconti.

— Je m'en fiche, réplique Visconti. Que cet idiot arrive en retard ! Nous répéterons ses scènes ensemble. »

Ils s'y attellent donc, accordant une attention méticuleuse au sentiment d'intimité amoureuse que Visconti souhaite la voir exprimer avec naturel dans les scènes entre Violetta et Alfredo.

Pendant le duo d'amour « Un di felice », Violetta, vêtue d'une robe de satin noir d'une exquise simplicité, accompagnée de longs gants blancs, un bouquet de violettes à la

1. Contrairement au Met qui la donne en trois actes, la plupart des compagnies européennes donnent *La Traviata* en quatre actes, comme Verdi l'a écrite.

main, s'écarte peu à peu d'Alfredo qui lui déclare son amour. Elle sait qu'ils n'ont aucun avenir, qu'elle ne peut que causer le malheur de son jeune amant. Elle se tient à l'avant-scène doucement éclairée et, d'un geste gracieux, tend son bras ganté de blanc derrière elle pour déplacer la traîne de sa robe, afin de se tourner et sortir. Mais à l'instant où elle marque une pause, Alfredo s'avance et la prend dans ses bras. Pietro Tosi, qui a conçu les décors, raconte que, « dans son abandon, le bouquet de violettes est tombé par terre. Une image d'une émotion inoubliable. De la beauté théâtrale ».

Giulini évoquera l'émerveillement que lui a procuré la splendeur de la production qui se dévoilait sous ses yeux. Visconti a sans aucun doute monté l'opéra pour servir Maria. Il a transposé l'action du début des années 1800 à la fin du siècle, parce que les costumes de cette époque, robes aux corsages étroits, tournures et traînes élégantes, mettaient en valeur la longue silhouette de Maria. Il dit s'être inspiré de la grande Eleanora Duse pour sa Violetta, mais on perçoit plus d'une allusion à la sublime Sarah Bernhardt dans les deux derniers actes[1]. Les décors de Lila de Nobili cristallisent sa vision et confèrent « une illusion de vérité, mais avec la sensation d'un tableau, un sentiment de distance poétique ». Visconti a souhaité donner un parfum de décadence à sa production, en faire un « rêve inoubliable façon *belle époque**[2] ». Quant à l'interprétation de Maria, elle est d'un « réalisme presque insoutenable ». Aucune scène de mort des autres opéras qu'elle a chantés n'atteint la beauté pathétique qu'elle donne aux paroles de Violetta dans « Se una pudica vergine » au dernier acte.

Cette *Traviata* est sans nul doute le plus grand des cadeaux que Visconti ait offerts à Maria. Dans la production, tout est fait pour sublimer Violetta. Poussée par le talent et l'ego de Visconti, elle y atteint le sublime. Di Stefano est un

---

1. Au troisième acte, les costumes de Violetta sont inspirés par ceux portés par Sarah Bernhardt dans *La Dame aux camélias*.
2. Tous les mots et expressions en italique et suivis d'un astérisque figurent en français dans le texte original.

bel Alfredo vocalement, l'égal de Maria dans leurs duos. Mais il n'atteint pas le même degré de passion qu'elle et il est moins émouvant dans les récitatifs. Le premier soir, les spectateurs sont en délire. Ils ne veulent que Maria et refusent de la laisser quitter la scène. Ils hurlent son nom, pleurent, trépignent. Maria boit cet hommage comme une femme ivre respirerait une goulée d'air. L'avant-scène se transforme en jardin de roses rouges. Encore vêtue de la simple chemise de nuit blanche qu'elle porte dans la scène de la mort, Maria incline la tête et ramasse un bouquet. Son visage est inondé de larmes. Elle porte une main à ses lèvres et, d'un geste de ballerine, déploie le bras pour envoyer son baiser du bout des doigts à son public invisible.

Di Stefano est fou de rage. Il a été privé de ses propres rappels. « Tout pour Callas ! Je ne chanterai plus jamais avec elle ! », crie-t-il en quittant le théâtre[1]. Il ne revient effectivement pas le lendemain et Giacinto Prandelli le remplace pour toutes les autres représentations.

Le plus sidérant, aux yeux de Giulini, est la manière dont Maria parvient à conférer la même grandeur à chaque représentation, quel que soit son partenaire. « Il y avait même des moments où tout paraissait si réel, où la douleur de Violetta semblait si profonde, que je versais des larmes dans la fosse. Je n'avais jamais rien vécu de tel, et je ne l'ai plus jamais vécu. » Le public partage clairement son émotion et Callas devient dès lors la Divina, tout comme Sarah Bernhardt était « la Divine Sarah ».

La Traviata de Visconti-Callas va révolutionner le visage de l'opéra. Les chanteurs cesseront d'être des potiches ; la mise en scène prendra davantage d'importance. Elle a également des répercussions sur la relation entre ces deux fortes personnalités. Maria exige de plus en plus de Visconti, au

1. Il va en fait enregistrer *Rigoletto* avec elle au mois de septembre suivant, être son partenaire le même mois dans *Lucia di Lammermoor*, puis se produire avec elle au Chicago Civic Opera. De plus, ils noueront une relation intime quelques années plus tard.

point de sombrer dans la maniaquerie : le dernier soir, elle saisit son bras dans un étau et essaie de le faire entrer sur la scène avec elle. « Jusqu'à ce que le rideau se lève », le supplie-t-elle à voix basse.

Visconti la repousse si brusquement qu'elle manque de tomber. « Non, non. Reste encore une seconde ! » Mais Visconti se détourne, s'éloigne à pas rapides et disparaît.

Leur relation change du jour au lendemain. Quatre semaines plus tard, Visconti est « indisponible » lorsqu'elle vient à Rome pour enregistrer avec Serafin, lequel lui conseille de ne pas poursuivre cette cause impossible si elle ne veut pas détruire son mariage et n'obtenir que souffrance et rejet. Maria comprend que la situation est désespérée et se met en retrait, mais il lui faudra deux années pour panser ses blessures et être capable de retravailler avec Visconti sur des bases d'un autre ordre. La passion physique qu'il lui inspire se fondra alors dans leur créativité partagée.

Si Battista s'est rendu compte de l'aventure de sa femme avec Visconti et de sa désintégration, il ne l'a montré en aucune façon, observant toujours la même attitude avec elle, tout au moins en public et auprès de leurs amis proches, comme si rien ne s'était passé. Maria semble heureuse de l'avoir à ses côtés et se montre plus aimable avec lui qu'elle ne l'était auparavant.

Elle a acheté une maison au 44 via Buonarroti, un quartier chic de Milan, et l'a décorée d'objets anciens que Visconti l'a aidée à choisir. De belles statues ornent le jardin à la française. L'air y est climatisé, de façon à permettre aux Meneghini d'y passer les mois de juillet et d'août confortablement, en dépit de la chaleur suffocante de l'été italien. Les époux ont des chambres séparées.

« Aucun couple n'a été plus heureux que nous dans notre maison de Milan, écrira Battista. Maria était tout simplement heureuse d'être près de moi. Comme je me réveillais toujours très tôt, elle tenait à ce que je sois près d'elle lorsque la bonne lui apportait son café. Elle me souhaitait le bonjour... puis nous parlions de nos projets pour la journée. Je l'aidais toujours à choisir sa toilette et je lui servais même de pédicure. » Visconti lui a offert un grand caniche noir qu'elle a appelé Toy. C'est son premier chien et elle le traite comme un enfant adoré. Il est impeccablement toiletté, il dort au pied de son lit et la suit partout dans la maison, s'installant non loin d'elle quand elle s'assoit. « J'aurais fait une bonne mère », dit-elle un jour tristement à Battista. Au début de leur mariage, elle a eu la déception de faire une fausse couche, puis les exigences de sa carrière ont pris le dessus sur son envie d'être mère.

D'autres lettres traversent l'Atlantique entre Rudolf Bing et Bonardi. Le Met est sur le point d'accepter les conditions de Maria, mais quelques détails restent à régler : la prise en charge des dépenses de Battista et des transports du chien. L'exaspération de Bing grandit. Il tient tellement à mettre Maria à l'affiche qu'il accepte de la payer davantage que les autres artistes. Elle pourra chanter les œuvres de son choix : *Norma*, *Tosca* et *Lucia*. Il finit par offrir un défraiement à Battista, mais il « pose une limite en ce qui concerne le chien ».

Les Meneghini n'ont donc toujours pas signé de contrat avec le Met quand ils repartent pour la seconde saison de Maria à l'Opéra de Chicago, à la suite de représentations triomphales de *Lucia* dirigées par Karajan à Berlin, où elle a chanté aux côtés d'un Di Stefano repenti. À peine sont-ils installés dans leur suite de l'hôtel Ambassador West qu'arrive une lettre d'Eddie Bagarozy qui la menace de lui faire un procès et de saisir tous ses cachets. Comme l'année précédente, les Meneghini obtiennent un garde du corps de Carol Fox et Lawrence Kelly, ainsi qu'un paiement en liquide avant chaque représentation. Se croyant à l'abri de la vindicte de Bagarozy, Maria entame les répétitions des *Puritains* avec Di Stefano et Rossi-Lemeni.

À la réception qui suit la somptueuse première de gala, le champagne coule à flots. Chicago est aux pieds de Maria. On la traite comme une reine, ses deux représentations de *Lucia* se donnent à guichets fermés, comme toutes celles du *Trouvère* et de *Madame Butterfly*. Bing assiste à la première du

Trouvère, dans lequel Maria a pour partenaire le grand ténor suédois Jussi Björling. Fox et Kelly ne sont pas enchantés de le voir, soupçonnant, à juste titre, qu'il est venu à Chicago pour faire signer à Maria un contrat avec le Met.

« Je me souviens qu'au troisième acte, pendant « Ah si, ben mio », l'impact dramatique venait davantage de l'écoute attentive de Callas que de la voix de Björling, écrira Bing. Il ignorait ce qu'il chantait mais elle le savait. Puis nous *[Bing et son associé, Francis Robinson]* sommes allés en coulisses et je me suis appliqué à lui faire le meilleur des baisemains que j'avais appris dans mon enfance. Les journaux ont tous publié la photo et pour finir, le Metropolitan a fait signer à Maria Callas un contrat plus alléchant, grâce à un compromis aux termes duquel le voyage en avion de Battista était pris en charge, il recevrait 3 000 dollars pour ses frais personnels, Maria aurait un cachet en liquide de 1 200 dollars *avant* chaque représentation et le Met lui procurerait une protection contre les menaces de Bagarozy (au cas où un huissier roderait dans le coin). Cette dernière clause s'est révélée inutile. »

Après sa dernière *Butterfly*, rôle qu'elle habite avec une subtilité déchirante, en lui donnant, selon son habitude, de nouvelles couleurs vocales, Stanley Pringle, officier de police de Chicago, et Dan Smith, shérif adjoint, écartent le garde posté devant sa loge pour s'y introduire de force. Maria est assise à sa coiffeuse, encore revêtue du kimono de Cio-Cio-San, prête à se démaquiller. Battista bondit de son fauteuil placé dans un angle de la pièce et appelle au secours. Il prétendra plus tard qu'il a cru que Maria allait être attaquée. Smith enfonce un mandat à comparaître dans la main que Maria porte à sa poitrine pour se protéger. Puis les deux hommes sortent de la loge, passent devant le garde éberlué et quittent le théâtre, mission accomplie. Un photographe vole alors un cliché de Maria par la porte entrouverte, le visage contorsionné par la fureur. Cliché qui sera publié en première page des journaux du monde entier.

Maria est persuadée que ce sont Fox et Kelly, piqués qu'elle ait signé avec le Met, qui ont permis aux huissiers de pénétrer dans le théâtre et dans sa loge. Elle ne réapparaîtra plus jamais à l'Opéra de Chicago. Le lendemain matin, les Meneghini reprennent l'avion pour Rome, sachant que pour être tranquilles à New York l'année suivante, ils devront régler le problème Bagarozy, qui leur réclame 300 000 dollars, plus les frais d'avocat. En définitive, Eddie Bagarozy obtiendra 40 000 dollars, mais il mourra dans un accident de voiture avant d'avoir pu en profiter.

Maria jubile de faire bientôt ses débuts new-yorkais, même si elle n'a plus besoin de l'approbation des critiques américains pour apaiser sa vanité froissée ou se donner de l'assurance. Le monde l'acclame déjà. Bien sûr, elle a ses détracteurs, ceux qui continuent à trouver que des stridences enlaidissent son timbre ou qui, à l'opéra, préfèrent le confort d'interprétations plus conventionnelles que les siennes. Et elle n'était pas destinée à devenir l'enfant chérie de la presse, surtout pas en Amérique. Les vedettes d'opéra font rarement la une. Mais Maria est différente. C'est une personnalité dramatique, très photogénique, ses déclarations sont toujours dignes d'être citées ou sujettes à controverses. Ces qualités, son éblouissante métamorphose physique et ses triomphes constituent un mélange détonnant dont la presse fait ses délices. Beaucoup de ce qui est écrit sur elle est faux, parfois exagéré, parfois aussi véridique, mais on a l'impression que ne sont publiés que les récits les plus sensationnels.

Maria vit les plus belles années de sa carrière. Sa voix est à son apogée. Visconti l'a aidée à s'épanouir sur scène et dans sa vie privée. Ses humeurs sont fluctuantes, elle a atteint un tel degré de notoriété qu'elle ne sait plus très bien ce qu'elle veut. Elle demeure la plus acharnée des perfectionnistes. Aucun membre des productions dans lesquelles elle apparaît ne travaille plus dur que Maria Callas. Quelque chose la pousse à ne jamais trahir le niveau supérieur d'originalité et d'excellence qu'elle s'impose, à n'avoir de cesse d'améliorer sa dernière interprétation. Ses collègues ont du mal à la suivre et elle ne supporte pas ceux qui n'essaient pas de le faire.

Elle perd aussi de plus en plus patience avec Battista qui laisse inassouvie sa soif érotique ; elle ne lui voue presque plus aucun respect. Les éléments de leur relation se sont inversés. Dans bien des domaines, de l'art de vivre au monde lyrique en passant par les antiquités, Maria est désormais la plus fine, la plus cultivée, et il semble parfois n'être que l'un des membres de ses légions grossissantes d'admirateurs qui viennent en coulisses se réchauffer près d'elle et se nourrir de son succès.

Évangélia continue de jouer les mères martyres et de semer la confusion. Maria n'oubliera jamais le rôle que sa mère a joué dans sa carrière, mais elle ne le voit pas avec les mêmes yeux qu'Évangélia. Elle lui envoie une somme mensuelle, mais Évangélia, qui donne à présent des interviews à la presse, se plaint de son insuffisance et fournit aux journalistes des informations qui leur permettent de présenter de plus en plus Maria comme un monstre : n'est-elle pas la plus célèbre diva du monde, plus riche qu'elle ne l'a jamais imaginé dans ses rêves les plus fous, et Évangélia ne s'est-elle pas battue, affamée et dévouée pour cette fille qui ne lui montre à présent aucune reconnaissance ? Si la célébrité a ses bons côtés, elle n'épargne pas à Maria la souffrance dans sa vie privée.

Avant d'entamer sa première saison au Met, Maria regagne Milan avec Battista pour chanter *Fedora* d'Umberto Giordano. Cet opéra vériste est présenté pour la première fois à la Scala le 21 mai 1956, après quatre semaines de répétitions intenses au cours desquelles Maria a travaillé avec le metteur en scène, Tatiana Pavlova, pour donner un parfum russe à son interprétation. « Maria avait le don de tirer tout ce qu'elle pouvait d'un collaborateur, raconte Nicola Benois, le décorateur. Avec l'aide de Tatiana Pavlova, elle-même grande actrice en Russie et en Italie, elle a insufflé une grande ampleur, une profondeur et une authenticité à Fédora. Son appartenance à la religion orthodoxe orientale lui donnait peut-être des affinités avec le rôle. Sur scène, elle devenait cent pour cent russe. »

Pourtant, la controverse a jailli dès que l'on a appris que Maria allait interpréter *Fedora*. « Certains critiques ont écrit que Maria n'était pas faite pour la déclamation vériste », rapporte le chef, Gianandrea Gavazzeni. On redoutait également que la lourde orchestration et la musique peu vocale de l'opéra de Giordano ne la desservent. Toutes ces craintes se révèlent sans fondement. La Fédora de Maria est fascinante, sa palette vocale somptueuse et l'orchestre n'étouffe jamais sa voix.

À la mi-septembre, Battista et elle arrivent à New York. Francis Robinson est venu les accueillir à l'aéroport où ils sont assaillis par une petite armée de journalistes et de reporters. « Madame Callas, lui demande l'un d'eux, vous êtes née aux États-Unis, vous avez été élevée en Grèce et vous êtes pratiquement italienne aujourd'hui. Dans quelle langue pensez-vous ?

— Je *compte* en anglais », réplique Maria.

12

« S'il vous plaît, sauvez la Scala »

« Est-ce que New York est impatiente de m'entendre ? », s'est inquiétée Maria dans une lettre à Rudolf Bing, peu avant de s'envoler pour l'Amérique.

Le directeur du Metropolitan répondra que oui. « Ce que presque tous les articles écrits sur Mlle Callas ne parvenaient pas à saisir, c'est le côté petite fille, la dépendance aux autres qui étaient une composante si forte de sa personnalité quand elle se sentait en confiance », écrira-t-il. Mais Maria *ne se sent pas* en confiance pour ses débuts au Met. Elle craint la presse new-yorkaise qui n'a jamais été aimable avec elle et qui a toujours monté en épingle les côtés négatifs, à ses yeux, de sa vie privée et de ses interprétations. « Tout est un jeu pour eux, se plaint-elle à Bing. Ils veulent juste vendre des journaux et sortir vainqueurs. »

Le Met venant de prolonger sa saison à vingt-quatre semaines, le premier opéra, *Norma*, sera donné fin octobre, après des répétitions entamées à la mi-septembre. Pollione est interprété par le ténor Mario del Monaco, avec lequel Maria s'est disputée en coulisses au mois de janvier précédent alors qu'ils chantaient *Norma* à la Scala. Pendant les saluts, elle a entendu « des sifflements de serpent » de l'un des côtés de la salle, bruit cependant noyé par « de longs applaudissements tonitruants ». Meneghini a accusé del Monaco d'avoir placé une claque dans le poulailler. Les deux hommes se sont insultés à tue-tête. Del Monaco a prétendu que Maria lui avait donné un coup de pied dans le tibia au moment de sa dernière sortie de scène. Il boitait de douleur et, quand il a pu revenir saluer, « Callas lui avait volé tous les applaudissements ».

Maria se refuse néanmoins à laisser tout conflit personnel entacher son interprétation. À ses yeux, del Monaco est un Pollione idéal face à sa Norma et cela lui suffit. Leurs relations en coulisses l'inquiètent néanmoins davantage, ainsi qu'un article de *Time*, qui lui consacre sa couverture. Un reporter est allé interviewer Évangélia à Athènes. Il dresse de sa mère le portrait d'une femme quasiment réduite à la misère, qui déclare que quand elle a écrit à « sa fille riche et célèbre pour lui demander cent dollars pour son pain quotidien », Maria lui a répondu : « Ne viens pas nous ennuyer. Je ne peux rien te donner. L'argent ne pousse pas sur les arbres... Je dois "hurler" pour gagner ma vie, et tu es assez jeune pour travailler. Si tu n'arrives pas à gagner la tienne, tu ferais mieux de te jeter dans une rivière et de te noyer. »

Lorsque Jackie avait appris que sa mère avait accordé cette interview, elle lui avait dit : « J'espère que tu as été prudente. » Évangélia s'était contentée de sourire. Elle espérait que l'article allait ramener Maria « près de sa mère comme une vilaine petite fille ». Les propos cités par *Time* sont en réalité des extraits altérés d'une lettre écrite par Maria quatre ans plus tôt à Évangélia, qui la menaçait de se noyer « plutôt que de vivre dans une telle pénurie, alors que *[sa]* fille, pour laquelle *[elle a]* tout sacrifié et qui ne serait pas là où elle est sans *[elle]*, mène une existence luxueuse ». Évangélia a également accordé d'autres interviews trompeuses et dommageables à la presse, suivies de plusieurs lettres à Maria revendiquant une aide pour financer la carrière de chanteuse de Jackie et lui permettre de mener un style de vie approprié à la mère d'une étoile de la scène lyrique. Malgré ses mensonges, Maria a continué à lui allouer une somme mensuelle.

Les nouvelles télévisées du soir, diffusées dans toute l'Amérique, reprennent la teneur de l'article. À deux jours de la première, Maria est assiégée par les journalistes. Pour augmenter ses difficultés, New York subit l'un de ses plus torrides étés indiens en trente ans, et le système de climatisation antédiluvien du Met tombe en panne. Malgré toutes ces contrariétés, elle reste maîtresse d'elle-même, attentive comme toujours au moindre détail. Si elle ne chante pas sa plus grande Norma, le public, qui était prêt à haïr cette « fille du Bronx qui a déserté sa terre natale et traité sa mère de façon tellement épouvantable », l'applaudit à tout rompre et la rappelle à seize reprises.

Harold Taubman, du *New York Times*, écrit : « Par moments, on a l'impression que *[la voix de Callas]* a été forgée par la seule volonté plutôt que par des dons naturels... On peut pardonner à Mlle Callas un manque de velours dans certaines parties de son registre. Elle est tout simplement courageuse d'aborder Norma. Elle confère assez de valeur dramatique et musicale à son interprétation pour la rendre intéressante. »

« J'imagine qu'il est plus difficile que tout de se faire accepter dans sa ville natale », se contente d'observer Maria.

Après la première de *Norma*, une réception est donnée en son honneur par la compagnie Angel Records à l'hôtel Ambassador, sur Park Avenue. Elle a lieu dans la somptueuse salle de bal Trianon, toute de marbre blanc italien et de dorures étincelantes. Maria arrive juste avant le premier coup de minuit, flanquée de Battista en smoking, rayonnant de fierté, et suivie de deux détectives chargés de protéger le collier, les pendentifs et le bracelet en diamants de plusieurs millions de dollars que lui a prêtés le bijoutier Harry Winston pour l'occasion.

Sous les applaudissements, elle gravit adroitement l'escalier moquetté de rouge menant à la salle de bal. Elle porte une robe du soir de satin blanc qui épouse parfaitement les courbes déliées de son corps. Ses talons aiguilles la font dominer Battista. Rudolf Bing et les stars du Met, hormis Renata Tebaldi qui a préféré décliner l'invitation, assistent à la fête. Parmi les cent cinquante invités figurent les personnages les plus éblouissants du gratin de Manhattan, des vedettes de la scène et de l'écran, dont Marlène Dietrich en fourreau de lamé or qui lui colle à la peau, Wally Toscanini, fille du grand chef d'orchestre, Leonard Bernstein et la chroniqueuse Elsa Maxwell, amie et parfois ennemie des gens riches et célèbres.

Obèse, fort laide et lesbienne si l'on se fie aux ragots, âgée de plus de soixante-dix ans et sans moyens financiers personnels, Maxwell a néanmoins réussi à se faire une place au soleil dans le tourbillon mondain. On recherche avidement les invitations à ses fameuses réceptions. Elle est également réputée pour ses talents de marieuse, puisqu'elle compte à son actif la rencontre entre le prince Ali Khan et Rita Hayworth. Elle a aussi aidé le prince Rainier à redonner du lustre à Monaco sur le déclin, en y faisant revenir la haute société au début de son règne, avant son mariage avec Grace Kelly. Maxwell, grande amie de Tebaldi, n'a pas épargné Maria dans sa chronique. Au début, elle se montre froide, mais elle va se laisser conquérir par la célébrité de Callas et changer de camp. « Elsa n'est pas vraiment méchante, dira un jour Maria. Elle ne cache jamais ses intentions. Si elle était moins grosse et si elle avait davantage de charme, elle aurait sans doute été acceptée dans la société au même titre que ceux qu'elle prend sous son aile. »

Cinq jours plus tard, alors qu'elle doit chanter en matinée le samedi, Maria a un début d'angine. Avant le lever de rideau, elle fait dire à Bing qu'elle ne va pas pouvoir assurer la représentation. « Je me suis littéralement précipité dans sa loge, se souvient Bing, où je l'ai trouvée malade pour de bon, un médecin auprès d'elle. » Par crainte d'une émeute et d'avoir à rembourser des centaines de billets, Bing la supplie de chanter, contre l'avis du médecin. Maria accepte d'essayer. On lui fait des pulvérisations dans la gorge pour endormir la douleur et elle se lance bravement. Sa voix gratte par moments mais son interprétation est extrêmement émouvante. « Pendant les saluts, se souvient Bing, un imbécile a jeté une botte de radis sur la scène ; heureusement Mlle Callas était tellement myope qu'elle les a pris pour des roses thé. »

Le 15 novembre, Maria chante la première de ses deux *Tosca* au Met[1], face au baryton-basse canadien Georges

---

1. Des scènes de cette *Tosca* enregistrées en kinescope le 25 novembre 1956 ont été présentées dans le Ed Sullivan Show et conservées.

London dans le rôle de Scarpia et de Giuseppe Campora dans celui de Cavaradossi. Le chef, Dimitri Mitropoulos, est un Grec qu'elle a brièvement rencontré à l'époque de ses études au Conservatoire d'Athènes. Les critiques new-yorkais sont plus chaleureux à son égard, ils louent surtout ses grandes capacités dramatiques et son intensité dans la scène du meurtre de Scarpia puis au dernier acte, lorsqu'elle réalise qu'elle a été trahie et que son amant est mort. Mais ils émettent encore des réserves sur la dureté occasionnelle de sa voix.

La presse fait la une sur sa première de *Lucia*. À la fin du deuxième acte, le baryton chantant le rôle de lord Henry Ashton, Enzo Sordello, tient une note haute plus longuement que ne l'ont indiqué Donizetti sur sa partition et le chef, Fausto Cleva. Du coup, Maria semble à bout de souffle. Incapable de se retenir, elle lance « *Basta !* » (assez !) assez fort pour que les spectateurs des premiers rangs l'entendent et croient qu'elle a dit « *Bastard* » (salaud).

Pour Bing, se faire mousser aux dépens d'un collègue et saboter de ce fait l'intégrité d'une production est un comportement impardonnable. Il licencie donc Sordello. Le baryton a droit à sa photo en première page des journaux. On l'y voit déchirer un cliché de Maria. Puis il réserve une place sur le même vol que les Meneghini, non sans prévenir les photographes. Tous trois montent à bord de l'appareil sous les crépitements des flashes. Maria et Battista changent de place dès qu'ils découvrent que Sordello est installé sur la même rangée qu'eux, de l'autre côté de l'allée centrale. Ils ne se parlent pas et, à l'arrivée à Rome, les Meneghini attendent plusieurs minutes avant de désembarquer. Le directeur de l'aéroport les guide ensuite vers une sortie dérobée pour qu'ils ne passent pas par la porte où se sont rassemblés de nombreux photographes. « Je n'aime pas que cet homme profite de ma publicité », se contente de reprocher sans animosité Maria à Bing, mais elle n'oubliera jamais l'attitude de Sordello et ne la lui pardonnera pas davantage.

Sa première saison au Met n'a pas été couronnée du succès qu'elle escomptait pour elle-même et pour Bing, qui ne paraît cependant pas démonté par les quelques chicanes des critiques. De son point de vue mercantile, il devait remplir sa salle. Or toutes les représentations de Maria se sont données à guichets fermés. Les titres et les scandales ont autant incité le public à venir la voir et l'entendre que la publicité qui la présentait comme « la plus grande soprano dramatique du monde ». Dès son arrivée à Milan, Maria reçoit donc un nouveau contrat pour la saison suivante du Met, à des conditions plus avantageuses. Mais elle va d'abord retourner à Chicago pour un concert organisé par l'Alliance française, puis reprendre l'avion pour l'Europe où elle chantera *Norma* les 2 et 6 février 1957 à Covent Garden, six représentations de *La Somnambule* à la Scala du 2 au 20 mars, et deux nouveaux rôles dans des productions que Visconti doit monter pour elle : *Anne Boleyn* du 14 avril au 15 mai et *Iphigénie en Tauride* du 1er au 10 juin.

La perspective de chanter l'*Anne Boleyn* de Donizetti, qui retrace le destin tragique de la deuxième femme d'Henry VIII que le roi a fait décapiter, enthousiasme Maria. Vingt ans après sa création milanaise en 1830, cet opéra est sorti du répertoire de la compagnie. Mais au printemps 1956, il a été ressuscité par un groupe lyrique à Bergame, ville natale du compositeur. La Scala s'est aperçue que l'œuvre serait « un véhicule idéal pour Maria Callas, aussi bien musicalement que dramatiquement ». Le chef Gianandrea Gavazzeni en a parlé à Visconti qui s'est tout de suite passionné pour le projet. « Pendant deux semaines, dit Gavazzeni, je suis allé chez lui tous les jours à Rome jouer la partition sur son piano et discuter avec lui des qualités tragiques du livret. Visconti a également trouvé que c'était un rôle idéal pour Maria et elle a donné son accord sans hésiter. »

Lorsque les répétitions commencent le 21 mars, Maria et Visconti ne se sont pas vus depuis dix-huit mois. Les sentiments qu'elle nourrissait à son égard ont pris une tournure fort différente. Visconti a raconté un peu partout qu'elle éprouvait pour lui une passion obsessionnelle, qu'elle était jalouse de ses amis masculins et qu'elle avait étalé publiquement ses sentiments pour lui de façon très gênante. Maria a choisi de nier. Toute cette histoire est ridicule. Elle n'a jamais été amoureuse de Visconti. Son admiration pour lui n'est que d'ordre artistique. Elle confiera par la suite à Stelios Galatopoulos qu'elle a pris de plus en plus de distance avec Visconti à cause de son « langage grossier, *[de]* la manière péjorative dont il parlait des femmes… en général, qui était totalement inacceptable ». Quant à Battista, qui prétend mieux connaître Visconti que Maria, il déclare : « Alors que l'admiration et l'affection *[de Visconti]* pour Maria s'intensifiaient au fur et à mesure qu'ils travaillaient ensemble et apprenaient à mieux se connaître, Maria éprouvait pour lui une aversion grandissante. »

Maria attribue cette aversion envers « l'homme » à l'homosexualité affichée de Visconti, ainsi qu'à « sa naïveté et sa jeunesse de l'époque ». Elle reconnaîtra avoir par la suite surmonté ses préjugés. Elle ne le fait néanmoins pas assez vite pour accepter sa culpabilité dans la désintégration de leur amitié, ni reconnaître ses propres tentatives futiles d'obliger Visconti à abandonner ses préférences sexuelles.

Comment aurait-elle commenté la déclaration que fera plus tard Battista : « En dehors du théâtre, c'était moi, pas elle, qui était un ami de *[Visconti]* » ? Elle semble en tout cas accepter la relation des deux hommes, même si celle-ci s'ajoutera aux reproches qu'elle fera par la suite à son mari.

Les sentiments ambivalents qu'elle éprouve pour Visconti ne l'empêchent pas de se jeter à corps perdu dans *Anne Boleyn*. Elle continue de lui manifester du respect pendant leur collaboration, car elle éprouve la plus grande estime pour l'artiste et pressent que la production va être superbe. Le décorateur Nicola Benois et Visconti travaillent au moindre détail des décors pour lesquels ils utilisent le noir, le blanc et le « gris londonien ». De gigantesques portraits de personnages royaux encadrent le grand escalier du château sur lequel Anne fait sa première entrée, vêtue d'une majestueuse robe bleu nuit, tandis que Jane Seymour, le nouvel amour du roi, porte du rouge et les gardes de l'écarlate et du jaune, afin d'établir un contraste avec cet arrière-plan sévère.

Visconti accompagne Maria à ses essayages quotidiens pour s'assurer que le moindre détail de ses costumes est exact, qu'ils sont sculptés sur son corps. « Ses bijoux étaient énormes, racontera-t-il. Ils devaient être en harmonie avec toute sa personne : ses yeux, sa tête, ses traits, sa stature. Et croyez-moi, sur scène Callas avait une grande stature ! »

« La manière dont elle marchait dans ces toilettes ! se souvient Benois. Comme une reine. Tous ses costumes étaient inspirés de portraits d'Anne Boleyn par Holbein, mais aucun détail n'était authentique… Luchino m'avait fourni une documentation historique précise, mais il ne cherchait pas la réalité… Il ne se contentait pas d'être metteur en scène, c'était un homme de savoir, de culture, de goût. »

Le temps passant, Maria admirera moins le génie de Visconti. « Dès que nous avons la grosse tête, nous sommes finis », dira-t-elle à Galatopoulos plusieurs années après, précisant qu'elle « n'essaie pas de minimiser sa contribution, mais pour l'amour du ciel, remettons les choses logiquement à leur place ! » Maria n'apprécie pas vraiment que le public applaudisse chaque nouveau décor. Elle admire l'effet obtenu mais elle estime que, dans une tragédie comme celle d'Anne Boleyn, l'héroïne doit rester le point de mire de toutes les scènes dans lesquelles elle apparaît.

La scène finale exerce un impact admirable. Elle a pour cadre une cave de la Tour de Londres où Anne attend son exécution. Tout en haut, des rais de lumière pénètrent dans le cachot à travers les barreaux des grandes fenêtres étroites. Les ombres se dissipent lentement et « on distingue des soldats, le contour de leurs chapeaux apparaît dans une vague lumière dorée, comme dans un tableau de Rembrandt… Peu à peu, les dames de la cour qui ont suivi leur reine en prison apparaissent aussi ». Finalement, Callas émerge de l'ombre. Elle est assise, immobile. « Le public n'osait ni respirer, ni tousser, ni remuer, se souvient Piero Tosi. Il régnait un silence absolu, en dehors de la voix de Maria qui chantait la prière… Visconti a montré là son génie, car il n'a rien laissé empiéter sur ce son, si parfait, si expressif. L'immobilité de Callas créait une tension inouïe, tandis que sa voix, humaine, et pourtant cristallisée, devenait presque un objet. »

Le public de la Scala est tellement ému que plusieurs secondes s'écoulent avant le début des applaudissements. Une fois commencés, leur crescendo devient tonitruant. Toute la salle est debout, on a l'impression que, dans leur enthousiasme, les spectateurs vont se précipiter vers la scène. Maria salue, sans rien voir en dehors des feux éblouissants de la rampe, tandis que monte vers elle le rugissement d'approbation assourdissant. Les applaudissements durent vingt-quatre minutes, un record pour la Scala. Battista, rayonnant, l'attend en coulisses. Visconti vient l'embrasser sur la joue. Maria a les yeux brillants de larmes – d'émotion, d'excitation, d'épuisement. Elle s'écarte et va s'enfermer seule dans sa loge, dont la porte reste gardée pendant qu'elle se démaquille et se prépare à la réception qui va suivre.

Une foule si dense s'est rassemblée à la sortie des artistes qu'il a fallu appeler la police pour la contenir, de crainte d'une ruée qui provoquerait des blessés quand Maria apparaîtra. Elle applaudit chaque chanteur qui sort du théâtre, mais reste disciplinée. Puis Maria, étincelante de diamants, flanquée de deux gardes du corps et suivie à quelques pas de Battista, émerge du théâtre dans une fabuleuse robe de mousseline noire. La foule l'ovationne et hurle. Maria s'immobilise un instant, le visage blanc comme la craie. Puis elle s'avance le long de la loggia, accompagnée de ses protecteurs, en direction de sa limousine, avec le même port de tête qu'Anne Boleyn montant à l'échafaud. Personne n'ose briser le cordon de police pour l'approcher de plus près. À la seconde où elle va monter dans la voiture, elle se tourne et sourit. Un demi-sourire mystérieux et énigmatique qu'elle esquisse souvent lorsqu'elle cherche ses véritables émotions.

Sa gloire l'engouffre. Elle ne peut plus prétendre à une vie privée. Elle est plus seule qu'elle ne l'a jamais été. Elle a été trahie par sa mère et n'entretient plus de véritable relation avec son père et sa sœur. Battista se tient peut-être à ses côtés, il fait ce qu'elle lui demande, mais il manque de jugement et elle n'a plus confiance en lui. Ce qui les a réunis n'existe plus. La nuit, elle ferme sa porte sur sa solitude. À Milan, elle garde Toy dans sa chambre. Elle a du mal à dormir. Elle se contente de picorer, tant l'obsède la crainte de reprendre du poids. Le travail lui sert à la fois de placebo et de motivation. Elle est alors capable de surmonter presque tout, n'importe quels blessure, inconfort, déception, mais pas la solitude.

Elle reste amère vis-à-vis de Visconti et ne lui rendra plus jamais visite dans sa demeure romaine. Parfois, lorsque Battista insiste, elle se joint à eux au restaurant. Sa propre relation avec le metteur en scène appartient au passé, comme bien d'autres choses.

Elle ne dispose que d'une semaine entre *Anne Boleyn* et ce qui sera sa dernière collaboration avec Visconti, *Iphigénie en Tauride*, de Glück, l'histoire d'une princesse scythe qui se bat pour mettre un terme aux sacrifices humains. Visconti dira que c'est le plus bel opéra sur lequel ils ont travaillé ensemble, alors que pour Maria, c'est leur collaboration la moins harmonieuse. Les décors et les costumes, inspirés par les fresques de Tiepolo, ne sont pas fidèles au cadre de l'histoire. « Je suis grecque et c'est une histoire grecque ! » se plaint-elle en vain, car Visconti a décidé (à juste titre, la suite le prouvera) de situer l'action plus tard, afin de lui donner un ton plus pertinent et plus politique.

Elsa Maxwell assiste à presque toutes les répétitions. Maria s'en est fait une amie ; elle préfère l'avoir à ses côtés que la savoir auprès de Tebaldi. Arrivée à Milan pour la première d'*Anne Boleyn,* Maxwell séjourne chez les Meneghini. Sa présence permet à Maria de ne pas affronter les tête-à-tête de plus en plus pénibles avec Battista. Par un retournement de veste peu glorieux, Maxwell est à présent la plus ardente fan de Maria. Dans toutes les querelles, elle prend parti avec passion pour elle, comme elle le faisait auparavant pour Tebaldi.

Durant les répétitions d'*Iphigénie* survient une prise de bec déplaisante avec l'Opéra d'État de Vienne et son directeur artistique, Herbert von Karajan. Maria, engagée pour y chanter *La Traviata*, prétend que son contrat comporte une représentation de plus que prévu et que le cachet ne correspond pas à la somme agréée, censée être plus élevée que celle de tout autre membre de la production. Battista a compris que cette clause incluait le chef lui-même, qui sera payé 2 100 dollars. Karajan refuse de verser plus de 1 600 dollars par représentation à Maria, somme la plus généreuse jamais accordée à un chanteur. Maria s'en tient à son point de vue et refuse de signer le contrat. Une fois de plus, la presse s'empare de l'affaire et dénonce les exigences de la diva. Exigences indéniables, mais cette contestation tourne davantage autour de l'ego de deux artistes, et non du sien uniquement. Maria ne chante qu'à guichets fermés, contrairement à la majorité de ses collègues, et ces 500 dollars litigieux n'auraient pas empêché l'Opéra de Vienne de faire des bénéfices. Mais Karajan, avec son obstination et son orgueil germaniques, n'accepte en aucun cas d'engager une cantatrice payée autant que lui.

Elsa Maxwell envoie plusieurs articles en Amérique, dans lesquels elle défend ardemment Maria, prise, selon elle, dans une « toile d'araignée de justifications maléfiques ». Maxwell a ouvert à Maria la porte du cercle enchanté de la jet-set internationale et Maria est éblouie par la célébrité, le pouvoir et l'argent. Pendant cette querelle avec Karajan et Vienne, elle passe trois jours avec Elsa Maxwell à Paris, où elle prend le thé avec le duc et la duchesse de Windsor, assiste à un cocktail en compagnie du baron et de la baronne de Rothschild et aux courses avec le prince Ali Khan, qui a divorcé de Rita Hayworth. Le charme bien huilé d'Ali Khan, demeuré l'éternel séducteur, n'échappe pas à Maria. Comme elle, il vit sous les feux de la publicité. Encore mince à quarante-six ans, il reste, malgré ses cheveux qui commencent à se clairsemer, un homme plein de vie aux grands yeux bruns langoureux et au sourire dévastateur, toujours hâlé grâce à son amour de la vie au grand air. Il est également très riche. Chaperonnée par Maxwell, Maria dîne aussi en sa compagnie le même soir chez Maxim's, mais lui reste insensible à son charme.

Maria sait à présent qu'elle a besoin d'un homme qui lui offre quelque chose de plus que Battista. Son mari ne possède ni la vitalité, ni l'enthousiasme, ni la capacité de satisfaire la soif sexuelle qui la tourmente. Elle a trente-quatre ans et ses meilleures années s'enfuient rapidement. Son dilemme est de taille. Battista est un fervent catholique et ils se sont mariés à l'église. Le divorce ne sera pas facile. De plus, elle ne se voit pas en joyeuse divorcée. En dépit de son succès, de la conscience de sa réussite et de son pouvoir de séduction, elle a besoin de la sécurité – ou du masque – du mariage.

Fascinée par l'univers à paillettes qui s'ouvre à elle, Maria accepte que Maxwell organise une fête en son honneur le 3 septembre à Venise. Le 17 juin, elle se rend à Zurich où elle donne un concert deux jours plus tard. Battista la rejoint à Rome le 20 juin pour les répétitions de *Lucia di Lammermoor* qui sera donnée une fois à la RAI sous la baguette de Serafin. De Rome, elle s'envole pour Cologne où elle chante à deux reprises *La Somnambule*, les 4 et 6 juillet. Elle se repose ensuite brièvement à Milan, avant de prendre l'avion pour se produire au Festival d'Athènes qui se tient en plein air, au théâtre Hérode Atticus. C'est le premier voyage qu'elle effectue en Grèce depuis qu'elle a pris le *Stockholm* pour regagner New York à la fin de la guerre. Elle n'a accepté cet engagement qu'une fois acquis qu'Évangélia et Jackie ne seraient pas en Grèce, à la différence d'Elvira de Hidalgo.

Un peu plus tôt dans l'année, George Callas a enfin pris des mesures pour se séparer d'Évangélia, qui a reçu sa demande en divorce par la lettre d'un avocat. Craignant de ne pas obtenir un « règlement juste » si elle n'était pas sur place, Évangélia a décidé d'emmener sa fille aînée à New York. Elle comptait séjourner chez de vieux amis, les Zarras, à l'entendre riches et bien assis socialement. Elle a fait croire à Jackie que leurs nombreux contacts permettraient de lancer sa carrière par « un grand concert public ». Jackie, qui approche de la quarantaine et dont le seul espoir consiste à capitaliser sur la célébrité de sa sœur, a accepté de l'accompagner, non sans inquiétude, et s'est procuré des billets grâce au peu d'argent qu'elle avait épargné sur les « cadeaux » de Milton.

La « grandiose demeure » des Zarras s'est révélée n'être qu'une humble maison du quartier helléno-américain du Queens, et les Zarras, un couple ordinaire d'immigrants grecs, bien incapables d'aider Jackie en quoi que ce soit. Cette fois, le Dr Lantzounis et sa femme ont refusé d'ouvrir leur bourse. Quant à George, il s'est arrangé pour être en « voyage d'affaires » pendant que sa femme et sa fille aînée étaient à New York. Jackie, comprenant la futilité des rêves de sa mère et consciente de ne posséder ni la rage de se battre ni l'ambition de Maria, ni même une bribe de l'immense talent de sa sœur, abandonne ses projets. Elle n'est que trop heureuse quand sa mère accepte d'écourter leur séjour à New York.

Le concert d'Athènes n'est qu'une suite de soucis. Désireuse d'offrir son cachet à la promotion du Festival d'Athènes, Maria est surprise et blessée que les organisateurs déclinent son offre, d'autant qu'ils se plaignent lorsqu'ils apprennent le montant habituel dudit cachet. Le 29 juillet, à son arrivée à Athènes, il fait une chaleur torride et la presse raconte qu'elle est cupide et qu'elle exige des cachets exorbitants, alors que les habitants de son « pays d'origine » se battent pour survivre.

Ce retour aux sources se révèle plus traumatisant que ne l'escomptait Maria. Elle ne s'est jamais sentie chez elle à Athènes. Elle n'a pas choisi d'y vivre et elle ne garde de ses années de jeunesse en Grèce que des souvenirs pour la plupart pénibles. Elle est assaillie de toutes parts de rappels de son image peu attrayante et des horreurs de la guerre. La malveillance de la presse empire les choses. Elle s'est lourdement trompée en acceptant cet engagement. Une fois sur place, elle est cependant décidée à surmonter ces problèmes et à se montrer éblouissante. Le jour du concert, elle se réveille la gorge irritée. Le médecin est appelé, on lui fait des badigeons, mais son état empire. En début d'après-midi, elle prévient les organisateurs qu'elle va être obligée d'annuler. Paniqués, incapables de lui trouver une remplaçante à la hauteur, ils tergiversent et n'annoncent l'annulation qu'une heure avant le concert. La presse accuse cette fois Maria de s'emparer de son cachet même quand elle ne chante pas. À tort, puisqu'en cas d'annulation, elle n'est pas payée.

Deux jours plus tard, le 5 août, une légère brise a tiédi l'air brûlant quand elle fait son apparition face au public monté contre elle. Elle a très belle allure dans sa robe de mousseline fluide, des diamants étincelants au cou et aux oreilles. Sans être vraiment en voix, elle renverse vite la situation avec un programme splendide mais difficile, qui comprend « Liebestodt » de Wagner et la scène de la folie d'*Hamlet* d'Ambroise Thomas. Elle interprète même en bis une autre scène de folie, celle de *Lucia* que lui réclame le Premier ministre Constantin Caramanlis. Après le concert, Hidalgo reste à ses côtés, alors qu'elle est assiégée par une foule d'admirateurs, de vieilles connaissances et de jeunes espoirs qui essaient tous d'attirer son attention. Un véritable chahut. Elle n'a pas de garde du corps et rentre à son hôtel épuisée, très malmenée et au bord des larmes. « Je ne reviendrai jamais à Athènes, jure-t-elle à Hidalgo.

— Mais tu es grecque. Tu reviendras, tu verras », lui répond son professeur.

Elle regagne Milan dans un état de grande lassitude. Elle n'a que deux jours avant d'entamer en Écosse les répétitions de *La Somnambule* qu'elle chantera avec la compagnie de la Scala au Festival d'Édimbourg. Souffrant toujours de maux de gorge, elle prévient Ghiringhelli qu'elle va devoir annuler, car son médecin lui a prescrit trente jours de repos complet. Ghiringhelli est hors de lui. « Il m'a dit qu'il valait mieux que la Scala n'y aille pas du tout plutôt que d'y aller sans moi, car c'est sur la garantie de mon nom que le contrat avait été signé, racontera plus tard Maria à un journaliste. J'ai trouvé la force d'y aller contre l'avis de mon médecin et l'insistance de mon mari parce que j'ai été émue quand la direction m'a affirmé que la Scala me serait toujours reconnaissante pour tout mon travail et mes sacrifices, et en particulier pour ce dernier geste. J'ignorais à l'époque que cette gratitude serait loin d'être éternelle. »

Elle chante quatre fois *Lucia*, conformément à son contrat, et le 30 août, se prépare à regagner Milan pour se reposer et se rendre quatre jours plus tard à Venise à la réception d'Elsa Maxwell. Le problème, c'est que la Scala a prévu non pas quatre, mais *cinq* représentations, même si la dernière – un oubli selon eux – n'a pas été mentionnée dans son contrat. La direction la supplie de « sauver la Scala », et essaie par tous les moyens de l'empêcher de partir. Mais Maria est au bord de la dépression nerveuse, ses cordes vocales sont aussi à bout que sa patience. Elle ne peut pas, elle ne *veut* pas chanter cette représentation supplémentaire, quelle que soit la somme que la compagnie lui paiera. Sur ce, elle quitte Édimbourg.

À son arrivée à Milan, elle est accueillie par les tollés de la presse qui lui reproche sa déloyauté à l'égard de la Scala. Nul ne mentionne que la représentation supplémentaire ne figurait pas dans son contrat et on insinue que sa gorge va parfaitement bien, puisqu'elle a l'intention d'assister à la soirée vénitienne d'Elsa Maxwell, le 3 septembre. Celle-ci lui a fait parvenir sa liste d'invités prestigieux, qui comprend Aristote Onassis, l'armateur grec fabuleusement riche et son épouse, Tina. Onassis dira plus tard : « Il y avait une curiosité naturelle, après tout nous sommes les plus célèbres Grecs vivants du monde ! » Mais à l'époque, Maria n'éprouve pas de sentiments chaleureux à l'égard de ses racines et n'est guère intéressée par la rencontre d'un homme marié de cinquante-six ans, peut-être riche comme Crésus, mais à la réputation notoire de coureur de jupons et de ruffian.

13

Onassis entre en scène

Ce septembre-là, Venise est d'une beauté suprême. Le ciel est d'un bleu limpide, la lumière cristalline et l'air chaud, caressant. L'automne n'est pas encore arrivé et l'été hésite à relâcher son emprise. Maria et Battista sont installés dans l'une des suites les plus somptueuses du Gritti Palace, invités par l'établissement. Le bal organisé en l'honneur de Maria par Elsa Maxwell a déjà fait les titres de la presse internationale. Dans les salons de l'hôtel Danieli, qui a abrité les amours de George Sand et d'Alfred de Musset, la comtesse Castelbarco reçoit une centaine d'invités célèbres, parmi lesquels Noël Coward, Marlène Dietrich, Merle Oberon, la princesse Marina, veuve du duc de Kent, Tina et Aristote Onassis, deux comtesses, plusieurs comtes, un baron et maints autres représentants du beau monde. Deux orchestres animeront la soirée, l'un dans les jardins et l'autre dans la salle de bal.

Maria, qui a beaucoup maigri, est arrivée à Venise pâle et épuisée, mais son amour de la ville lui redonne de l'énergie. « C'est beau, simplement beau, déclare-t-elle à Battista à la fenêtre de leur suite qui donne sur le Grand Canal. Je ne veux pas lire un seul journal pendant notre séjour. » Sur ce, elle décroche son téléphone pour s'entretenir avec Maxwell, qui ne se fait pas prier pour lui raconter les derniers potins, dont certains concernent le couple Onassis.

Ils se sont mariés en 1946. Tina avait dix-sept ans et Aristote quarante. Un mariage « arrangé par Éros, le dieu de l'amour » selon Tina, fille cadette de l'armateur grec milliardaire Stavros Livanos. Comme le quartier général de l'entreprise de leur père se trouvait à Londres, Tina et sa sœur Eugenie ont été pensionnaires à Heathfield, près d'Ascot. En 1940, au début de la guerre, on les a envoyées en sécurité à Montréal où elles ont fréquenté un pensionnat religieux pendant deux ans avant de rejoindre leurs parents à New York.

Tina est blonde, ravissante et élégante. Elle parle le grec et le français couramment, mais sa première langue est l'anglais, dans lequel elle s'exprime avec l'accent un peu sec du gratin britannique. Aristote a connu beaucoup de femmes, mais avant Tina, aucune qu'il ait voulu épouser. Elle réunissait tout ce qu'il désirait posséder – beauté, argent, héritage, sophistication. Lui s'est hissé à la force du poignet dans un monde sans pitié. De parents grecs, il a grandi avec ses sœurs dans la ville turque de Smyrne occupée par ses compatriotes, où son père possédait une fabrique de tabac prospère. Il a perdu sa mère à l'âge de cinq ans et c'est sa grand-mère qui l'a élevé. Il avait seize ans lorsque sa vie a sombré dans le chaos, le 9 septembre 1922. Lors de cette nuit infernale où Smyrne a été envahie par les forces de libération turques menées par Kemal Ataturc, des milliers de Grecs désespérés ont tenté d'échapper à la vengeance des Turcs en s'enfuyant par la mer.

Des centaines de çadavres et d'agonisants, abattus de sang-froid par les hommes d'Ataturk, jonchaient les rues. Un carnage atroce, dont n'ont été épargnés ni les femmes, ni les enfants. Aristote a vu son père traîné hors de leur maison et plusieurs de leurs parents et amis brutalement assassinés. Son père a eu – temporairement – la vie sauve mais il a été jeté en prison. Aristote, à présent seul homme de la famille, s'est retrouvé responsable de sa grand-mère et de ses trois sœurs. Après s'être caché et avoir souffert de la famine pendant un certain temps, il a réussi à les entasser sur un bateau bondé en partance pour le Pirée.

Il est arrivé en Grèce, sans un sou mais déterminé. Sa grand-mère est morte pendant la traversée. Ces douloureux événements, la nécessité de survivre et sa rage de réussir lui ont donné un appétit de vivre débordant et en ont fait un homme charismatique. Il est râblé et basané, ses manières sont brusques et tranchantes, mais son petit air de pirate plaît aux femmes et provoque les hommes.

Tina et Onassis, couple brillant, mènent un train de vie spectaculaire, conforme à leur immense fortune. Tous deux épris d'aventure, ils parcourent le monde dans leur avion privé quand ils ne reçoivent pas, chassent la baleine au large du Pérou, skient dans les Alpes. Ils possèdent de somptueuses demeures et un yacht, le *Christina*, considéré comme le plus luxueux du monde, à bord duquel ils invitent en croisière stars de cinéma, écrivains célèbres, membres du gotha international et personnages historiques comme Winston Churchill ou le duc et la duchesse de Windsor. Parents de deux enfants, Alexandre et Christina, ils les élèvent comme s'ils allaient hériter du monde.

Le temps passant, leurs chemins vont cependant diverger. Les affaires sont l'oxygène, la passion première d'Onassis. « Sa conception du foyer, c'était les cafés, les restaurants, les clubs ou tous les endroits disposant d'un téléphone où il pouvait défaire sa valise. Le foyer, il pouvait l'emporter avec lui », dira un observateur. Partout où il fait halte, des femmes sont là pour satisfaire ses besoins sexuels. Des dizaines de femmes qui lui sont aussi nécessaires que son whisky ou son cigare d'après-dîner. Il est séparé de Tina des semaines, voire des mois, et à la fin des années cinquante, leur mariage n'est plus qu'une façade : chacun mène sa propre vie. Quelques semaines avant que les Onassis ne se retrouvent à Venise, la presse à sensation a publié des photos de Tina en compagnie du milliardaire du pétrole vénézuélien Renaldito Herrera et leur a attribué une liaison.

Quoique Maria ne déteste pas les cancans, les Onassis ne l'intéressent pas vraiment, car Maxwell lui a dit au passage qu'Aristote prétend que l'opéra l'ennuie et que les « voix aiguës des divas lui transpercent les oreilles ». Pour sa part, l'armateur prend leur future rencontre bien plus au sérieux. Il n'est peut-être pas un aficionado de l'art lyrique, mais rien de ce qui est grec ne le laisse indifférent. Tout ce qu'il a lu sur Maria Callas l'a donc beaucoup impressionné.

Bien évidemment, il est fasciné par sa gloire, lui qui collectionne les célébrités comme d'autres collectionnent les œuvres d'art, afin de montrer au monde à quel point il est riche et cultivé. Mais surtout, il voit en Maria un écho de ses propres souvenirs douloureux de la guerre, des privations qu'il a subies pour aider sa famille, de sa volonté farouche de réussir alors que tout se dressait contre lui. Il se dit qu'il est sur le point de rencontrer une âme sœur, une femme taillée dans la même étoffe que lui.

Maria arrive en gondole au Danieli, accueillie par des bribes de musique de danse populaire qui flottent dans l'air encore tiède. On l'aide à descendre de l'étroite embarcation sur l'embarcadère privé. Elle porte une splendide robe du soir écarlate de Balmain, accompagnée d'un brouillard de tulle de couleur assortie sur les épaules, et son cou est paré de cinq rangs de perles éblouissantes avec un diamant en pendentif. Elle a tiré ses cheveux en arrière pour faire ressortir l'ossature de son visage, souligné par des boucles d'oreilles de diamants et de perles. Elle n'a jamais eu davantage de classe.

Les Meneghini s'avancent dans la grande salle de bal. Subitement Maria et Onassis sont face à face. Plus tard, elle gardera de ce premier contact le souvenir d'une tête léonine qui se baisse pour lui baiser la main longuement. Il est petit et atteindrait sans doute juste sa taille si elle ne portait pas de talons aiguilles. À cet instant, elle s'intéresse bien davantage à Tina, coiffée d'un diadème de diamants spectaculaire, revêtue d'une robe de mousseline éthérée dans un camaïeu de bleus qui mettent en valeur ses fascinants yeux azur. Quand Onassis lâche sa main et lui sourit avec chaleur, Maria ne peut distinguer la couleur de ses prunelles, dissimulées derrière d'épaisses lunettes aux verres teintés.

Maria va passer une soirée mémorable, non pas tant en raison de sa rencontre avec Onassis, mais parce qu'elle s'enivre d'être fêtée par la haute société et les célébrités courtisées par Maxwell. Le monde de l'opéra, très fermé sur lui-même, est parfois étouffant. La jalousie et les rivalités mesquines y sont monnaie courante. Dans les réceptions de ce sérail, il est rare de s'amuser et de se détendre. Ici en revanche, les rires fusent de toutes parts et l'orchestre interprète de la musique légère qui est une invite à la danse. Maria fait un bref tour de piste dans les bras d'Onassis. « J'ai trouvé son contact magnétique et cela a éveillé en moi une sonnette d'alarme », dira-t-elle. Mais elle est au courant de ses conquêtes, de sa tendance à voir en chaque femme une maîtresse potentielle. « Il n'y avait pas de place dans ma vie pour un tel homme. »

Elle boit et danse davantage qu'à l'accoutumée et interprète même le célèbre blues *Stormy Weather*, accompagnée au piano par Maxwell. « Je n'ai jamais donné, se vante Maxwell dans sa chronique, de bal plus réussi de ma vie. On a même vu deux princesses qui se haïssaient échanger des sourires de ravissement et une comtesse qui ne pouvait pas supporter la présence de Merle Oberon *[les deux femmes avaient eu le même amant]* rester dans la même pièce qu'elle jusqu'à l'aube. »

Maria et Battista s'éclipsent à une heure du matin, après avoir accepté de prendre le « petit déjeuner » sur le *Christina* à midi. À l'heure dite, un des canots à moteur d'Onassis, piloté par deux membres d'équipage du *Christina*, les emmène en serpentant à vive allure dans le dédale de canaux vénitiens jusqu'à l'embouchure du fleuve où est ancré le yacht. Maria est impressionnée par la grandeur du navire. Un somptueux buffet, composé de fruits exotiques, caviar, petites côtelettes de mouton, saucisses, jambon, œufs, éventail époustouflant de poissons séchés, petits pains pétris par le cuisinier français du yacht, les attend. Maître d'hôtel et garçons sont prêts à les servir. Seuls quelques invités célèbres du milliardaire sont déjà levés. Onassis s'entretient longuement avec les Meneghini et offre de leur prêter une de ses chaloupes à moteur pour la durée de leur séjour à Venise. Il les invite également à se joindre à eux pour la croisière que le *Christina* va bientôt entreprendre en Méditerranée.

Les Meneghini vont voir plusieurs fois Onassis et Tina – surtout Onassis – pendant leurs vacances à Venise. Fine mouche, Maxwell fait remarquer à Maria que l'armateur la poursuit.

« Ne soyez pas ridicule ! Il est simplement content de rencontrer une autre Grecque, réplique Maria.

— Tina est grecque, comme la plupart des membres de son équipage et de son entourage : sa secrétaire, son garde du corps. N'oubliez pas que je vous ai prévenue », répond Maxwell.

Un détail important a néanmoins échappé à Maria : les propres avances de Maxwell. Elle sait que la chroniqueuse est lesbienne, mais elle n'a jusque-là pas eu le sentiment que cette préférence sexuelle jouait un rôle dans leur amitié, fondée sur leurs besoins mutuels : Elsa lui ouvre les portes de la haute société ; elle ajoute un nom à sa liste de soi-disant amis célèbres. Immédiatement après le bal vénitien, elle reçoit pourtant la première d'une multitude de lettres passionnées de Maxwell, qui la choque et la dégoûte.

Tous les jours, on lui remet à Venise des « lettres d'amour…, selon Battista, dénaturées par des allusions grotesques aux relations lesbiennes d'autres femmes célèbres ». La première réaction de Maria est de rompre sur-le-champ tout contact. Cependant, si elle le fait dans la foulée de la réception, elle risque fort d'être victime du dangereux penchant à la revanche de Maxwell, capable de causer un tort considérable à sa carrière et à son image. Elle décide donc d'ignorer ses lettres, de ne même plus les ouvrir, et de la voir le moins possible. C'est Battista qui répond au téléphone et qui invente des excuses pour que Maria ne prenne pas ses appels. Loin de comprendre, la chroniqueuse va interpréter ce silence comme une réaction positive et s'imaginer que Battista surveille les coups de fil de sa femme par jalousie.

Dès qu'elle rentre à Milan, Onassis et les problèmes que lui pose Maxwell sortent entièrement de l'esprit de Maria. La presse a fait des comptes rendus très durs de ses apparitions à Édimbourg et à Athènes. Le bal vénitien a malheureusement eu lieu le même soir que la cinquième *Somnambule* d'Édimbourg, qu'elle a refusé d'assumer pour raisons de santé. Des photographies l'ont montrée en train de danser, le visage radieux, alors que cette semaine à Venise n'a en fait qu'exacerbé son épuisement physique. Elle ne comprend pas pourquoi son habituelle énergie semble l'avoir désertée. Elle a du mal à marcher et surtout, elle est essoufflée.

Sa santé a commencé à se détériorer à Athènes. Un jour, elle a constaté que ses vêtements la serraient. Elle avait repris près de trois kilos. Très contrariée, elle est revenue à son régime draconien et a maigri de sept kilos pendant ses courts séjours à Édimbourg et à Venise, si bien qu'elle est à présent bien trop mince pour sa taille. Elle a aussi travaillé très dur à Athènes et Édimbourg et peu dormi à Venise.

À la suite d'examens médicaux, ses médecins lui prescrivent au moins trente jours de repos et lui ordonnent de reprendre cinq kilos. Elle souffre du ver solitaire, dû peut-être au fait qu'elle mange beaucoup de viande crue. Malheureusement, elle a signé un contrat pour chanter *Lucia di Lammermoor* et *Macbeth* à l'Opéra de San Francisco du 27 septembre au 10 novembre. Le 12 septembre, elle informe par télégramme Kurt Herbert Adler, le directeur de la compagnie, que ses médecins lui interdisent de quitter Milan, parce qu'elle n'est pas assez solide pour voyager. Elle propose de repousser ses apparitions à San Francisco au mois d'octobre, délai qui lui permettra de se soigner et de reprendre des forces.

Adler, qui a vu les photos du bal vénitien, pense qu'elle lui ment. Résultats des certificats médicaux de Maria en main, il lui répond quand même que, soit elle remplit son contrat, soit son engagement est annulé. Quant aux journaux, ils insinuent qu'elle souffre d'une maladie diplomatique pour ne pas respecter un contrat.

« Mon tort est de m'être rendue à cette belle réception de Venise, même si ce n'était en aucune façon délibéré, confiera plus tard Maria à Stelios Galatopoulos. Mais n'oubliez pas que je n'ai pas annulé San Francisco. Je n'ai demandé qu'un délai de deux semaines pour pouvoir me remettre. De plus... je m'en remettais à la protection de mon mari, qui n'était manifestement pas un très bon imprésario… Je n'essaie pas de chercher des excuses à mes erreurs, mais je ne me laisserai pas non plus traiter en bouc émissaire. »

La presse refuse de lâcher prise. Son départ « anticipé » d'Édimbourg et l'annulation de son engagement à San Francisco sont gonflés au point de se transformer en *scandale* Callas, diva impossible, égocentrique, sans professionnalisme. On la cloue au pilori, on s'en prend à son intégrité, on la calomnie. La réaction d'Adler, alors qu'il avait ses certificats médicaux entre les mains, a nourri la rumeur selon laquelle elle avait inventé sa maladie. Encore faible à cause des purges qu'elle prend pour se débarrasser du ténia, se sentant vraiment malade et affaiblie, Maria se tourne vers la Scala et Ghiringhelli pour sa défense.

Elle croit sincèrement mériter leur soutien. Depuis six ans qu'elle se produit à Milan, elle a fait davantage que montrer l'étendue de son talent : elle a travaillé plus dur que n'importe qui et chanté tous les rôles qu'on lui proposait. Sur cent cinquante-sept représentations dans l'illustre théâtre, elle n'en a remis que deux pour maladie, bilan dont aucun de ses collègues ne peut se targuer. « Chaque année, Ghiringhelli m'offrait un cadeau : une coupe en argent, un miroir en argent, un chandelier, des costumes et des tas de mots mielleux et de compliments. Mais à présent, il refuse de prendre ma défense », se plaint-elle. Battista et elle parviennent à obtenir qu'il fasse une déclaration en son nom, mais il ne tient pas sa promesse.

Contenant difficilement son amertume, Maria s'envole pour New York avec son mari le 5 décembre. Sa trop grande minceur continue à la fragiliser. Elle doit régler des questions juridiques concernant son litige prolongé avec Bagarozy et rencontrer Rudolf Bing à propos des rôles qu'elle chantera la saison suivante. Ils se mettent d'accord sur *Lucia* et *Tosca.* Elle accepte également de se produire à la soirée inaugurale de la nouvelle compagnie que Lawrence Kelly, qui s'est séparé de Carol Fox, vient de créer à Dallas. Son vieil ami Nicola Rescigno, partenaire de Kelly dans cette entreprise, sera au pupitre. Elsa Maxwell, qui est rentrée à New York, la bombarde de lettres et de coups de téléphone. Maria finit par la prendre au téléphone pour lui dire : « Je vous en prie, je vous en prie laissez-moi tranquille, j'ai plein de problèmes et je n'ai pas besoin de *ça.* »

Sa vie conjugale ne s'arrange pas mais Battista ne s'aperçoit de rien. De plus en plus, elle trouve qu'il s'occupe mal de sa carrière et de leurs affaires. Ils se disputent sans arrêt. « Calme-toi, calme-toi, lui répète-t-il constamment, tu es juste contrariée à cause de... » et il lui cite un incident désagréable survenu ce jour-là. Avant de partir le 17 novembre répéter à Dallas, elle rend visite à son père, qui a beaucoup vieilli, ainsi qu'à Leonidas et Sally Lantzounis, auxquels elle ouvre son cœur et confie qu'elle n'est pas heureuse.

Le jour de son arrivée à Dallas, elle est accueillie dans le journal local par le titre « DALLAS POUR CALLAS ». L'enthousiasme suscité par la venue de la diva dans la cité en plein développement déborde les rangs des amateurs d'opéra. En vingt ans, Dallas est passée du stade de trou perdu à celui de grande ville, mais sans disposer de l'infrastructure culturelle qui permet aux cités datant d'un siècle ou d'un demi-siècle, comme New York, Philadelphie, Boston, Chicago et San Francisco, de « nourrir » une société cultivée. Kelly et Rescigno n'ont pas eu de mal à trouver des mécènes pour fonder leur compagnie et les Texans débordent de fierté de recevoir la grande Callas.

Les Meneghini occupent la grandiose suite présidentielle du plus ancien et prestigieux hôtel de la ville, l'Adolphus, avec ses lambris de bois magnifiques et ses chandeliers en cristal. Ils sont reçus avec les honneurs. Des bouquets de fleurs décorent les sept pièces de leur suite, dont une salle à manger et une cuisine où opérera à leur demande le personnel de l'hôtel. Le magasin le plus célèbre de Dallas, Nieman Marcus, leur offre un vase en argent massif avec deux chandeliers assortis. Certains habitants de Dallas vont jusqu'à envoyer des lettres au *Dallas Morning News* pour lui reprocher d'avoir publié des articles sur les récents démêlés professionnels de Maria. Cet accueil chaleureux, généreux et protecteur lui fait chaud au cœur, mais les appels de Maxwell, qui l'a suivie sous prétexte de couvrir le concert et loge dans le même hôtel, la font déchanter. « Il faut que cela s'arrête », déclare-t-elle à Battista. Ce dernier comprend qu'elle fait référence au harcèlement de Maxwell, probablement à juste titre, mais il ne fait aucun doute que Maria fait aussi allusion à leurs difficultés conjugales.

Dans la première partie du concert, vêtue d'un splendide fourreau de soie rouge, elle chante des extraits de *L'Enlèvement au sérail* de Mozart, des *Puritains* de Bellini et de *Macbeth* et *La Traviata* de Verdi. Sa voix est à son zénith. Après l'entracte, elle fait son entrée dans une robe de velours noir pour interpréter l'air de la folie d'*Anne Boleyn*. Le public est suffoqué. Le profond décolleté en V et la ligne pure de la robe soulignent sa minceur et sont idéalement adaptés au personnage tragique de la reine qui va être décapitée. Au début de « Al dolce guidami », un projecteur concentre la lumière sur son visage, ses épaules et ses mains. Un silence presque palpable règne dans la salle. En dehors de la scène, on peut ne pas trouver beau le visage de Maria, parce que ses traits sont démesurés. Sa minceur extrême les accentue de manière peut-être peu flatteuse, mais sur scène, elle est transfigurée par les éclairages et par son maquillage. Ses yeux sont si larges et si bien dessinés qu'on distingue leurs expressions jusqu'au dernier rang. Sa grande bouche écarlate semble donner naissance aux sons splendides et à l'émotion déchirante de sa voix. John Ardoin note : « Bizarrement, on remarquait surtout la bouche de Callas quand elle ne chantait pas. Elle esquissait alors souvent un sourire particulier, énigmatique, comme si elle avait conscience d'une ironie qui nous échappait. Cette expression avait tout du "sourire de la Joconde" qu'ont décrit les historiens. »

Il y a aussi son maintien en scène, sa démarche si particulière, gracieuse, égale, qui peut être royale et pourtant poignante ; et ses longues mains qu'elle utilise avec une merveilleuse éloquence, comme si elles étaient la continuation silencieuse de ses émotions. Dallas lui réserve une ovation délirante à la fin de l'aria, qu'elle accueille sans bouger. Elle a captivé la ville qui lui a rendu l'assurance dont elle avait besoin dans l'exercice de son art. Mais sa vie privée reste chaotique. Elle quitte Dallas un jour plus tôt que Battista. En entrant dans l'avion qui l'emmène à New York, d'où elle rejoindra l'Italie, elle a le choc de découvrir que Maxwell a réservé le siège voisin du sien. Quelques minutes plus tard, elle lui déclare que son harcèlement lui est intolérable et qu'elle la dégoûte. « Vous pouvez raconter n'importe quoi sur moi dans votre sale chronique, dit-elle assez fort pour que les passagers de la première classe l'entendent. Dans la mesure où je serai débarrassée de vous, cela vaudra le coup. » Puis elle ignore Maxwell pendant le reste du vol. À son arrivée en Italie, une nouvelle lettre l'attend : « Je me sens contrainte de vous écrire pour vous remercier d'être l'innocente victime de la forme d'amour la plus élevée qu'un être humain peut éprouver pour un autre... Il ne vous a apporté aucun bonheur et, hormis quelques moments merveilleux, ne m'a causé qu'une profonde misère... Vous avez détruit mon amour pendant le vol de retour de Dallas. Pourtant, je crois que j'ai presque touché votre cœur à une ou deux reprises... J'étais et je resterai toujours votre plus ardente avocate de la défense. J'ai tenu tête à vos ennemis, Maria, et vous en avez beaucoup ! »

À Milan, Maria entreprend tout de suite les répétitions d'*Un bal masqué* de Verdi, dans lequel elle chantera pour la première fois sur scène le rôle d'Amelia[1]. À la croisée des chemins dans sa vie privée, il ne lui reste qu'un « engagement intense à l'égard de la musique, un refus du compromis ». Elle a conscience d'avoir souvent trop exigé de sa voix, de l'avoir maltraitée parce qu'elle voulait *tout* chanter, tous les rôles représentant un défi vocal, y compris ceux qui lui demandaient de trop la pousser. Contrairement à nombre de ses pairs, contemporains ou non, Maria est incapable, par respect

1. En 1939, à quinze ans, Maria a chanté l'aria « Morro, ma prima in grazia » du troisième acte. En septembre 1956, elle a enregistré *Un bal masqué* avec Giuseppe Di Stefano et Tito Gobbi.

pour le compositeur, de « tricher » et d'omettre par exemple la moindre note aiguë d'une aria. Durant huit ans, sa voix lui a obéi et elle a chanté à son plus haut niveau. Il est essentiel à ses yeux de maintenir cette qualité.

Au début des répétitions d'*Un bal masqué*, elle ressent une fatigue anormale en fin de journée. L'inquiétude l'assaille. Et si sa voix lui faisait défaut ? Battista lui a dit qu'elle se tracassait sans raison. N'a-t-elle pas donné l'un de ses meilleurs concerts à Dallas ? Oui, mais il ne s'agissait pas d'un opéra entier. À la maison, elle est loin d'être heureuse. Elle s'isole, elle dort seule. Battista ne se plaint jamais. Il est entouré d'un mur invisible qui l'empêche de se mettre à la place des autres. Ils vivent ensemble, mais dans deux mondes séparés.

14

Traversée en eaux troubles

Maria a déjà enregistré *Un bal masqué*, mais le travail en studio n'a rien à voir avec une représentation. Sur scène, la cantatrice ne se contente pas de chanter, elle joue la comédie, et c'est l'osmose entre ces deux disciplines artistiques qui fait de Maria la plus grande diva de son époque. On a l'impression, littéralement, qu'elle chante de tout son être. Une alchimie parfaite se produit entre voix, gestes et émotions. La qualité le plus souvent exceptionnelle de ses disques fait que l'auditeur a conscience d'écouter une grande artiste. Mais sur scène, elle exerce une fascination inouïe sur la majorité des spectateurs. Quand elle est à l'affiche, on se bat longtemps à l'avance pour se procurer des billets. Le public ne vient pas nécessairement entendre un opéra, mais écouter et voir Maria Callas. Lorsqu'elle n'est pas en état de chanter, ses admirateurs inconditionnels exigent d'être remboursés, même si elle est remplacée par une cantatrice de grande qualité.

Cette réputation représente un fardeau très pesant pour Maria. Le moindre de ses faux pas est gonflé de manière disproportionnée et colporté dans le monde entier. Parmi les grands chanteurs de l'époque, hommes et femmes confondus, elle seule fait les titres de la presse.

Son arrivée à la première répétition donne le ton à la compagnie entière. Elle est toujours à l'heure et la ponctualité est de mise. Elle explore la moindre nuance musicale et dramatique, excédant ses partenaires qui se plaignent souvent des heures supplémentaires qu'elle leur impose. Durant les répétitions minutieuses d'*Un bal masqué,* elle s'abstient d'évoquer ses craintes d'être trahie par sa voix. Cette éventualité obsède souvent les chanteurs lyriques, mais en général à un âge plus avancé que celui de Maria à l'époque. Or sa Voix – majuscule qu'elle utilise elle-même dans ses lettres à ses amis, comme s'il s'agissait d'un être humain – commence à lui lancer, quoique discrètement, des avertissements : un tiraillement dans la gorge par ci, une note qui manque lui échapper par là. Son perfectionnisme n'en est qu'exacerbé.

Le ressentiment qu'elle éprouve à l'égard de Ghiringhelli et du conseil d'administration de la Scala, qui ne l'ont pas plus soutenue à Édimbourg qu'ils n'ont pris son parti contre les dénigrements qu'elle a subis par la suite, n'améliore pas son état psychologique. Afin d'éviter une confrontation, Ghiringhelli garde ses distances. Il ne vient pas une seule fois la saluer, attitude que Maria considère non seulement comme un manque de courtoisie et de gratitude mais comme une muflerie impardonnable.

C'est Gianandrea Gavazzeni qui dirige *Un bal masqué*. Il tenait déjà la baguette pour *Anne Boleyn*, qualifiée, au grand agacement de Maria, d'« *Anne Boleyn* de Visconti ». Maria a confiance en son intuition et respecte sa musicalité. À quarante-neuf ans, Gavazzeni est encore jeune pour un parcours aussi prestigieux que le sien : critique musical réputé, il dirige parfois les œuvres de sa composition saluées par la critique, il a écrit un ouvrage qui fait autorité sur Donizetti et il est chef invité à la Scala depuis dix ans.

Dans le rôle de Riccardo, l'amant d'Amélia, Maria va retrouver Giuseppe Di Stefano, « chanteur naturel, instinctif », qui n'accorde, contrairement à elle, que « peu d'attention aux subtilités des notations d'un compositeur » et qui se lasse vite, on l'a vu avec *La Traviata* de Visconti, des répétitions intensives. Cela n'empêche pas Maria de reconnaître que leurs voix se marient bien et que le grand charme de Di Stefano, ainsi que l'intensité de son chant, qui se distingue par une beauté de timbre, un son plein et velouté et d'exquis pianissimi, lui permettent de donner le meilleur de lui-même.

Di Stefano a deux ans de plus qu'elle. C'est un bel homme au teint hâlé, au caractère très italien par son côté soupe au lait et flamboyant, mais également prompt à se montrer chaleureux et gai. Il a de l'esprit et sa générosité est légendaire. Un jour, après une représentation à San Francisco, il a invité toute la distribution de l'opéra qu'il chantait là-bas à passer le week-end à Las Vegas.

« Je pense qu'il y avait une certaine attirance physique entre Maria Callas et Di Stefano, se souvient un membre de la Scala. Mais Di Stefano était heureux en ménage, ou paraissait l'être, car aucun ragot ne courait sur son compte ; de son côté, Callas (dont tout le monde savait qu'elle avait une vie conjugale *malheureuse*) n'encourageait jamais ses collègues de la Scala à la familiarité. Elle était toujours généreuse, jamais peste ou méprisante. Mais elle observait une réserve. Elle se comportait autrement avec son metteur en scène, l'équipe de création et le personnel de la Scala. On pourrait dire qu'elle se plaçait du côté de la direction. »

À la même époque sont montées à Paris et Stockholm deux autres productions d'*Un bal masqué*. Ces deux théâtres ont choisi la Suède pour cadre de l'œuvre, alors que le livret le plus souvent utilisé situe l'histoire à Boston au XVIIe siècle. L'œuvre présentée par Verdi au théâtre San Carlo de Naples en 1858 suscita la controverse. Le livret originel est fondé sur *Gustave III ou le bal masqué*, composé par Daniel-Esprit Auber au début du XVIIIe siècle à partir de l'histoire vraie de l'assassinat du roi de Suède Gustave III pendant un bal masqué. Verdi, comme Auber, avait utilisé les vrais noms et le véritable lieu du drame.

Verdi, s'étant bien vite aperçu qu'*Un bal masqué* ne serait jamais monté s'il n'en changeait pas le cadre, transforma le roi Gustave de Suède en Riccardo, gouverneur de Boston au début du XVIIe, sans se soucier des invraisemblances constituées par la présence d'un gouverneur italien dans la colonie de Plymouth ou par celle de pélerins prudes à un bal.

L'intrigue est néanmoins excellente. Renato, le secrétaire de Riccardo, lui apprend qu'un complot se trame contre lui. Riccardo est sincèrement épris d'Amélia, l'épouse de Renato. Ce dernier surprend les amants lors d'une rencontre secrète. Il refuse de pardonner à Amélia et se joint aux conjurés. L'œuvre a des sous-entendus politiques, une progression dramatique digne de Shakespeare qui culmine dans la scène du bal masqué où Renato assassine Riccardo par le fer. En expirant, Riccardo pardonne à son assassin et aux conjurés.

La Scala a longuement hésité avant d'opter pour Boston comme lieu de l'action, avec l'accord de Maria. Comme l'œuvre de Verdi a néanmoins pour toile de fond une cour royale, on voit mal ce que viennent faire en scène les premiers Américains puritains aux principes très rigides. Seules l'utilisation de lambris de bois superbement sculptés pour le bureau du gouverneur et la transformation d'Amélia en grande dame londonienne donnent un parfum royal à cette production. Cette initiative permet à Maria de porter des toilettes élégantes, bordées d'hermine, qui offrent un contraste avec les tenues sévères des femmes de Boston. Coiffée de chapeaux à large bord, parée de ces fourrures blanches et d'un collier de perles indiennes, Maria est spectaculaire. Elle chante ses arias comme si Verdi, par quelque prescience, les avait composées pour elle. La première est un immense succès ; le public la réclame avec ferveur, rideau après rideau. Ghiringhelli apparaît en coulisses au moment où elle se fraie un chemin entre les artistes et un enchevêtrement de cordes pour regagner sa loge. Tout sourire, il l'embrasse sur la joue. « La caisse doit être pleine ! », plaisante-t-elle, avant de s'éclipser.

Elle chante cinq représentations, la première quelques jours avant son trente-cinquième anniversaire, la dernière le 22 décembre. Sa voix, en excellente forme, ne lui fait pas défaut et le public reste à ses pieds. Elle n'a que cinq jours avant de partir pour Rome où elle doit chanter *Norma* le 2 janvier. Un temps très bref, d'autant qu'elle s'est dépensée encore plus qu'à l'ordinaire au cours des semaines précédentes. Elle attribue au poids de ses costumes et à la transpiration en scène les 2,5 kilos qu'elle a perdus. Par ailleurs, il faisait très froid dans sa loge, dont les radiateurs étaient soit en panne, soit fermés pour raison d'économie.

En cette fin d'année, le temps est épouvantable, la pluie glaciale. La veille de son départ pour Rome, Maria se réveille avec un rhume et la voix enrouée. Le médecin lui conseille de retarder son voyage. « Impossible ! », affirme-t-elle. Elle est la première à arriver dans la salle de répétition au sous-sol de l'Opéra de Rome, où elle attend ses collègues, le nez plongé dans la partition. Le chef Gabriele Santini, qui l'a dirigée dans *Médée* en 1954, est « choqué » à son arrivée par son apparence physique. Elle « avait l'air rétrécie. Il faisait assez froid et elle était enveloppée dans un épais manteau de fourrure, une toque sur les oreilles. Quand elle a enlevé ses lunettes, ses yeux paraissaient énormes. Elle a bondi pour me saluer, pleine d'énergie comme à l'accoutumée, et m'a suggéré que nous répétions la cabalette de "Casta Diva" ».

Tous les chanteurs vont se plaindre à la direction du chauffage déficient. Le lendemain, plusieurs d'entre eux sont enrhumés. Maria, toujours emmitouflée, se bourre de vitamines pour se donner des forces. Elle rentre directement des répétitions à l'hôtel Quirinale et se glisse tout de suite dans son lit. La répétition générale a lieu le 31 décembre après-midi. D'après Santini, Maria chante magnifiquement et donne une interprétation plus fraîche de la cabalette de *Casta Diva* en l'allégeant. En début de soirée, elle répète l'aria avec la même facilité pour la télévision.

Elle a prévu de passer la soirée tranquillement à l'hôtel avec Battista, mais Visconti est en ville et les a invités à assister à une petite réception qu'il donne au Circola delli Stacchi, un night-club chic. Battista lui fait remarquer qu'elle insultera Visconti en refusant de s'y rendre et lui promet qu'ils ne s'éterniseront pas. Maria se repose un peu, puis elle s'habille et sort avec son mari vers 10 heures du soir. Des paparazzi, toujours à l'affût près de ces lieux de rencontre des célébrités, la photographient sablant le champagne à la nouvelle année. Le couple repart entre 1 heure et 1 h 30 du matin. De retour à l'hôtel, ils se disputent avant de se coucher. Maria reproche à Battista de ne pas l'avoir prévenue qu'Elsa Maxwell était à Rome et serait à la réception, de peur qu'elle ne refuse d'y aller aussi.

À son réveil, vers 11 heures, elle s'aperçoit avec horreur que sa voix n'est plus qu'un murmure enroué. On trouve – difficilement, en ce dimanche de fête – un spécialiste de la gorge qui lui prescrit des remèdes et lui ordonne de ne pas parler pendant vingt-quatre heures. Le lendemain, jour de la première, l'état de sa voix ne s'est que légèrement amélioré. Maria demande à son mari d'appeler Carlo Sanpaoli, le directeur artistique de l'Opéra, pour qu'il prévoie une remplaçante. Sanpaoli répond à Battista que cela n'est pas envisageable. Il s'agit d'une représentation de gala, très courue, à laquelle assisteront le président Gronchi et sa femme. Si Maria Callas ne se produit pas, il faudra annuler et rembourser les billets, alors que le public a payé plus cher que d'ordinaire pour l'entendre chanter *Norma*. Battista raccroche, vaincu. Alors que tout son être lui dicte de refuser, Maria accepte de chanter.

Toute la journée, le médecin lui fait des piqûres et des badigeons dans la gorge. Vers 17 heures, elle tente quelques vocalises et constate que sa voix est revenue, mais elle n'ose pas l'essayer à fond. Elle se rend tôt au théâtre, accompagnée du médecin. Tous les quarts d'heure, Sanpaoli vient la voir dans sa loge. Très agité, il est d'humeur sombre ; son visage est congestionné. « Nous n'avons aucun moyen d'annuler ! », ne cesse-t-il de répéter au médecin, qui lui a dit qu'il vaudrait mieux que Maria ne chante pas.

Maria finit par interdire l'entrée de sa loge au directeur. Assise devant sa coiffeuse, elle adresse une prière à la Madone du petit tableau dont elle ne se sépare jamais, placé au-dessus du miroir. Une heure avant la représentation, elle croit avoir retrouvé tous ses moyens. Le médecin accepte à contrecœur de la laisser chanter, mais lui intime de « se ménager », avertissement vain quand une cantatrice est sur le point d'interpréter le rôle de Norma, aussi épuisant sur le plan vocal que psychologique. On aide Maria à enfiler son costume de druidesse, elle fait le signe de la croix et se prépare à entrer en scène.

L'air « Casta Diva », qui se situe au quatrième tableau du premier acte, exige avant tout un beau *legato* et une grande précision. La cantatrice est sur un fil. Le peuple sauvage et farouche dont Norma est la prêtresse se prépare à la guerre contre les Romains. Pour sauver son amant romain Pollione, le père de ses deux enfants, Norma doit retenir et apaiser les siens. Elle cherche frénétiquement à gagner du temps. Au moment d'entamer la cabalette qui conclut l'aria, Maria sent que son souffle devient irrégulier. Sa voix lui échappe. Elle poursuit de son mieux, accomplissant tous les gestes et mimant les émotions de Norma. Tandis que la salle s'agite, il lui faut bien se rendre à l'affreuse évidence : elle n'a plus de voix. Sanpaoli a compris. Il ordonne à une chanteuse de doubler des coulisses le rôle que Maria mime sur scène. Dès que le rideau tombe sur la fin du premier acte, il se précipite dans sa loge, tandis qu'au poulailler, des spectateurs hurlent : « Retournez à Milan ! Vous nous avez déjà coûté un million de lires ! »

Toute l'équipe artistique se presse dans la loge de Maria qui se tient, horrifiée, face à la Madone, et ne les voit donc que dans le miroir. « Vous pouvez y arriver ! Vous pouvez continuer ! insistent-ils.

— Je suis aphone ! chuchote-t-elle.

— Dans ce cas, contentez-vous de marquer ! » lui suggère follement quelqu'un.

Maria pivote vers eux, parvient à leur murmurer « non », les écarte et s'effondre sur un petit canapé placé le long du mur opposé. En se laissant convaincre de chanter, elle vient de commettre la plus grave erreur de sa carrière et elle refuse de subir une humiliation supplémentaire ou d'abîmer davantage sa voix. La direction attend cependant jusqu'à la dernière seconde pour annoncer au public par haut-parleur que la deuxième partie de la soirée est annulée. L'impression produite est désastreuse. Il aurait fallu que Sanpaoli se présente à l'avant-scène et calme les esprits enfiévrés, en expliquant lui-même à la salle que Callas était vraiment malade et que, malgré tout son courage et sa bonne volonté, elle ne pouvait pas assumer la suite de la représentation.

Les spectateurs quittent le théâtre de fort méchante humeur. La photographie sur laquelle on voit Maria boire du champagne dans le night-club le soir du réveillon du Nouvel An a été largement diffusée dans la presse, qui a raconté qu'elle n'avait quitté le Circolo delli Scacchi qu'à 4 heures du matin. On l'aide à regagner sa voiture par un couloir dérobé et on la reconduit à son hôtel. Dans l'ascenseur de service, le médecin et Battista la soutiennent chacun d'un côté. Dix minutes plus tard, elle entend des cris et des insultes sous sa fenêtre.

Maria est dans un état épouvantable. Elle murmure « c'est fini » et le médecin doit lui faire une piqûre pour la calmer.

Malgré le bulletin médical publié le lendemain, selon lequel elle souffre d'une bronchite et d'une trachéite, les journaux du monde entier vont se répandre sur sa vie de noctambule et son penchant pour la boisson qui l'ont empêchée de chanter devant le couple présidentiel et une salle qui se faisaient une joie de l'entendre. Deux jours après, Sanpaoli la remplace par Anita Cerquetti pour les quatre autres représentations de *Norma*. Au bout d'une semaine, Maria, qui a retrouvé sa voix, ravale son orgueil et lui propose de chanter quand même les deux dernières[1]. Il refuse et elle rentre à Milan, complètement effondrée. Mme Gronchi lui a envoyé une lettre bienveillante pour l'assurer que le président et elle savent parfaitement qu'elle était vraiment souffrante. L'attend aussi un énorme bouquet de fleurs, accompagné d'une carte d'Aristote Onassis lui disant en substance qu'en qualité d'autre Grec aussi célèbre qu'elle, il connaît le prix exorbitant à payer pour une telle notoriété et lui souhaite de se rétablir promptement.

Maria a signé pour un concert à Chicago le 22 janvier, suivi de *La Traviata*, *Lucia* et *Tosca* avec le Metropolitan

---

1. Callas fera par la suite un procès à l'Opéra de Rome pour non-paiement de son cachet. L'Opéra contre-attaquera en lui réclamant un dédommagement pour couvrir les pertes subies suite à l'annulation. La cour suprême de Rome mettra quatorze ans pour rendre son verdict : Callas était vraiment malade et, en 1971, elle touchera les 1 600 dollars de cachet.

Opera, du 6 février au 5 mars. En dépit de sa santé fragile et du fait que sa mère, à laquelle elle n'a pas parlé depuis plusieurs années, sera à New York, elle a hâte de quitter l'Europe pour ne plus penser aux coups dont l'ont rouée les opéras de Rome et de Milan. Mais d'autres ennuis l'attendent.

L'Opéra de San Francisco, après avoir refusé ses certificats médicaux, la poursuit en effet en justice auprès de la Guilde Américaine des Artistes Musiciens (AGMA). Si l'AGMA ne donne pas raison à Maria, elle peut la suspendre un certain temps ou la rayer de ses membres, lui interdisant de la sorte de se produire aux États-Unis. Bing sera alors dans l'obligation d'annuler son contrat, éventualité qui l'inquiète au plus haut point, car c'est Callas qui attire le plus de monde dans son théâtre.

Son associé, Francis Robinson, accueille les Meneghini à leur arrivée à New York le 18 janvier. Deux jours plus tard, Maria, assistée de son avocat, comparaît devant un jury de vingt et une personnes au quartier général de l'AGMA, répond à leurs questions pendant deux heures et leur présente ses bulletins médicaux attestant qu'elle était vraiment malade. Le jury l'écoute sans mot dire et elle regagne son hôtel en ignorant si elle pourra chanter à Chicago et avec le Metropolitan. Le lendemain, on l'informe que la plainte contre elle est déboutée, puisque sa rupture de contrat avait une cause légitime. Le 22 janvier, elle chante brillamment à Chicago, puis elle entame les répétitions de *La Traviata* à New York. Elle a retrouvé son assurance mais ses problèmes sont loin d'être terminés.

Du fait du calendrier très chargé du Metropolitan, aucune répétition en scène n'est prévue avant la générale. Elle n'aura donc le temps de mémoriser ni les décors, ni ses déplacements. De plus, c'est Renata Tebaldi qui a inauguré cette nouvelle *Traviata* en début de saison et la production a été très influencée par ses exigences, qui se résumaient à faire ce qu'elle a toujours fait. La Violetta incarnée par Maria est une femme fort passionnée, dont le tempérament dramatique donne plus d'impact à la fin tragique. Maria se plaint aussi d'avoir « des difficultés à naviguer sans boussole dans ces décors encombrés ».

La présence de sa mère en ville ne contribue pas à sa paix intérieure. Évangélia lui téléphone mais elle refuse de lui parler. Elle ne peut lui pardonner sa trahison, cette interview acerbe, blessante, truffée de mensonges, qu'elle a accordée au magazine *Time* et dont elle ne s'est pas privée depuis de répéter l'essentiel à plusieurs reprises.

Ses parents ont fini par divorcer l'année précédente. Évangélia est venue à New York pour le jugement et y est restée. Elle vit chez des membres de la communauté grecque parmi lesquels, en qualité de mère de Maria Callas, elle jouit d'une certaine célébrité. Maria n'a jamais cessé de lui verser une allocation mensuelle, qu'elle n'a cependant pas augmentée proportionnellement à ses cachets. Évangélia met à profit ses dons d'artiste et de couturière pour fabriquer des poupées en poterie à l'effigie de Maria, revêtues des costumes de ses rôles principaux (Violetta, Tosca, Norma, Lucia et Turandot) et les vendre dans des petites boutiques de cadeaux.

Les amis d'Évangélia la croient en bons termes avec sa fille, car elle leur raconte qu'elle assiste à ses représentations dans une loge, qu'elle la voit en coulisses et à l'hôtel. Plusieurs d'entre eux, inquiets de ses faibles revenus, écrivent des lettres désagréables à Maria pour la presser de lui verser davantage d'argent. Maria donne instruction à son comptable d'augmenter de 50 dollars l'allocation mensuelle à sa mère mais continue à refuser de la voir.

Durant ce séjour new-yorkais, elle voit son père à plusieurs reprises et l'emmène même à une interview télévisée où il répond à des questions sur sa célèbre fille, rayonnante à ses côtés. « Son influence a beaucoup compté pour moi », déclare-t-elle à un moment donné. Elle s'abstient d'évoquer le rôle que sa mère a joué dans sa vie.

Ses apparitions au Met remportent un immense succès, surtout dans *Tosca*. « Il n'y a jamais eu de plus grande Tosca, se souvient Bing. Après l'avoir vue dans un rôle, je n'ai

Évangélia et George Callas avec leurs filles, en 1924 : Maria bébé (elle seule est née à New York) et sa sœur aînée, Jackie. La famille Kalogeropoulos a adopté la nationalité américaine.

Maria (troisieme rang en partant du bas, au milieu, avec les lunettes) en costume de scout lors d'une fête scolaire. Elle a treize ans et sa mère va bientôt l'arracher à ses racines pour l'emmener en Grèce.

Maria se regarde dans le miroir avant ses débuts dans la *Gioconda* aux Arènes de Vérone.

Avec le chef d'orchestre Tullio Serafin, qui sera son mentor toute sa vie.

Son poids s'envole avec son amour pour Battista Meneghini, de loin son aîné, qui va devenir son époux et imprésario (photo de gauche). Elle a perdu plus de 35 kilos et sa silhouette a fière allure, mais elle ne peut se défaire d'un sentiment d'insécurité hérité de l'enfance (photo de droite).

Dans l'appartement de Vérone décoré par Meneghini.
Elle subit l'impolitesse des membres de sa belle-famille, qui la méprisent et la considèrent comme une intruse, même s'ils dépensent l'argent que Meneghini a subtilisé sur ses cachets.

Sa nouvelle silhouette lui inspire de la fierté et une attitude positive. Elle prend ici une pose assurée dans l'appartement de Vérone (photo de gauche). Elle fait ses débuts américains à Chicago en 1954, dans l'un de ses plus grands rôles, *Norma* (photo de droite).

Devant la coiffeuse de sa loge.
Le tableau de la Madone qui ne la quitte jamais est calé contre le miroir.

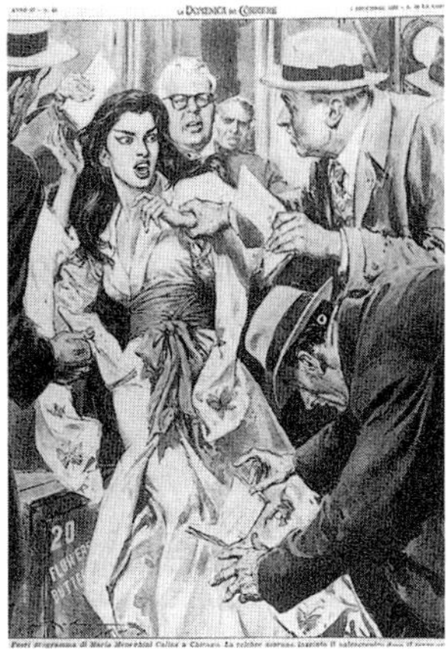

Un an plus tard, elle est de retour à Chicago pour chanter *Madame Butterfly*. On lui présente en coulisses une assignation en justice d'un ancien mentor, Eddy Bagarozy. Elle explose de rage derrière l'huissier (photo de gauche). Les médias s'emparent vite de l'affaire. Cette illustration (photo de droite) est publiée par le *Chicago Tribune*.

« Assez ! », déclare-t-elle aux reporters le lendemain.

Maria s'éprend du metteur en scène Luchino Visconti (ci-dessus, au centre) qui jouera un grand rôle dans sa carrière et aura une influence sur son style. Homosexuel, il ne peut l'aimer en retour. Elle est jalouse de Leonard Bernstein (assis), qui a une liaison avec Visconti pendant qu'ils collaborent à *La Somnambule,* interprétée par Maria à la Scala. Elle hurle à Visconti : « Je t'interdis de partir avec cet homosexuel ! », mais les deux hommes s'en vont pourtant ensemble.

Avec la célèbre chroniqueuse Elsa Maxwell, qui lui présentera Aristote Onassis.

Elle a découvert que Meneghini transférait ses cachets sur son compte privé et distribuait de grosses sommes à des membres de sa famille. Leur mariage bat de plus en plus de l'aile.

Michel Glotz, en compagnie de Maria au théâtre. Il devient son agent pour la France à l'époque où elle prend des distances avec Meneghini.

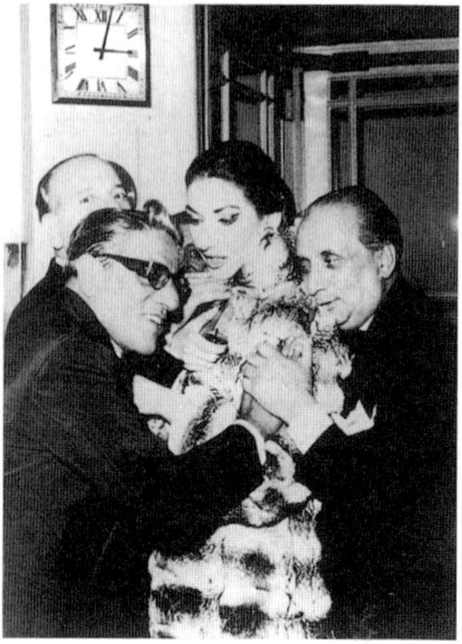

Onassis entre en scène. Maria, dans un manteau de chinchilla offert par l'armateur, est coincée entre son mari et son nouvel amant après une réception donnée par Onassis en son honneur. Ce cliché fera le tour du monde.

À Venise, avant la première croisière des amants sur le *Christina*. Meneghini pose un regard soupçonneux sur Onassis.

Dîner en ville avec Onassis et la sœur de ce dernier (photo de gauche). Penchée sur l'épaule de Rudolf Bing, directeur du Metropolitan Opera, après, des années de relations houleuses (photo de droite).

Onassis baise la main de la princesse Grace de Monaco, qui ne paraît pas lui prêter attention. À l'époque, son époux, le prince Rainier, et Onassis sont engagés dans la lutte pour le pouvoir à Monaco.

Maria tient une conférence de presse le jour où elle divorce de Meneghini. Elle espère qu'Onassis va l'épouser.

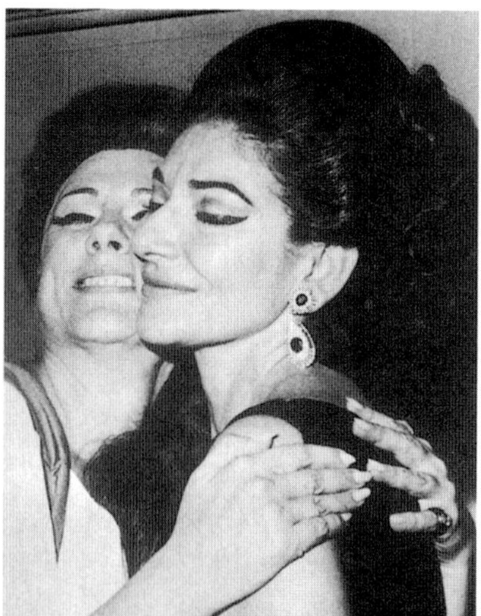

Réconciliation en apparence sincère des deux divas rivales, Callas et Tebaldi.

Lawrence Kelly accueille Maria à Dallas. À l'origine de ses débuts à Chicago, il dirige à présent la compagnie du Dallas Civic Opera (ci-contre).

Franco Zeffirelli, metteur en scène et ami (ci-dessous).

Onassis se tourne
vers Jackie Kennedy,
la veuve du président
américain.
Maria, en plein
désarroi, restera
inconsolable.

Maria dîne chez
Maxim's après le
mariage d'Onassis et de
Jackie Kennedy
et rentre seule chez elle.

Maria en Grèce en 1970, où elle rencontre Onassis en secret.

Maria et le producteur Franco Rossellini sur le tournage de *Médée*.

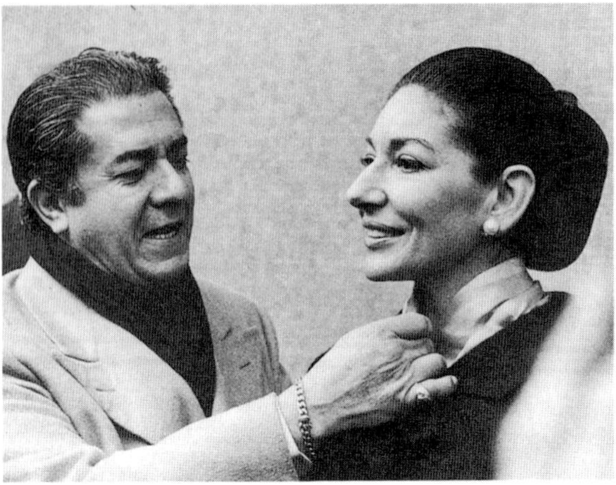

La dernière tournée, en compagnie de son ancien partenaire et amant du moment, Giuseppe di Stefano.

Standing ovation à Dallas.

Vasso Devetzi, qui se révélera machiavélique, porte l'urne contenant les cendres de Maria.

À bord du bateau d'où vont être dispersées les cendres de Maria. Au premier rang à droite, Devetzi, à gauche, Ferrucio et Bruna, l'amie la plus loyale de Maria. On aperçoit Jackie Callas au fond, avec des lunettes de soleil (ci-contre).

Au moment où les cendres de Maria sont dispersées à la mer, une subite rafale de vent les renvoie au visage des personnes à bord.

Maria

jamais vraiment pu y apprécier une autre artiste... Quelques gestes de la main lui suffisaient pour définir un personnage ou une émotion, là où d'autres chanteuses s'escrimaient à jouer la comédie pendant des actes entiers. »

Malgré toute l'admiration qu'il lui voue, la patience de Bing est néanmoins mise à mal par les exigences de Maria et de Meneghini. Elle refuse d'effectuer une tournée avec la compagnie et même de signer un contrat pour la saison suivante, tant que certains de ses « caprices » (l'expression est de Bing) ne seront pas satisfaits. Caprices qui concernent entre autres toutes les dépenses de son mari, des gardes du corps qui la protégeront de l'avidité des journalistes et une voiture privée.

Le 6 mars, Maria reprend l'avion pour Milan, rassurée par ses succès aux États-Unis. Un accord de principe a été conclu avec Bing, qui comprend une tournée pour la saison suivante, la prise en charge – jusqu'à un certain point – des dépenses de Meneghini et une nouvelle production de *Macbeth* montée pour elle. Elle a en outre choisi de chanter *Tosca* et *Lucia*. Elle regarde de plus en plus au-delà de Milan et de Rome qui ne lui ont pas pardonné un « comportement scandaleux » à leurs yeux et un manque de responsabilité à l'égard des compagnies qu'elle aurait « laissé tomber ».

La Scala et l'Opéra de Rome sont subventionnés par la même agence étatique et la direction de la Scala s'est vu réprimander pour la « conduite » de Maria. Mis en question, Ghiringhelli lui fait porter le blâme. Arrogant, égotiste, enclin à la vengeance, il refuse de lui parler au téléphone et prétend même un jour ne pas la voir en la croisant au restaurant Biffi. Maria jure de ne plus jamais lui adresser la parole. Elle est programmée à la Scala dans *Anne Boleyn* puis dans *Le Pirate* de Bellini en avril et mai ; malgré sa fierté blessée, elle honore son contrat. Il est hors de question qu'elle offre à la Scala l'occasion de déclarer « Callas s'est désistée, comme d'habitude. » Elle pense avoir pris la bonne décision. La première d'*Anne Boleyn*, le 9 avril, va donc constituer pour elle une expérience accablante.

Une telle foule de protestataires s'est rassemblée devant la Scala qu'elle ne peut pénétrer dans le théâtre que sous la protection de policiers armés, de Battista et de sa femme de chambre, Bruna. Nulle part au monde, on ne révère autant l'opéra et les grands interprètes qu'à Milan. On les traite comme des dieux et des déesses, mais lorsqu'ils ont des défaillances ou que leur voix ne résiste pas au temps, les admirateurs d'opéra milanais peuvent exprimer leur déception de manière féroce. Maria est prise d'un trac fou. Le public milanais va-t-il lui donner des noms d'oiseau, sortir pendant l'une de ses airs ou lui jeter des fruits pourris et des fleurs fanées ? Ce genre d'insultes a déjà été le lot d'autres chanteurs tombés en disgrâce. Battista l'informe que la salle est comble et que des policiers montent la garde devant les portes, au cas où des troubles éclateraient. Ce dernier détail ne fait qu'augmenter sa fébrilité.

Il lui faut un immense courage pour entrer en scène, alors qu'elle craint d'être accueillie par les huées d'une claque. Le public est cependant silencieux, comme respectueux. Elle se donne à fond et, au baisser de rideau, reçoit de vifs applaudissements et est rappelée à de nombreuses reprises. Mais la salle est divisée : une partie des spectateurs reste assise, pendant que l'autre l'acclame et la bombarde de fleurs. « C'était la plus belle *Anne Boleyn* qu'elle ait jamais chantée – ou chanterait jamais, dira le maestro Gavazzeni, son plus ardent allié à la Scala durant cette période dramatique. Elle *était* Anne Boleyn, condamnée pour un crime dont elle n'était pas coupable, affrontant ses juges avec une dignité hors du commun. J'étais presque en larmes. »

Déjà profondément affectée par l'attitude des amateurs d'opéra milanais et de la direction de la Scala, Maria, à son retour chez elle le soir de la dernière représentation, trouve sa porte et ses fenêtres maculées d'excréments d'animaux qui ont également servi à des graffitis obscènes. Au bord de la crise de nerfs, elle refuse d'entrer dans la maison, par crainte de ce qu'elle risque d'y trouver. Battista y pénètre pour appeler la police. Cette nuit-là, accompagnés de Toy et munis de deux valises, les Meneghini partent pour la petite ville de Sirmione, sur le lac de Garde, où ils ont récemment acheté une villa d'été. Maria s'accroche à son petit chien et sanglote par intermittence pendant le trajet.

Battista prétendra que, lorsqu'ils ont atteint leur destination, elle s'était suffisamment ressaisie pour qu'ils évoquent son avenir immédiat. Elle est encore liée à la Scala par un opéra avant la fin de la saison : un nouveau rôle l'attend, celui d'Imogène du *Pirate*, une œuvre de jeunesse de Bellini, créée en 1835, qui tranchait avec le style très orné de Rossini en vogue à l'époque. Ghiringhelli l'a suffisamment provoquée pour la pousser à annuler, mais elle se refuse à lui offrir cette satisfaction. Les Meneghini s'attardent sur les rives du lac de Garde pendant que leur maison milanaise est nettoyée et repeinte. Maria étudie son nouveau rôle. Cet opéra, rarement donné, a été exhumé à son intention et la production mise en chantier l'année précédente. La préparation d'un nouveau rôle est un travail gigantesque. Il faut d'abord le mémoriser, puis décomposer la partition, effectuer un travail assidu avec le pianiste de manière à « se souvenir de la valeur exacte de chaque note et n'en laisser aucune vous échapper ». Tout cela peut se faire à Sirmione. Mais après, Maria devra assister aux lectures avec le chef, Antonino Votto, sous la direction duquel elle a déjà souvent chanté à la Scala et en tournée. Il lui faudra donc regagner Milan. « À la fin, explique Maria, on rassemble le tout – scène, collègues, orchestre – et on finit par atteindre le stade où on file l'opéra dans son entier. Il faut le faire deux ou trois fois, afin de mesurer son énergie et les moments où on peut se reposer. » Viennent ensuite les essayages de costumes, de perruques et, enfin, la couturière. « Là, vous devez avoir au moins trois jours *[de répétitions]* avant votre première représentation. C'est après que commence le travail vraiment solide, parce que vous remplissez les blancs. Rien ne vaut une bonne représentation en scène devant un public pour fignoler les détails. »

Les préparations intenses du *Pirate* avançant, Maria commence à souffrir de douleurs d'estomac et d'hémorroïdes. On lui recommande de se faire opérer mais elle répond qu'elle n'a pas le temps. Malgré son inconfort, elle ne manque pas un seul habillage ni une seule répétition et elle tait ses problèmes physiques. Conscient de sa fragilité, Antonino Votto craint qu'elle ne puisse pas supporter les pressions qui l'attendent. À son médecin qui la prévient que si elle refuse de réagir, son état de santé va empirer, elle réplique : « Maria Callas n'est pas autorisée à annuler une représentation. »

Votto, Franco Corelli, qui interprète le rôle titre, et Ettore Biastani, qui joue Eugénio, le mari trompé d'Imogène, sentent qu'elle n'est pas bien et la soutiennent de leur mieux. Pourtant, ils ignorent à quel point elle souffre. Sa détermination lui permet néanmoins de ne pas s'effondrer. Meneghini écrira qu'en rentrant chaque soir des répétitions dans un état d'épuisement absolu elle rampait dans son lit, Toy à ses côtés, et étudiait encore la partition pendant au moins une heure avant de s'endormir. Lorsqu'on lui apportait son petit déjeuner le lendemain, elle était déjà plongée dans son travail.

La première du *Pirate* a lieu le 19 mai. Maria incarne une Imogène poignante mais ne parvient à la totale maîtrise de sa voix que dans l'aria déchirante concluant l'œuvre, où Imogène anticipe la mort de son amant, le pirate Gualtiero. Elle survole de façon éblouissante la fulgurante cabalette finale, dans laquelle Imogène a une vision de la potence à laquelle il va être pendu. Au moment où Imogène déclare : « Voici la potence fatale » *(Vedete il palco funesto)*, Maria, le regard flamboyant et la voix venimeuse, désigne la loge vide et sombre de Ghiringhelli car, en italien, *palco* signifie à la fois potence et loge de théâtre. Le public, qu'elle a reconquis et qui s'inquiète à présent de ne plus l'entendre à la Scala, lui réserve ovations, cris et applaudissements de plus en plus bruyants.

Le lendemain de la première, elle se réveille pliée de douleur. On l'emmène discrètement à l'hôpital où on l'opère pour ses hémorroïdes. Le dimanche 22 mai, deux jours après cette intervention, elle chante son deuxième *Pirate*. Elle est de nouveau en scène le mercredi et le samedi. Seuls son médecin et quelques amis intimes savent qu'elle a subi une intervention chirurgicale. Miraculeusement, sa voix a acquis de la puissance à chaque représentation, qui se terminent toutes par son geste de vindicte à l'adresse de la loge de Ghiringhelli.

Le directeur de la Scala attend la dernière représentation du 31 mai pour obtenir sa revanche. Le public se lève et acclame Maria tumultueusement à la fin de l'opéra. Il la réclame avec un enthousiasme qui semble aller grandissant, comme s'il ne lui vouait plus aucun ressentiment. Subitement, alors qu'elle revient saluer pour la sixième fois, le pesant rideau de fer de la Scala tombe, la séparant abruptement de ses admirateurs. Elle est si ébranlée qu'elle reste clouée sur place. Corelli se précipite vers elle, afin de s'assurer qu'elle n'a pas été blessée.

À sa sortie du théâtre, ses admirateurs jettent un tapis de fleurs à ses pieds. Ils hurlent : « Viva la Divina ! » Certains pleurent. « Ne quittez pas Milan ! »

« Je ne chanterai plus jamais à la Scala tant que Ghiringhelli la dirigera », jure Maria avant de monter dans sa voiture, aidée par un Battista prévenant. Elle a l'impression d'avoir atteint le fond, mais elle se trompe. L'avenir lui réserve d'autres ennuis, d'autres humiliations qu'elle devra affronter avant que la marée ne s'inverse et que l'autre « Grec le plus célèbre » ne l'entraîne dans des eaux inexplorées.

15

L'autre Grec

Maria se déplace rarement sans Battista. Son mari ne pourra cependant pas l'accompagner à Londres, où elle va se produire le 10 juin 1958 dans le cadre du gala donné pour le centenaire de Covent Garden, en présence de la reine Élisabeth et du prince Philip. Sa femme de chambre, Bruna, est du voyage. Bien qu'à peine plus âgée que Maria, Bruna représente une sorte de mère à ses yeux, tout en sachant toujours rester à sa place. Elle n'exige aucune considération spéciale et s'empresse auprès de Maria, à toute heure du jour et de la nuit. Maria l'a prise pour confidente et lui fait une confiance absolue.

Parmi ses nombreux amis londoniens, Maria compte lord et lady Harewood. Fils de la princesse royale Mary, unique sœur du roi George VI, Harewood est donc le cousin de la reine. Il est l'un des seuls membres de la famille royale à avoir fait carrière en dehors de « la Firme », comme le prince Philip qualifie la famille royale. Très jeune, il est tombé amoureux de l'opéra et a fondé avec Harold Rosenthal le magazine *Opera*. Il est directeur de la programmation lyrique à Covent Garden.

Onassis séjourne également à Londres, où il est descendu pour quelques jours dans sa suite luxueuse du Claridge. Il ne voyage plus que très rarement en compagnie de Tina, et s'il adore ses deux enfants qu'il couvre de cadeaux hors de prix, il a choisi de ne pas vivre avec eux la plupart du temps. Il dispose de suites d'hôtel, d'appartements et de maisons dans le monde entier, dans lesquels ils se rend à bord de son avion privé. Il lui arrive, même quand ses enfants sont avec lui à bord du *Christina*, de ne pas les voir pendant plusieurs jours, car ils restent confinés dans leur splendide nursery pendant qu'il travaille où reçoit ses invités.

Homme d'affaires avant tout, Onassis se consacre à des transactions qui l'amènent parfois à se battre contre des pays entiers. C'est le cas de la principauté de Monaco, dans le port de laquelle mouille le *Christina*. Il y a atteint le sommet du pouvoir et sa position a créé une relation corrosive entre le prince Rainier et lui. Onassis dirige un immense empire financier comprenant, outre ses chantiers navals, d'importants intérêts dans l'immobilier, les voyages aériens, les compagnies pétrolières, auxquels s'ajoute une impressionnante liste d'investissements. À ses yeux, l'idée de fidélité n'a rien de grec. Doué de forts appétits sexuels, une belle femme consentante a autant d'importance pour lui que l'insuline pour un diabétique. Il s'efforce néanmoins de rester discret et s'enorgueillit de respecter les femmes et de faire preuve de générosité à leur égard. Il n'est pas descendu seul au Claridge, mais lorsque lord Harewood et sa femme l'invitent à un dîner chez eux auquel assistera Maria, il s'y rend sans sa compagne du moment.

Maria et Onassis ne se sont pas revus depuis Venise. Lors de cette soirée plutôt intime, elle ne se montre nullement troublée par sa présence. Lui, en revanche, ne cache pas l'intérêt qu'il lui porte. Comme elle doit se retirer tôt pour se reposer avant son concert du lendemain soir, il se propose de la raccompagner en voiture au Savoy. Ses affaires l'empêchent d'assister au gala, mais il lui envoie une extravagante corbeille de roses rouges, accompagnée d'une simple carte, « L'autre Grec ».

Tant de stars vont participer à cette soirée exceptionnelle et très médiatisée que Covent Garden ne disposera pas de loges convenables pour toutes. À l'aide d'une coiffeuse, d'une chaise française et d'un paravent japonais (empruntés aux décors) et d'un superbe arrangement floral, lord Harewood a fait transformer son propre bureau en loge de fortune pour Maria.

Dans la liste éblouissante d'artistes au programme figurent Dame Margot Fonteyn et Michael Soames, le grand ténor canadien Jon Vickers, la mezzo Blanche Thebom et Joan Sutherland. La jeune cantatrice s'est épanouie et sa notoriété grandissante engendre entre Maria et elle une concurrence de plus en plus vive. Maria n'apprécie pas beaucoup que Covent Garden monte une production de *Lucia di Lammermoor* pour Sutherland, avec Serafin à la baguette et Franco Zeffirelli à la mise en scène, aux décors et aux costumes.

Le gala remporte un immense succès. Maria « tient son public en haleine grâce à son chant et son talent dramatique consommé », écrit un critique. Tous les artistes s'alignent ensuite pour être félicités par la reine. Maria, en fourreau noir à paillettes, est spectaculaire. « Le prince Philip m'a déshabillée du regard de la tête aux pieds ! », confiera-t-elle au dîner à lord et lady Harewood.

Battista la rejoint à Londres pour les cinq représentations de *La Traviata* qu'elle doit chanter dix jours plus tard à Covent Garden. Si sa voix n'est pas au pinacle, sa Violetta, selon Peter Heyworth de l'*Observer*, « est une grande interprétation, conçue comme un tout organique, telle qu'on n'en voit que très, très rarement... Une performance d'une distinction et d'une musicalité exceptionnelles, truffée de détails qui ne cessent de donner un éclairage inédit au rôle ».

Maria dispose à présent de trois mois de repos avant de retrouver les États-Unis, où l'attend un programme lourd, qui l'amènera à Birmingham, Atlanta et Dallas. En décembre, elle va se produire pour la première fois à l'Opéra de Paris. Elle n'est pas encore tout à fait remise de sa saison à la Scala qui l'a épuisée nerveusement, de son intervention chirurgicale et de sa faiblesse physique. Battista et elle partent pour Sirmione, après avoir récupéré Toy à Milan.

Adoratrice du soleil, Maria est capable de paresser toute la journée au bord de la piscine, huilée, dit-elle, comme une

« olive grecque ». Elle fait des plongeons réguliers dans l'eau fraîche où elle s'ébat longuement avant de regagner sa chaise longue. Bruna la nourrit et la pomponne bien. Toy saute souvent dans la piscine avec elle. Battista fait des allées et venues entre Sirmione, Milan et Vérone.

Son été n'est cependant pas aussi idyllique qu'elle l'espérait. Battista, dont l'anglais ne s'est jamais amélioré et qui est incapable d'envoyer une lettre ou un télégramme outre-Atlantique sans qu'ils soient suivis d'un long échange de courrier, n'a finalement pas réussi à s'entendre avec Bing pour la prochaine saison du Met. Les époux ont des discussions interminables, à Sirmione ou au téléphone. Devant le manque d'efficacité de son mari, Maria a absolument tenu à ce qu'un autre imprésario la représente à l'étranger. Pour l'Angleterre, Sander Gorlinsky se charge de ses contrats et de son calendrier depuis ses débuts à Covent Garden en 1952. Son célèbre homologue international, Sol Hurok, négocie toutes ses autres apparitions en dehors de l'Italie, hormis New York, que Battista refuse obstinément d'abandonner.

La querelle opposant Meneghini à Bing et au Metropolitan tourne essentiellement autour du manque de nouvelles productions pour Maria, et du fait que Bing tient à ce qu'elle participe à la tournée estivale de sept semaines de la compagnie. Bing a parfaitement conscience que Battista ne fait que traduire en toute légitimité les souhaits de Maria. Elle n'est d'ailleurs pas la seule à refuser de prolonger la saison new-yorkaise. En 1959, Birgit Nilsson, sur le point de faire ses débuts au Met, écrira : « Je suis au courant de votre tournée de sept semaines… Il m'est impossible d'accepter votre offre… le travail serait à mon avis trop dur et le cachet de 1 500 dollars ne couvre absolument pas ce que je peux obtenir d'autres compagnies pour un laps de temps pareil. »

Bing connaît les mêmes difficultés pour engager les principaux chefs du Metropolitan. En outre, il n'est pas en mesure d'apporter en province les meilleures productions du Met dans leur intégrité, car les salles n'y sont pas équipées pour les décors lourds. On y utilise donc de simples toiles de fond peintes. Bing reconnaît que « tout ce que nous pouvions offrir en province, c'était des chanteurs du calibre du Metropolitan ». Or, à l'époque, les amateurs d'opéra provinciaux veulent *avant tout* entendre Maria Callas, et sont prêts à débourser de grosses sommes pour jouir de ce privilège, même si elle apparaît dans une production plus ou moins au rabais. Si Maria accepte la tournée, le Met rentrera dans ses frais. Sans elle, il perdra de l'argent. Bing lui offre un cachet supérieur à celui de tous les autres chanteurs du Met, mais elle ne se sent pas obligée d'y chanter autrement que dans les meilleures conditions, ni de les aider à régler leurs problèmes financiers.

Le véritable tableau de cette impasse n'est pas présenté à la presse. Une fois de plus, on lui fait croire que Maria Callas se conduit comme une prima donna capricieuse aux dépens de la compagnie. Rien de tout cela ne serait arrivé si Battista n'avait pas tergiversé pendant plus d'un an, car Bing a eu l'impression qu'il parviendrait, au prix de quelques concessions, à obtenir l'accord de Maria. Il a donc menti aux villes de la tournée, leur faisant croire que les choses allaient s'arranger et qu'elles auraient Maria Callas. Face à son refus définitif, il est trop tard pour la remplacer par une artiste proche de son calibre, tous les chanteurs ayant un planning organisé très à l'avance.

Le choix des œuvres et la mauvaise qualité des productions en tournée ne sont pas seulement en jeu. Maria a peur de se compromettre et de ne pas se montrer sous son meilleur jour si elle ne travaille pas dans des conditions optimales, sous la houlette d'un grand chef et d'un metteur en scène talentueux, et si elle n'a pas le temps de se préparer correctement. De nombreux critiques sont prêts à souligner le moindre de ses faux pas, à pinailler sur le manque de beauté occasionnel de son timbre, la moindre note qu'elle aura du mal à atteindre. Là est le prix à payer pour sa renommée. On attend tellement d'elle que la moindre faille, même passagère, est inacceptable. De plus, ses propres exigences sont aussi élevées que celles des critiques.

L'argent, enfin, joue un grand rôle dans le blocage de cette situation. Les relations entre Bing et Battista, dont la cupidité n'a pas de limites, ont toujours été houleuses. L'extraordinaire succès de sa femme a fait de lui un homme très riche qui ne dépend plus des intérêts que lui rapporte l'entreprise familiale. Tous les cachets de Maria sont placés, déduction faite des frais et des impôts, sur un compte milanais. Maria reçoit ensuite une somme pour ses dépenses personnelles. Battista lui ayant affirmé que cette organisation est nécessaire d'un point de vue fiscal, elle ne la met pas en question, car elle préfère se concentrer sur son art.

Pour sa tournée en Amérique et son apparition à Dallas, Sol Hurok lui a négocié ses plus gros cachets à ce jour, si bien que Battista considère la rémunération proposée par le Metropolitan comme une énorme perte de revenus futurs. « Il fallait exaspérer *[Bing]* au point qu'il annulerait de lui-même, reconnaîtra-t-il par la suite. Bing ne pouvait pas me supporter. Il disait que j'étais avare, cupide et que rien d'autre ne comptait pour moi que l'argent. Vous imaginez à quel point le "caporal prussien" *[surnom qu'il donne à Bing]* serait contrarié si je me montrais plus rusé que lui. » Il confiera aussi à Stelios Galatopoulos que c'était toujours lui, et non Maria, qui s'occupait des questions d'argent et réclamait des cachets exorbitants, car « cela était nécessaire à sa célébrité de première cantatrice du monde[1] ».

La tournée dans plusieurs villes de province organisée par Sol Hurok est d'un tout autre calibre que celles offertes par Bing et le Metropolitan. Hurok, Russe de naissance, est un imprésario flamboyant. Son parti pris est de donner aux stars qu'il représente ce qu'il y a de mieux, sur scène et en dehors. Il paie sans sourciller les déplacements de Maria, Toy et Bruna. Il accepte de régler les frais de Battista (jusqu'à un

---

1. Bing et Battista ne cessaient de se quereller à propos de l'argent. Battista raconte fièrement dans ses mémoires cette anecdote à propos du fait qu'il demandait à Bing de payer Maria en liquide *avant* chaque représentation.

certain point). Maria dispose d'une voiture et d'un chauffeur, d'une suite confortable toujours approvisionnée en champagne et abondamment fleurie et, surtout, de l'entourage le plus apte à la soutenir. En contrepartie, Hurok a une diva satisfaite qui brillera sur scène, si bien que personne n'aura l'impression d'avoir été lésé sur le prix du billet. Quant au cachet de Maria, il est presque le triple de celui qu'elle reçoit au Metropolitan.

Cette tournée commencera en Alabama, avec un concert à Birmingham le 11 octobre, et se poursuivra à Atlanta, Montréal et Toronto. Maria chantera ensuite deux *Traviata* à Dallas, les 31 octobre et 2 novembre, suivies de deux *Médée*, les 6 et 8 novembre. De Dallas, elle ira à Cleveland, Detroit, Washington et San Francisco où elle donnera le même programme de concert qu'en début de tournée. Puis elle regagnera Milan.

Juste avant la représentation de *Médée* du 6 novembre, Bing déclare dans un communiqué de presse qu'il licencie Maria Callas dont le contrat avec le Metropolitan est annulé à dater de ce jour. « BING VIRE CALLAS ! » titrent les journaux. « Mme Callas est constitutionnellement inapte à s'insérer dans toute organisation qui n'est pas forgée autour de sa propre personnalité », a précisé Bing.

« Quand je pense à ces minables *Traviata* qu'il m'a fait chanter sans répétition, sans même que je connaisse mes partenaires ! contre-attaque Maria. Est-ce de l'art ?... Et aussi, à toutes ces représentations où j'avais droit à chaque fois à un ténor et à un baryton différents... Est-ce de l'art ?... »

Boomerang de Bing : « Je n'ai pas l'intention de me lancer dans une querelle publique avec Mme Callas, car je réalise qu'elle est beaucoup plus compétente et expérimentée que moi dans ce domaine. »

Maria ne réplique pas à ces piques de Bing. Sa réponse, elle la donne dans la splendide interprétation de Médée qu'elle chante ce soir-là. L'écoute de l'enregistrement de cette représentation ne laisse aucun doute sur le fait que le venin de Bing bouillonne en elle, qu'il enflamme sa voix dans les imprécations au vitriol qu'elle lance contre Jason, interprété par le grand Jon Vickers, au moment où il abandonne Médée. Depuis qu'elle a en fait ressuscité l'opéra de Cherubini en le mettant à son répertoire en 1953 au Festival de Florence, Maria a souvent chanté *Médée*. Mais cette Médée de Dallas, sa première en Amérique, est la plus sublime de sa carrière.

Elle a contribué à rassembler la distribution qui l'entoure. Elle voulait une production « de style classique authentique », *Médée* étant un mythe grec racontant l'histoire de la magicienne qui aide Jason a conquérir la Toison d'Or et qui, abandonnée par lui, assassine ses deux enfants et sa nouvelle épouse. Le metteur en scène grec Alexis Minotis, célèbre acteur et producteur du Théâtre national grec et époux de la grande tragédienne Katina Paxinou, a brillamment monté la légende, aidé, pour les décors et les costumes, par Yannis Tsarouchis. Nicola Rescigno est à la baguette et à côté de Vickers, la superbe mezzo-soprano Teresa Berganza fait ses débuts américains dans le rôle de Neris, tandis que Créon est interprété par la basse Nicola Zacarria, ancien camarade de Maria au Conservatoire d'Athènes.

Maria donne de Médée, qui exige une palette d'émotions extrêmement large, une interprétation stupéfiante : de sa première entrée vibrante elle passe à l'inquiétude, au tourment, à la retenue pitoyable lorsqu'elle supplie Créon de lui accorder un jour de plus avant de l'exiler, puis elle se transforme dans le second acte en lionne déchaînée. Les nombreux *si* bémol et *si* aigus ne lui posent pas plus de problème que le contre-*ut* extrapolé à la fin de cet acte. Un trou de mémoire dans le récitatif provoque un silence suspendu. Mais elle se ressaisit vite, sans se laisser démonter.

Sa Médée crée une sensation qui donne le ton à la suite triomphale de la tournée. Bing a remporté une victoire à la Pyrrhus. Il n'a pas cédé à Maria Callas, mais le Metropolitan a subi une grande perte artistique et financière avec son départ de la compagnie.

Un dilemme d'ordre personnel attend Maria à son retour à Milan, début décembre. Désireuse de transférer une somme sur son compte privé afin de couvrir les frais de nouvelles toilettes, elle apprend avec stupéfaction que son compte professionnel n'est pas assez approvisionné pour cette transaction. À son insu, Battista a transféré presque tout l'argent qu'elle gagne sur un compte de Vérone, dont elle ne peut avoir l'usage. S'ensuit une querelle épique avec son mari qui reconnaît avoir effectué ce transfert, investi cet argent à son propre nom et alloué des sommes importantes aux membres de sa famille.

Maria est effondrée. Toute la confiance qu'elle avait encore en Battista vole en éclats. Elle appelle ses agents étrangers pour leur demander de ne plus libeller aucun chèque au nom de son mari, mais uniquement au sien. Battista a du mal à l'accepter. Un grand coup vient d'être porté à son orgueil italien – et à ses liquidités. En public, ils font tous les deux bonne figure, mais quelque chose est définitivement brisé dans leur relation privée. Le cœur lourd, Maria, accompagnée d'un époux boudeur, s'envole pour Paris où elle doit faire ses débuts longuement attendus le 19 décembre au Palais Garnier, dans le cadre d'un gala donné au profit des œuvres de la Légion d'honneur, en présence du président René Coty. Ses 10 000 dollars de cachet contribueront à cette cause. Pour entendre Maria Callas, certains des membres les plus en vue du gotha ont payé les billets les plus onéreux jamais mis en vente par l'Opéra de Paris. Parmi eux figurent le duc et la duchesse de Windsor, Émile de Rothschild, le prince Ali Khan et sa maîtresse le mannequin Bettina, Charles et Oona Chaplin, Jean Cocteau, une longue liste de personnalités étrangères, des vedettes de cinéma américaines et françaises, des célébrités du monde lyrique, musical et artistique, des magnats de l'industrie et… Aristote et Tina Onassis.

L'année 1958 n'a guère été brillante pour Onassis. En juin, il a comparu à Washington devant une commission du Congrès enquêtant sur ses activités douteuses d'armateur. On lui reproche d'avoir contrevenu à ses obligations vis-à-vis du gouvernement américain et de l'industrie maritime, en manipulant des transferts ou en enregistrant des bateaux au Liberia par l'intermédiaire de fonds en fidéicommis au nom de ses enfants. Ces opérations lui auraient permis de ne pas payer d'impôts aux États-Unis et de ne pas avoir à employer de marins américains, dont les salaires sont beaucoup plus élevés que ceux des autres pays.

Onassis brigue avant tout le pouvoir, car il est déjà l'un des hommes les plus riches du monde. Du jour de 1951 où il a fait jeter l'ancre de son vieux navire, l'*Olympic Winner*, dans le port de Monte-Carlo, il ne lui a fallu que sept ans pour acquérir la majorité des parts de la Société des bains de mer (SBM), ce qui lui confère un pouvoir presque équivalent à celui du prince Rainier. Durant les derniers mois de l'année, les deux hommes se sont préparés à une dernière épreuve de force qui comporte tous les éléments d'un western hollywoodien : un (dangereux) étranger et le « patron » du territoire envahi sachant qu'ils ne peuvent coexister dans une même ville. Onassis semble tenir la corde et être sur le point de franchir la frontière qui fera de Rainier son obligé. Tous ces affrontements ont drainé son énergie et cela explique en grande partie pourquoi il n'a pas poursuivi Maria plus tôt de ses assiduités. De plus, il mène une liaison avec une personnalité de la haute société américaine, vieille amie de sa femme, la très séduisante Jeanne Rhinelander, tandis que celle de Tina avec Renaldito Herrera, de loin son cadet, est de notoriété publique.

Le mariage des Onassis se désintègre rapidement. S'ils ne se séparent pas, c'est uniquement « pour le bien des enfants » et aussi parce que le mariage permet à Aristote de se protéger des exigences d'une maîtresse qui réclamerait un engagement plus permanent.

Jusque-là, Onassis s'est surtout intéressé aux femmes pour la bagatelle. Son amitié et son admiration, il les réserve à un grand homme, Winston Churchill. Au cours de l'été 1958, Churchill et sa femme, qui séjournent dans le sud de la France, acceptent de déjeuner avec lui à l'Hôtel de Paris. Quelques jours plus tard, ils déjeunent à bord du *Christina*. Ces rencontres marquent le début d'une amitié qui durera jusqu'à la mort du grand homme, sept ans plus tard.

Onassis éprouve une véritable affection pour Churchill. Un de ses plus proches amis, Costa Gratsos, pense qu'il faut en trouver la clé dans le fait qu'« Onassis croyait fermement à l'hégémonie de la race anglo-saxonne. Il pensait que le système créé par les Américains et les Anglais à la fin de la guerre durerait éternellement et il révérait Churchill qui incarnait ce système à ses yeux ». Il est aussi très flatté de profiter de l'entourage très sélect des Churchill. « Ils possèdent la *vraie* classe », confie-t-il à un ami.

À l'approche de Noël, Tina lui annonce qu'elle passera les fêtes à New York avec sa sœur, après avoir assisté avec lui au gala de Maria Callas à Paris, le 19 décembre. Aristote n'appréciant pas l'opéra, elle s'attend à ce qu'il se désiste. Il se montre au contraire si impatient qu'elle le soupçonne d'éprouver pour Maria un intérêt différent de celui que lui inspirent les autres femmes. Impression confirmée à quelques jours du gala, car il suit de façon inhabituelle la couverture presse de l'événement. « C'est une femme remarquable, lui dit-il, vraiment remarquable. » Observation accompagnée d'une expression « semblable à celle d'un lion sur le point de se retrouver face à sa proie ».

Maria et Battista sont descendus dans une suite magnifique de l'hôtel Crillon, place de la Concorde. Le matin du concert, Maria répète sur la scène de l'Opéra sous la baguette du chef hongrois George Sebastian, directeur musical du Palais Garnier. Dans la première partie du concert, elle chantera des extraits de *Norma*, du *Trouvère* et du *Barbier de Séville*. En seconde partie, Tito Gobbi dans le rôle de Scarpia et Albert Lance dans celui de Cavaradossi se joindront à elle pour le deuxième acte de *Tosca*. La journée est pluvieuse. En rentrant au Crillon vers 14 heures, Maria trouve un feu de bois dans la cheminée de sa suite, qui déborde de bouquets de fleurs. Le plus somptueux est constitué par deux corbeilles de plusieurs dizaines de roses rouges. « Pas de carte ? demande-t-elle à Battista.

— Pas de carte, répond-il, son visage joufflu marqué par l'agacement.

— Ça ne va pas ?

— Pas de carte. Un admirateur, peut-être ?

— Peut-être », réplique-t-elle d'un ton coupant, avant d'aller se changer dans sa chambre.

Alors que Maria s'apprête à partir pour l'Opéra, une corbeille identique arrive. Cette fois, elle est accompagnée d'une carte comportant un message rédigé en grec. Mais sans signature. Maria reconnaît l'écriture sur-le-champ. Elle sourit. « Comme il est romantique ! » Battista ne se souviendra que plus tard du ton rêveur avec lequel Maria formula cette remarque.

16

À bord du *Christina*

La présence de Maria Callas en scène éclipse l'impact de ses enregistrements, pour celui qui se trouve dans la salle. Le soir du gala parisien, Onassis est subjugué par l'emprise à nulle autre pareille qu'elle exerce sur le public. Il dira à un proche qu'elle dépasse même celle d'Eva Perón et que « si Mme Callas avait choisi l'arène de la politique à la place de la scène limitée de l'opéra, elle pourrait être à présent l'une des femmes les plus puissantes du monde ». Le pouvoir représente un aphrodisiaque puissant pour Onassis. Or une aura royale presque palpable émane de Maria, immobile au centre du plateau de l'Opéra Garnier devant les visages flous des membres les plus célèbres du gotha international.

Maria semble plus grande que nature, d'autant qu'elle a remonté son épaisse chevelure auburn en un chignon très haut pour dégager ses pommettes dramatiques. L'utilisation émouvante de ses mains et l'expressivité de ses yeux immenses sont hypnotisantes. Comme Sarah Bernhardt, la plus grande tragédienne de l'histoire du théâtre, Maria ne se contente pas de fasciner le public mais détient la capacité mystérieuse de devenir le personnage qu'elle incarne, tout en gardant sa propre personnalité. Ce n'est pas une simple coïncidence si Sarah Bernhardt a créé nombre des rôles célèbres de Maria : Tosca, Violetta *(La Dame aux Camélias)*, Médée et Lady Macbeth pour n'en citer que quatre.

Pour ce gala parisien, Maria porte une magnifique robe longue rouge cardinal, sa couleur préférée. Un collier de diamants, prêté par Van Cleef and Arpels et estimé à 100 000 dollars, orne son cou, tandis que ses boucles d'oreilles de diamants scintillent. Elle chante bien au cours de la première partie du concert, mais c'est surtout après l'entracte, dans le deuxième acte de *Tosca* où Tito Gobbi interprète un magnifique Scarpia, qu'elle est irrésistible.

Paris est conquis. Onassis observe la salle qui s'est levée d'un regard émerveillé. S'il n'apprécie pas l'opéra, il sait reconnaître le génie et ses corollaires. Maria lui inspirait de la curiosité avant cette soirée. Il est désormais véritablement attiré par elle – ou peut-être par l'idée de posséder un être aussi charismatique que lui. En manipulateur accompli, Onassis ne s'est pas privé d'utiliser les femmes qu'il a connues dans sa vie. Il a épousé Tina afin d'exercer une emprise sur son père Stavros Livanos, l'un de ses principaux concurrents dans le domaine de la construction navale. Avant Tina, il a eu pendant longtemps pour maîtresse Ingeborg Dedichen, dont le père était l'un des plus importants armateurs norvégiens. Mais il n'a plus besoin du pouvoir que lui procure par ricochet ce genre d'aventures. Il peaufine à présent son image. Un « roi » doit avoir une « reine » à la hauteur et Maria possède l'allure et le magnétisme convenant à ce rôle. En outre, sa célébrité médiatique rejaillira sur lui.

Cette attirance physique est la cerise sur le gâteau, d'autant qu'il croit Maria, à ce stade précoce de leurs relations, capable de rivaliser de passion avec lui. Il lui avouera par la suite : « Je suis déconcerté par la musique d'opéra mais tu as quelque chose de mystique quand tu es en scène. Il est impossible d'expliquer ce que tu fais, sinon de dire que c'est d'ordre divin. Tu es inimitable, sidérante. Pas étonnant qu'on te surnomme la Divine ! » Si les hommes fortunés collectionnent souvent les objets d'art, Onassis s'attache aux êtres exceptionnels afin d'améliorer son image et son estime de soi. Maria est devenue sa nouvelle obsession.

À la suite du concert, un souper réunit quatre cent cinquante personnes qui ont payé quatre fois le prix du billet pour y assister. Onassis se fraie un chemin sans hésiter vers Maria. Il lui baise la main. Maria dira plus tard : « Le contact de nos mains, de la texture de notre peau était très agréable. » Sa riche expérience a permis à Onassis de conclure que les maîtresses mariées étaient celles qui causent le moins d'ennuis. Dans les cercles qu'il fréquente, ce genre « d'arrangement » est monnaie courante, et sa propre situation conjugale ne peut être pire qu'elle ne l'est déjà. Du côté de Maria, tous les feux clignotent au rouge.

Sa relation avec Visconti n'a jamais menacé son mariage et n'a pas suscité la curiosité de la presse. Au courant de l'homosexualité de Visconti, les paparazzi en ont conclu que leur amitié n'était que d'ordre professionnel. À présent, malgré son mariage qui bat de l'aile, Maria a une peur panique de vivre seule. Elle a presque toujours pu s'appuyer sur quelqu'un : sa mère, Battista, et durant la courte période où elle a vécu à New York chez son père, les Bagarozy. Malgré leur contribution plus ou moins désastreuse, elle n'est pas sûre d'être capable de s'en sortir sans aide. Elle doit affronter son insécurité personnelle, ainsi que sa culpabilité, car elle a embrassé la foi catholique romaine le jour où elle a épousé Battista. Outre ces obstacles psychologiques, une liaison avec Onassis ne pourra que faire scandale, elle causera beaucoup de chagrin à tout le monde et lui coûtera peut-être son mariage et sa carrière.

Lorsque Battista lui apprend avec un enthousiasme débordant qu'Onassis leur a réitéré son invitation d'une croisière en mer, elle commence donc par lui opposer un refus ferme. Battista hausse les épaules mais n'abandonne pas l'espoir de la convaincre.

Peu après le Nouvel An, le couple s'envole vers les États-Unis où Maria donne trois récitals, organisés par Sol Hurok, à l'Académie de Musique de Philadelphie, au Carnegie Hall de New York et au Constitutional Hall de Washington. Ils rentrent ensuite à Milan. Maria dispose de deux mois avant ses prochains concerts à Madrid, Barcelone, Hambourg, Stuttgart, Munich et Wiesbaden. Sa vie conjugale est plus facile lorsqu'ils sont loin de leurs demeures de Milan ou de Sirmione. Elle ne se fait donc pas prier pour accepter l'invitation au bal annuel que la comtesse Castelbarco donnera à Venise le 29 mars. Il lui est difficile d'ignorer que Tina et Aristote Onassis seront au nombre des invités.

Les Onassis se retrouvent pour leur part juste avant le bal vénitien. Ils arrivent ensemble à Venise à bord du *Christina*, accompagnés de leur cour de célébrités. Le yacht jette l'ancre à l'embouchure du Grand Canal. Tina fait une entrée radieuse dans le palazzo Castelbarco au bras de son époux, parée d'un collier de rubis et de diamants et d'un ancien bracelet russe serti des mêmes pierres, en forme de serpent lové en trois anneaux, qu'il lui a offert en cadeau de réconciliation.

Dès qu'il aperçoit Maria, alors plongée dans une conversation avec un groupe de personnes un peu à l'écart de Battista, Onassis se fraie un chemin vers elle à travers la foule des invités. Il l'interrompt, lui baise la main et, après s'être incliné pour prier ses interlocuteurs de l'excuser, l'entraîne vers un angle de la vaste salle et la fait asseoir sur un canapé. Meneghini notera plus tard que Tina « était extrêmement consciente du regard de son mari qui traquait la diva dans la salle de réception surpeuplée ». Tina se hâte d'ailleurs de les rejoindre, suivie de Battista. Ils échangent quelques mondanités. Onassis évoque une fois de plus la croisière en Méditerranée, prévue pour le mois de juin. Tina se joint aimablement à lui. Comme elle doit donner cinq représentations de *Médée* à Covent Garden en juin, Maria leur répond qu'elle ne voit pas comment elle pourrait accepter.

« Médée ? interroge Onassis d'un air intéressé (feint ou pas). Une histoire grecque, par conséquent ! Nous organiserons la croisière un peu plus tard, comme cela Tina et moi pourrons venir à Covent Garden. » Sa femme acquiesce, tout en ne semblant pas déborder de joie à cette perspective. Battista ne contient pas son enthousiasme. Maria hésite.

En dehors du jour où elle a trouvé son mari en flagrant délit avec Mme Rhinelander, Tina n'a jamais pris trop au sérieux ses conquêtes féminines, car ses deux véritables maîtresses ont toujours été le pouvoir et l'argent. Mais Maria lui inspire de véritables soupçons. « Il parle trop d'elle, confie-t-elle à une amie. Il ne parlait jamais des autres. »

Le lendemain du bal, les Meneghini quittent Venise pour Madrid où Maria doit chanter au Teatro del Zarzuela, avant de donner plusieurs autres concerts très bien rémunérés. Avant toutes ces représentations, on lui livre des roses rouges de la part d'Onassis, accompagnées de mots dans lesquels il la prie avec de plus en plus d'insistance d'accepter d'effectuer la croisière sur le *Christina*. À leur retour à Milan le 25 mai, ils trouvent un télégramme. Aristote et Tina donneront une réception pour cent cinquante personnes à l'hôtel Dorchester après la première de *Médée*, affichée pour la première fois depuis cent cinquante ans à Covent Garden. Ils espèrent que Maria sera leur invitée d'honneur, et lui demandent de les aider à se procurer un grand nombre de billets, à n'importe quel tarif.

Battista se met sur-le-champ à l'ouvrage pour les satisfaire. Il ne soupçonne pas Onassis de poursuivre sa femme. Dans le cas inverse, il aurait pris le parti de Maria et n'aurait pas encouragé son amitié avec le magnat ni accepté son hospitalité. Battista ne voit rien, hormis la gloire, l'argent et le pouvoir d'Onassis. En outre, il est subjugué par le fait que l'armateur a promis de s'arranger pour que Churchill et sa femme figurent parmi les passagers.

Maria ne voit pas comment décliner l'invitation au Dorchester sans faire preuve d'impolitesse. Une réception de cent cinquante invités lui paraît sans danger, mais il en va tout autrement d'une longue croisière sur un yacht privé, en compagnie d'un homme qui l'attire. Car elle est décontenancée par les réactions que lui ont inspirées ses retrouvailles avec Onassis à Venise. Elle craint de tomber peu à peu amoureuse et veut étouffer ses sentiments dans l'œuf.

Le jour de la première de *Médée*, Maria reçoit trois superbes corbeilles de roses rouges, deux offertes par Onassis et une par « Tina et Ari ». Aristote arrive à Covent Garden trois quarts d'heure avant le début de la représentation et s'installe au Crush Bar où il distribue les billets et offre du Dom Pérignon à ses invités au fur et à mesure de leur arrivée. « Il était d'humeur particulièrement exubérante, se souviendra l'un d'eux. Pour quelqu'un qui disait souvent que l'opéra l'ennuyait, il ressemblait plutôt à un homme sur le point d'assister à son propre couronnement. »

Ce qu'ignorent ses connaissances, partenaires en affaires et amis, c'est que la première grande passion d'Onassis a été la célèbre soprano italienne Claudia Muzio. Il n'était qu'un petit émigré d'Europe de l'Est de vingt-trois ans sans le sou, parmi des milliers d'autres, quand il la rencontra, peu après son arrivée à Buenos Aires. Très vite, il vécut là-bas une double vie : standardiste dans un bureau boursier et mondain élégamment vêtu grâce à l'argent vite gagné en épiant des conversations téléphoniques dans son entreprise. D'après son associé Costa Gratsos, « Onassis savait d'instinct quelle meilleure image adopter pour impressionner une personne ou un groupe donnés... Il a inventé la multiple personnalité ; du coup, il est devenu difficile à cerner ».

Cette image, le jeune Onassis comprit qu'il devait se la forger s'il voulait réussir en affaires. La presse publiait des photos de Muzio qui chantait *La Bohème* à Buenos Aires. On l'y voyait à des réceptions, en compagnie des hommes les plus influents de la capitale argentine : banquiers, négociants et financiers internationaux. Onassis se dit que ces messieurs auraient peut-être envie de miser sur un jeune homme intelligent comme lui. Muzio, de onze ans son aînée, était une femme robuste, fascinante, au teint sombre de Méditerranéenne et aux grands yeux ardents. Une semaine durant, Onassis dépensa jusqu'à ses derniers sous pour lui envoyer chaque jour des bouquets de roses rouges, accompagnés de cartes poétiques. Puis il se présenta à elle dans les coulisses. Le lendemain soir, il l'invita, grâce à de l'argent emprunté, dans le restaurant le plus chic de Buenos Aires. Le dîner fut immortalisé par un photographe de presse dûment prévenu et la photo publiée, non pas dans un, mais deux journaux.

Muzio avait une belle voix et un beau style. Louée pour ses interprétations de Violetta et de Desdémone, c'était pourtant sa vie privée théâtrale qui intéressait la presse. Cette femme passionnée fut intriguée par l'énergie et la ruse de son jeune admirateur, qui allait de pair avec ses avances amoureuses. Elle ignorait tout de sa vie et ne voulait pas la connaître. Très vite, ils devinrent amants. Elle lui demandait bien davantage que les jeunes filles et les prostituées qu'il avait fréquentées jusque-là. Par la suite, il dirait que c'était elle qui lui avait appris l'art de procurer du plaisir à une femme. Elle le surnommait « l'Étranger » et le présenta à certains de ses amis influents. Trois semaines après leur rencontre, elle continua sa tournée, sans même un mot d'adieu.

Onassis fut mortifié mais il retint une grande leçon : une femme célèbre peut apporter une aide inestimable à un homme ambitieux, en le mettant en contact avec des gens influents. Grâce à Claudia Muzio, il cessa d'être un complet inconnu. Il allait y avoir beaucoup d'autres femmes dans sa vie pour l'aider à acquérir davantage de célébrité, presque toutes plus âgées, plus riches et plus expérimentées que lui. Jusqu'au jour où il réaliserait que c'était lui, l'amant, qui était « plus âgé, plus riche et plus expérimenté ».

Son dénigrement bruyant de l'opéra tient donc davantage à cette blessure de jeunesse que fut le rejet de Claudia Muzio qu'à une véritable aversion. Avec Maria, il a l'impression de recréer une situation qu'il maîtrise, et d'être en mesure d'écrire une nouvelle fin à cette aventure. La cour qu'il lui fait, à grand renfort de fleurs, de flatteries et d'attention impressionnante aux détails, va même jusqu'à rappeler la manière dont il courtisait Muzio. Il sait que Maria désire avant tout évoluer dans un nouveau cercle social, un univers dont Battista ne détient pas la clé. D'où les gestes grandioses, la liste d'invités prestigieux du Dorchester, truffée de titres britanniques et étrangers (le duc et la duchesse de Kent, la princesse Alexandra, lord Mountbatten, lord Harewood et lady Churchill – sir Winston étant souffrant ce soir-là), auxquels s'ajoute une foule de célébrités comme Gary Cooper, Douglas Fairbanks Jr, Noël Coward, Vivien Leigh et Michael Redgrave[1].

La Médée de Maria ne brûle pas de la même flamme que celle de Dallas et son tempo est extrêmement lent. Cela ne l'empêche pas, aidée du magnifique Jon Vickers, d'être au pinacle de son talent d'actrice. Le dernier acte est si prenant qu'on voit littéralement une partie des spectateurs se pencher en avant sur leur siège, pendus à ses lèvres. Malgré douze rappels, elle n'est pas satisfaite de son interprétation. Elle manque même, alors qu'elle est dans sa loge, de changer d'avis et de ne pas se rendre au Dorchester. Battista insiste et ne semble pas se formaliser de la livraison d'un somptueux manteau de chinchilla, offert par Onassis. Maria revêt la fourrure au-dessus d'un sensationnel fourreau noir, en dépit de la tiédeur de cette soirée de juin. Ses revenus ne lui permettent guère de s'offrir ce genre de luxe, d'abord à cause des sommes subtilisées par Battista pour son propre usage et parce qu'il n'est pas doué pour faire fructifier l'argent. La plupart du temps, elle porte donc des bijoux et des fourrures prêtés par des joailliers et des couturiers à qui elle doit ensuite les rendre. La possession d'un chinchilla lui fait indubitablement plaisir. En acceptant ce cadeau, elle envoie aussi un message clair à Onassis. Et alors que la plupart des hommes auraient demandé à leur femme de rendre un présent si extravagant d'un admirateur, Battista semble en tirer de la fierté.

Onassis vient à la rencontre des Meneghini à leur arrivée au Dorchester, vers 1 heure du matin. Un photographe de presse l'accompagne. L'expression radieuse de Maria n'échappe à personne lorsqu'il la fait entrer dans la salle, en la tenant par le coude d'un geste intime et protecteur. « Celle-ci est importante, dit Tina à une amie. Il n'a jamais exhibé les autres. » Ils dansent un tango, la main d'Onassis bien plantée sur la

1. Le mari de Vivien Leigh, sir Laurence Oliver, joue à l'époque *The Entertainer* à New York.

hanche de Maria. À la fin, elle lui avoue adorer le tango et regretter qu'on n'en joue pas plus souvent, et il verse un gros pourboire au chef pour que l'orchestre en joue d'autres.

Si Battista se rend compte qu'il est en train de se faire cocufier en public, il n'en montre rien. Il les regarde danser en souriant, soudés l'un à l'autre. Comme les talons aiguilles de Maria lui donnent quelques centimètres de plus que son cavalier, la bouche d'Aristote effleure son épaule nue. Elle quitte la réception à 3 heures du matin, flanquée d'un côté par Onassis, de l'autre par son mari. À la sortie du Dorchester, un photographe prend le cliché, qui deviendra vite célèbre, des deux hommes entourant de leurs bras Maria emmitouflée de chinchilla. Onassis, derrière ses épaisses lunettes, sourit d'un air possessif ; Battista a l'air du challenger vaincu. Ironiquement, comme ils sont tous les deux plus petits que Maria, ils se serrent la main, alors que Maria regarde rêveusement de haut « l'autre Grec ».

Nous sommes le 17 juin 1959. La deuxième représentation de *Médée* a lieu le 22 juin. Maria dispose donc d'un peu de temps libre, qu'elle utilise – c'est ce qu'elle dit à Battista – pour faire du shopping et répéter avec le chef d'orchestre. En réalité, Onassis s'est organisé pour lui donner rendez-vous à plusieurs reprises dans une élégante maison d'Eaton Square. Il revient à la charge à propos de la croisière en Méditerranée. Maria hésite encore. L'attitude de Battista est difficilement compréhensible. Il ne peut avoir ignoré ce qui se passait entre sa femme et Onassis. Et pourtant, il tient toujours à accepter l'invitation et la presse de le faire. Peut-être que tout en comprenant leur attirance mutuelle, il reste persuadé que Maria lui restera fidèle et voit dans le puissant Grec un futur allié de choix, en termes mondains et professionnels.

Les Meneghini rentrent à Milan le 30 juin, après la dernière représentation de *Médée*, puis repartent pour Amsterdam le 11 juillet, où Maria doit donner un concert. Trois jours plus tard, elle se produit au Théâtre de la Monnaie à Bruxelles. Libre jusqu'à la mi-septembre, elle n'a plus aucun motif de refuser la croisière et le 22 juillet, s'abandonnant à ses sentiments sincères, elle prend l'avion pour Nice avec Battista. Une des limousines d'Onassis vient les chercher à l'aéroport et les conduit au *Christina*, ancré dans le port de Monte-Carlo.

Maria se tient sur le pont du magnifique yacht d'Aristote Onassis. Elle porte d'épaisses lunettes noires correctrices qui cachent ses yeux et la moitié de son visage. Malgré l'heure tardive, les lumières encerclant le port de Monte-Carlo sont éblouissantes et accentuent son problème de myopie. Elle suit du regard le prince Rainier et la princesse Grace qui, après avoir dîné à bord du yacht, descendent la passerelle de l'embarcation blanche géante et parcourent les quelques pas les séparant de leur limousine armoriée. Ils se tournent en atteignant le véhicule pour adresser un signe à leur hôte qui leur répond du haut de la passerelle. Tout le monde sait, y compris Maria qui ne s'intéresse que fort peu à ce qui ne tourne pas autour du monde de l'opéra, qu'Onassis et le prince de la minuscule principauté sont à couteaux tirés. Comme les intérêts d'Onassis lui donnent à présent le contrôle du casino, des propriétés immobilières et des hôtels de Monte-Carlo, Rainier doit supporter celui qu'il appelle « le Grec » en privé. Onassis est son ennemi. Il est aussi un pouvoir qu'il doit cultiver, s'il veut le renverser. C'est en tout cas ce qu'ont préconisé ses conseillers.

Dès que la limousine s'éloigne, les moteurs du yacht sont mis en marche. Les eaux illuminées du port tourbillonnent sous la proue du *Christina* qui met le cap sur la haute mer où il croisera pendant trois semaines dans les eaux chaudes des mers Méditerranée et Égée.

Par la touffeur de cette nuit d'été, la brise créée par le mouvement du navire est des plus agréables. Onassis traverse le pont pour rejoindre Maria. Battista, sujet au mal de mer, est descendu dans leur cabine tout de suite après le départ des souverains monégasques, afin de prendre un médicament. Il écrira par la suite qu'il ignorait que Maria et Aristote étaient amants avant cette croisière. On dit souvent qu'un mari ou sa femme sont les derniers à apprendre l'infidélité de leur conjoint. Si Battista ne ment pas, c'est donc le cas, alors que presque tous les passagers du *Christina* sont déjà au courant et se demandent ce que le voyage leur réserve : querelles orageuses suscitées par la jalousie ou calme précédant la tempête.

D'après tous les récits fondés sur les témoignages de leurs intimes, ils sont devenus amants à Londres, dans la maison d'Eaton Square. Lorsque Maria a quitté la capitale britannique pour Amsterdam, elle a dit à Peter Diamand, qui s'occupait de ses engagements en Hollande et à Bruxelles : « Gardez mon argent jusqu'à ce que je vous donne des nouvelles. Il va y avoir de grands changements dans ma vie au cours des prochains mois. Je le sens de tout mon être. Vous entendrez beaucoup de choses... S'il vous plaît, restez mon ami. »

On trouve dans les mémoires d'Ingeborg Dedichen une description de son aventure avec Onassis qui nous éclaire sans doute sur l'intimité de l'armateur et de Maria à Londres : « Nous nous dévêtions pour dormir nus, l'un à côté de l'autre... Ari posait deux doigts sur mon épaule et caressait doucement mon dos. Vaincue par son magnétisme, j'éprouvais des picotements dans tout le corps et me pressais contre lui pendant qu'il continuait à me caresser. Ce simple contact me procurait le plus grand des plaisirs et il pouvait le prolonger à l'infini. Pour finir, incapables de résister plus longtemps, nos corps assoiffés l'un de l'autre, nous nous laissions emporter dans le tourbillon de l'amour qui nous unissait...

« Aucun de mes deux maris n'avait une peau aussi douce à caresser que celle d'Ari. Et aucun ne me bouleversait autant physiquement... Souvent, au cours de nos rites amoureux, il me léchait entre les orteils avec minutie, comme un chat qui fait sa toilette. Il embrassait chaque parcelle de mon corps et me couvrait de baisers avant de se consacrer aux pieds qu'il adorait. »

À lire Dedichen, il ne fait pas de doute qu'Onassis savait donner du plaisir à une femme. Si l'on pense aux nombreuses années dénuées d'érotisme que Maria a passées en compagnie de Battista, on comprend sans mal qu'elle ait été fascinée et séduite par un tel homme, d'autant qu'il était en mesure de lui offrir tous les biens matériels qu'elle convoitait.

Après s'être un peu attardés sur le pont, Maria et Onassis rejoignent les autres passagers dans le grand salon du *Christina*, où Aristote a reçu somptueusement des membres de familles royales, de l'avis même du chah d'Iran et de nombreux princes saoudiens. Le navire comprend soixante membres d'équipage – dont des valets, femmes de chambre, barmen, esthéticiennes, masseurs, un chef grec et un chef français – qui, en dehors des réceptions données lorsque le yacht est à l'ancre, s'occupent rarement de plus de quatorze passagers. De superbes œuvres d'art se mêlent à d'autres d'une grande vulgarité. La suite d'Onassis, qui comprend un bureau, deux salons, une chambre, deux dressings et une salle de bains, est située sur le pont supérieur. Dans le bureau est accrochée une Madone à l'enfant du Greco. Sur le dessus de marbre d'une table de la bibliothèque trône un Bouddha de jade ancien serti de diamants et de rubis dont il n'existe qu'un seul équivalent au monde, propriété de la reine Élisabeth II. Les murs et les portes de la garde-robe de son dressing sont lambrissés de miroirs vénitiens. Du marbre brun de Sienne a été choisi pour la salle de bains.

Le salon de la suite des enfants (Alexandre a onze ans et Christina neuf) est décoré de peintures murales signées Ludwig Benelmans. Des fresques allégoriques de Marcel Vertès ornent les murs de la salle à manger. On y voit Tina en jupette faire du patin à glace, les enfants pique-niquer sur une pelouse. La salle de jeux comprend des balustrades et un manteau de cheminée en lapis-lazuli. Les tabourets du bar où se réunissent les invités avant le dîner sont tendus de cuir de prépuce de baleine blanche, détail qui a permis à Onassis de dire un jour à Greta Garbo : « Madame, vous êtes assise sur le plus gros pénis du monde. » La mosaïque ornant le fond de la piscine modulable est une réplique de celle du palais de Knossos. Une fois remonté, le fond se transforme en piste de danse. Le bateau dispose de quarante-deux téléphones et d'autant de lignes privées, d'un système de télex, d'un équipement d'air climatisé, d'un radar, d'une salle de cinéma et d'un théâtre ainsi que d'un gymnase avec sauna et d'une bibliothèque contenant plus de trois mille livres classiques et rares.

Les neuf suites destinées aux invités comportent toutes des salles de bains de marbre blanc équipées de robinetteries en or massif. Chaque suite comprend un salon, une chambre, un dressing et une salle de bains avec deux baignoires. Toutes portent le nom d'une île grecque. Maria et Battista occupent la plus vaste, « Ithaque », réservée en général à Greta Garbo. Par respect pour Churchill, Onassis lui a cédé sa propre suite, la royale « Chios ». Il en occupe une plus proche de Maria, séparée de celle de Tina. On a attribué « Crète » aux deux infirmiers – et gardes du corps – de Churchill, d'où ils peuvent accéder directement à Chios.

Lorsque Maria et Onassis pénètrent dans le grand salon, Churchill, installé dans un fauteuil roulant d'une taille démesurée, trône au centre de la pièce recouverte de tapis persans et dans laquelle se trouve un piano de concert Bösendorfer. Pratiquement invalide, obèse, le grand homme est entouré des autres passagers : lady Churchill, leur fille Diana Sandys, son secrétaire Anthony Montague Brown, son médecin lord Moran, la sœur d'Onassis, Artémis, et son époux le Dr Théodore Garofallides, sans oublier Tina. Tout en sirotant le brandy centenaire de son hôte, Churchill écoute leur conversation animée, les yeux mi-clos. L'homme qui demeure le plus célèbre Premier ministre de Grande-Bretagne, bien que malade et incontinent, adore l'air marin et les attentions de son hôte qui le considère comme un héros de stature mythique. Le grand âge de Churchill n'a pas altéré sa faculté d'analyse des relations humaines. Il savoure les courants de jalousie et d'intrigues qui comptent pour beaucoup dans l'excitation des croisières sur le *Christina*. Cette fois cependant, tout se joue ouvertement. Dès la fin de cette première journée à bord du yacht qui se dirige vers la mer Égée, Onassis et Maria marchent sur le pont main dans la main, ou il l'enlace par la taille. Lorsqu'elle ne se retire pas dans sa suite, Tina reste auprès de sa belle-sœur ou de lady Churchill. Battista, malgré toutes ses précautions et une mer d'huile, doit s'aliter à cause de ses nausées.

Et Maria ? Elle n'a jamais été aussi radieuse. « Pour une fois, confie-t-elle à Anthony Montague Brown, j'ai la sensation d'être une femme. »

17

Une croisière inoubliable

Par ces belles journées d'été, le *Christina* croise paresseusement dans les eaux bleues légendaires de la Méditerranée. Si des tensions circulent entre les passagers durant ces premiers jours de croisière, elles sont bien dissimulées. Tina bavarde joyeusement, sans paraître se formaliser des attentions de son mari à l'égard de Maria. Lorsque son état lui permet de quitter temporairement sa cabine, Battista est trop impressionné par sir Winston pour faire autre chose que prendre un siège et écouter en silence le vénérable homme d'État au milieu de sa cour.

Maria reste assise près d'Aristote, tandis qu'il parle « politique, histoire, affaires humaines et nature humaine » avec Churchill. Leurs jambes se frôlent souvent. Elle semble étonnament détendue, malgré la proximité de son hôtesse et des deux enfants de son amant. Aristote a pour sa part dû supporter le jeune amant de Tina, Renaldito Herrera, lors d'une récente croisière. Tina, qui tient à protéger ses enfants, s'est néanmoins toujours montrée beaucoup plus discrète que son mari ne l'est à présent.

Tina et Aristote sont beaucoup trop centrés sur leurs propres activités pour qu'on puisse les qualifier de bons parents. Ravissante et roulant sur l'or, Tina est extrêmement sûre d'elle. Dans le fond, c'est une femme d'une nature assez lascive, qui se plaît à jouer de son emprise sur les hommes. Aristote est le premier à admettre que la distance qui s'est installée entre eux est à mettre à son propre compte. Il a confié à Costa Gratsos que faire l'amour à sa femme provoque en lui un blocage psychologique depuis la naissance d'Alexandre, onze ans plus tôt. Il a consulté à ce sujet. Lorsque Tina est retombée enceinte deux ans plus tard, il lui a suggéré d'avorter, mais elle a refusé par conviction religieuse.

Christina et Alexandre sont tous les deux en âge de comprendre ce qui se passe entre leur père et Maria. Un participant à la croisière évoque la présence « vigilante, un peu alarmante » de Christina, qui n'a hérité ni de la beauté de sa mère, ni du charisme de son père. Solidement bâtie, avec des traits qui paraissent trop larges pour son visage étroit, elle ne possède pas le charme prépubère qu'ont souvent les petites filles. Cet invité raconte : « On ne se rendait pas compte de sa présence. Et subitement, on la remarquait assise à l'écart, buvant de ses yeux songeurs tout ce qui se passait. Dieu sait que Tina n'avait rien de maternel. Ses enfants ne faisaient pas sa fierté. Elle se contentait de les supporter et de s'en occuper convenablement. Tous deux recherchaient avidement l'attention de leur père. Et je dois admettre qu'Aristote leur consacrait souvent davantage de temps que Tina. Christina n'était pas une jolie fillette, mais il lui disait qu'elle l'était. “Tu es vraiment ravissante ce matin”, lui déclarait-il en l'étreignant, le visage radieux. De son côté, Tina s'abstenait de la moindre démonstration d'affection, en public tout au moins. Alexandre était un enfant bavard, aux traits plus fins que ceux de sa sœur. Il répugnait toujours à s'éloigner des adultes et, bien entendu, de son père. »

Christina dira plus tard que cette croisière, qui a fait entrer Maria dans leurs vies, a marqué la fin de leur enfance. Tous deux sont habitués à être trimbalés d'une maison à une autre, d'un pays à un autre. En dehors de ces croisières, ils voient rarement leurs parents ensemble. Le yacht est un point fixe de leur existence et la fillette, timide, refermée sur elle-même, qui se sent gauche à côté de sa mère si belle, sait d'instinct que cette inconnue théâtrale, dont leur père paraît tellement épris, met en péril cet îlot de stabilité. Christina n'est pas une enfant heureuse. Irrémédiablement, elle évoque le cliché de la « pauvre petite fille riche ».

De son côté, Maria est insensible à tout, hormis ses propres émotions. Elle dira qu'elle était décidée à ce que rien ni personne ne gâche le bonheur que lui apportait son amour pour Onassis et les sentiments ardents qu'il semblait nourrir à son égard, entendant sans doute par là une intervention de Tina ou de Battista. Elle ne semble pas avoir conscience du mal susceptible d'être causé aux deux enfants, dont sa conduite va à jamais marquer l'existence.

À bord du *Christina*, toutes les activités tournent autour des plaisirs et de l'emploi du temps rigide de Churchill. L'ancien Premier ministre, poussé dans son fauteuil roulant par ses deux infirmiers qui vont jusqu'à le porter lorsque cela se révèle nécessaire, a inspecté le yacht de fond en comble avant qu'il ne prenne la mer. Il a ensuite informé son hôte que le *Christina* était en état de naviguer. Churchill étant un adepte de la ponctualité, les repas sont servis à heure fixe. Chaque matin sur le coup de 9 heures, le valet d'Onassis, Louis, lui apporte un jus d'orange frais et un café au lit. Vingt minutes plus tard exactement arrive un autre plateau, contenant un grand bol de céréales, une grande jarre de crème épaisse et un toast bien grillé, suivi, vingt minutes après, par un troisième plateau avec une carafe pleine de son brandy favori. Après avoir bu cet alcool, il est prêt à commencer sa journée. En général, cela consiste à dicter du courrier et à rattraper ses lectures. À midi pile, il se présente pour le déjeuner. Si le temps est clément, on le transporte sur le pont.

Tous les deux jours, le *Christina* mouille dans un port et ceux qui en ont envie descendent à terre. Maria, vêtue de l'une des riantes robes à fleurs qu'elle a emportées dans ses bagages, ne manque jamais de le faire. Onassis se joint à elle, souvent accompagné de Tina et des autres invités, à l'exception de Battista qui prétend que les seuls moments où il apprécie la croisière sont ceux où le navire est à l'ancre. Le dîner est servi tous les soirs à 20 h 15 précises, conformément à l'ordre de Sir Winston. Churchill adore parier et on joue au *chemin de fer** et au poker après le dîner et lorsque le temps est nuageux. Sinon, un film est projeté, suivi d'un buffet somptueux, et la soirée se termine souvent par des « chansons de marins plutôt paillardes », interprétées par un Churchill à la voix éraillée par le brandy.

Onassis et Churchill ne se connaissent que depuis deux ans. Sir Winston, qui aime bien mener une vie luxueuse aux frais des autres, apprécie en Onassis l'hôte généreux et l'homme fascinant et intelligent, qui ne craint pas d'affirmer ses opinions haut et fort. Sa santé déclinante a poussé le vieillard à passer beaucoup de temps à Monte-Carlo pour échapper aux hivers britanniques humides et froids, et Onassis a mis à sa disposition le magnifique duplex, tout récent, de l'Hôtel de Paris.

Les Churchill ont déjà effectué plusieurs croisières à bord du *Christina*, souvent accompagnés de membres de leur famille et de leur personnel, et *toujours* du canari bien-aimé de sir Winston, Toby. Churchill apprécie les jolies femmes et aucune croisière sur le yacht n'est complète sans la présence d'une beauté célèbre et scandaleuse, le plus souvent maîtresse en titre d'Onassis. L'ambiance de compétition sexuelle ne gêne pas les Churchill, qui la trouvent « aussi revigorante que l'air marin ». Sir Winston a été un témoin proche de l'histoire d'amour entre Édouard VIII et Wallis Simpson, et l'un de leurs principaux conseillers. Le vieillard est rusé, terre à terre et sage. Il écoute sa femme, la belle et intelligente Clémentine, fine observatrice et interprète des petits travers humains, qui est sans doute sa meilleure amie.

Onassis et Churchill aiment bien également jouer aux portraits chinois.

« Si vous étiez un animal, lequel seriez-vous ? demande Aristote.

— Un tigre, grogne sir Winston. Et vous, Aristote ?

— Votre canari, Toby.

— Pourquoi ? s'étonne le vieil homme.

— Parce que je soupçonne Toby, votre compagnon silencieux qui ne vous quitte jamais, de connaître les réponses à certains des secrets les plus convoités du monde.

Churchill n'a pas failli à la règle et Toby est du voyage. L'après-midi, la cage du volatile est transportée de la chambre du vieil homme sur le pont. Toby prend le soleil sous l'œil vigilant de son propriétaire. « Chaque meurtrier possède un canari qu'il traite gentiment, dit Churchill à Onassis. Le Danemark était le canari d'Hitler. »

Toby fait remonter à la mémoire de Maria le souvenir des canaris qui signifiaient tant pour elle pendant l'époque désolée de la guerre. Sir Winston prête attention aux histoires qu'elle lui raconte, en particulier à celles à propos des soldats britanniques que les Grecs ont aidés à se cacher. Pour sa part, il se plaît surtout à évoquer « les bons vieux jours, la guerre des Boers, bien sûr, la Première Guerre mondiale… ». Il parle aussi de la Seconde, et lorsque la conversation touche à la Russie, il a toujours une anecdote amusante à propos de Staline. Il raconte que « de toutes les personnes auxquelles il a eu affaire pendant la guerre, Staline est le seul à ne pas avoir rompu une seule promesse ».

Le 25 juillet, trois jours après avoir pris la mer, le *Christina* pénètre dans le port de Capri. Battista, toujours mal en point, tente de persuader Maria de rentrer avec lui à Milan, mais elle refuse et parvient à le convaincre que ses nausées vont bientôt disparaître. Puis elle le laisse sur le yacht pour se joindre aux autres et passer la journée sur l'île mythique où la terre, la mer et le ciel rivalisent de couleurs somptueuses, avec ses falaises blanches plongeant dans la mer scintillante et ses couchers de soleil flamboyants. Ils déjeunent dans un petit restaurant au bord de l'eau, que sillonnent à l'horizon des bateaux de pêche. La bonne humeur règne, mais il est impossible de ne pas remarquer le lien qui s'est noué entre Maria et Aristote et la manière détachée dont Tina l'accepte. Gracie Fields, grande actrice britannique de music-hall et de cinéma, vient dîner à bord du yacht pour y passer une soirée pleine de musique, durant laquelle elle interprète plusieurs de ses chansons célèbres de l'époque de la guerre. Elle convainc Maria de chanter en chœur avec elle.

Le lendemain, quand tous montent sur le pont pour admirer le volcan Stromboli fumant, Battista garde la chambre. Il ne la quitte pas non plus lorsque le yacht s'engage dans le golfe de Corinthe en direction de Delphes. On n'a plus à lui dire que Maria et leur hôte ont entamé une liaison, mais Tina vient quand même lui faire le compte rendu de la situation. Il lui répond qu'ils n'ont ni l'un ni l'autre à s'inquiéter, que Maria et Aristote ne sont « que deux Grecs qui flirtent légèrement ». Mais chaque fois que Maria regagne leur suite, on les entend se quereller bruyamment. La voix de Battista l'emporte et Maria ressort. À la fin de la première semaine, elle ne passe plus que de rares moments avec son mari et on la voit entrer tard le soir dans la suite d'Onassis pour n'en ressortir que le lendemain matin.

Maria savoure leurs journées en mer. Elle se dore au soleil, nage dans les premiers bikinis qu'elle ait jamais portés, joue aux palets et, lorsqu'ils jettent l'ancre, admire l'aisance d'Onassis sur ses skis nautiques, sans oser se joindre à lui. Elle plaisante et fait sa coquette, y compris lors des rares occasions où Battista montre le bout de son nez sur le pont. Battista a paru choqué la première fois qu'il a vu le torse poilu d'Onassis. Maria, pour sa part, trouve ce système pileux très viril. En privé, Battista le traite de « gorille ». Autre sujet de querelle entre eux.

Le navire emprunte l'isthme de Corinthe et mouille à Épidaure où Battista se joint enfin aux autres pour la visite du théâtre antique. Maria, enthousiasmée par le cadre et l'acoustique naturelle exceptionnelle, se plante au centre de la scène et entonne « Col sorriso » de la scène finale du *Pirate*, en présence de touristes, d'abord médusés, qui l'applaudissent ensuite à tout rompre pour qu'elle continue. Elle se contente de les saluer, de leur faire un signe de la main et de se retourner.

Lorsqu'ils atteignent le golfe Saronique au sud d'Athènes, le Premier ministre Caramanlis et sa femme viennent dîner à bord. C'est la seule soirée où Maria se tient un peu à l'écart d'Onassis et où un Battista pratiquement muet se joint à eux, l'air sinistre. Il n'est évidemment pas facile pour lui de participer à une conversation qui se tient pour sa plus grande partie en anglais, par respect pour Churchill et parce que tous les autres passagers le parlent couramment.

Maria prend grand plaisir à étirer les membres sur sa chaise longue, pendant qu'Aristote oint familièrement de lotion solaire ses épaules, son dos, ses bras et ses jambes. Sa peau prend rapidement une jolie teinte de bronze. « La tension était montée à un tel degré que nous étions persuadés que Tina ou Meneghini, ou Meneghini et Callas quitteraient le bateau quand nous arriverions à Izmir (la Smyrne de l'enfance d'Onassis), se souvient un passager. On avait l'impression qu'Onassis avait pris une décision, humiliante pour Tina et Meneghini, qui avait un regard meurtrier... Les Churchill semblaient rester au-dessus de la mêlée... »

Pendant la visite d'Izmir, Onassis leur parle de la ville où il a échappé de peu à la mort et laissé son père mourir, contraint qu'il se sentait de tout faire pour mettre les femmes de sa famille à l'abri. Après le dîner à bord du yacht, un film est projeté, mais Onassis décide d'emmener Maria faire une autre visite « privée » d'Izmir. Alors qu'ils s'apprêtent à descendre à terre, Battista se montre sur le pont. Dans un geste totalement étranger à son caractère, il annonce qu'il va les accompagner. Il ne leur reste plus qu'à effectuer cette visite nocturne à trois.

C'est donc un bien étrange trio qui déambule dans le « vieux quartier chaud ». Tandis qu'Onassis leur « raconte des histoires de ses nuits dans de grands lits d'étain des bordels de Demiri Yolu », ils s'arrêtent en chemin dans des tavernes. « Il *[Onassis]* s'est enivré, écrit Meneghini dans ses mémoires. Nous avons passé la nuit en compagnie de trafiquants, de prostituées et de personnages louches du même acabit... Nous ne sommes remontés à bord du *Christina* qu'à 5 heures du matin... Il était tellement ivre qu'il ne pouvait pas se tenir debout... » Un passager confirme qu'Onassis puait l'alcool mais que Battista avait de tels haut-le-cœur que Maria fut obligée de réveiller le Dr Garofallidès pour qu'il lui administre un médicament et un somnifère. S'il faut en croire Meneghini, les deux hommes, au cours de cette soirée bizarre, n'ont pas évoqué une seule fois la situation dans laquelle ils sont embourbés.

Par une mer d'huile et une journée dorée, le *Christina* jette l'ancre le 6 août dans le golfe du Bosphore, près de la ville d'Istanbul dont les mosquées chatoient au loin comme des dunes de sable brillantes. Cet après-midi-là, c'est le patriarche Athenagoras, chef de l'Église orthodoxe grecque, qui monte à bord. Il bénit Onassis et Maria, « agenouillés côte à côte sur le pont verni ». Il les appelle « la plus grande chanteuse du monde et le plus célèbre marin du monde moderne, un Ulysse contemporain » et les remercie des honneurs qu'ils ont « apportés à la Grèce ». Le patriarche ne semble pas tenir compte du fait qu'il bénit des amants défiant le code moral de sa religion. Lorsqu'il se joint ensuite à eux pour le repas, une scène éprouvante éclate. La sœur d'Onassis ne peut contenir la fureur que lui inspire la « liturgie du pont », qui ressemble trop à ses yeux à une bénédiction nuptiale. Elle fait des remarques bien senties sur « l'hypocrisie des adultères qui prétendent être fidèles à l'Église ».

Onassis se fait excuser quelques instants. Il revient avec un papier plié qu'il tend à sa sœur. Artémis se lève en chancelant, lance un regard de défi à son frère et de mépris à Maria, prie le patriarche de l'excuser et quitte la table. Sir Winston lui-même n'en mène pas large. Battista écrit : « Cette nuit-là, Maria a refusé de venir se coucher... Tu peux faire ce que tu veux, je reste ici *[avec Onassis]* ».

À l'aube du 12 août, quelques heures avant que le bateau n'arrive à Monte-Carlo, où tout le monde va débarquer à l'exception d'Onassis et de sa famille, Tina, incapable de trouver le sommeil, descend au salon et trouve son mari et Maria en train de faire l'amour sur l'un des canapés. Ni l'un ni l'autre ne la voient.

Tina a déjà surpris son mari dans les bras d'une autre femme. Mais cette fois, la coupe déborde. Elle va directement frapper à la porte de Battista. Il lui ouvre et elle entre en trombe pour lui raconter la scène dont elle vient d'être témoin. « J'ai lu sur son visage qu'il avait dépassé le stade où il y ferait quelque chose », dira-t-elle plus tard. Battista, pour sa part, raconte qu'il l'a rassurée en lui disant qu'il ne s'agissait que d'une amourette de vacances et que Maria ne le quitterait jamais.

« Il vous l'a volée, Battista, aurait soutenu d'après lui Tina. Elle apprendra bien assez vite le genre d'homme qu'il est : un ivrogne brutal ! » Tina nie ces propos. « Ari n'a jamais porté la main sur une femme, j'en suis convaincue. Sa brutalité était beaucoup plus violente. Il pouvait détruire une femme par son mépris. C'est comme cela qu'il a brutalisé toutes ses maîtresses. Il les submergeait de cadeaux avant de les jeter comme les boîtes dans lesquelles ils avaient été livrés. »

Battista attend Maria, qui ne le rejoint qu'au matin. Il lui rapporte alors que Tina les a surpris en train de faire l'amour « comme des bêtes ». « Comment as-tu pu faire une chose pareille, Maria ? lui demande-t-il.

— Je l'aime », répond-elle simplement.

« J'ai cru que j'allais fondre en larmes. On aurait dit qu'un feu les dévorait tous les deux », écrit Battista. Les paparazzi, qui ont eu vent de la liaison par des habitants d'Izmir, les attendent sur le quai à Monaco. Maria et Battista descendent ensemble du yacht. Il lui serre étroitement la main, ignorant que le bracelet qu'elle porte au poignet est un cadeau d'Onassis, commandé dans un port et livré dans un autre. C'est le premier bijou que son amant lui a offert et elle est heureuse que cet anneau d'or gravé aux initiales TMWL (To Maria With Love) n'ait rien de criard mais ressemble davantage à un témoignage intime d'amour. Elle ignore que peu après leur mariage, Aristote a offert le même bracelet à Tina, portant les initiales TILY (Tina I Love You).

Maria et Battista montent à bord d'une voiture qui les conduit rapidement à l'aéroport de Nice. Les autres passagers quittent le yacht après eux. Onassis descend à terre un peu plus tard. Tina et les enfants restent à bord pour aller à Venise.

Les Meneghini rentrent à Milan. Battista se rend ensuite à Sirmione à la demande (selon lui) de Maria, pour lui permettre d'essayer « d'oublier ce qui s'est passé pendant la croisière ». Mais, dès le lendemain, Onassis emprunte le Piaggio, son avion privé, pour venir voir Maria à Milan. Il s'est montré plus malin que les paparazzi, qui se sont dit que c'était le dernier endroit où il se rendrait et qui l'attendent à Venise. Le retour au bercail de sa femme repentie n'est plus qu'un fantasme de Battista.

Maria intime à ce dernier de revenir de Sirmione. Ce soir-là, une confrontation a lieu entre les deux hommes. Onassis, qui est retourné dans la journée à Monte-Carlo pour ses affaires, revient à Milan et emprunte une discrète Fiat pour se rendre chez les Meneghini par une route peu fréquentée. Il se gare dans la cour du bâtiment, entre par la porte de service et monte au dernier étage où se situe leur duplex. Il est plus de 22 heures. Pendant plusieurs heures, ils vont débattre de leur situation de façon, selon Battista, « plutôt civile ».

« Nous sommes très amoureux, lui annonce Maria, assise dans un fauteuil sur le bras duquel est installé Onassis, qui lui tient la main. Nous ne voulons pas de scandale, mais je ne peux pas continuer à être ta femme. »

Battista étant le seul à avoir noté cette conversation et ayant tendance à colorer la vérité à son goût, on a du mal à définir jusqu'à quel point elle a été « civile ». Mais ils savaient sans doute tous les trois qu'ils avaient intérêt à faire tout leur possible pour parvenir à un accord à l'amiable. Onassis n'envisage pas pour l'instant de divorcer. Il pense à ses enfants et tient à les préserver. Par ailleurs, ils s'entendent sur le fait qu'il faut protéger la carrière de Maria dans la mesure du possible. Ils abordent aussi la question de l'argent – celui que gagne Maria – et Battista tient à continuer à être son imprésario. Il ignore encore qu'elle a récemment pris des mesures pour que tous ses cachets soient versés sur un compte suisse à son nom, ouvert par Onassis.

Battista semble encore compter sur le fait qu'elle demeurera Signora Meneghini, même s'ils vivent séparés. « Le divorce n'existe pas en Italie ! ne cesse-t-il de répéter. Il n'existe pas. Ne l'oublie pas. » Il accepte cependant de ne plus vivre sous le même toit que Maria. *Pour l'instant*, précise-t-il, il résidera à Sirmione. En fait, cela l'arrange, car sa mère est souffrante, et la ville est plus proche de Vérone.

Onassis refuse de quitter l'appartement si Battista y passe la nuit. Il est plus de 2 heures du matin lorsque les deux hommes partent ensemble. Battista regagne Sirmione en voiture, tandis qu'Onassis se rend à l'aéroport privé où son avion attend de le ramener à Monaco. Maria reste seule avec son caniche et ses sentiments très mélangés. Elle ne croit pas à la modération de Battista. « C'est l'argent qui compte pour lui, confie-t-elle à Bruna. Il se battra jusqu'à la mort pour ne pas perdre sa vache à lait. »

Le lendemain soir, Onassis revient la voir et ils dînent en tête à tête. Au matin, ils se rendent ensemble à Sirmione, après avoir manifestement mis un plan au point. On ne peut cette fois qualifier de civile leur rencontre avec Battista. Onassis a beaucoup bu pendant ses voyages, si bien que le dîner est tendu et bizarre. Peu de propos sont échangés, et l'armateur est le seul à s'alimenter normalement. Puis Battista l'accuse de « puer l'alcool » et lui dit que Tina lui a confié que son mari était un « ivrogne brutal ».

« Battista, je te supplie de garder ta dignité », intervient Maria. Elle lui répète alors que tout est fini entre eux, qu'elle aime Onassis et qu'il n'y a rien à ajouter. Elle ne reprendra plus jamais leur vie commune.

« Tu oublies que tu m'appartiens, lance-t-il.

— Je n'appartiens qu'à moi ! » réplique Maria.

Battista pique une crise de rage. Ils s'insultent bruyamment. Il lui reproche son ingratitude et son immoralité. N'est-ce pas lui qui a été chercher la fille obèse, incertaine, avec une grande voix, *certes*, mais pas grand-chose d'autre, pour en faire une femme riche et célèbre ? Il la traite alors de putain. Onassis le saisit par le col de la chemise et l'envoie valser sur une chaise puis, le dominant de toute sa hauteur, il le met au défi de se battre contre lui. Si Battista avait accepté, l'affaire était entendue, car Onassis était beaucoup plus vigoureux que lui.

Quand l'armateur finit par s'écarter, Battista se relève. « Vous ne méritez même pas mon mépris, aurait-il dit à Onassis. Vous m'invitez sur votre yacht et vous me poignardez dans le dos. Quand vous vous fatiguerez de Maria, vous la jetterez au rebut, exactement comme votre charmante femme. » Puis il se tourne vers Maria : « Ne vois-tu pas à travers lui ? Tes émotions juvéniles t'aveuglent ? »

Maria essaie en vain de les calmer. Un peu plus tard, Onassis ne prend pas de gants pour demander à Battista : « Ne pensez-vous pas qu'elle mérite un vrai homme ? »

Battista semble vouloir assener un coup de poing à son rival, puis il se replie sur lui-même en un petit paquet de dignité blessée et le traite de maquereau, de menteur et de voleur.

« Quoi que je sois, je ne suis pas un salaud comme vous, réplique Onassis. Je suis aussi un milliardaire puissant, et plus vite vous vous le mettrez dans le crâne, mieux cela vaudra pour tout le monde. Je n'abandonnerai jamais Maria pour personne ni pour rien... *[donc]* vous voulez combien de millions pour lui rendre sa liberté ? Cinq ? Dix ?

— Hors d'ici[1] ! » prétend avoir répliqué Battista.

Maria affirme que, si Onassis part, elle partira avec lui. Chose dite, chose faite. Le lendemain, elle téléphone de Milan à Battista pour lui demander de lui rendre son passeport et son petit tableau fétiche de la Madone qu'elle apporte toujours dans sa loge avant les représentations. Il accepte, mais dès qu'elle lui dit qu'elle ne veut plus qu'il la représente, les hostilités commencent. Maria lui apprend alors qu'elle va confier l'affaire à ses avocats et demander une séparation légale.

---

1. Cette confrontation a été relatée dans les mémoires de Meneghini et dans des interviews données par Onassis. Callas en a également donné une version à des intimes. Les citations viennent des protagonistes eux-mêmes.

Durant les jours suivants, Onassis fait des allers-retours quotidiens entre Monaco et Milan. Maria et lui dînent ensemble et bâtissent des projets. Elle est convaincue d'avoir fait le bon choix. Ils sont follement amoureux. Onassis n'a pas été aussi détendu depuis des années. « Cette fois, c'est pour de bon », confie-t-il à Costa Gratsos. Maria le convainc qu'ils ne doivent pas se donner en pâture à la presse, car elle craint les conséquences d'un scandale sur ses futurs engagements, même si elle se moque désormais des problèmes que pourrait lui causer Battista. Le 31 août, elle accepte cependant de l'accompagner à Monte-Carlo dans son avion privé. Il lui a réservé une suite à l'Hôtel de Paris. Par miracle, la presse ignore sa présence. Deux jours plus tard, il la raccompagne à Milan, puis il se rend à Venise pour prévenir Tina que sa liaison sera bientôt de notoriété publique et l'assurer qu'il fera tout pour les protéger, elle et les enfants, et qu'il ne veut pas divorcer. Le lendemain, Tina lui ayant promis de garder le silence, il va à Turin où Maria s'est fait conduire pour éviter les journalistes, car Battista a publié une déclaration furieuse à propos de la « défection de sa femme ». Le couple s'envole pour Monaco. Quant à Tina, elle a quitté Venise avec les enfants pour le luxueux appartement parisien de ses parents, avenue Foch. « L'avion n'avait jamais autant volé depuis que M. Onassis l'avait acquis », racontera son pilote, Angelo Pirotti.

Le soir même, Maria et Onassis dînent à l'Hôtel de Paris, assiégé par les journalistes qui attendent de voir les célèbres amants adultères. Le 9 septembre la presse annonce la séparation légale des Meneghini et le fait que Battista a cessé d'être l'imprésario de Maria.

Maria ne peut pas dissimuler que cette situation la stresse. Elle doit chanter en concert à Bilbao le 17 septembre, puis remplir des engagements à Londres, Berlin, Kansas City et Dallas. Onassis décide qu'ils ont besoin de quelques jours d'intimité et donne l'ordre à l'équipage du *Christina* de se tenir prêt à lever l'ancre pour une croisière de cinq jours en mer Égée. Rien ne pouvait éveiller davantage la curiosité de la presse qui baptise le *Christina* « bateau de l'amour ».

Lorsque les hélicoptères le survolent, Maria et Aristote restent sur le pont inférieur. Le capitaine déniche des criques désertes où le navire peut se déplacer paresseusement et les amants s'étreindre sans témoins. Maria n'a jamais été si heureuse, elle connaît enfin le véritable amour et elle est persuadée que tous ses souhaits vont être exaucés.

Un barrage de reporters les accueille à leur retour à Monaco, où ils apprennent que Battista a fait plusieurs déclarations venimeuses, que Tina a emmené Alexandre et Christina à New York et qu'elle va demander le divorce. Onassis bout de colère. Il déclare à des amis : « Elle a kidnappé les enfants et elle demande une rançon de 20 millions de dollars. » Il ajoute que c'est elle, et non lui, qui veut le divorce.

« Il essayait de se justifier, évoque une vieille connaissance, en accusant Tina d'avoir des relations avec d'autres hommes. C'était dégoûtant. Je suis navré de le dire, mais en fait, je le soupçonne d'avoir cherché de la publicité. Tina lui avait apporté toute celle qu'il désirait, car on la photographiait partout *[en raison de sa beauté et de sa famille célèbre]*. Mais elle ne lui était plus utile… Onassis n'a jamais reconnu qu'il avait soif de publicité, mais c'était le cas. »

Maria fait la sourde oreille à toutes les remarques ou suggestions négatives le concernant. À ses yeux, les auteurs de ces réflexions ne peuvent connaître la vérité. Leur liaison amoureuse est historique. Jamais deux êtres ne se sont aimés davantage. Onassis a raison d'en vouloir à Tina qui a emmené les enfants que lui aussi aime tendrement. « Pour la première fois, je comprends ce que cela signifie d'être une femme, confie-t-elle à Bruna. Mon chant, ma carrière doivent passer après Aristote. »

Mais pas tout de suite, car elle a encore des concerts et une tournée américaine à honorer. Elle envisage cependant sérieusement de ne signer aucun contrat pour l'année suivante. L'argent n'a plus d'importance à ses yeux et le temps passé avec Onassis devient le premier objectif de sa nouvelle vie.

18
Une liaison historique

« Onassis et moi avons été emportés par ce tournant du destin contre lequel nous ne pouvons rien. Cette force nous dépasse », déclare Maria à Battista lors de leur dernière confrontation. Mais aucune déclaration publique n'a jusque-là souligné la profondeur de leur passion. *Oui*, son mariage s'est désagrégé. Elle est séparée légalement de son mari. M. Onassis est son « très cher ami » qui l'aide à traverser cette période pénible. C'est cela qu'elle affirme aux journalistes. L'armateur, assiégé par les paparazzi, finit de son côté par admettre qu'il emmène Mme Callas pour une brève croisière, « car elle vit un moment difficile et a besoin de se reposer ».

« Êtes-vous amoureux ? », hurle un reporter.

Onassis se retourne, enlève un instant ses fameuses lunettes pour dévisager l'homme et répond : « Bien sûr, je serais flatté si une femme de la classe de Maria Callas s'éprenait de moi. Qui ne le serait pas ? » Puis il entre dans l'immeuble abritant ses bureaux à Monaco. Quelques heures plus tard, Maria, lunettes noires, chignon sophistiqué, Toy au bout d'une laisse plaquée or, monte à bord du *Christina* où il l'attend déjà. Cette fois, ils partagent la suite principale.

Battista a regagné Milan où il s'emploie à emballer méthodiquement tous les objets auxquels il tient. « Il a subtilisé tous les objets de valeur, y compris plusieurs manteaux de fourrure de Maria qui allaient finir l'hiver sur le dos de sa mère et de ses belles-sœurs », rapporte un ancien employé des

Meneghini. Bruna, qui est restée à Milan, essaie de l'empêcher de fouiller dans les affaires personnelles de Maria et dans ses bijoux, mais Meneghini l'expulse de la chambre pour continuer à la piller. « En Italie, les biens d'une épouse appartiennent à son mari, et Signora Meneghini est encore ma femme et le sera toujours ! », déclare-t-il.

Incapable d'obtenir une déclaration des amants, les paparazzi se jettent sur Battista qui abandonne tout faux-semblant de civilité. « Onassis est aussi ambitieux qu'Hitler. Avec ses maudits millions, sa maudite croisière et son maudit yacht, il veut tout posséder ! Il veut utiliser le nom d'une grande artiste pour ajouter du vernis à ses pétroliers ! » Puis il ajoute : « Nous sommes comme les trois personnages d'un drame... Je ne peux pas pardonner à Onassis. C'est moi qui ai fait de Callas ce qu'elle est... Quand elle est entrée dans ma vie, elle était grosse, portait des vêtements grisâtres et ressemblait à une pauvre gitane réfugiée sans avenir. Non seulement j'ai réglé sa note d'hôtel mais je suis également devenu son garant pour lui permettre de rester en Italie. On peut difficilement me reprocher de l'avoir exploitée, comme on m'en accuse aujourd'hui *[dans la presse]*. Ne vous y trompez pas : quand il faudra séparer tous nos biens, y compris notre caniche, Maria obtiendra la tête et moi la queue ! »

La presse ne se range pas à ce point de vue. Elle n'a jamais apprécié l'homme, et quelle que soit la malséance de la liaison de sa femme avec Onassis, traite Maria avec davantage de sympathie que lui. Dans leur ensemble, les journalistes ne doutent pas un instant que Meneghini regrette moins sa femme que ses futurs gains.

Un de ses collaborateurs ajoute même : « à mon avis, il a regretté de ne pas avoir accepté l'argent qu'*[Onassis]* lui proposait, car après ses déclarations à la presse, il ne lui verserait plus un centime. Le monde de l'opéra le tenait pour responsable des problèmes qu'y rencontrait Maria. Aucune direction ne l'aimait. Et, à l'approche des soixante-dix ans, c'était un homme extrêmement désagréable et dénué de charme. Il ne pourrait plus jamais tirer les ficelles – s'il l'avait jamais fait – pour Maria. Il était fini et il le savait. Si Maria l'avait quitté pour un homme pauvre, il aurait eu la même réaction, et je suis sûr qu'il se serait également accroché à tout ce qu'elle avait gagné durant leur vie conjugale.

« Malgré l'aversion et l'irrespect que nous inspirait Meneghini, ceux d'entre nous qui éprouvaient une véritable affection pour Maria – et elle avait beaucoup de bons amis – avaient cependant l'impression qu'Onassis allait simplement l'aider à faire la coupure, la traiter un moment royalement puis passer, poussé par son ambition, à une femme plus jeune, plus célèbre peut-être, susceptible de lui ouvrir des portes qui lui restaient fermées. Nous n'étions pas des prophètes. Il suffisait de regarder son passé. Onassis utilisait les gens et s'en débarrassait quand ils ne lui servaient plus à rien. L'amour ? Une grande passion à son âge (cinquante-neuf ans) ? Douteux... Un jour, il l'abandonnerait comme il abandonnait Tina. Les amis de Maria le voyaient. Mais peut-on évoquer pareille chose avec une femme si follement éprise que l'était Maria ? Je ne pense pas ».

La croisière de l'amour s'interrompt le 16 septembre, avec l'entrée du *Christina* dans la baie du port de Glyfada près d'Athènes. Des chaloupes amènent les directeurs d'Olympic Airways à bord du yacht pour une réunion d'affaires urgente. Maria laisse Toy à la garde de l'équipage et prend un avion privé pour Bilbao où son concert a lieu le lendemain au Coliseo Albia. À sa descente de l'appareil, sous un soleil éblouissant, elle est assiégée par une meute hurlante de reporters et de photographes. Finalement, protégée par deux employés d'Onassis qui lui ouvrent un chemin à travers cette cohue, elle gagne une limousine. Mais au moment où l'automobile démarre, un homme muni d'un appareil photo saute sur le marchepied et vole un cliché d'elle, adossée craintivement à la banquette arrière en cuir.

Comme elle a manifestement l'esprit ailleurs, la première partie de son récital n'est franchement pas à l'image de son immense talent, et le public lui réserve un accueil très tiède. Pendant l'entracte, elle se plaint à Onassis au téléphone de l'accueil désagréable qu'on lui a réservé à sa descente d'avion. Il la calme et, dans la seconde partie du concert, elle chante superbement « Col sorisso » du *Pirate* et conquiert la salle. Elle dîne ensuite avec Nicola Rescigno, qui a dirigé ce concert comme il dirigera tous ceux de ses engagements de 1959.

Réconfortée, elle reprend l'avion le lendemain et rejoint le *Christina*. La croisière a été prolongée de quelques jours. Artémis et son mari se joignent aux amants, auxquels on a conseillé de ne pas voyager sans chaperons, car Battista pourrait les poursuivre pour immoralité.

On peut douter qu'Artémis, qui aimait bien Tina, ait jamais été conquise par Maria. Mais comme elle tient au bonheur de son frère et à continuer à bénéficier de sa générosité matérielle, elle fait des efforts. Les deux femmes passent de longues heures à bavarder durant la fin de la croisière. Le *Christina* rejoint Monte-Carlo le 22 septembre. Le jour même, Maria prend seule l'avion pour Londres où elle doit chanter au Royal Festival Hall le lendemain soir.

Les titres provocants de la presse à scandales britannique ne semblent que déchaîner son public. Il l'ovationne longuement à son entrée en scène et manifeste son enthousiasme pendant tout le concert. Elle interprète avec éclat, des couleurs vibrantes et une grande intensité dramatique « Una macchia », la scène de somnambulisme de lady Macbeth. John Ardoin observera que « cette lady Macbeth était proche d'une Médée ».

Quelques jours plus tard, Onassis la rejoint à Milan. Ils ne se soucient plus d'être photographiés ensemble. Le plus souvent, ils sont tous les deux radieux, Onassis la tient par le bras d'un geste protecteur ou ils sont penchés l'un vers l'autre par-dessus une table de restaurant, plongés dans une conversation intime. Elle l'appelle Aristote parce que Tina l'appelle Ari. Elle ne s'offusque pas qu'il la surnomme son « beau canari ». Malgré les déclarations amères et la conduite déplorable de Battista qui a fini de dépouiller leur appartement, elle respire le bonheur. Elle est amoureuse et ne peut le cacher. Elle écrit à Battista pour lui dire de garder ce qu'il a pris mais le prier de lui « rendre sa vie » et de lui offrir cette occasion d'être heureuse.

Battista reste intraitable. « Tu me paieras ce que tu m'as fait jusqu'au restant de tes jours. Tu ne connaîtras jamais le bonheur. J'ai pitié de toi, car vous me revaudrez cela tous les deux en enfer. »

Dans un récent livre à scandale évoquant la liaison d'Aristote et de Maria, Nicholas Gage prétend que Maria aurait eu un fils d'Onassis, qui n'aurait vécu que quelques heures. Allégation tout au mieux suspecte. Gage prétend que cet enfant aurait été conçu pendant la croisière sur le *Christina* en 1959 et affirme que le couple aurait décidé de garder cette grossesse secrète jusqu'à son terme. Hypothèse des plus rocambolesques. Il suffit de se référer à l'époque dont parle Gage pour douter fortement que les amants aient envisagé d'adopter une attitude si dangereuse, susceptible de détruire leur réputation, des dizaines d'années avant que la société n'accepte les enfants illégitimes. Leur aventure n'a que quelques mois. Tous les deux sont encore mariés. Battista se refuse au divorce, interdit par sa religion. Onassis a clairement fait comprendre à Maria qu'il ne voulait plus d'enfants. Leur liaison passionnée ne l'empêche pas de rester un homme prudent. « Je ne prendrai jamais le risque d'être poursuivi en paternité, a-t-il dit à Costa Gratsos. J'ai deux enfants et j'en resterai là. » Personne n'est évidemment à l'abri d'un accident. Mais vu les problèmes de santé de Maria, son incapacité de procréer durant les années heureuses de son mariage et le diagnostic médical selon lequel la position de son utérus et les problèmes qui en découlent l'empêchent de mener une grossesse sans danger pour elle-même et pour le fœtus, on voit mal comment elle aurait pu attendre un enfant sans se faire suivre par un gynécologue. Quant à Onassis, ayant souffert d'un blocage sexuel avec la mère de ses enfants, il ne peut avoir souhaité cette grossesse.

En fait, elle retourne à Londres le 1er octobre afin d'enregistrer un concert télévisé qui sera diffusé le 7 octobre. À partir de là, elle voyage beaucoup, donnant un concert à

Berlin le 23 octobre, d'où elle s'envole le lendemain pour l'Amérique, où elle va chanter à Kansas City et à Dallas. Onassis reste à Monaco, où le prince Rainier a récemment suspendu la constitution, dissous le conseil national et abrogé les droits de rassemblement politique et de manifestation – un véritable *coup d'État** – pour rappeler à ses sujets qu'il est un monarque absolu héréditaire de droit divin. Fort de son pouvoir, le prince fonde la Société de développement de Monaco et accorde un statut exonéré d'impôts à des centaines d'entreprises étrangères et d'investisseurs. Ses décisions suscitent la colère du général de Gaulle et du gouvernement français qui ne veulent pas d'un État à leur porte où on ne paie pas d'impôts, car les citoyens français pourront facilement y établir leur résidence. Le 3 octobre, le général de Gaulle a fait savoir au prince Rainier que, s'il ne supprimait pas ou ne modifiait pas en grande partie son décret dans les six mois, il abrogerait l'accord vieux d'un siècle garantissant les relations cordiales entre les deux pays. Les intérêts financiers colossaux d'Onassis à Monaco sont en péril et, malgré la grande aversion qu'il éprouve à l'égard de Rainier, il sait qu'il doit contribuer à l'amélioration des relations entre la France et Monaco.

Ces circonstances marquent le début de la fin des relations tendues entre Onassis et Rainier. Le prince fait une question de principe et d'urgence d'obliger « le Grec » à vendre ses parts de la SBM, afin que la majeure partie des biens immobiliers de Monaco passe sous le contrôle du Palais. Les quatre années suivantes vont se transformer en une épreuve de force épique qui verra le prince Rainier de Monaco se muer en rival pour Maria, dans la mesure où il occupe une grande partie des pensées d'Onassis.

Lors du concert du 28 octobre au Loew's Midland Theatre de Kansas City, Maria est en voix et son « Regnava nel silenzio » de *Lucia de Lammermoor* est applaudi frénétiquement. Pour la réception de gala qui suit, elle est radieuse dans une robe de mousseline rouge à la taille de guêpe. Elle voyage en compagnie de Nicola Rescigno. Le 29, ils prennent ensemble l'avion pour Dallas, afin d'entamer les répétions de *Lucia* qu'ils donneront les 6 et 8 novembre avec le Civic Opera au State Fair Music Hall. « Elle souffrait d'une infection des sinus, dira Rescigno, qu'elle attribuait au voyage en avion, car ce n'était pas la première fois que cela lui arrivait. » On lui donne des remèdes pour se soigner. Dès son entrée en scène, Maria réalise qu'elle est mal partie. Elle a plusieurs défaillances vocales, sa voix semble s'évanouir. Dans la scène de la folie, elle rate les cruciaux contre-*mi* bémol. Elle se remet pour la deuxième représentation, mais à la déception des spectateurs férus d'opéra, omet les notes difficiles.

Entre cette dernière *Lucia* et la première de *Médée*, elle prend l'avion pour Brescia, souffrant toujours des sinus, afin d'assister à son procès en séparation. Le 14 novembre, le tribunal la déclare légale et conçoit un accord financier largement en faveur de Meneghini. Tous les biens immobiliers italiens (la maison de Sirmione et l'appartement de Milan) seront à son nom. Les œuvres d'art et les antiquités seront divisées, mais il s'est en fait déjà attribué la part du lion. Il ne peut rien réclamer de l'argent que Maria gagnera à dater de ce jour. Dans la mesure où il a déjà épargné l'argent des cachets de sa femme comme un écureuil, la situation financière de Maria n'est guère brillante. Onassis l'assure au téléphone qu'elle n'a pas à s'inquiéter. Il souhaite qu'elle passe du temps en sa compagnie sur le *Christina*, sa résidence lorsqu'il est à Monaco, et lui dit qu'il va lui trouver un appartement adéquat à Paris, puisqu'elle n'a plus à résider en Italie.

Elle repart à Dallas pour la première répétition de *Médée* le 17 novembre. Son infection des sinus n'est plus qu'un souvenir et elle est en bonne forme vocale. Le 19 novembre, sa Médée irradie de tendresse et de fureur, elle chante avec passion, et les deux représentations sont couronnées par des *standing ovations*. Son infection des sinus se réveille le 21 novembre, mais elle parvient à éviter les problèmes vocaux et, sur les photographies de la réception, elle est en beauté, souriante. Le temps est particulièrement clément à Dallas en cette fin novembre et Nicola Rescigno, sentant qu'elle a besoin de quelques jours de repos, lui suggère de s'y attarder un peu avant de regagner l'Europe. Mais Maria a hâte de retrouver Onassis, qu'elle n'a pas vu depuis un mois. De l'aéroport de Nice, où elle arrive le 29 novembre, une voiture l'emmène au yacht, à bord duquel elle a l'intention de séjourner. À peine Onassis l'a-t-il accueillie qu'il apprend que Tina a demandé le divorce et la garde des enfants auprès de la Cour Suprême de New York. Costa Gratsos lui lit la déclaration digne et mesurée qu'elle a fait publier : « Cela fait presque treize ans que M. Onassis et moi nous sommes mariés à New York. Depuis lors, il est devenu l'un des hommes les plus riches du monde, mais tout le monde sait que sa fortune ne m'a pas rendue heureuse avec lui, ni lui avec moi. Lorsque nous nous sommes quittés à Venise cet été, j'espérais que M. Onassis aimait assez ses enfants et respectait assez notre intimité pour me rencontrer afin de discuter de nos problèmes – ou de le faire par l'intermédiaire d'avocats. Mais cela n'a pas été le cas. M. Onassis sait que je ne veux rien de sa fortune et que je ne m'intéresse qu'au bien-être de nos enfants. Je regrette profondément que M. Onassis ne me laisse pas d'autre choix que de demander le divorce à New York. De mon côté, je ne souhaiterai toujours que le meilleur pour lui et j'espère qu'après la conclusion de ce procès, il pourra continuer à mener la vie qu'il semble vouloir mener, mais dans laquelle je n'ai joué aucun rôle véritable. »

Tina le poursuit pour adultère, seul motif recevable à New York, mais elle cite le nom d'une Mme J. R. – sa vieille amie Jeanne Rhinelander qui l'a trahie quelques années plus tôt dans le sud de la France. Si Mme Rhinelander est scandalisée, Maria éprouve un immense soulagement. Elle croit qu'Onassis est heureux d'être sur le point de retrouver sa liberté et s'imagine qu'ils vont bientôt pouvoir se marier. Il ne lui reste plus qu'à se dégager de ses liens avec Battista, chose qui doit se faire en dehors de l'Italie.

Or c'est l'inverse qui se produit : Onassis s'irrite, se montre péremptoire et l'incite à emménager tout de suite à l'Hôtel de l'Hermitage, à Monte-Carlo. Après avoir d'abord refusé, Maria, très affectée, y consent et repart presque aussitôt. Onassis attend à peine qu'elle soit montée en voiture avec ses bagages pour appeler Tina à New York et la supplier, en vain, de renoncer à sa demande en divorce.

On a du mal à croire que Maria n'ait pas compris qu'il ne tenait pas à l'épouser. Tout comme on a du mal à croire qu'Onassis aurait essayé de dissuader Tina de divorcer, s'il savait que Maria en était déjà à son quatrième mois de grossesse. *A fortiori*, on ne peut imaginer que Maria lui ait caché qu'elle était enceinte.

Il est clair que c'est lui, et non Maria, qui mène la danse et décide de leur avenir. Elle est convaincue qu'il n'est plus « amoureux » de Tina. Onassis a de gros appétits sexuels qu'elle satisfait, tout en comblant sa propre frustration. Mais il peut aussi se montrer calculateur et d'une froideur brutale. C'est un homme qui ne permet jamais aux sentiments et aux besoins de ses intimes – épouse, enfants ou maîtresses – de faire obstacle à ses désirs.

Maria vit dans un état de dénégation. Elle est la maîtresse de l'homme qu'elle aime, un peu comme elle fréquentait Battista au début de leur relation. Deux jours après la demande en divorce de Tina, Onassis quitte Monaco pour un voyage d'affaires, sous prétexte d'une « crise maritime provoquée par Suez ». Maria plie bagage et regagne son appartement milanais, quoiqu'il ne lui appartienne plus. Il lui procure une base, dans l'attente de la décision de son amant. Ils se parlent quotidiennement au téléphone, mais les déplacements d'Aristote sont erratiques et il ne semble jamais avoir le temps de la retrouver. Maria continue d'être harcelée par ses douleurs aux sinus et souffre d'arthrite douloureuse dans les mains, qu'elle attribue à l'humidité de l'hiver milanais. De plus, elle doit régler un autre problème urgent.

À présent qu'elle est entièrement responsable de ses choix de carrière, elle s'en remet beaucoup à Onassis pour prendre ses décisions. Elle ne veut pas signer pour une autre tournée aux États-Unis ou en Amérique du Sud, qui l'éloignerait de lui. Il ne lui reste donc que les engagements en Europe. Elle a beaucoup de propositions pour l'avenir, les opéras établissant leur planning des années à l'avance, mais elle décide d'attendre que ses sinus soient guéris pour prendre un nouvel agent.

Aristote accepte de passer Noël avec elle à Monte-Carlo, mais ni sur le *Christina*, ni à l'Hôtel de Paris. Il s'organise pour qu'elle dispose d'une suite luxueuse au Grand Hôtel, plus discret et à l'écart des Churchill et du reste de son entourage, intime ou professionnel. Son attitude blesse évidemment Maria et on comprend mal, là encore, pourquoi elle accepte cette situation.

Évidemment, elle n'a jamais été sûre d'elle avec les hommes en dehors de la scène. Son comportement est sans doute influencé par sa découverte du sexe, sous une forme de liberté et d'abandon qui la rendent fière de son corps, et par la prise de conscience qu'elle est capable d'éveiller le désir d'un homme. À cela s'ajoute l'excitation suscitée par son amant, dont l'enveloppe corporelle ne paraît pas assez vaste pour le contenir. Maria l'écoute pendant des heures lui faire le récit de sa vie et de ses combats de jeune homme. Il se lève d'un bond, incapable de parler sans arpenter une pièce, agitant les bras pour marquer le côté dramatique, horrible, extatique d'une situation. Il est capable d'éclater d'un rire d'autodérision tonitruant et il voit toujours le côté drôle des choses, même si son humour est caustique et amer.

Onassis a le même âge qu'avait Battista quand elle l'a rencontré. La comparaison s'arrête là. L'armateur est un homme vigoureux que les années ne semblent pas affecter. Il paraît immortel – un peu comme le personnage de Zorba le Grec – et Maria a envie d'être englobée dans cette aura d'invincibilité.

Elle se fait quelques nouveaux amis à Monaco et passe beaucoup de temps dans son appartement avec Bruna et Toy, pendant qu'Onassis rend visite à ses propres amis sur la côte en compagnie des Churchill. Parmi eux figure le vieillissant lord Beaverbrook, magnat de la presse qui a fait partie du Cabinet de Churchill pendant la Seconde Guerre mondiale.

Beaverbrook, issu d'une famille profondément calviniste, a désapprouvé la liaison d'Édouard VIII et de Wallis Simpson et il n'approuve pas davantage celle d'Onassis et de Maria Callas. Churchill et lui sont cependant fascinés par Onassis, en qui ils voient « une source inestimable de potins financiers, politiques et mondains ». De plus, Beaverbrook, qui voue une grande affection à Churchill, est « ému par la façon tendre dont Onassis le traite, l'accompagne et le soutient partout où il va en devançant ses moindres désirs, tous ses gestes trahissant la profonde affection qu'il lui porte ».

Beaverbrook n'aime pas Rainier qu'il traite de « crétin pontifiant » et de « despote déguisé ». Il soutient Onassis dans la controverse monégasque. Churchill et Onassis déjeunent souvent dans sa somptueuse villa du Cap d'Ail, à vingt minutes en voiture de Monaco, et passent ensuite l'après-midi ou la soirée à bord du *Christina*, pendant que Maria reste à l'hôtel.

Lorsque le prince finit par capituler devant de Gaulle, ses relations avec Onassis se détendent un peu. Rainier nourrit à présent de grands projets d'expansion pour sa petite principauté. Comme on ne peut plus y construire en hauteur, il ne reste plus qu'à gagner du terrain sur la mer. À l'aide d'un comblement, le rivage et la crique situés directement sous le rocher sur lequel se dresse le Palais pourront être élargis afin d'y bâtir un hôtel, un centre de conventions et un immeuble d'habitation. Rainier a besoin de capitaux pour ce projet et espère qu'Onassis l'aidera à les trouver grâce à ses relations. Grace et Rainier, tout en désapprouvant la liaison d'Onassis et de Callas, « tolèrent » donc Maria : ils dînent au restaurant avec le couple mais Maria n'est pas conviée aux réceptions du Palais. Comportement ouvertement hypocrite, puisque Grace et Rainier ont eu des liaisons notoires avant leur mariage : Rainier avec Gisèle Pascal, une actrice mariée ; Grace avec William Holden, Bing Crosby et Ray Milland.

L'attitude du couple princier blesse et déçoit profondément Maria. « Elle avait l'ambition stupide de devenir une grande dame de la haute société, raconte Zeffirelli. Il faut revenir sur l'enfance difficile de cette femme pour comprendre pourquoi elle n'avait de cesse d'atteindre certaines positions. Tout d'abord, elle a eu cet affreux mari avec lequel elle vivait une existence très banlieusarde et bourgeoise. Onassis était un cran plus haut. »

« Le monde me condamne d'avoir quitté mon mari », déclare Maria à un journaliste de *Life* quelques mois plus tard. Puis elle lui rappelle que c'est Meneghini qui a demandé une séparation légale. « Battista lui-même disait qu'il voulait exercer un pouvoir absolu sur moi, ou rien... Je ne désirais pas épouser un imprésario. Dans ce cas, j'en aurais au moins choisi un qui était efficace. »

« J'ai été si longtemps prisonnière d'une cage, ajoute-t-elle, que quand j'ai rencontré Aristote et ses amis, si pleins de vie et si éclatants, je me suis métamorphosée. Ma vie avec un homme tellement plus âgé que moi m'avait rendue sinistre. » Elle n'a pas conscience de l'image tragique qu'elle véhicule, dans la vie comme sur scène. Il y a deux Maria : l'une célèbre, l'autre qui n'est *qu'elle-même*, criblée d'insécurités. Maria est *toujours* dans une cage, la cage dorée du canari d'Onassis, mais elle ne le voit pas.

En février 1960, Maria n'a pas chanté en public depuis deux mois. Elle a annulé son dernier concert prévu en décembre en Belgique, pour rester auprès d'Onassis et à cause de ses problèmes de sinus. La presse en conclut sur-le-champ qu'elle a perdu sa voix et qu'elle ne rechantera pas. Dans le même temps, sa vieille rivale Renata Tebaldi fait un retour triomphal à la Scala dans *Tosca*, à la suite duquel elle déclare qu'elle a quitté ce théâtre quatre ans auparavant « parce que Callas le monopolisait et que, pire encore, l'attention qu'on lui accordait était trop dure à supporter... Après, la Scala m'a souvent demandé de changer d'avis mais je suis têtue et j'ai refusé de revenir tant que Maria Callas y régnerait ». Elle n'aurait pas dit autre chose si elle avait voulu insinuer que le règne de Maria était terminé et que l'on pouvait souhaiter longue vie à la nouvelle reine Renata Tebaldi.

Maria s'est à peine remise de ces remarques blessantes de sa rivale que sa mère, qui vit toujours à New York et dont elle n'a pas eu de nouvelles depuis deux ans, fait une déclaration à la presse à propos du « comportement honteux *[de sa fille]* avec M. Onassis. Meneghini était un père et une mère pour Maria. À présent, il ne lui sert plus à rien. Les femmes comme Maria sont incapables de connaître le véritable amour... J'ai été sa première victime. C'est le tour de Meneghini. Maria épousera Onassis pour satisfaire son ambition illimitée ; il sera sa troisième victime ».

Dans une trahison épique à la Judas, Évangélia va publier un livre « qui dira tout », intitulé *Maria Callas, ma fille.* Truffé de contrevérités et d'inexactitudes, l'ouvrage présente Maria comme un monstre qui a abandonné la seule personne à qui elle doit sa carrière de cantatrice – sa mère. Il est écrit – par un nègre, Lawrence Blochman – sur un ton encore plus venimeux et accusateur que son interview dans *Time.* Elle décrit George Callas comme un « faible et un fainéant » et se targue d'avoir été le soutien principal de sa famille et de ses filles. « À mes yeux, dira Jackie, la pire partie du livre était celle où elle laissait entendre qu'elle avait été réduite à la misère *[vivant dans un hôtel miteux à un dollar par jour]* par sa fille riche et célèbre qui refusait de l'aider à s'en sortir. Je savais pertinemment qu'elle menait une vie confortable et qu'elle était très fêtée dans la communauté gréco-américaine[1]. »

Qu'est-ce qu'Évangélia demande à Maria ? Dans l'une des nombreuses lettres sans réponse qu'elle a envoyées à sa fille, elle lui réclame d'admettre qu'elle est partie prenante de son succès, exige un appartement digne de la mère d'une star du lyrique et une garde-robe assortie. Elle ne cesse de rappeler à Maria qu'elle l'a aidée à atteindre son rêve et qu'il est grand temps qu'elle la rembourse. À ses amis, Évangélia dit que Maria devrait retourner auprès de son mari ou vivre

1. À l'époque, Évangélia Callas vit dans une pension de famille qui appartient à des compatriotes et amis. Elle y occupe une suite confortable et est traitée comme une invitée par ses hôtes qui refusent de lui faire payer le moindre loyer. Le dollar en question est en fait celui qu'elle donne à la domestique chargée de son linge et des tâches ménagères.

en célibataire. Maria n'a pourtant pas cessé de lui verser de l'argent, mais sans la générosité qu'Évangélia réclame comme un dû. La route s'arrête là pour la mère et la fille. Il n'y aura pas de réconciliation. Maria reconnaît cependant le rôle que sa mère a joué au tout début de sa carrière et ne se lave pas complètement les mains de ses responsabilités. Elle continuera, après la publication de cet ouvrage au vitriol, à lui faire envoyer le chèque mensuel qui vient s'ajouter à l'argent qu'Évangélia gagne dans la bijouterie de la mère de Zsa Zsa Gabor, Jolie Gabor.

Peu après le Nouvel An, Maria emménage dans une suite du Ritz à Paris, aux frais d'Onassis. Il lui a dit qu'il séjournerait longtemps dans la capitale. Mais à peine y est-elle arrivée qu'il part en Grèce pour ses affaires. Déçue, Maria voit beaucoup son amie Maggie van Zuylen, qui est aussi une amie proche d'Aristote dont elle a environ le même âge. Début février, elle rencontre Michel Glotz de Pathé-Marconi, qui prépare des enregistrements avec le chef d'orchestre Georges Prêtre. Glotz, qui va bientôt devenir son agent, lui apprend que l'Opéra de Paris aimerait beaucoup l'inviter à chanter *Médée* la saison suivante.

Maria se rend à la direction de l'Opéra pour discuter de ce projet. Elle repart en réservant sa réponse. À sa sortie du bâtiment, elle est abordée par Marylyse Schaeffer, une journaliste de *France Soir*, et accepte de lui accorder une interview le lendemain. Si l'on en croit les élucubrations de Nicholas Gage, elle est alors enceinte de sept mois. Or Schaeffer évoque « son air pâle dans son petit ensemble noir, son maquillage léger et sa nouvelle coiffure courte », description qui ne correspond guère à celle d'une femme en fin de grossesse. De plus, on voit mal comment Michel Glotz ou ses interlocuteurs du Palais Garnier n'auraient pas remarqué son état.

Le lendemain, Schaeffer vient comme convenu faire son interview, qui se révèle fort longue. À propos de l'apparence de Maria, elle se contente d'évoquer « des problèmes d'arthrite évidents aux jointures de ses célèbres mains effilées ».

Maria est sous traitement pour cette arthrite et elle fait également des exercices de rééducation quotidiens.

Après quelques commentaires sur ses relations avec l'Opéra de Paris, Maria déclare à propos de son avenir : « Je veux vivre et peut-être avoir un bébé. J'ai trente-six ans, *personne dans ma vie*, et je ne sais même pas si je suis capable d'enfanter. » Un peu plus loin, elle ajoute : « Vous vous rendez compte ? Quelle charmante anecdote à écrire : la Callas voudrait un bébé. »

Cette nouvelle n'a rien d'un scoop, même si *France Soir* en fait son accroche, puisque cela fait plusieurs années que Maria désire avoir un enfant. Le vrai scoop, c'est qu'elle déclare n'avoir personne dans sa vie. Elle en veut beaucoup à Onassis de n'avoir pratiquement passé aucun moment en sa compagnie depuis qu'elle vit à Paris et commence à voir que leur mariage ne se profile pas à l'horizon. En fait, Onassis passe son temps à téléphoner à Tina pour obtenir une réconciliation.

Gage interprète le désir avoué de Maria comme la preuve de son intention d'abandonner sa carrière « pour avoir un enfant ». Une semaine après l'interview, elle retourne à Milan. Gage affirme qu'elle demande alors avec insistance au Dr Palmieri (qu'il n'a pas pu interviewer puisqu'il est mort en 1992 à l'âge de quatre-vingt-dix ans) de pratiquer une césarienne anticipée et que le médecin accepte.

Comme on ne pratique une césarienne qu'en cas de nécessité, on voit mal un gynécologue responsable obéir au caprice d'une future mère et effectuer cette opération qui mettra la vie de l'enfant en danger. De plus, cette intervention est impossible en Italie sans le consentement écrit du père. Gage affirme que Maria « ne voulait pas être gonflée et enceinte de neuf mois... » et désirait cette opération « pour pouvoir mettre son amant devant le fait accompli ».

Gage dit que Maria a donné naissance à un garçon le 30 mars 1960 dans une clinique milanaise et que le bébé est mort quelques heures plus tard. Pour preuve, une photographie d'un nourrisson emmitouflé censé être l'enfant mort, alors que rien ne permet d'identifier son identité et qu'on ne voit pas, sur ce cliché flou, s'il s'agit d'un garçon ou d'une fille, ou d'un bébé mort ou vivant. Le certificat de naissance d'un garçon nommé Omero Lengrini, qui n'a vécu que quelques heures, est incomplet et illisible. Gage tire ses conclusions d'insinuations et de ces « documents » totalement suspects. Il ne ménage pas ses efforts pour expliquer comment il s'est lié d'amitié avec Ferruccio Mezzidri, le majordome de Maria, et publie une photo où on les voit ensemble.

Ce bébé, Omero Lengrini, pourrait être l'enfant d'une fille mère appartenant à l'entourage domestique de Maria. On peut à la rigueur concevoir que Maria ait envisagé de l'adopter. On ignore si un enfant portant ce nom a été enterré à Milan. Une enquête détaillée portant sur le mois précédant et le mois suivant la date donnée par Gage révèle que ce nom n'apparaît sur aucun des registres des cimetières.

Le 8 avril, Onassis rencontre sa femme à Paris où on les photographie déjeunant et dînant en tête à tête au restaurant. Il continue de la presser d'abandonner son procès en divorce. Maria est au bord de la dépression nerveuse. La presse spécule sur une réconciliation du couple Onassis. Aristote confie à Costa Gratsos qu'il y croit. Mais Tina s'en tient à sa décision. Elle admet qu'un divorce pour adultère ferait du tort à leurs enfants et à toutes les parties concernées et accepte donc d'abandonner ses poursuites en justice. Le divorce est prononcé trois semaines plus tard en Alabama, pour cruauté mentale. Tina demande à reprendre son nom de jeune fille, Livanos, et voit sa requête satisfaite.

Onassis peut de nouveau accorder toute son attention à Maria. Il lui offre un magnifique collier de diamants et des boucles d'oreilles assorties, puis il organise une nouvelle croisière sur le *Christina*, à laquelle sont conviés sa sœur et son beau-frère. Maria souhaitait aussi la présence des Churchill, mais il lui a répondu que la sienne « gênerait Winston », qui « aime sincèrement Tina ». Elle déclare désormais comprendre « les femmes mourant d'amour qu'elle a incarnées ».

Début mai, le *Christina* vogue sous le soleil étincelant des jours heureux. Maria baigne dans un luxe absolu. Aristote est à ses pieds, même s'il reste en contact avec ses associés et passe plusieurs heures par jour confiné dans son bureau à étudier des dossiers et à traiter des affaires. Pendant qu'il travaille, Maria lit la presse *people* et se prélasse dans sa panoplie de bikinis, dont elle change plusieurs fois par jour[1]. Lorsque le navire jette l'ancre, ils nagent ensemble. Le soir, elle revêt des soies fluides aux teintes rouges, orange, bleu foncé et pourpre flamboyant qu'affectionne Aristote. Elle est encore, d'après ses propres dires, « follement heureuse » en sa compagnie. Onassis, son divorce prononcé, a tout l'air d'un amant satisfait.

À la mi-été, ses sinus étant guéris et ses nerfs calmés, la scène commence à lui manquer. Son vieil ami et mentor Tullio Serafin, intermittent père par procuration qui a toujours été à son écoute dans les périodes difficiles de sa carrière et de sa vie privée, refait son entrée en scène. Il ne l'a pas dirigée depuis leur dernière *Aïda* à Vérone, sept ans auparavant.

Plus tôt dans l'année, Onassis a promis à Maria de la faire engager à l'Opéra de Monte-Carlo. Mais Rainier n'accepte qu'à condition que la soirée ne soit pas placée sous ses auspices. En d'autres termes, Grace et lui n'assisteront pas au spectacle. Maria ne peut en aucun cas accepter cette condition, qui fera d'elle l'objet d'une insulte publique. De plus en plus souvent, elle songe à retourner en Grèce. Elle a repris sa correspondance avec son père l'année précédente. Elle a envie de le retrouver et de revoir Jackie. L'Opéra national grec et le Théâtre d'Épidaure lui ont proposé un an plus tôt de chanter *Médée*. Elle demande à Serafin s'il accepterait de la diriger. Il lui donne son accord, mais lui suggère *Norma*. Ravi d'engager à la fois Callas et Serafin, le théâtre d'Épidaure améliore ses conditions précédentes et deux représentations sont programmées pour les 24 et 28 août 1960.

---

1. Des paparazzi ont pris des clichés de Maria prenant des bains de soleil en bikini. Elle y apparaît d'une minceur exceptionnelle et l'on ne distingue aucune cicatrice de césarienne. Ni rien qui pourrait en cacher une.

Serafin, qui vient de diriger Joan Sutherland pour ses brillants débuts dans *Lucia* à Covent Garden, n'a rien perdu de son énergie malgré ses quatre-vingt-un ans. Il entame des répétitions privées avec Maria dans la maison romaine où il l'a reçue au début de sa carrière. Après les problèmes qu'elle a eus à Dallas dans *Lucia*, les mois passés à essayer de guérir son infection des sinus et sa longue période d'inactivité, Maria est fébrile. Serafin fait davantage que l'aider à préparer le rôle, qui est de toute façon celui qu'elle a le plus souvent chanté : il lui redonne confiance en elle-même.

19

Une affaire de famille

Le *Christina* mouille dans le port de Glyfada, non loin du vaste amphithéâtre antique d'Épidaure où Maria va chanter *Norma*, premier opéra à être monté dans ce bastion du théâtre grec classique. Le soleil d'août est si implacable que les répétitions se tiennent après le crépuscule. Durant la journée, Maria reste le plus souvent à bord du yacht climatisé. Dans le salon transformé en salle de musique provisoire, Serafin, le metteur en scène Alexis Minotis, Maria et ses collègues Mirto Picchi, Kiki Morfoniou et Alberta Maziello, travaillent ensemble et séparément. Il s'agit de retrouvailles entre Maria et Picchi, qui a chanté Pollione dans sa première *Norma* au Teatro Comunale de Florence en 1949, lors de la tournée sud-américaine de 1951 puis à Covent Garden. Grâce à lui et à Serafin, qui lui vouent respect et admiration, Maria se sent très soutenue.

Onassis possède deux demeures luxueuses qui se jouxtent à Glyfada. Artémis et son mari en occupent une, tandis que l'autre lui sert de pied-à-terre lorsque le temps est trop froid ou venteux pour demeurer à bord du *Christina*. Artémis tient la maison de son frère, dont les quatre domestiques s'ajoutent aux siens durant les fréquentes absences d'Aristote. Au cours de ce séjour en Grèce, ce dernier est pris toute la journée par ses affaires, mais il semble fier de l'activité musicale bourdonnante qui règne sur le *Christina*. Le premier soir, il annonce à Maria en rentrant d'Athènes qu'on « voit partout » des affiches de sa Norma.

Le père de Maria, vieillissant mais toujours bel homme, lui rend visite sur le yacht et reste pour le dîner. Onassis et George Callas s'entendent bien, tandis que le regain d'affection qu'elle éprouve pour son père fait rayonner Maria. George est heureux en ménage avec Alexandra, dont la santé n'est malheureusement pas brillante. Il confie à sa fille qu'Évangélia le laisse enfin tranquille et lui raconte par ailleurs les humiliations que la riche famille de Milton a fait subir à sa sœur. Malgré toutes les années où elle s'est sacrifiée pour lui, Jackie n'a hérité de rien et les Embiricos essaient même de lui reprendre le petit appartement qui est son seul bien. George rappelle à Maria qu'elles étaient très proches dans leur enfance et l'incite à l'appeler.

Leur dernière rencontre date de la visite que Jackie a rendue à Maria à Vérone, douze ans auparavant. Jackie hésite d'abord à accepter de voir sa cadette, car elle ne veut pas susciter sa pitié. Elle s'en sort grâce à un emploi à mi-temps qui lui procure un sentiment d'indépendance. Rendez-vous est cependant pris pour le lendemain soir. Maria convie Jackie, George et deux de ses anciens amis athéniens, le Dr Papatesta et Mme Xakousti, à dîner dans un restaurant de front de mer, proche du mouillage du *Christina*.

Jackie décrit l'arrivée de sa sœur à bord d'une chaloupe : « J'ai vu l'embarcation approcher. Elle y était assise bien droite, pareille à l'image des photographies *[dans la presse]*. Un marin l'a aidée à descendre à terre et j'ai noté avec quelle assurance elle se déplaçait. Elle utilisait théâtralement ses longues mains, elle était habillée avec élégance et j'ai subitement réalisé que je ne connaissais pas du tout cette femme. » Maria l'étreint en dernier. Au début, une certaine maladresse s'installe entre les sœurs, qui se dissipe néanmoins rapidement. Quelque chose leur permet encore de communiquer, elles retrouvent une espèce de « zone de confort, comme deux vieilles amies qui ont été séparées mais que les souvenirs réchauffent ».

Après le dîner, Maria convie ses invités à bord du *Christina* dont les lumières se reflètent dans les eaux calmes de la mer Égée. Onassis les accueille dans le bar où il reçoit quelques associés. « Il semblait vraiment intéressé de rencontrer enfin la sœur, se souvient Jackie. Il était petit, trapu, mais manifestement coriace. Un homme qui s'était battu pour se faire une place dans un monde sans pitié. Il me rendait nerveuse mais j'ai perçu une partie de l'énergie à laquelle Maria ne pouvait à l'évidence pas résister et il a été la vie et l'âme de notre brève rencontre. Une fois à bord, Père a fait le tour du yacht comme si c'était lui qui en était le propriétaire, et non Onassis. »

Pour sa part, Jackie ne se sent pas « chez elle ». Mais dès que Maria l'emmène dans sa suite, les années de séparation semblent s'évanouir. Toutes les deux ont considérablement changé : Maria est devenue une femme sophistiquée appartenant au grand monde ; Jackie, bien que toujours séduisante, ressemble à une femme au foyer mal fagotée de la classe moyenne, qui traverserait une passe difficile. Elles commencent par échanger des banalités sur leur famille. Puis Jackie s'enhardit, après avoir embrassé du regard la « débauche d'or » environnante : « Est-ce que tu es heureuse ?

— Je suis heureuse avec Aristote, mais je suis lasse de ce bateau. J'en ai assez d'être en mer, assez de descendre à terre, et de tous ces gens qui veulent alors me voir. J'aimerais être plus souvent seule avec lui. J'aimerais avoir un bébé[1]. Et toi ? Tu es heureuse ? »

Jackie hoche la tête et Maria l'enlace affectueusement par les épaules.

« Comment fais-tu pour l'être ? », soupire-t-elle, songeant aux révélations de son père et à la triste existence de sa sœur. Pour la première fois depuis leur jeunesse à Athènes, elle l'invite à venir l'entendre chanter. Jackie accepte.

Le 23 août, date prévue pour la première représentation de *Norma*, les cieux s'ouvrent sur une pluie torrentielle qui se déverse toute la nuit et le spectacle doit être annulé. Le

1. Cette remarque intervient quatre mois après la date avancée par Nicholas Gage concernant le décès d'un fils que Callas aurait eu avec Onassis.

lendemain, le ciel est limpide, la température d'une tiédeur bienfaisante et les étoiles illuminent le vaste amphithéâtre. Maria est ovationnée à son entrée en scène et à cet instant même, avant qu'elle ait chanté une note, un spectateur lâche deux colombes blanches. Les oiseaux symboles d'espoir et d'amour battent des ailes jusqu'à la rampe, s'y posent brièvement et s'envolent en traçant un arc gracieux dans la nuit. Maria parvient à ne pas succomber à l'émotion que lui inspire ce geste d'affection de son public.

Cette Norma est une prêtresse héroïque nouvelle, plus poignante que celle incarnée jusque-là par Maria. Moins stridente, davantage déchirée qu'enflammée par les événements. Elle est dans une forme vocale exceptionnelle, parfaitement soutenue par Serafin et une distribution qui se surpasse. Le décor classique, conçu par Antonis Fokus de manière à se fondre dans l'arène antique, qui offre déjà un cadre parfaitement appropriée à l'histoire d'une prêtresse druide, confère des accents de *théâtre vérité** à la production. Il n'existe nulle trace de cette soirée. Mais, dix jours plus tard, Maria va magnifiquement reproduire sa nouvelle Norma dans un studio londonien, entourée de Serafin et d'une distribution en partie inédite. Serafin dira que la Norma incarnée avec une puissance sans pareille par Maria à Épidaure est la plus grande de sa carrière.

« Elle chantait de tout son être, jusqu'à ses sandales », rapporte Jackie, qui dira par la suite à sa sœur : « À présent, je comprends. » Face au génie de Maria, elle réalise qu'aucune somme d'apprentissage, de chance ou de dévotion à la musique n'aurait pu faire d'elle une « seconde Callas ». Cette révélation permet à Jackie de trouver une plus grande harmonie intérieure. Mais elle provoque également un nouveau fossé entre les sœurs, qui n'est cependant dû ni à l'amertume, ni à l'envie. Jackie est impressionnée par Maria et ne parvient plus à l'assimiler à sa cadette incertaine, boutonneuse et beaucoup trop grosse. Elle s'en veut d'avoir reproché à sa mère de privilégier Maria et sa carrière. Car qui est-elle, *qu'*est-elle, comparée à cette femme sans doute devenue la plus grande cantatrice du monde ? Ces brefs instants d'intimité retrouvés seront les derniers entre les deux sœurs.

« J'ai observé Onassis, raconte un de ses collaborateurs à propos de la représentation de *Norma* d'Épidaure. Il prétendait toujours détester l'opéra. Mais il est resté fasciné par Callas pendant tout le spectacle. Son visage exprimait la fierté. Et à la fin, il avait les larmes aux yeux. » Le public partage ses émotions. Beaucoup de spectateurs pleurent et, au moment des saluts, l'un d'eux pose une couronne de lauriers devant les pieds nus de Maria. Trois jours plus tard, on lui remet la Médaille du Mérite grec. Elle se sent emplie d'un sentiment de fierté patriotique. Jusque-là, elle s'est toujours vue comme une Américaine d'origine et d'éducation grecques. Elle se qualifie à présent de « gréco-américaine ». Elle demande à Onassis de voir si elle ne peut pas obtenir la nationalité grecque et un divorce grec.

Dans le même temps, il pose des jalons pour la faire engager dans un film. Onassis n'a jamais envisagé de servir d'imprésario à Maria, mais la perspective de produire un film et d'en faire une star de l'écran lui plaît beaucoup. Il s'identifie plus facilement au monde du cinéma qu'à celui de l'opéra. Il s'est toujours délecté de la compagnie de déesses de l'écran comme Garbo et Dietrich à bord du *Christina*. Dietrich le taquinait à propos de sa manière de fumer (« Vous vous prenez pour Jean Gabin ? On devrait peut-être vérifier ? »). Il aimerait maintenant investir dans une production cinématographique.

La nouvelle parvient jusqu'à Londres, où Carl Foreman, ancien scénariste et producteur d'Hollywood, prépare un film tiré des *Canons de Navarone*, un roman d'Alistair Maclean qui retrace l'aventure d'un commando de soldats alliés envoyé en Grèce pendant la Seconde Guerre mondiale pour détruire des fortifications allemandes. Des stars masculines internationales comme Gregory Peck, Anthony Quinn et David Niven ont déjà été engagées mais les deux interprètes féminines n'ont pas encore été choisies et l'un des rôles, celui d'une Grecque qui aide les soldats, paraît cousu main pour le talent dramatique de Maria. « Nous *n'avons pas* les moyens de ce genre de publicité ! », explique cependant Foreman à son associé, Leon Becker.

En chemin pour la Grèce, où ils se rendent pour les repérages, les deux hommes font une halte à Monte-Carlo. Ils rencontrent d'abord Onassis, qui essaie de convaincre Foreman d'engager Maria, alors que ce dernier ne rêve déjà que de cela. Onassis se propose de leur rembourser tous les frais, s'il s'avère au bout de dix jours qu'elle ne convient pas au rôle. « Cela fera une grosse somme », aurait dit Foreman. « Je suis riche », aurait répliqué Onassis. En fait, c'est Maria qu'il faut persuader. Subodorant que la caméra va l'adorer, Foreman lui propose de faire des essais pour en avoir la confirmation.

Le refus de Maria irrite beaucoup Onassis. L'idée de jouer devant une caméra, surtout un rôle parlé, ne la séduit pas. Il lui demande de lire au moins le script. Verdict de Maria : « Cette femme m'inspire de la sympathie, mais ce n'est pas un rôle principal. Ce sont les hommes et les armes qui sont au centre de l'histoire. » Foreman essaie de la persuader qu'il peut étoffer le rôle et lui dit même qu'il sera de nature à lui faire obtenir un Oscar. Maria continue à dire « Non merci », à la vive déception d'Onassis[1].

Subitement, Visconti resurgit dans la vie de Maria. Ces retrouvailles seront brèves, car il disparaîtra presque aussi vite qu'il est apparu. Depuis quelque temps, il a envie de ressusciter le *Poliuto* de Donizetti, qu'aucun opéra important n'a remonté depuis plus d'un siècle. Il a l'intention de centrer cette histoire, non plus sur Poliuto mais sur sa femme Pauline qui s'est convertie au christianisme par amour pour son mari et qui va accomplir le sacrifice sublime d'affronter le martyre avec lui. Deux des œuvres les plus durables de Donizetti – *Lucia di Lammermoor* et *Lucrèce Borgia* – ont été composées juste avant *Poliuto*, que la censure napolitaine a interdit en 1839 en raison de son caractère religieux incompatible

1. Le rôle sera finalement tenu par la grande actrice grecque Irène Papas.

avec une représentation lyrique profane. Cet opéra a connu par la suite des hauts et des bas. Il a été monté à Paris l'année suivante sous le titre *Les Martyrs*, puis à La Nouvelle Orléans en 1846 dans une version italienne intitulée *I Martiri* et, depuis lors, fort rarement.

Visconti a tout de suite pensé que Maria serait idéale dans Pauline et qu'il suffirait de la distribuer pour que l'œuvre subisse une métamorphose qui la ferait correspondre tout naturellement à sa conception. À la suite du triomphe de Maria dans *Norma* à Épidaure, il contacte Ghiringhelli à la Scala. Ghiringhelli, quoique rassuré sur le fait que Maria est toujours la grande Callas, doute qu'elle accepte de rechanter dans son théâtre, « étant donné la popularité actuelle de Renata Tebaldi ».

Visconti envoie le livret, inspiré du *Polyeucte* de Corneille, et la partition à Maria. Elle est fascinée par Pauline. Il y a aussi le défi et la curiosité représentés par le fait de retravailler avec Visconti, qui lui rend visite, ainsi qu'à Onassis, à Monaco. D'emblée, les deux hommes se détestent cordialement. « Tes goûts en matière masculine me sidèrent, dit Luchino à Maria qui se hérisse. Tu te galvaudes. »

En dépit des remarques brutales de Visconti et de l'aversion que lui inspire à nouveau son arrogance, Maria décide d'accepter, convaincue que Visconti va réussir une grande mise en scène. La Scala lui offre d'excellentes conditions : Corelli tiendra le rôle principal et Nicola Zaccaria celui de Callistène. Elle a souvent chanté avec eux, dans la plus grande harmonie musicale. Elle voit dans cette nouvelle production une parfaite occasion de lui redonner sa position d'étoile de la Scala. En fait, elle souffre d'avoir perdu ce statut dans deux des plus grands opéras du monde : le Metropolitan et la Scala. Elle signe donc et les répétitions commencent dans la foulée, car les représentations sont prévues du 7 au 21 décembre, à la place d'un opéra annulé.

Au cours des trois mois suivants, ses émotions vont et viennent. Elle confiera à Stelios Galatopoulos : « En esprit, je n'ai jamais quitté la Scala, mais j'en avais été séparée physiquement. Le public accepterait-il mon retour dans ces conditions ? Cela me rendait très nerveuse, car c'était totalement indépendant de mes capacités artistiques. »

De plus, l'ombre presque palpable de Tebaldi la hante. La presse ne manquera pas de les mettre en compétition. Elle va aussi être longuement séparée d'Aristote, vivre en Italie où Battista, dont la rancœur ne connaît pas de limites, peut la poursuivre en justice pour immoralité. Son désir de reconquérir sa place à la Scala balaie néanmoins toutes ces objections. Elle ne pouvait cependant pas prévoir les absences de Visconti. Dès le début des répétitions, il est en effet confronté à des problèmes avec la censure à propos de deux de ses mises en scène, *Rocco et ses frères* au cinéma et *L'Arialda* au théâtre, qui viennent d'être interdits en Italie pour obscénité.

Au lieu de mettre en scène *Poliuto* à Milan, il est à Rome où on a le plus grand mal à le joindre au téléphone. En l'absence de sa poigne et de sa vision puissante, Maria se sent vulnérable. Le 15 novembre, trois semaines avant la première, Visconti envoie deux télégrammes, l'un à Ghiringhelli pour lui annoncer qu'il renonce à la production, l'autre à Maria pour s'excuser en long et en large de son apparente désertion qui n'en est en réalité pas une. Il se voit en effet contraint d'adopter une position politique à propos de l'ingérence du gouvernement dans l'art. Il va déclarer publiquement qu'il ne peut pas, en toute bonne foi, travailler pour un théâtre subventionné par l'État comme la Scala. « Je suis sûr que tu comprendras ma situation fâcheuse et que tu approuveras ma décision. » Tout en acquiesçant, Maria éprouve une immense déception, car elle a perdu son plus grand soutien.

C'est Herbert Graf, fils du célèbre critique viennois Max Graf, qui remplace Visconti. Graf a mis en scène de nombreux opéras au Met, il a beaucoup collaboré avec la Scala et vient d'être nommé à la tête de l'Opéra de Zurich. Il s'acquitte remarquablement de sa tâche et Maria s'entend bien avec lui. Sa Pauline va obtenir d'excellentes critiques. En bonne forme vocale, elle lui insuffle une grâce et un pathétisme poignants. Mais *Poliuto* n'apparaît pas comme l'un des sommets théâtraux de sa carrière et il semble peu probable que la Scala le gardera à son répertoire. Le soir de la première, Onassis, cette fois agité, chaussé de ses lunettes noires qui cachent peut-être ses paupières closes, trône au premier rang au milieu d'une armée d'invités de la jet-set, conviés ensuite à la réception grandiose qu'il donne en l'honneur de Maria. (Plus tard, il dira en plaisantant à Artémis : « C'est la réception qu'ils auraient dû critiquer, pas l'opéra. »)

Ghiringhelli n'est pas mécontent. Si Callas est encore capable de faire salle comble avec *Poliuto*, cela signifie qu'elle peut représenter comme autrefois un atout pour la Scala. Il lui propose plusieurs opéras pour la saison 1961. Sander Gorlinsky, qui est devenu son agent exclusif, essaie de la convaincre de prendre ces offres en considération. En vain. Elle n'est pas prête à signer pour de longs engagements qui la sépareront d'Onassis. De son côté, ce dernier ne manifeste aucun enthousiasme pour ces projets. La célébrité de Maria lui fait plaisir mais il se désintéresse totalement de l'opéra.

À la suite de *Poliuto*, Gorlinsky est assiégé d'offres du monde entier. « Le canari a choisi de ne chanter que pour son maître », rapporte un hôte fréquent du *Christina*. C'est l'époque où Maria et Aristote nagent dans le bonheur. « Il ne fait pas de doute qu'ils aimaient faire l'amour ensemble. Ils disparaissaient souvent pendant une heure ou deux, parfois deux fois dans l'après-midi, derrière les portes closes de “Chios”. À leur retour, ils s'étaient souvent changés et Maria arborait une autre coiffure. Dans le cadre relativement intime du *Christina*, ils pouvaient exprimer ouvertement leurs sentiments. Ils se touchaient beaucoup, il posait la main sur sa cuisse nue, elle lui caressait le bras ou posait la sienne de façon suggestive près de ses “attributs”. Personne ne s'en offusquait. Leur comportement n'avait rien de vulgaire, tant leur passion sautait aux yeux. Bien évidemment, ils se conduisaient de façon beaucoup plus réservée en public. Onassis avait cependant une manière possessive de la tenir et de laisser sa main descendre le long de son dos quand ils dansaient. »

Quelques jours après la publication d'une photo où on les voit s'effleurer les lèvres d'un baiser, Battista intente un nouveau procès auprès du tribunal de Milan, afin de faire annuler la séparation à l'amiable initiale et de la remplacer par une séparation aux torts de Maria. « Je veux blanchir mon nom, déclare-t-il aux journalistes, et je veux clamer qu'elle est responsable de la destruction de notre mariage… » Il ne nomme pas Onassis au titre d'amant de sa femme, sans doute parce qu'il espère encore que « le serpent », comme il l'appelle en privé, réitérera son offre de l'acheter. Onassis convainc Maria que les meilleures représailles consistent à garder le silence. De toute façon, elle est si comblée par sa nouvelle existence que même les venimeuses attaques publiques de Battista ne parviennent pas à l'atteindre.

Elle réside ouvertement à Monaco quand le *Christina* y jette l'ancre. En privé, les soixante membres d'équipage l'appellent *la patronne**. Elle décide des menus quotidiens avec le chef principal, donne de petits dîners à bord et partage le lit d'Onassis. Une autre suite a été transformée pour elle en salon privé et dressing. Bruna est à ses côtés, tout comme Toy qui porte un manteau de « marin » désinvolte pour ses promenades nocturnes sur le quai. Le couple dîne souvent au Maona, un nouveau night-club situé au cœur de Monaco, où ils dansent étroitement enlacés.

À présent que leur liaison est de notoriété publique, ils n'ont plus à se parler en grec comme des conspirateurs. Chacun exerce une influence sur les habitudes vestimentaires de l'autre. Maria s'est fait couper les cheveux pour plaire à Aristote mais sa coiffure plus jeune, bien que séduisante, rend son visage plus commun. Elle s'exprime vraiment à travers ses vêtements. Elle s'est créé un style inimitable. Des robes du soir en mousseline aux manches éventail qui se déploient comme de merveilleuses ailes colorées lorsqu'elle lève les bras, des bottes à talons aiguilles dans la journée pour cacher ses jambes qu'elle continue de trouver laides. Classe, aplomb, élégance et passion émanent de son apparence parfaite. Une grande partie de ce style a été inspirée par Visconti, mais elle l'adapte à présent au besoin d'Onassis d'être entouré de glamour.

De son côté, il s'habille de manière plus conservatrice. « Il y avait un brin de mafioso dans ses costumes et ses cravates avant Maria », note un ami. Il fume à la chaîne, trois paquets par jour, et sa voix un peu râpeuse et soigneusement modulée en porte les traces. Maria ne fume pas et la fumée irrite sa gorge. Il modère donc sa consommation en sa présence.

Tina a la garde des enfants, mais elle n'empêche pas son ex-mari de les prendre quand il en a envie. L'hiver, Christina et Alexandre vont toujours à l'école à Paris près de l'appartement de leur père, situé au 84, avenue Foch. Ils passent les week-ends avec lui quand il est en France ; pendant la semaine, ils habitent dans le grandiose appartement de leurs grands-parents maternels lorsque Tina est à New York ou partie skier en Suisse avec sa sœur Eugenie et son mari, le rival abhorré d'Onassis, Stavros Niarchos. Onassis n'a jamais fait confiance à son ex-beau-frère. Il trouvait que Stavros regardait Tina d'un œil lubrique et le soupçonnait de vouloir la séduire, pour se venger de ne pas avoir eu le dessus dans un grand nombre de transactions d'affaires. Onassis n'a donc jamais apprécié que Tina emmène les enfants chez Eugenie, et leur divorce n'a rien changé à ses sentiments.

Pour la Noël 1960, les enfants se joignent à leur père et Maria à Monte-Carlo, où ils occupent leur ancienne nursery, redécorée. Alexandre, à douze ans, laisse déjà entrevoir l'adolescent rebelle qu'il va bientôt devenir. Christina, de trois ans sa cadette, reste sombre et en retrait, déjà embarquée sur le chemin des troubles alimentaires et des dépressions chroniques. Maria, tout en déclarant qu'elle désire un bébé, n'a jamais su établir un lien avec les jeunes enfants. Malgré sa bonne volonté, elle ne parvient pas à conquérir Alexandre et Christina.

Sa première tentative a été catastrophique. Elle est allée leur acheter une brassée de cadeaux et a déposé les paquets aux joyeux emballages dans le salon principal du *Christina* où elle avait prévu un goûter spécial pour eux. Le résultat compte parmi les pires moments qu'elle ait vécus. Christina est tombée dans le genre de mutisme absolu dont elle souffre depuis l'enfance. Le visage fermé, elle a refusé de toucher aux gâteaux confectionnés pour elle à la demande de Maria, repoussant simplement son assiette sans la regarder. Les deux enfants ont fait comme si Maria n'était pas là et, au bout d'une heure éprouvante, ils sont sortis du salon sans avoir ouvert leurs présents, malgré les suppliques de Maria qui leur en promettait aussi d'autres pour Noël.

Les deux enfants imputent à Maria le divorce de leurs parents et la perte du semblant de sécurité dont ils jouissaient. Ils ont fait l'expérience de la forme particulière d'abus parentaux qui sont le lot des enfants de parents ultra-fortunés : l'argent, les cadeaux et l'éventail de « gardiens » servant de substituts à l'affection parentale. Les amies d'école de Christina rapporteront qu'elle pleurait dans son lit tous les soirs, avant et après le divorce de ses parents. Les rejetons d'Onassis ne peuvent être achetés par un cadeau de prix. Dans leurs multiples demeures sont éparpillés assez de jouets et de vêtements pour remplir un grand magasin, offerts par Tina et Aristote pour compenser leurs longues périodes de négligence, la valeur du cadeau étant proportionnelle à la négligence. Alexandre fait exprès d'appeler Maria « la chanteuse », car il refuse de prononcer son nom. Lorsque son père le réprimande, il se lève et sort de la pièce en claquant la porte. Christina imite l'attitude de son frère. Aristote se dit qu'ils finiront par se faire à la situation, mais il se trompe. Malgré tous les efforts de Maria, qui ignore leurs insultes et continue de leur offrir des cadeaux dont ils ne la remercient jamais, les enfants ne changeront pas d'avis. Maria a conscience qu'ils ont de graves problèmes affectifs. Elle essaie d'en parler avec Aristote, mais il rejette le sujet d'un ton bourru, tandis que ses yeux cuivre deviennent aussi durs que du métal. Sa réaction la rend fébrile et elle revient sur-le-champ à quelque chose de léger et superficiel, afin de voir ses yeux se rallumer et de retrouver le ton affectueux et familier de sa voix. Elle veut lui parler mariage, enfants, lui rappeler que sa jeunesse s'enfuit vite. Le moment ne semble pas approprié. Il ne le sera peut-être jamais, mais elle a au moins le *présent*, qui est mieux que tout ce qu'elle a connu jusque-là, sauf lorsqu'elle était en scène, enveloppée par les ovations et les applaudissements des spectateurs. Il ne s'agissait pourtant pas d'amour véritable et Maria, qui ressemble à Christina plus que personne ne le soupçonne, a un besoin désespéré de cet amour qui signifie qu'elle occupe une place particulière dans la vie d'Onassis.

Onassis est un homme généreux et un partenaire empressé. Il a confiance dans la loyauté de Maria. Jamais il ne s'est senti autant « à sa place » avec les autres femmes qu'il a aimées. En dépit de son amitié pour Churchill et d'autres célébrités, il n'est véritablement proche que de deux personnes : sa sœur Artémis et son plus vieil ami, Costa Gratsos. Artémis est de son sang, ce qui constitue un lien essentiel pour un Grec. Gratsos est son confident depuis les années 20. « Costa est au courant de tous les crimes que j'ai commis », dit-il à Maria. Gratsos est né à Ithaque dans une famille d'armateurs. Il a étudié à la London School of Economics, avant de devenir marin pour voir le monde. À la fois coriace physiquement et intelligent, il est capable d'user des poings tout comme il peut s'imposer par la réflexion. Maria essaie de séduire Artémis et Gratsos. Si Artémis reste indifférente à ses approches, il n'en va pas de même avec Gratsos. Il l'aime bien, peut-être parce qu'elle est grecque, mais sans doute davantage parce qu'il constate qu'elle comble Onassis. Il demande même à son ami s'il va l'épouser.

« Si j'épousais Maria, je ne pourrais jamais rompre cet engagement devant les dieux », répond Onassis. Tina faisait partie de ses possessions et il déteste perdre ce qui lui appartient. Mais lui n'appartient à personne. C'est la base même de son credo. Le maître des situations, c'est lui. « Ce n'est pas que du désir physique, poursuit-il. J'aime Maria et cela me met en grand danger. » Un danger tout aussi évident pour Maria.

20

Innocence perdue

Le 27 avril 1962, Maria apprend à son réveil, dans la suite d'Onassis à l'hôtel Dorchester de Londres, qu'une escouade de journalistes l'attend à la réception pour évoquer avec elle la tentative de suicide ratée de sa mère. Elle n'était pas au courant. Quelques minutes plus tard, Jackie l'appelle d'Athènes. La veille, Évangélia a avalé une grande quantité de somnifères. Une amie avec laquelle elle avait rendez-vous pour déjeuner, ne la voyant pas arriver, a tenté en vain de la joindre au téléphone dans son nouvel appartement au cœur de Manhattan. Elle s'y est ensuite précipitée et a obtenu de s'en faire ouvrir la porte. Évangélia, habillée, impeccablement maquillée, était étendue sur son lit, inconsciente. À côté d'elle, des bons-cadeaux pour ses amis et une enveloppe adressée à « Ma fille, Maria Callas ». On l'a transportée d'urgence dans un hôpital où elle a subi un lavage d'estomac et été mise sous surveillance permanente.

Le Dr Lantzounis s'est tout de suite rendu à son chevet. Il appelle Maria pour lui apprendre que sa mère va survivre. Maria lui demande de lui lire la lettre d'Évangélia qui commence par « Je suis sûre que tu ne verseras pas de larmes sur la femme qui t'a donné la vie et qui a sacrifié la sienne pour que tu deviennes célèbre un jour ». Son parrain informe Maria que sa mère aura besoin d'être suivie par un psychiatre.

Des mesures sont prises pour qu'Évangélia emménage à nouveau chez ses amis. Maria accepte de se charger de ses frais et de ses factures médicales. Évangélia a demandé au Dr Lantzounis de dire à sa fille qu'elle « lui pardonnerait si elle se contentait de rendre visite à sa mère mourante » mais Maria refuse de se laisser prendre à ce piège savamment tissé de culpabilité et de pitié. « C'est terminé, réplique-t-elle à son parrain et ami. Je ne peux pas totalement l'abandonner mais je ne veux plus jamais la revoir. Le fait qu'elle soit ma mère ne l'exonère pas de toutes ses trahisons à mon égard. » Le geste le plus pervers d'Évangélia est peut-être la note ajoutée à sa lettre de suicide, dans laquelle elle lègue à Maria les droits de son livre *Ma fille, Maria Callas.*

L'aventure de Maria et d'Onassis dure à présent depuis trois ans. Elle continue de l'aimer passionnément et il semble toujours épris d'elle. Pourtant, leur relation en est toujours au même point. Après avoir cherché une villa pendant plusieurs mois dans les environs de Paris, Onassis lui a acheté un bel appartement au 36, avenue Georges-Mandel. Elle est déçue, car il réside toujours avenue Foch. Tout en sachant que tout le monde ne voit en elle que la maîtresse d'Onassis, elle nourrit toujours l'espoir qu'il l'épousera un jour.

Seize mois après son divorce, Tina a épousé le marquis de Blandford, le 23 octobre 1961. Agé de trente-cinq ans, il est l'héritier du duc de Marlborough. Elle est à présent marquise, châtelaine d'une demeure ancestrale. À la mort de son beau-père, elle deviendra duchesse et son mari héritera du palais de Blenheim, l'un des plus grandioses châteaux de Grande-Bretagne. « Sunny » Blandford, divorcé et père de deux enfants, est un aristocrate aux manières affables, parent des Churchill et des Spencer. À une certaine époque, on l'a considéré comme un prétendant possible pour la princesse Margaret. Onassis ne l'a jamais rencontré, mais il ne se fait pas prier pour parler de lui. « Elle ne l'aime pas, déclare-t-il à Costa Gratsos. Trop calme. Trop raffiné.

— Tu sais ce qu'on dit de l'eau qui dort ?

— Elle ne restera pas assez longtemps avec lui pour le découvrir », prédit Onassis, comme s'il connaissait Tina mieux qu'elle-même. L'idée que ses enfants ont désormais un beau-père – même de famille royale – ne lui plaît guère. Il conserve une attitude possessive à l'égard de Tina. « Après tout, elle est la mère de mes enfants, dit-il à Maria. Cela nous liera toujours. Je serai toujours là si elle a besoin de moi.

Maria a beaucoup diminué le nombre de ses apparitions en scène, mais à la suite d'un concert le 30 mai 1961 au Saint James Palace, elle remplit quelques engagements importants. Elle retourne à Épidaure pour deux *Médée*, les 6 et 13 août. Une Grecque va chanter un opéra inspiré d'un des plus grands mythes grecs, dans un théâtre grec en ruine. Elle s'y prépare avec une telle intensité qu'Onassis prétexte des affaires à traiter à Alexandrie pour la laisser seule. En réalité, elle ne l'est pas vraiment, car elle a une confiance absolue en Alexis Minotis qui a mis en scène sa *Médée* triomphale à Dallas et en Jon Vickers qui va chanter Jason aussi bien que là-bas.

Maria fait multiplier les répétitions. Elle semble infatigable et travaille jusque tard dans la nuit, alors que tout le monde s'effondre autour d'elle. Cette Médée-là devra être son incarnation suprême de la magicienne, mais elle doit vaincre de nombreux obstacles, dont le moindre n'est pas l'amphithéâtre en plein air qui, hormis sa prodigieuse acoustique, ne la protège pas des petits insectes volants, de la chaleur ou de l'humidité. Son professionnalisme suscite la grogne de la troupe, mais son vieil ami Nicola Rescigno parvient à calmer les esprits.

Maria va si loin que, la veille de la première, elle fait installer un lit de fortune dans le musée proche de l'amphithéâtre où elle dort quelques heures. Elle se réveille à l'aube et, seule sur le plateau, marque les passages les plus difficiles à ses yeux. C'est là, confiera-t-elle par la suite à Nicola Rescigno, sur la scène de ce théâtre antique, qu'elle a le plus senti ses racines grecques.

Il a plu les jours précédents, mais le soir du 6 août, le ciel limpide est illuminé d'étoiles et une brise souffle, légère et rafraîchissante. L'attente du public, venu de toutes les régions de Grèce, est presque palpable. Le théâtre de vingt mille places est comble. Plusieurs milliers de spectateurs qui n'ont pu se procurer de billets se tiennent debout à l'extérieur, tout de même contents d'assister à cet événement historique. Onassis n'est pas revenu d'Alexandrie pour la représentation, mais son absence ne semble pas affecter Maria. « Il a ses affaires et moi les miennes, déclare-t-elle à Alexis Minotis. Parfois, nos programmes ne coïncident pas. »

Maria se montre au pinacle de sa forme vocale et dramatique. Elle revient saluer dix-sept fois et ne parvient pas à se frayer un chemin au milieu de ses admirateurs qui l'attendent à la sortie des coulisses, jusqu'au moment où un homme crie en grec : « Dégagez le chemin ! Dégagez le chemin pour la reine de l'opéra ! » Subitement, la voie s'ouvre devant elle. Elle se dirige vers sa voiture, flanquée de Katina Paxinou et d'Alexis Minotis, au milieu des « Maria ! Maria ! La reine Maria ! » qui fusent de toutes parts. Ghiringhelli les suit. Il a fait spécialement le déplacement de Milan pour s'assurer en personne que Maria était capable de soutenir un opéra aussi exigeant que *Médée*, car il l'a engagée pour le chanter à la Scala quatre mois plus tard.

Après la réception, mitigée à ses yeux, de *Poliuto*, son retour à la Scala inquiète Maria. Milan, où plane l'éventualité d'autres démêlés juridiques suscités par Battista, n'est plus un havre sûr ni un foyer, car Onassis et elle ne pourront pas y séjourner ensemble. Elle croyait retrouver à la Scala l'équipe d'Épidaure mais Rescigno se dédit en raison de programmes qui se chevauchent. Ghiringhelli engage Thomas Schippers, un jeune chef américain de trente et un ans, proche de Carlo Menotti pour lequel il a dirigé en 1950 la première du *Consul*, en 1951 *Amahl et les visiteurs de la nuit* et en 1954 *La Sainte de Bleecker street*, avant de l'aider à fonder le Festival des Deux Mondes à Spolète en 1958. Schippers n'a encore jamais dirigé la musique de Cherubini, à la fois sévère, pure et originale, et il s'avère tout de suite que Maria et lui n'en ont pas la même conception. Le ton monte, et seule l'habile médiation d'Alexis Minotis apaise les dissensions. Malheureusement, du fait que Maria doute de la direction de Schippers, elle a moins confiance en elle-même.

Le 11 décembre, Onassis, prétextant une fois de plus des rencontres professionnelles impossibles à annuler, n'assiste pas à la première. Déçue, Maria fait pourtant bonne figure et semble pleine d'allant, quoique fébrile, avant la représentation. Jusqu'à la dernière répétition, elle s'est inquiétée de la manière dont « Schippers choisissait des tempi qui fractionnaient la musique au lieu de la lier ». Minotis l'a assurée que tout se passerait bien, mais elle a remarqué qu'il n'avait pas l'air non plus très satisfait et qu'il s'est aussi longuement entretenu en privé avec Schippers.

Onassis lui a envoyé ses habituelles roses rouges et l'a appelée pour l'encourager. Ghiringhelli fait une halte dans sa loge, comme Minotis. Bruna est là pour aider l'habilleuse et l'accompagner jusqu'aux coulisses où elle se prépare pour son récitatif d'entrée. Tout semble bien se dérouler et elle entame sa première aria, *Dei Tuo figli*, avec son intensité dramatique habituelle, quand elle entend « un sifflement affreux venir du poulailler », se souvient Schippers. Elle se dit d'abord que la claque de Tebaldi a décidé qu'il ne devait y avoir qu'une seule reine à la Scala et que cette reine ne serait pas Maria Callas. Elle continue, mais le sifflement aussi. « En prononçant les mots *Ho datto tutto a te* (Je t'ai tout donné), elle a tendu le poing, non pas vers Jason, mais vers le poulailler, continue Schippers. Elle a chanté le mot *Crudel !* (Cruel !) puis s'est complètement tue, créant un silence empli de tension. » Le sifflement devint plus bruyant. « Elle a fixé le poulailler d'un regard flamboyant et lancé le second *Crudel !* directement au public, le contraignant à un silence mortel. Les sifflements et les hésitations vocales de Maria ont cessé. Elle a obtenu un grand succès et le public a apprécié tous les nouveaux raffinements qu'elle a apportés à ce grand rôle. »

Le sifflement a été effacé de l'enregistrement de cette représentation. En revanche, on n'a pas pu modifier la faible direction musicale et les tempi mollassons de Schippers. Maria ne devient dominatrice qu'au deuxième acte, même si Schippers fait traîner à l'infini *Ebben ! tutto mi manca* et si Vickers semble avoir quelques problèmes vocaux identiques à ceux de sa partenaire. Tous ont dû se concerter entre le deuxième et le troisième actes, car le tempo accélère subitement et Maria est de nouveau en excellente forme, sûre vocalement, au point de chanter avec davantage d'intensité et presque mieux qu'à Épidaure. Aucune huée n'accueille le baisser du rideau et Maria revient saluer seule à sept reprises.

Elle passe Noël à Paris avec Onassis, Alexandre et Christina (Tina est à Saint-Moritz avec son nouveau mari). Le remariage de leur mère et la fréquentation d'établissements scolaires anglais plus sévères n'ont pas calmé l'hostilité des enfants à son égard. Elle comprend leur aversion, leur besoin de régler leur problème, de faire porter le blâme à quelqu'un. Malheureusement, c'est à elle qu'ils s'en prennent. Son seul espoir est qu'une fois installés dans leur nouvelle vie, ils accepteront aussi la nouvelle vie de leur père.

C'est une époque de réflexion pour Maria. Elle approche de la quarantaine. Sa jeunesse est derrière elle, son innocence perdue. Malgré l'affection évidente qu'il lui porte, Onassis montre tous les signes qu'il ne l'épousera jamais. Les perspectives de donner le jour à un enfant sont minces. Et elle en est arrivée à accepter la cruelle vérité liée à la célébrité : les gens qui vous aiment un jour peuvent se retourner contre vous le lendemain si vous faites un faux pas et ne correspondez plus à la vision qu'ils se font de vous. Alors que sa Médée d'Épidaure a été l'un des plus grands triomphes de sa carrière, l'accueil tiède qu'elle a reçu à son retour à la Scala l'a démoralisée.

Elle pense que si elle s'en occupe comme il faut, sa voix ne l'abandonnera pas – en tout cas pas avant quelques années. De nombreuses cantatrices sont restées au pinacle jusqu'à la cinquantaine. À quarante-quatre ans, Birgit Nilsson vient de faire des débuts au Met qui lui ont valu la une et une photo dans le *New York Times.* Non, malgré ceux qui critiquent sa technique vocale et le son parfois métallique de sa voix, malgré ceux qui prophétisent son imminent déclin, Maria ne craint pas que sa voix la trahisse, si de son côté elle ne la trahit pas. L'arrivée d'excellentes jeunes chanteuses telles qu'Anna Moffo, Leontyne Price ou Joan Sutherland, qui s'est imposée comme une soprano colorature dramatique après ses débuts triomphaux dans *Lucia* sous la baguette de Serafin, ne l'intimide pas non plus. Sa querelle avec Tebaldi ? Elle est davantage d'ordre personnel que professionnel. La cupidité, l'hypocrisie et la mesquinerie qu'elle reproche à sa rivale n'ont rien à voir avec la musique.

Tous ses doutes, toutes ses incertitudes sont en fait d'ordre affectif. Onassis représente le père dont elle a été séparée enfant, l'amant qu'elle a toujours cherché. Elle souhaite bien davantage le rendre fier de ses accomplissements qu'obtenir l'approbation du public. Onassis est effectivement fier d'elle, mais pour des raisons qui n'ont rien à voir avec ses talents musicaux. Il la croit coriace comme lui. « Nous formons une sacrée paire ! », lui répète-t-il avec orgueil. Mais il évite toutes les discussions à propos du mariage. Et il ne la presse pas davantage d'obtenir son divorce. « Je ne suis pas sûr que tu aimerais perdre ta citoyenneté américaine, insinue-t-il, alors qu'il sait parfaitement que c'est la chose à faire pour lui permettre de divorcer en Grèce. Le gouvernement américain n'est pas coulant en la matière. Il pourrait très bien t'empêcher par la suite d'aller chanter ou de vivre aux États-Unis. »

Le désir le plus cher de Maria est de vivre sous le même toit que lui. Elle comprend que c'est son manque de racines qui est à l'origine des problèmes qu'il a eus avec Tina. Onassis est incapable de se poser quelque part. S'il aime tellement le *Christina*, c'est parce que c'est une maison *mouvante*. Il peut lever l'ancre quand bon lui semble pour mettre le cap sur n'importe quelle direction de son choix. Pourtant, Maria espère encore qu'un beau matin, il va se réveiller en ayant changé d'avis, désireux de l'épouser et de s'installer quelque part. Ce rêve est devenu l'unique préoccupation de sa vie, une obsession identique à celle de conserver son statut de plus grande cantatrice de son temps, avant qu'elle ne tombe amoureuse de lui.

Hormis le contrat qu'elle a signé pour chanter à nouveau *Médée* à la Scala au début de l'été, elle s'en tient aux concerts : au Royal Festival Hall de Londres le 27 février, puis à Munich, Essen, Hambourg et Bonn en mars. Elle entame l'année à Monte-Carlo où elle jouit de quelques moments d'intimité avec Aristote à bord du *Christina*. Elle a l'intention de n'accepter aucun engagement, de manière à pouvoir l'accompagner à Paris et s'occuper de la décoration de son appartement. Elle reçoit alors une invitation à chanter au Madison Square Garden le 17 mai, à l'occasion du quarante-cinquième anniversaire du président John Kennedy. Au départ, elle veut refuser car cet engagement, qui tombe entre sa tournée en Allemagne et sa *Médée* de Milan, va prolonger leur séparation.

Maria n'a jamais rencontré le président américain, alors qu'Onassis a reçu le couple Kennedy sur son yacht en compagnie de Winston Churchill durant l'été 1958. John Kennedy n'était encore que sénateur du Massachusetts. Le *Christina* avait jeté l'ancre aux Bahamas où John et Jacqueline Kennedy étaient en vacances. Churchill avait connu le père de John, Joe Kennedy, à l'époque où ce dernier était ambassadeur en Grande-Bretagne en 1940, et il éprouvait « une certaine tendresse » pour l'homme d'affaires et diplomate à temps partiel. À en croire la rumeur, le vieux Joe était en train de tirer les ficelles pour lancer John dans la course à la présidence. « On me dit qu'il est du bois dont on fait les présidents, avait confié Churchill à Onassis. J'aimerais bien rencontrer ce bois présidentiel. »

Onassis avait immédiatement pris les dispositions nécessaires. John Kennedy était peut-être plus enchanté de rencontrer Churchill que l'inverse. Quant à l'armateur, il avait surtout été fasciné par le charme de l'épouse du futur président. Jackie, âgée à l'époque de vingt-neuf ans, était montée à bord dans une robe trapèze d'Yves Saint Laurent dont l'ourlet s'arrêtait juste au-dessus des genoux. La douce brise du soir jouait dans son casque de cheveux noirs. Elle respirait l'élégance. Onassis avait apprécié sa voix chantante, son aisance à passer de l'anglais au français et réciproquement en fonction de son interlocuteur. Jackie avait cette « façon royale » de regarder la personne à laquelle elle s'adressait : grande concentration, sourire d'approbation au moment adéquat. Il avait pourtant senti autre chose en elle et confié à Costa Gratsos qu'elle avait « quelque chose de sacrement *entêté*... quelque chose de provocateur... Elle a une âme charnelle ».

À présent que John Kennedy est à la tête du plus puissant pays du monde, Onassis s'en veut de ne pas s'être montré plus empressé lors de leur rencontre sur le *Christina* et de ne pas l'avoir convié à rester dîner. Il n'a pas l'intention d'accompagner Maria à New York, mais il l'encourage à accepter cette invitation à chanter pour l'anniversaire du président. Costa Gratsos, à la tête de ses bureaux de Manhattan, pourra veiller sur elle. Maria écrit à son parrain qu'elle a l'intention de lui rendre visite et lui demande d'informer sa mère qu'elle ne l'appellera pas davantage qu'elle n'ira la voir pendant son séjour à New York.

Madison Square Garden est une arène unique au monde. Non pas en raison de sa taille – elle contient vingt mille personnes – mais de son public. Les New-Yorkais sont habitués à la foule. Ils s'y sentent dans leur élément et baissent la garde. Ils se laissent aller à exprimer toutes leurs émotions, excitation, colère ou bonheur. Que représente un cri au milieu de vingt mille autres ? Des foules aux goûts éclectiques se rassemblent au Madison Square Garden, terrain de bataille ultime des championnats de boxe, de lutte, de base-ball. Des conventions politiques, des salons canins s'y tiennent. Des cirques y donnent des représentations. Le silence feutré des salles de concert, des opéras ou des théâtre n'y est pas de mise. Les spectateurs se montrent bruyants et irrévérencieux tant que les haut-parleurs ne leur donnent pas l'ordre de se taire.

Des coulisses, Maria se demande comment elle va pouvoir maintenir l'attention d'une foule si indisciplinée avec un air d'opéra. Des fumées de cigares et de cigarettes flottent dans la salle où quinze mille Démocrates, qui ont payé un tarif record pour assister à la fête et faire des dons au parti, attendent avec impatience l'arrivée du président. Le beau-frère de John Kennedy, Peter Lawford, est le maître de cérémonie.

Outre Maria, vont se produire Ella Fitzgerald, Peggy Lee, Jimmy Durante, Jack Benny et Marilyn Monroe. La blonde platine reste invisible au moment où on guide le président vers la place d'honneur, au milieu des membres de sa famille : ses frères Robert et Ted, sa mère Rose, ses sœurs Pat (la femme de Lawford), Eunice (épouse de Sargent Shriver), ainsi qu'Ethel, la femme de Robert, et le vice-président Lyndon Johnson. La Première Dame brille par son absence. Elle a prétexté un engagement dans la compétition hippique de Loudoun Hunt (où elle arrivera troisième). Mais tout le monde n'est pas dupe.

John Kennedy est un coureur de jupons compulsif. Jackie garde la face, tout en connaissant pertinemment le nom des femmes qui partagent le lit de son mari. Depuis quelque temps, Marilyn Monroe est entrée dans « la catégorie petites amies. Kennedy ne l'a jamais mise au même niveau que Jackie », affirme un collaborateur du président. Cela n'empêche pas Marilyn de voyager à bord d'Air Force One avec John Kennedy et d'effectuer des visites à la Maison-Blanche quand Jackie est en déplacement. La Première Dame a refusé d'être assise à côté de son mari pendant que l'une de ses conquêtes chanterait pour lui devant quinze mille personnes. « Ce sera moi ou elle », a-t-elle prévenu Lawford, responsable de la liste des artistes qui allaient se produire. Il lui a répondu que s'il annulait la présence de Marilyn, attendue par les spectateurs et annoncée partout, la presse risquait d'en faire ses choux gras. Mais quand il s'est avéré que Jackie n'était pas là, un bourdonnement déconcerté s'est propagé dans le public.

Lawford, sachant que Marilyn n'est pas encore arrivée, décide de tourner son retard en plaisanterie. « Monsieur le président, à l'occasion de votre anniversaire, cette femme charmante n'est pas seulement belle mais ponctuelle. Monsieur le président, Marilyn Monroe ! » Des applaudissements tonitruants, des huées et des sifflets accueillent sa présentation, mais Marilyn reste invisible. Lawford lève les bras et grimace. « Monsieur le président, annonce-t-il alors, Miss Ella Fitzgerald ! » (qui ne trouve pas cela amusant).

Lawford répète son « gag » avant d'introduire chaque artiste. Maria, qui est la dernière à se produire, regrette à présent complètement d'être venue. On l'applaudit fort, mais il est clair que le public attend surtout l'entrée en scène de Marilyn.

Vêtue d'une robe de mousseline rouge, les cheveux bouffants, son long cou sculptural paré d'un collier de diamants éblouissant, Maria chante, dans un français parfait, la « habanera » et la « séguedille » de *Carmen* et reçoit une ovation enthousiaste. Mais elle n'a pas le temps de conclure ses saluts car Lawford s'avance, prend le micro et avec un moulinet du bras, annonce : « Parce que, monsieur le président, dans toute l'histoire du spectacle, il n'y a peut-être pas eu une femme qui ait eu une telle aura... qui ait fait davantage... monsieur le président... la tardive... la *très tardive*... Marilyn Monroe ! »

Maria regagne à peine les coulisses que Marilyn ondule telle une sirène en scène, revêtue, comme le dira Adlai Stevenson, « de peau et de perles ». Il s'agit en fait d'une robe de mailles fines conçue par Jean Louis, couverte de milliers de perles scintillantes, qui épouse ses formes. La robe a été cousue sur elle à la dernière seconde avant son entrée en scène pour « coller à la perfection ». D'une voix langoureuse et très sexy, elle chante *Thanks for the Memory*, suivi de la plus célèbre interprétation de *Happy Birthday* (*Mr Pre-sident*) jamais donnée en public. À l'évidence, Marilyn est droguée ou elle a trop bu. Le regard fixé sur Kennedy, elle prononce les mots lentement, sans articuler, et conclut par une moue voluptueuse pour lui envoyer un baiser à travers le nuage de fumée.

Quelques instants plus tard, « Mr Pre-si-dent » se tient à côté du plus célèbre des sex-symbols, tandis qu'un plateau roulant apporte sur scène un gigantesque gâteau d'anniversaire. « Après ce joyeux anniversaire chanté pour moi de façon si tendre et réconfortante, je peux me retirer de la politique », déclare-t-il. Rires et applaudissements éclatent dans le public déchaîné.

Maria, de nouveau à contrecœur, assiste en compagnie de Costa Gratsos à la réception de gala qui suit le spectacle, offerte par Arthur Krim, président de United Artists, dans sa magnifique maison au cœur de Manhattan. Au bout d'une petite demi-heure, elle demande à Gratsos de préparer leur départ. Kennedy l'aperçoit seule dans un coin et dit à William Walton, correspondant de *Time* : « Allez parler à Callas. Personne ne lui parle. Elle boude. »

Maria regagne Milan pour les répétitions à la Scala de *Médée*, qui sera donnée les 23 mai et 3 juin. Le printemps est très humide et gris. Malgré la présence de Toy et de Bruna, elle se sent seule. Aristote s'est totalement impliqué dans un nouveau projet : il vient d'acheter une île inhabitée de la mer Ionienne, à environ dix kilomètres de la côte d'Ithaque (d'où viennent nombre de ses amis et collaborateurs, dont Gratsos), qu'il baptise Skorpios, car « elle a la forme d'un scorpion ».

Deux jours après l'arrivée de Maria à Milan, ses problèmes de sinus reprennent de plus belle. Schippers est de nouveau à la direction d'orchestre et leur mésentente musicale se confirme. Maria va demander à Ghiringhelli si un autre chef, Rescigno par exemple, ne pourrait pas le remplacer. Le directeur lui répond que c'est impossible : il est trop tard et, à ce stade, rompre le contrat de Schippers serait beaucoup trop onéreux. Malheureusement, le chef a vent de cette conversation « secrète », ce qui achève de tendre ses relations avec Maria.

Cette production de *Médée* semble aussi condamnée que son héroïne. La vague de froid printanier inhabituelle a poussé de nombreux Milanais amateurs d'opéra à se rendre plus tôt que prévu dans leurs villas d'été. Les ventes de billets ne s'envolent pas. L'état des sinus de Maria empire et elle doit subir un traitement douloureux. Comme elle a souvent du mal à joindre Onassis, elle est au plus bas. Minotis et Vickers tentent de la distraire, mais son cœur est ailleurs et c'est là-bas qu'elle voudrait être. Elle confie alors à Bruna que Maria-la femme lui importe davantage que Maria-l'interprète.

Personne ne siffle cette fois dans le public, mais Maria est loin d'être en bonne forme vocale et sa voix se casse durant l'une des arias du deuxième acte. Les critiques sont moins bienveillants. Ils laissent entendre que si son art de comédienne reste extraordinaire, sa voix est sur le déclin. Maria elle-même le redoute et c'est dans un état épouvantable qu'elle fait ses bagages, aidée de Bruna, pour rejoindre Onassis à bord du *Christina*, où ils effectueront leur habituelle croisière estivale. Toy, qui semblait en proie au *cafard** depuis quelques jours, tout comme sa maîtresse, meurt d'une crise cardiaque.

Avant de quitter Milan, Maria demande à Bruna d'aller chercher quelques effets personnels dans son appartement. Milan et la Scala appartiennent désormais au passé. Il est temps d'aller de l'avant.

21

La tentatrice et la Première Dame

Maria a élu résidence à Paris. Elle adore le tempo, la langue, le style de la capitale. Onassis reste un perpétuel voyageur pour lequel le travail passe avant tout le reste. Seules plages de retrouvailles dans cette vie trépidante : quelques séjours à Monte-Carlo et des croisières sur le *Christina*. Elle le rejoint parfois à Londres et ils se voient à Paris, mais ils ne partagent pas un appartement. Sa passion pour lui reste aussi ardente. Il occupe le centre de sa vie. En apparence, il est à sa dévotion. Il la couvre de bijoux somptueux et règle sans sourciller les factures concernant le mobilier et les objets qu'elle choisit pour la décoration de son appartement. Il prête attention à ses problèmes familiaux, professionnels, domestiques, et lui donne des conseils affectueux.

Sans que l'on puisse vraiment pointer des exemples précis, il a cependant pris une certaine distance. Plus que jamais, il évite d'aborder le sujet du mariage et d'une vie commune. Maria n'y fait plus allusion, par crainte de perdre ce qu'elle a déjà. « En définitive, nos vies n'ont peut-être pas évolué de façon si différente », confie-t-elle à sa sœur, pensant à la longue liaison de Jackie avec Milton Embiricos. Comme elle gagne très bien sa vie, grâce à ses enregistrements et à ses apparitions sur scène, elle jouit d'une certaine indépendance et n'a pas l'impression de se compromettre. À défaut d'autre chose, les cadeaux de son amant, simples largesses d'un homme fortuné, illustrent la profondeur de ses sentiments.

Elle a programmé des concerts pour l'année 1963 qui auront tous lieu au printemps et en été. Onassis assistera à ceux de Paris et de Londres[1]. Lorsqu'ils ne sont pas ensemble, elle s'occupe en décorant son appartement et en travaillant sa voix avec un accompagnateur. Elle n'a que quelques amies, dont Maggie van Zuylen, mais la haute société parisienne ne lui a pas ouvert les bras comme elle l'espérait. Bruna lui sert d'infirmière, de mère, de sœur et d'amie, mais une barrière de classe continue à les séparer. Elle confie qu'en l'absence d'Onassis « les journées passent assez facilement. Mais les soirées… Qu'est-ce que vous faites quand vous refermez la porte de votre chambre et que vous vous retrouvez seule ? » Quand il n'est pas là, elle dort mal. « J'ai l'habitude de travailler le soir, dit-elle. C'est le moment où mon cerveau fonctionne le mieux. Mon équilibre chimique est là. Mais la nuit, on se fait des tas d'idées, des idées pessimistes, et j'aimerais pouvoir m'en débarrasser. Mais est-ce que vous pouvez sortir *[à Paris la nuit]* quand vous êtes une femme seule, marcher jusqu'à l'épuisement, faire autre chose ? Une femme ne peut pas faire ça. Prendre un train ? Partir ailleurs quand on est déprimée ? Que fait donc une femme ? »

Elle souhaite désespérément devenir l'épouse d'Onassis, même si cela ne lui garantit pas qu'il sera toutes les nuits près d'elle. Elle a toujours envie d'un bébé – en tout cas, elle l'imagine. « Je ferais peut-être une mère épouvantable, reconnaît-elle, mais au moins, je ne serais pas seule. » Dans l'espoir que ce miracle se concrétise, elle laisse une petite chambre vide.

L'avenue Georges-Mandel doit son nom à Louis-Georges Rothschild Mandel, ministre de la IIIe République résolument opposé à l'Allemagne nazie, qui a été exécuté par des

---

1. Le 17 mai, elle est au Deutsche Oper de Berlin, le 20 à la Rheinhalle de Düsseldorf, le 23 à la Liederhalle de Stuttgart, le 31 au Royal Festival Hall de Londres, le 5 juin au Théâtre des Champs-Élysées et le 9 juillet au Falkoner Centret de Copenhague.

miliciens de Vichy en 1944. Comme il sied à un Rothschild, c'est une large artère du XVIe arrondissement, bordée de marronniers. Aidée du décorateur Georges Grandpierre, Maria choisit pour son luxueux appartement, situé au deuxième étage, un mobilier Louis XV. Chaque pièce, au plafond très élevé, pourrait servir de décor aux *Noces de Figaro* de Mozart.

Le salon, grandiose, peut se transformer en salle de musique. Les portes-fenêtres, qui donnent sur un balcon de fer forgé face à l'avenue verdoyante, sont encadrées de doubles rideaux de « velours rouge bourgogne dont la cantonnière s'étend sur presque toute la largeur du mur, retenus par des embrasses dorées qui révèlent leur doublure de soie couleur huître ». En dessous, les voilages blancs « évoquent le rideau d'avant-scène d'un opéra ». Un grand Steinway rivalise de grandeur avec les draperies. Des tableaux du XVIIIe siècle, signés Jean-Baptiste Greuze, et plusieurs scènes allégoriques d'une époque antérieure ornent les murs. Au-dessus du manteau de cheminée de marbre Louis XV délicatement sculpté, est encastré un miroir au pourtour d'or, en harmonie avec les lambris de bois couleur crème. Un splendide tapis d'Aubusson de style Empire couvre le sol. Les chaises sont tendues de velours de soie doré. Sur des tables de bois précieux au dessus protégé par une vitre, Maria a disposé plusieurs briquets d'argent Ronson et des assiettes chinoises anciennes à usage de cendriers, concession au fumeur invétéré qu'est Aristote. Un énorme bouquet de roses rouges est remplacé dès qu'un pétale tombe.

De chaque côté des fenêtres, Grandpierre a habilement dissimulé des haut-parleurs derrière les rideaux, tandis qu'une commode rococo laquée jaune abrite un équipement hi-fi sophistiqué qui permet de transformer en quelques instants la pièce en studio de musique, dont le futur accompagnateur de Maria, Robert Sutherland, soulignera le cadre confortable et l'atmosphère décontractée, opulente et chaleureuse.

Des portes peintes dans le style vénitien du XVIIIe siècle séparent le grand salon du petit salon rouge, avec son tapis fleuri en soie tissée et plusieurs Fragonard dans des cadres d'or, accrochés aux murs rouges. Sur des tables et dans des niches, la collection de cloisonnés et de bronzes chinois anciens de Maria : éléphants, chiens, pagodes. Pour la salle à manger, où une grande vitrine contient le magnifique service de table en porcelaine de Sèvres, Grandpierre a choisi le style Louis XVI. Parmi les rares meubles que Maria a fait venir de Milan figure le double lit italien du XVIIIe, pourvu d'une tête de lit à cadre rococo doré, que Battista avait acheté pour leur premier appartement de Vérone. Face au lit, un grand tableau à l'huile, peint après la mort de l'animal, représente Toy.

La salle de bains, conçue presque entièrement par Maria, est son domaine. Toute de miroirs et de marbre rose et blanc, elle est meublée d'un profond canapé, d'un fauteuil de velours rose et d'une table de verre équipée d'un tourne-disques. Elle contient un téléphone dont le fil est assez long pour permettre à Maria de se prélasser dans son bain en bavardant.

Bruna dispose de sa propre petite suite de l'autre côté de l'appartement, derrière la cuisine. Le personnel comprend Consuelo, la cuisinière, et Ferruccio, le majordome (« un Italien beau et doux ») qui conduit aussi la Mercedes fournie par Onassis. Pixie la blanche et Djedda la brune, deux caniches femelles miniatures dont Onassis a fait cadeau à Maria après la mort de Toy, sont venues élargir la maisonnée. Maria les adore toutes les deux. Elles bondissent partout et essaient de lui lécher les joues chaque fois qu'elle rentre à la maison, même si elle ne s'est absentée que brièvement ; elles sont censées dormir au pied du lit de leur maîtresse mais Maria les retrouve souvent le matin sur son oreiller. Pixie devient sa préférée. Chaque fois que Maria chante dans le médium, elle l'accompagne d'un « geignement soutenu ». Maria jure avec humour que Pixie a dû être une cantatrice ratée dans une vie antérieure. Elle encourage la petite chienne à « chanter » chaque fois qu'elle veut divertir des invités, mais lorsqu'elle travaille sérieusement, il faut enfermer Pixie dans la salle de bains pour ne pas l'entendre gémir.

De son côté, Onassis est obsédé par l'île de Skorpios, d'une superficie à peu près égale à celle de la minuscule principauté de Monaco. Les bâtiments de l'île ne consistant pour l'instant qu'en une petite chapelle spartiate et quelques maisons de pêcheurs, Skorpios n'est pas encore prête à recevoir des invités. Maria elle-même ne s'y rend que rarement avec lui. Au début, l'île n'est couverte que d'oliviers. En un rien de temps, il y introduit « tous les arbres de la Bible... amandiers, mûriers, pins, lauriers-roses, figuiers ». La première fois que Maria le voit « en short, torse nu... planter lui-même des arbres en transpirant au soleil, creuser avec ses ouvriers, leur parler des fleurs, des fruits et des arbres qu'il plante », il lui semble que l'homme qu'elle aime, le *vrai*, s'est dévoilé à elle.

Il n'a pas oublié les proverbes prononcés par sa grand-mère quand il était petit : « S'asseoir sous son propre figuier représente l'idéal juif de la paix et de la prospérité... Quand la pomme de pin est coupée dans le sens de la longueur, une marque à sa surface ressemble à la main du Christ, signe qu'Il a béni l'arbre sous lequel la vierge Marie a trouvé refuge quand elle fuyait les soldats d'Hérode avec sa famille. »

Pendant que Maria achète des antiquités Louis XV, Onassis fait construire des kilomètres de routes sinueuses au sein du paysage de rochers blancs, ainsi qu'une vaste maison, six villas d'amis et des toits pour le personnel (les anciennes maisons de pêcheurs transformées). Il fait creuser un côté du rivage et installer deux ports, l'un pour le *Christina*, l'autre destiné aux yachts de ses invités. Il dort à bord du *Christina*, comme il l'a toujours fait, les maisons étant réservées à ses hôtes. Mais c'est de l'île elle-même, son propre royaume, dont il est extrêmement fier.

Maria est heureuse qu'Aristote, qu'elle estime ne pas avoir assez vu ce printemps-là, lui propose de faire une croisière de quatre semaines entre son concert du 5 juin à Paris et celui du 9 juillet à Copenhague. Bonheur renforcé par la présence de Winston Churchill et sa femme, et de la grande ballerine Margot Fonteyn, qui les accompagneront le long des côtes italiennes. S'ajouteront à leur petit groupe le prince Stanislas Radziwill et sa femme Lee, née Bouvier, sœur cadette de Jacqueline Kennedy. Les Radziwill ont reçu à plusieurs reprises Aristote et Maria dans leur demeure londonienne de Buckingham Street. Maria a été impressionnée par la grande élégance que Lee a su conférer à une maison modeste. La table raffinée qu'elle avait dressée pour ses hôtes – Cecil Beaton (qui a demandé s'il pouvait photographier Maria), des personnalités du monde littéraire et de la haute société – était encore plus étonnante.

Lee déborde de vie et possède une réserve inépuisable de potins. Maria la trouve intelligente et amusante, elle apprécie également le charme de son mari. Stanislas est le quatrième fils d'un aristocrate polonais dont les ancêtres fabuleusement riches et puissants ont régné sur la Pologne du XIVe au XVIe siècle. Au fil des ans, ils perdirent fortune et pouvoir, ce qui n'a pas empêché Stanislas de mener une vie privilégiée jusqu'à ce que les Soviétiques confisquent tous les biens de sa famille. Contraint de fuir l'invasion de l'armée allemande, il est arrivé sans un sou en Grande-Bretagne en 1946. Il s'est installé à Londres et a adopté la nationalité britannique. Il se sert encore de son titre, qui se révèle parfois fort utile. Lee a été enchantée à l'idée de devenir princesse, surtout après que Jackie fut devenue Première Dame, mais elle aspire avant tout à rouler sur l'or.

Si Maria n'a que faire du titre adopté de Lee, elle est impressionnée de se lier d'amitié avec la belle-sœur du président Kennedy. Ce qu'elle ignore, même s'il saute aux yeux que le mariage des Radziwill bat de l'aile, c'est que Lee est alors la maîtresse d'Onassis.

Dès l'enfance, Lee s'est attelée à son but. Elle a laissé tomber son premier mari, Michael Canfield, quand elle a rencontré Stanislas, alors marié à la riche Grace Kolin. Enceinte du « Pauvre Prince », elle n'a pas été acceptée de bon cœur par la haute société dans laquelle elle cherchait tellement à briller. Lee est intelligente, mais moins que Jackie et, quoique plus jolie que son aînée, elle a une réputation de séductrice, d'arriviste et d'obsédée de la mode. Le couturier Oleg Cassini, qui habillait Grace Kelly et a failli l'épouser avant qu'elle ne devienne princesse, la qualifie de « *dégagée**, une femme très chic. Elle portait un masque élégant. Je les aurais bien vues, sa sœur et elle, à la cour de Louis XV. Le destin les a séparées. Jackie est devenue le personnage historique et Lee, la mondaine ».

En définitive, c'est l'arrivée de son beau-frère au poste suprême qui a permis à Lee d'entrer dans certains cénacles mondains. « J'ai déjeuné avec votre nouvelle amie la princesse Lee, écrit Truman Capote à Cecil Beaton au printemps 1963. Mon Dieu, qu'elle est jalouse de Jackie ! Je n'en avais aucune idée. Apparemment son mariage est complètement *finito.* » Lee a confié à Capote qu'elle se sentait très éclipsée par Jackie et incomprise de Stanislas, qui compte sur leurs relations mondaines pour trouver un job « convenable » et pour garantir le luxe qu'ils apprécient tellement tous les deux. Leur situation n'est guère améliorée par les « profondes périodes noires » de Stanislas, le nombre impressionnant de Valium qu'il avale et sa dépendance aux amphétamines.

Lee veut divorcer, mais pas avant d'avoir trouvé l'homme qui pourra lui offrir le style de vie auquel elle aspire. Elle a déployé le grand jeu avec Onassis qui a toujours eu du mal à résister aux avances d'une jolie femme, d'autant que Lee peut lui offrir davantage que la simple bagatelle. Elle est la belle-sœur du président des États-Unis (qui semble l'apprécier un peu trop au goût de Jackie) ; Onassis aimerait beaucoup se rapprocher de Kennedy pour essayer de faire avancer ses intérêts maritimes aux États-Unis, qui lui posent problème depuis longtemps. Sa liaison avec Lee dure depuis plusieurs mois. Craignant que la presse ne s'en empare, il a décidé de prendre les devants. D'où cette croisière qui les réunit, Maria et lui, les Radziwill et les Churchill. Il se dit qu'elle rendra complètement illogiques les éventuels ragots sur une aventure entre Lee et lui. Or il se conduit exactement comme au début de sa liaison avec Maria, alors qu'il devrait avoir appris à quel point il est difficile d'empêcher la presse de s'emparer d'un sujet brûlant.

Lee ne reste pas assez longtemps à bord pour que Maria ou les médias devinent la vérité. Au bout de trois jours, elle reçoit un télégramme de la secrétaire personnelle de Kennedy, Evelyn Lincoln, lui demandant de remplacer Jackie au pied levé, enceinte et souffrante, en qualité d'hôtesse d'un dîner que le président américain offre au président allemand à Bonn. À l'insu de Maria, Onassis et elle vont se rencontrer durant les huit semaines suivantes à Londres, Paris et Athènes. Au passage, l'armateur a engagé Stanislas chez Olympic Airways, avec un salaire si confortable que Radziwill déclare : « Désormais, je peux vivre dans un avion avec ma secrétaire et tourner autour du monde sans avoir à payer d'impôts ! »

Maria refuse d'accorder foi aux rumeurs qui ont fini par parvenir à ses oreilles. Elle attend avec joie leur croisière du mois d'août, qu'elle envisage comme la célébration romantique de leurs quatre années de liaison. Grande est donc sa surprise lorsque Lee se joint à eux à Glyfada la veille de l'embarquement. Le premier après-midi, alors que le *Christina* fend les eaux calmes de la mer Égée, Maria ne peut que constater une extrême familiarité entre Onassis et Lee, la façon trop dégagée dont il l'enlace par la taille ou suit du regard ses jambes hâlées et fuselées sur le pont. Ne sachant comment réagir, elle se tait et fait l'autruche pendant les quelques jours suivants. Le quatrième jour, Lee reçoit un câble. Il lui annonce cette fois la mort du nouveau-né de Jackie, Patrick. Elle descend tout de suite à terre et se rend à bord d'un avion privé d'Onassis à la base aérienne d'Otis Air, où sa sœur est en convalescence. L'attention que lui prête Onassis dès le départ de Lee fait douter Maria de ses soupçons et elle se félicite de ne pas avoir succombé à la jalousie.

Lorsque la croisière se termine, le 15 août, Onassis joue aux chaises musicales amoureuses. Il commence par emmener Maria, les Churchill et Margot Fonteyn à Londres à bord de son jet. Lee revient à Athènes le 16 août. Artémis lui a préparé la maison de Glyfada où il doit la retrouver six jours plus tard, quand Maria aura regagné Paris. Malgré les petits soins d'Artémis, Lee s'ennuie vite dans son attente. Elle appelle Taki Theodoracopoulos, décrit à l'époque comme « un jeune play-boy bon à rien, rejeton d'une famille d'armateurs grecs et athlète professionnel », qui participe au dernier tour des championnats de tennis grecs à Athènes. « Je deviens folle, lui dit-elle. Dînons ensemble. »

Le lendemain, Onassis revient à Glyfada où est amarré le *Christina*. Ce soir-là, il emmène Lee à l'inauguration du nouveau Hilton, puis ils dînent en amoureux dans l'un des restaurants les plus chics d'Athènes. Deux jours plus tard, Drew Pearson raconte dans sa chronique du *Washington Post* qu'on les a vus en tête à tête et demande : « Le magnat grec ambitionnerait-il de devenir le beau-frère du président américain ? » Lee est choquée par cette fuite, qui s'avère provenir du propre agent de publicité d'Onassis.

« Lee avait beaucoup de liaisons, rapporte un ami. Toutes très discrètes. Mais Ari ne se cachait pas, parce qu'il adorait la publicité. On ne pouvait pas être discret avec Onassis. »

Un ami ayant signalé le papier de Pearson à Maria, elle appelle tout de suite Onassis qui s'en tire par un : Lee était seule à Athènes et il a estimé qu'il ne pouvait pas faire moins que l'inviter à dîner. Les choses s'arrêtent là. Maria accepte son explication, car elle ne veut pas croire à sa duplicité.

Quels que soient les fantasmes que Lee ait pu nourrir à son égard, il est clair qu'Onassis n'a jamais envisagé de l'épouser. Mais l'armateur ne voit pas meilleur moyen pour « établir le lien avec Kennedy » que la sœur de la Première Dame – surtout s'il lui suffit de divertir Lee et, comme le dit de façon crue un associé proche, de la baiser de temps en temps. Il ne perd pas non plus de temps. Pendant son séjour à Glyfada, Lee lui offre sur un plateau l'ouverture qu'il cherchait, en lui confiant à quel point Jackie est déprimée d'avoir perdu le petit Patrick. Il lui suggère de dire à sa sœur qu'elle peut faire une croisière – sans lui – sur le *Christina*, quand bon lui semblera. Ce dépaysement l'aidera peut-être à se remettre de ce drame. Il suggère le mois d'octobre dans les eaux chaudes de la mer Égée. Lee transmet l'invitation à Jackie, complétée par une note aimable d'Onassis à la Première Dame, dans laquelle il lui dit le bonheur qui serait le sien si elle acceptait cette croisière. Ce que fait Jackie.

« Lee avait une espèce d'aventure avec Onassis, se souvient Evelyn Lincoln. Au début, cela n'a pas plu à John *[que sa femme aille sur le* Christina*]* puis il s'est dit que cette croisière lui ferait peut-être du bien. »

Onassis informe alors Maria qu'il a invité Jackie et son entourage – les Radziwill, le sous-secrétaire au Commerce Franklin D. Roosevelt Jr et sa femme Suzanne – à bord du *Christina*, mais qu'il ne participera pas à la croisière. Il lui suggère d'aller ensemble à Londres pendant ce temps-là voir Rudolf Noureïev et Margot Fonteyn danser.

Maria est apaisée. Elle comprend le désir profond d'Onassis de se lier d'amitié avec Kennedy. En invitant la femme du président à effectuer une croisière luxueuse, tous frais payés, à une époque critique de son existence, il fera de ce dernier son redevable, si la chose s'avère nécessaire. Jackie écrit à Onassis pour lui dire qu'il a tort de ne pas les accompagner, qu'il se montre trop généreux, et lui demande de reconsidérer sa position. Deux semaines avant le début de la croisière qui, de Glyfada, mènera ses invités dans les îles grecques de Lesbos, de Crète et d'Ithaque puis à Istanbul, il décide de se joindre à eux.

Lorsqu'il dit à Maria qu'elle ne peut pas l'accompagner, parce qu'« il serait inconvenant qu'il ait sa maîtresse à bord en même temps que la Première Dame des États-Unis », une scène pénible éclate entre eux. Elle n'a pas oublié qu'il l'a déjà tenue à l'écart lorsqu'il recevait Winston Churchill. À l'époque, elle en a été profondément blessée. Cette fois, le coup est encore plus douloureux. Elle avait très envie de faire la connaissance de Jackie Kennedy et elle n'apprécie pas que Lee soit à bord. Savoir que Stanislas Radziwill sera également de la partie calme un peu sa jalousie. Mais des doutes la hantent pourtant. Elle se souvient de la croisière à bord du *Christina*, fatale pour Battista et Tina, dont la présence n'a pas empêché Aristote de la poursuivre de ses assiduités et de lui faire l'amour.

Aurait-elle participé à cette croisière que Maria aurait été encore plus bouleversée par les attentions d'Onassis envers la Première Dame. Jackie, flirteuse invétérée, s'y montre ouvertement réceptive. Lorsqu'ils sont à quai, ils se promènent seuls sur le rivage, et lorsqu'ils mouillent à Skorpios, il l'emmène faire une visite privée de « son » île et écoute ses suggestions. À Istanbul, il lui fait cadeau d'un collier de diamants et de rubis – estimé à plus de 50 000 dollars – qui sera divisé en deux bracelets.

« Je ne peux pas le supporter, écrit Lee à son président de beau-frère. Il m'a offert trois mignons petits bracelets que Caroline (cinq ans) ne porterait même pas pour sa fête d'anniversaire. » Kennedy demande par câble à sa femme d'interrompre au plus vite sa croisière. Entêtée de nature, Jackie refuse d'obtempérer. « De quoi cela aurait-il l'air ? demande-t-elle à Lee. Cet homme est si généreux ! »

« S'il se tramait quelque chose à bord, écrira plus tard Franklin D. Roosevelt Jr, c'était entre Ari et Lee. Pour la première fois en quatre ans, Maria Callas n'était pas là... Stas *[Stanislas]* s'est absenté durant la croisière *[à Ithaque, afin d'assister à une réunion de dernière minute d'Olympic Airways]*... Il se passait définitivement quelque chose entre Ari et Lee... Jackie n'était là que pour se reposer. »

Un cliché, pris au téléobjectif par un paparazzi, montre Jackie prenant un bain de soleil en bikini sur le pont. Un autre paparazzi, qui a réussi à s'approcher du *Christina* à bord d'un canot à moteur, raconte qu'une musique bruyante s'élevait du yacht tous les soirs, quand on remontait le fond de la piscine et que Jackie dansait jusqu'à l'aube avec Onassis. « Ce genre de conduite sied-il à une femme en deuil ? », demande le *Boston Globe*.

Quand elle apprend qu'Onassis est aux petits soins pour Jackie, Maria éprouve un soulagement. Elle sait qu'il n'aura jamais une liaison avec la femme du président américain ; il tient trop à l'éventuelle amitié de Kennedy pour la saboter.

Son attitude à l'égard de Jackie lui inspire deux réflexions : il veut qu'à son retour, Jackie chante ses louanges et dise qu'il n'a pas d'aventure avec Lee. Elle a vu juste en ce qui concerne Jackie, mais elle se trompe pour Lee.

Un mois plus tard, le 22 novembre, la vie change pour tous les protagonistes de cette croisière d'octobre 1963 sur le *Christina*, et pour Maria aussi. Ce vendredi-là, le président John F. Kennedy est assassiné, alors qu'il traverse la ville de Dallas à bord d'une limousine noire décapotable sous les ovations de la foule, Jackie à son côté. Le monde entier est sous le choc. Maria fait partie de ceux qui voient et revoient la scène de l'attentat à la télévision. Lee s'envole sur-le-champ pour Washington, afin d'être auprès de sa sœur qui est rentrée par Air Force One. Sa vie de Première Dame s'est tragiquement terminée. Onassis se rend chez Maria et ils restent suspendus pendant des heures à la télévision du salon rouge. Les images de Jackie, soutenant la tête ensanglantée de son mari sur ses genoux à l'arrière de la voiture présidentielle, debout, dans son tailleur rose maculé de sang, et plus tard à côté du vice-président Lyndon Baines Johnson prêtant serment de nouveau président des États-Unis, lui arrachent des « elle est si brave, si courageuse » répétés. Le 25 novembre, il est de nouveau chez Maria pour regarder la retransmission des funérailles du président. La caméra s'attarde sur la silhouette rigide de Jackie en bas des marches de la Maison-Blanche, flanquée du petit John-John, trois ans, à sa gauche et de Caroline, cinq ans, à sa droite, regardant passer le cheval sans cavalier et le cercueil de leur mari et père. Le bambin, dont c'est également le jour d'anniversaire, fait le salut à son papa que sa maman lui a fait répéter.

De la jeune veuve émanent une grâce poignante, une force morale symbolique. « Il y a quelque chose de grec chez Jackie », remarque Onassis. Maria n'accordera de l'importance à cette réflexion que quelques années plus tard.

Au cours du mois de décembre, Maria enregistre à Paris pour EMI, sous la direction de Nicola Rescigno. Elle a travaillé plusieurs mois son médium qu'elle sentait lui échapper lors de ses concerts printaniers. Ces enregistrements[1] démontrent qu'elle a vaincu ce problème. « Élisabeth Schwarzkopf est la seule à approcher le feu et la récrimination qui embrasent la voix de Callas ou ses attaques au scalpel », écrit John Ardoin à propos de l'air de Beethoven qui en fait partie.

Maria a depuis longtemps maîtrisé l'art de se servir d'un micro et de chanter sans public. En studio, les exigences sont moindres que sur scène, en récital ou dans le cadre d'un opéra. Elle a la possibilité de corriger ses erreurs. Elle ne craint ni de casser sa voix, ni de la perdre complètement. Si un accident arrivait, elle pourrait toujours recommencer les prises jusqu'à être totalement satisfaite de son interprétation. De plus, ses disques commencent à lui rapporter beaucoup d'argent. Cependant, elle appréhende déjà la nouvelle production de *Tosca* qu'elle doit chanter à Covent Garden les 21, 24, 27 et 30 janvier et les 1er et 5 février dans la production de Franco Zeffirelli. Carlo-Felice Cillario sera à la baguette, Tito Gobbi chantera Scarpia et Renato Cioni, Cavaradossi. Tosca n'a jamais été le rôle préféré de Maria, mais elle a de fortes affinités avec cette diva très théâtrale, devenue meurtrière dans l'espoir de sauver la vie de son amant. La tessiture de Tosca ne représente pas un danger pour une cantatrice formée comme elle au bel canto, et elle adhère à la conception de Zeffirelli d'une Tosca à la fois plus humaine, plus chaleureuse et cependant plus grandiose qu'à l'ordinaire.

Elle s'acharne donc au travail pendant la période des fêtes de fin d'année et ne voit que très peu Onassis. Ils passent Noël ensemble à Monte-Carlo et le 31 décembre à minuit se tiennent sur le pont du *Christina*, main dans la main, pour porter un toast à la Nouvelle Année en admirant l'extravagant feu d'artifice offert par Rainier. Comble du bonheur, Maria confie à

1. Deux disques ont été enregistrés à Paris entre le 6 décembre 1963 et le 21 février 1964. On y trouve, entre autres, *Ah ! Perfido !* de Beethoven, des extraits d'*Oberon* de Weber, de *Don Juan* et des *Noces de Figaro* de Mozart et des arias de *Otello*, *Aroldo* et *Don Carlos* de Verdi.

Onassis son espoir d'être enceinte. Elle rapportera sa réaction stupéfaite :

« Mais Maria, tu as quarante et un ans et nous ne sommes pas mariés !

— En ce qui concerne mon âge, je n'y peux rien ; pour le reste, nous pouvons faire quelque chose, Aristote. »

Il ne répond rien, mais il l'étreint, et elle croit qu'il est simplement trop surpris pour exprimer son bonheur.

22

Le tournant

Sept jours après avoir annoncé à Onassis qu'elle attend un enfant, Maria est hospitalisée à Paris. Officiellement, elle doit être opérée d'une hernie mais en réalité, elle va subir un avortement. La décision de renoncer à un enfant qu'elle appelait de tous ses vœux a été l'une des plus douloureuses de sa vie. Elle a cru que cette grossesse était un miracle et qu'elle allait offrir à Onassis le plus beau présent qu'une femme peut faire à un homme. Son amant n'a d'abord rien dit, puis il lui a expliqué calmement, avec beaucoup de persuasion et à grand renfort d'arguments spécieux, qu'elle ne pouvait en aucun cas mener à terme cette grossesse qui ferait de leur enfant un bâtard.

Dans le grand salon du *Christina*, où ils ont consommé leur amour cinq ans plus tôt, Maria est en pleurs ; elle s'est laissé embobiner par Onassis. Il lui a juré qu'il ne désirait qu'elle, qu'un bébé risquait de les séparer. Il lui a rappelé les problèmes que lui avaient posés les grossesses de Tina. Maria se souviendra qu'il lui a dit : « Nous sommes heureux. Veux-tu que nous nous mariions dans des conditions si inattendues et si compliquées ? » Puis il lui a fait remarquer qu'à soixante-quatre ans, il était de toute façon trop âgé pour devenir père. Qu'il devait penser à Christina et Alexandre. Et enfin, qu'une grossesse la forcerait à l'inactivité pendant un an et risquerait de mettre sa carrière et sa santé en danger[1].

Maria a fini par se ranger à son avis et il lui a dit de ne se soucier de rien, qu'il s'occuperait de tout. Elle a tout de suite regagné Paris et dès le lendemain, accompagnée de Bruna, elle est entrée dans une clinique privée, où elle occupe une suite fleurie de bouquets de roses rouges. L'avortement se passe beaucoup plus difficilement que prévu. Maria saigne beaucoup et va souffrir d'une dépression postopératoire. Bruna ne quitte pas son chevet. « Elle ne laissait même pas l'infirmière me toucher, racontera plus tard Maria. Que des êtres comme elle existent encore dépasse l'imagination !... Comme elle ne voulait pas que je me sente humiliée devant une infirmière, elle préférait s'occuper elle-même de ma toilette. »

À son retour avenue Georges-Mandel, on lui livre un collier de perles et de diamants. Onassis ne lui a même pas rendu visite à la clinique. Il est resté à Monte-Carlo où il vit les derniers soubresauts de son combat pour conserver le contrôle de la SBM. Jusqu'au Nouvel An 1964, Rainier a espéré que l'armateur allait soutenir son projet de gagner du terrain sur la mer, seul moyen à ses yeux d'augmenter la taille et le potentiel de développement de sa principauté. Onassis, persuadé qu'un tel projet diminuerait la valeur de ses intérêts, lui a répondu par la négative peu avant Noël. Le 1er janvier, Rainier, dans son discours annuel à ses sujets,

---

1. En 1965, Maria confie à Panaghis Vergottis qu'elle est enceinte d'Onassis. Bruna le confirmera, de même qu'Artémis Garofallides et Maggie van Zuylen, que Maria considérait comme son amie la plus intime. C'est cette grossesse qui semble avoir inspiré la légende du « fils secret » qu'elle aurait eu antérieurement. Après la mort de Maria, Meneghini prétendra que Maria ne pouvait être enceinte, car elle n'avait pas subi d'intervention chirurgicale. Il fournit un document à un biographe, signé du Dr Palmieri, établissant qu'en 1957, date à laquelle il l'a examinée pour la dernière fois, elle avait une *malformazione dell'utero* – ce qui l'empêchait d'enfanter. Le Dr Palmieri reconnaît donc qu'il n'a pas examiné Maria depuis 1957, soit deux ans avant la date avancée par Nicholas Gage pour la césarienne qu'il aurait pratiquée sur elle.

insinue qu'Onassis est responsable de la chute des actifs de la SBM.

Pendant que Maria subit son supplice dans la clinique parisienne, Onassis arrive au terme de sa longue association avec Rainier. Le prince est en effet devenu actionnaire principal de la SBM par le biais de la création de six cent mille actions contrôlées par l'État. Le bureau d'Onassis à Monaco qualifie cette mesure de *loi gangster**. Comme Rainier détient le pouvoir absolu sur ses tribunaux, l'armateur n'a aucun recours. Il a perdu toute son influence et son droit de veto d'actionnaire principal. Sa fureur et son humiliation redoublent quand Rainier lui envoie un émissaire, chargé de lui annoncer qu'il rachète toutes ses parts. On lui remet alors un chèque libellé en francs français de l'équivalent de 10 millions de dollars (un tiers de la valeur des parts), accompagné d'un avis l'informant que son mouillage privé du *Christina* a été résilié et que cette décision prend effet dans les dix jours. Une semaine plus tard, le yacht lève l'ancre et sort du port de Monaco. Onassis n'est pas resté sur le pont, pour ne pas voir s'éloigner et disparaître à l'horizon la ville dans laquelle il a détenu tant de pouvoir et qui a été son point de chute principal depuis plus de dix ans.

Sachant la peine que doit lui inspirer cette confrontation perdue avec le prince Rainier, Maria a la délicatesse de ne pas lui imposer son propre chagrin. Elle cherche un apaisement dans le travail et se lance avec une énergie surprenante dans les dernières répétitions de *Tosca*, dont la première se tiendra à Londres dix jours après sa sortie de clinique. Des répétitions préliminaires ont eu lieu à Londres et à Paris au mois de décembre.

C'est la première fois qu'elle va chanter l'opéra entier avec Tito Gobbi. Jusque-là, ils n'ont eu l'occasion que d'en donner des extraits. La présence de Gobbi, et celle de Franco Zeffirelli à la mise en scène exercent sans nul doute un effet salutaire sur elle. Dans la compagnie, personne n'est au courant de l'épreuve qu'elle vient de vivre. Bruna veille fidèlement, mais Maria n'a pas d'exigences particulières –

hormis celles habituelles aux répétitions. Elle est descendue au Claridge, et elle est très déprimée. Cependant, c'est Maria-la femme qui souffre. Callas, la grande diva, sort d'une quasi-inactivité de deux ans, et sa voix retrouvée lui donne du courage. « J'ai été tellement complexée par toutes les continuelles critiques négatives qu'elles ont contribué à ce que je reconnais avoir été une crise vocale, dira-t-elle en parlant de l'époque qui a précédé cette coupure de deux années. J'avais un très fort vibrato... Je poussais trop et j'ouvrais trop la bouche. Je ne parvenais pas à contrôler le son qui en sortait. »

Le responsable principal de ce regain de confiance en sa voix est Michel Glotz, directeur artistique d'EMI à Paris, qui est aussi l'agent de plusieurs metteurs en scène, chefs et chanteurs célèbres. Il est à l'origine des enregistrements qu'elle a effectués durant cette période et c'est lui qui l'a convaincue de chanter *Tosca* à Covent Garden. Pendant toute l'année 1963 et la suivante, il a été son principal pilier, réconfort et inspirateur. Elle dira plus tard qu'elle ne se serait jamais sortie de cette passe pénible sans sa présence et ses encouragements. Glotz prend le risque d'abandonner temporairement son bureau parisien pour être à ses côtés pendant la plus grande partie de la production de cette *Tosca*. Maria peut aussi compter sur l'amitié fidèle de lord Harewood, toujours disponible lorsqu'elle a besoin d'une oreille de connaisseur et d'un soutien.

Plusieurs années ont été nécessaires pour convaincre Franco Zeffirelli de monter cette *Tosca* à Covent Garden, « parce que j'avais besoin, explique-t-il, que la soprano comprenne ma vision du personnage. Je vois Tosca comme une femme ordinaire, exubérante, chaleureuse, et non comme une grande diva entrant dans l'église avec quatre douzaines de roses, une canne, un grand chapeau à plumes, etc. Tosca n'a jamais été comme cela. Maria lui a donné vie à une vitesse sidérante, dont elle seule était capable ».

Maria communie facilement avec Zeffirelli et sa vision artistique. C'est un homme très expansif, égocentrique, mais absolument pas moralisateur ou dictatorial. Dans la première scène, au lieu de roses, il fait porter à Tosca « un simple bouquet de fleurs aux couleurs vives, légèrement, sans apprêt. À son arrivée *[dans l'église où elle vient voir son amant, le peintre Cavaradossi]*, son voile de dentelle et les mètres de mousseline rose de sa toilette très féminine en font un rayon de soleil qui éclaire le sombre intérieur. Son corps est libre – ni corset ni soutien-gorge – car à cette époque, les robes étaient coupées de manière à soutenir la poitrine des femmes ».

Zeffirelli est le genre d'homme capable d'inviter tellement d'amis dans sa villa d'été en Italie qu'il arrive que trois d'entre eux – dont Joan Sutherland – soient contraints de partager un grand lit, sans que personne ne se plaigne ni ne plie bagage. Il a la réputation d'oublier de payer ses factures, si bien qu'il est parfois obligé d'aller passer ses coups de fil dans une cabine ou de s'habiller le soir à la lueur des chandelles, dans l'attente que le téléphone et l'électricité soient rétablis chez lui. Ses amis sont séduits par son comportement bohème et par son énergie, par sa vision pleine de bon sens de la vie et de l'art. « J'adorais Maria, confie-t-il. Je voulais la montrer dans toute sa splendeur. Je faisais donc tout pour souligner ses qualités. Je n'aurais jamais songé à lui montrer un geste ou quoi que ce soit. J'alimentais son imagination à l'aide d'images visuelles. Vous savez, moins vous parlez aux artistes, aux acteurs et aux actrices, moins vous leur remplissez la tête de "concepts" et moins vous cherchez les ennuis. Vous devez leur donner des indications très précises, très simples, essentielles – amour, haine, bonheur, ressentiment – peu importe, mais comme si vous vous adressiez à un enfant. Au-delà, ils ont leur propre personnalité. Jusqu'à quel point pouvez-vous changer une Callas dans une production ? Quatre-vingt-dix pour cent de ce que vous voyez en scène provient de l'expérience qu'elle a accumulée au fil des ans. Ce qui est un don de Dieu. Un metteur en scène peut bâtir quelque chose autour d'elle, la faire aller dans une direction ou une autre, mais elle restera elle-même. »

Avec Zeffirelli à la barre, Maria se détend et suit son instinct, en parfaite harmonie avec cette production. « En Maria, racontera Tito Gobbi, j'ai découvert une artiste qui demandait toujours pourquoi et qui comprenait le sens du mot acteur. Ensemble, nous arrivions à cent pour cent. Elle était Tosca et j'étais Scarpia. Pas Maria et Tito... Tout venait spontanément. » C'est précisément ce que cherche Zeffirelli. « Et pour une fois, continue Gobbi, la distance exacte était maintenue entre Tosca et Scarpia... – ni trop proches, ni trop éloignés... Maria ne quittait pas une seconde le personnage de Tosca. Sa manière de se déplacer, de chanter, d'écouter ses collègues quand *ils* chantaient. Elle emplissait les pauses de l'action de sa présence, de sa faculté à soutenir l'attention. Elle était sincère, authentique, dénuée des vieux clichés. Nous ne verrons jamais de meilleure *[Tosca]* que Callas. »

Comme elle concentre toute son énergie sur le rôle, sa dépression diminue de jour en jour. À la couturière, elle est tellement habitée par son interprétation qu'au cours de la scène où elle se penche au-dessus du bureau de Scarpia pour chanter *Vissi d'arte*, elle ne s'aperçoit pas qu'un côté de sa longue chevelure a pris feu sur les chandelles. « Des gens se sont précipités sur scène *[et ont éteint le feu à l'aide de chiffons mouillés]* raconte Zeffirelli. Mais elle a continué à chanter. Elle ne s'est pas arrêtée. »

La première, le 21 janvier, est triomphale. « Quelle interprétation superbe du premier acte, écrit le *Guardian*. Quelle précision, quelle façon de caresser et d'isoler les mots clés ! Tous les détails étaient beaux ; certains exerçaient un effet d'une force inoubliable. Cela fait longtemps que je n'ai pas vu Callas dominer si magnifiquement la situation (même si sa voix n'était pas au sommet). »

Son vibrato apparaît de temps en temps durant la représentation, mais comme le dit un critique : « La voix de Callas fait tellement partie de l'ensemble de ses interprétations qu'on ne peut pas vraiment la séparer de son jeu. Elle lui donne des couleurs comme un peintre à sa toile, et si elle n'est plus aussi large et somptueuse qu'autrefois, elle reste un instrument stupéfiant, au timbre absolument unique. »

Gobbi ajoute ses propres louanges, qu'il attribue pour une large part à sa relation avec Maria : « Je n'oublierai jamais le moment *[où]* Scarpia accepte de rédiger un sauf-conduit pour Cavaradossi en échange de Tosca *[qui se donne à lui]*. J'ai essayé alors de caresser Maria, mais elle s'est figée comme une pierre, refusant toute privauté tant qu'elle n'aurait pas le permis. Je suis allé rédiger le document et quand je lui ai demandé par quel port elle souhaitait partir, elle a répondu "Civitavecchia" en s'approchant pour m'observer, la main sur le bureau. Je l'ai regardée d'un œil lubrique et j'ai caressé son beau bras blanc de haut en bas avec ma plume. Elle s'est pétrifiée de stupeur. Phénoménal. Aujourd'hui, tout le monde me demande de répéter ce geste, mais sans la réaction de Maria, il n'aura jamais le même impact. »

Maria prend davantage d'assurance au fil des représentations. Sa voix répond ; son jeu est si naturel qu'elle semble ne pas jouer du tout. À propos de la deuxième représentation du 24 janvier, Ardoin évoque le passage de l'acte III où Tosca découvre qu'elle a été trompée et que Cavaradossi a été exécuté : « Les hurlements déchirants que poussait subitement Callas, suivis du Mario prononcé en sanglotant, nous transportaient de la scène à la réalité. Il fallait se pincer pour se dire qu'il ne s'agissait que de théâtre. »

Michel Glotz a organisé une série d'enregistrements en studio qui commencent presque tout de suite après le retour de Maria à Paris en février. Elle est physiquement et vocalement en bien meilleure forme qu'elle ne l'a été depuis longtemps, mais séjourner seule à Paris, sans Onassis qui travaille ailleurs, la replonge en partie dans sa dépression.

Après l'assassinat du président Kennedy et son départ de Monte-Carlo, Onassis arrête subitement de voir Lee, qui n'y comprend rien mais est incapable de raviver leur flamme. Onassis n'a pas d'autre femme que Maria dans sa vie. Il a perdu du prestige et beaucoup d'argent lors de sa rupture avec Rainier et il voyage autour du monde à bord du *Christina*, un peu comme un homme déraciné. Maria comprend son sentiment de perte, mais elle ne peut rien faire pour le soulager. « Il a perdu Monaco et j'ai perdu l'occasion de devenir mère. C'était peut-être la justice de Dieu », dira-t-elle plus tard sans charité. Mais en 1964, elle a simplement le sentiment de ne pas l'épauler comme elle le devrait.

Elle a signé pour huit représentations de *Norma* à l'Opéra de Paris aux mois de mai et juin, sous la direction de Zeffirelli, avec Franco Corelli dans le rôle de Pollione. Elle ne se lasse pas de Norma, qu'elle a chanté presque quatre-vingts fois et qui lui réserve encore des défis. Norma est une guerrière, une double personnalité, audacieuse pour son époque tout en n'étant pas déplacée dans la nôtre ; une femme exaltée, à la vie privée scandaleuse. À la fin, elle a le courage d'avouer ses péchés et de sacrifier sa vie. Lors d'une scène émouvante, elle supplie à genoux son père de lui pardonner et de lui promettre de s'occuper de ses enfants quand elle se sera immolée. Pollione, le père de ses enfants, vaincu par sa générosité, marche avec elle vers le bûcher.

« Maria était transcendante dans ces derniers instants, raconte Zeffirelli. Profondément émouvante. Je pense qu'elle s'identifiait beaucoup à Norma. D'une certaine façon, c'était sa propre histoire. Maria, somme toute, était... la grande prêtresse de son art. Pourtant, cela ne l'empêchait pas d'être la plus vulnérable des femmes. Très humaine. Dans *Norma*, Maria atteignait les sommets de l'opéra. En une vie, on peut voir beaucoup de grandes choses au théâtre. Mais que peut-on comparer à Maria Callas dans *Norma* ? »

Les scènes de Norma avec ses deux fils illégitimes sont plus émouvantes que dans les productions précédentes. La silhouette de cette Norma, dans sa robe de soie égyptienne pourpre foncé et sa cape qui se déploie de ses épaules, se détache sur la lune. Alors qu'elle sort la dague pour tuer ses enfants endormis, elle est submergée par son amour maternel. Un moment d'angoisse qui dure une éternité, d'une émotion presque insoutenable. Lentement, elle abaisse l'arme, la laisse tomber en s'agenouillant près de ses fils, les réveille et les étreint passionnément, incapable de supprimer leurs jeunes vies pour se venger de la trahison de leur père.

Au cours des répétitions, Maria dit à Zeffirelli qu'elle ne veut pas établir de relations « trop familières » avec les garçonnets qui jouent ses fils. Les enfants acteurs se laissent facilement conditionner, si bien que leurs réactions deviennent « théâtrales ». Elle souhaite laisser les émotions et la tendresse qu'elle éprouve pour eux se révéler vraiment sur scène, pour qu'ils réagissent avec davantage de naturel.

Le soir de la première, cette scène est poignante, car les enfants sont pris au dépourvu par l'affection inattendue que leur manifeste Maria. « Mon Dieu, quel dommage que cette femme n'ait pas eu d'enfants, s'écrie Zeffirelli, qui ignore qu'elle vient d'en perdre un. Vraiment, elle aurait été... Mais peut-être que son enfant, c'est son travail. Après tout, les artistes de sa stature ne peuvent pas être totalement comblés dans la vie. Sinon ils n'atteindraient jamais cette sorte de dimension supplémentaire de désespoir qui les place à part. »

Onassis n'assiste qu'à la quatrième représentation du 6 juin, une soirée de gala dont le public comprend un parterre de célébrités, dont Charles et Oona Chaplin, Jean Seberg, David Niven, la bégum Aga Khan, Jean-Paul Belmondo, Jeanne Moreau et Catherine Deneuve. Rudolf Bing, invité par Michel Glotz, est aussi dans la salle. Glotz essaie de raccommoder Bing et Callas, dans l'espoir que Maria puisse se reproduire au Met.

Le soir de la première, Maria était en forme, mais ce quatrième soir, son phrasé et son rythme ne sont pas équilibrés et sa voix se casse sur un contre-*ut* au dernier acte. Bing dira : « C'était l'occasion qu'attendait la clique des anti-Callas. Au milieu des sifflets, elle a fait arrêter l'orchestre et demandé au chef de reprendre. À son sommet, Callas aurait pris ce genre de risque par défi. Mais là, c'était presque de la folie. Il y a eu subitement un silence terrifiant – du genre de celui qui devait tomber sur la foule quand la guillotine tremblait avant de descendre. » Maria atteint la note et la soutient avec une maîtrise parfaite. D'un seul coup, une prise de bec éclate au balcon entre deux groupes de spectateurs, « ceux qui applaudissaient son courage et ceux qui le lui reprochaient[1] ».

Onassis se lève et l'acclame, comme s'il n'avait jamais été plus fier d'elle. Il la félicite pour son courage. Elle lui répond que c'était plutôt de l'impudence. Il reconnaît qu'ils doivent se retrouver davantage et lui propose de passer l'été en sa compagnie sur le *Christina* à Skorpios, puisqu'elle sera libre. Les grands travaux viennent d'être achevés sur l'île et ces vacances seront la période la plus intime qu'ils partageront depuis le début de leur liaison.

Maria achète une nouvelle garde-robe estivale, plus légère et décontractée qu'autrefois. Ils dressent ensemble avec soin la liste des personnes qu'ils convieront à faire de brefs séjours sur l'île : Zeffirelli, Maggie van Zuylen, Panaghis Vergottis, Costa Gratsos, Michel Glotz, Alexandre et Christina (pendant leurs vacances scolaires d'août), le maestro Serafin vieillissant et son épouse, et Elvira de Hidalgo. Désireux de se ménager des tête-à-tête au lieu de passer leur temps à divertir des invités de marque, ils décident de ne pas inviter les autres célébrités qui ont souvent voyagé sur le *Christina*. Il y aura des dîners à bord du yacht, des barbecues sur la plage – à présent recouverte d'un superbe sable blanc importé par Onassis – et des cocktails sur la terrasse de la maison principale.

Onassis et Maria vont faire de nombreuses promenades en amoureux et on les verra, main dans la main, sur le rivage au clair de lune. Ils donnent l'impression d'être en voyage de noces et leur humeur tendre se reflète sur le personnel et les invités. Bruna est là pour veiller sur Maria. Lors des descentes à terre, les deux caniches restent à bord, pour éviter qu'ils ne soient attaqués par les petits animaux sauvages qui peuplent

---

1. Bing évoque cet incident dans son livre, *5 000 soirs à l'opéra* : « Après, je suis allé dans sa loge. Je ne savais pas si je devais évoquer ou non cet épisode. Un peu comme quand une femme porte une jupe trop courte et qu'on ignore s'il est plus grossier de regarder ou de détourner le regard. Je me suis tu, et elle n'en a jamais parlé non plus. »

encore l'île. Maria est entourée de personnes qui sont attachées, non pas à sa célébrité, mais à *elle*, et cette affection lui permet de se détendre comme elle ne s'est que rarement détendue de toute sa vie. De plus, il semble toujours y avoir une espèce de substitut de père à sa disposition, comme Serafin et Vergottis, avec lesquels elle peut évoquer ses soucis les plus intimes. Ceux concernant sa voix avec Serafin et avec Vergottis, sa relation, plus passionnée que jamais, avec Onassis.

Panaghis Vergottis a une dizaine d'années de plus qu'Onassis. Grand, mince, élégant, issu d'une famille d'armateurs grecs fortunés, il ne s'est jamais marié. Malgré ses nombreuses et belles maîtresses, nombre de rumeurs ont couru sur son homosexualité, y compris une liaison de jeunesse avec Onassis, dont on n'a jamais eu aucune preuve. Vergottis loue une suite dans les hôtels Ritz de Paris et de Londres, il est souvent invité sur le *Christina* et il fait des affaires avec Onassis. L'avenir de Maria le préoccupe sincèrement. Il connaît bien Onassis et se rend compte que l'espoir de Maria de l'épouser un jour ne se concrétisera jamais. Il n'a cependant jamais douté de l'amour qu'éprouve son vieil ami pour elle, « *historique* ou *histrionique*, je ne sais pas bien, dira-t-il à des amis. Ari n'a jamais aimé une femme si intensément. Il ne réalise pas pour l'instant à quel point il a besoin d'elle. Elle fait comme partie de sa chair. Mais il se débat toujours avec l'homme qu'il est et celui qu'il voudrait être. Malheureusement, l'attrait de la fiction l'emporte toujours sur la réalité. Pour l'instant, Maria n'a que de l'amour à lui donner, et cela ne lui suffit pas ».

À l'époque, la situation matérielle de Maria est telle qu'elle ne pourrait se permettre ce style de vie luxueux sans la générosité d'Onassis. Vergottis lui conseille d'acquérir davantage d'indépendance et d'assise financière. Il lui suggère de devenir propriétaire à part entière d'un bateau. Les deux hommes parlent de ce projet et Onassis tombe d'accord avec lui. Vergottis promet de se mettre en quête d'un navire en bon état. Début septembre, il entend parler d'un tanker en construction dans un chantier espagnol, qui peut être acquis à un prix très intéressant et qui rapportera ensuite des rentes annuelles plus que confortables.

Onassis accepte de verser, au nom de Maria, 25 % des 3,4 millions de dollars que vaut le bâtiment. Les deux hommes prendront l'hypothèque sur la somme restante, Vergottis à concurrence de 25 % et Onassis de 50 %. Une garantie est alors établie, selon laquelle Maria recevra 26 % supplémentaires sur la part d'Onassis à la mort de ce dernier. Cette opération lui procurera le contrôle et la protégera de toute interférence de ses autres héritiers.

À la signature des contrats, le 27 octobre, Maria est au septième ciel. Elle est à présent en partie propriétaire d'un tanker de 28 000 tonnes baptisé *Artimission*, battant pavillon libérien. Les trois partenaires dînent ensemble chez Maxim's pour fêter leur association. Mais à peine le navire est-il mis à la mer qu'il connaît des ennuis de moteur durant son voyage inaugural vers le Japon. Le 8 janvier 1965, alors qu'Onassis est à Glyfada, Vergottis invite de nouveau Maria chez Maxim's où ils discutent de « certains problèmes sérieux ». Les gains que l'*Artimission* est susceptible de lui apporter se révèlent moins intéressants qu'au premier abord. Il lui conseille de transformer son premier investissement de 168 000 dollars en un emprunt qui lui garantira un intérêt de 6,5 %.

« Comme je vous aime beaucoup, lui aurait-il dit selon elle, je pense que cela vaut mieux... Si le navire a des problèmes, vous pourrez toujours vous retirer tout en ayant perçu les intérêts de votre argent. Et cela vous permettra de continuer à exercer votre option sur votre part de la compagnie. » Maria, qui n'y connaît rien en la matière mais qui fait implicitement confiance à Vergottis, lui dit : « Merci beaucoup, Panaghis. C'est très aimable de votre part. » Et elle signe le papier qu'il lui tend.

Son geste scandalise Onassis, qui lui a déjà fait transférer les 26 % supplémentaires promis, les 24 % restants devant être divisés entre les enfants de l'une de ses sœurs. Il n'est pas venu à l'esprit de Maria que Vergottis, un bon ami, un homme très riche qui les aime manifestement beaucoup tous les deux, puisse les traiter malhonnêtement. Elle est humiliée de constater qu'Aristote la trouve naïve et qu'elle s'est fait stupidement manipuler en signant ce papier sans lui en parler.

Cet épisode désagréable est vite mis de côté (Vergottis a aussi promis de financer une version cinématographique de la *Tosca* de Zeffirelli avec Maria), car elle doit de nouveau se préparer à monter sur scène. Entre le 19 février et le 13 mars 1965, elle reprend *Tosca* de Londres à l'Opéra de Paris, pour neuf représentations. Puis, partagée entre l'angoisse et la joie, elle s'envole directement pour New York où elle va se produire le 19 mars au Metropolitan pour la première fois depuis six ans, puisque Michel Glotz a obtenu gain de cause. Elle y sera Tosca à deux reprises, face à Tito Gobbi et Franco Corelli. Ce dernier chantera Cavaradossi le 19 mars et cédera la place à Richard Tucker le 25. À son retour à Paris l'attendent cinq représentations de *Norma* au Palais Garnier. Sa saison s'achèvera le 5 juillet avec *Tosca* à Covent Garden.

La *Tosca* new-yorkaise de Maria sera l'un des derniers opéras donnés dans la vieille salle de la 39e Rue, car le nouveau Metropolitan va s'ouvrir au Lincoln Center la saison suivante. La campagne pour la sauvegarde du vieux Met a échoué, en dépit du succès de sa dernière saison qui a remis à l'affiche les grands chanteurs ayant fait son heure de gloire, Maria comprise, et présenté une liste impressionnante de débuts prestigieux, dont ceux d'Élisabeth Schwarzkopf dans la maréchale du *Chevalier à la rose*, de Mirella Freni et de Gianni Raimondi dans *La Bohème*, de Montserrat Caballé, Sherrill Milnes et Nicolaï Ghiaurov dans *Faust*. Bing a également engagé l'orageuse Grace Bumbry qui va devenir une Aïda légendaire, et le brillant jeune chef Zubin Mehta.

Ce séjour new-yorkais en solitaire déséquilibre Maria. L'intimité palpable qu'elle a partagée avec Aristote durant l'été n'est plus qu'un souvenir. Elle sent qu'il lui en veut d'avoir traité directement avec Vergottis. Mais surtout, il ne s'est pas remis de l'humiliation qu'il a subie en ayant été contraint de quitter Monaco si vite. Il a perdu cette bataille. Or pour

Onassis, gagner représente tout. « Je devrais être près de lui en ce moment », dit-elle à Bruna. Elle déçoit beaucoup Michel Glotz en n'acceptant que de s'engager à enregistrer des disques à Paris au cours de l'année à venir. Rien, ni sa carrière, ni sa voix, ne compte davantage pour elle qu'Aristote et son besoin d'être près de lui.

« Bienvenue à la maison », disent les banderoles qui l'accueillent à sa première répétition de *Tosca*. Tout de suite, elle est frappée par le côté médiocre de la production et par le déclin de la compagnie depuis la dernière fois qu'elle s'y est produite. Les répétions sont bâclées : une seule avec piano et aucune en costumes sur scène. Les décors miteux et les costumes ternes forment un contraste frappant avec la fraîcheur et l'éclat de la production de Zeffirelli. Bing concentre toute son attention sur son nouveau théâtre. Pas sur l'ancien. Sur ses jeunes chanteurs prometteurs. Pas sur les artistes qui ont conféré au Metropolitan sa réputation internationale.

Maria et ses collègues passent outre malgré tout, mais le soir de la première, elle a un trac fou. De plus, elle est déçue, pour la première fois, de ne pas recevoir de roses rouges d'Aristote. Elle n'aurait pas dû s'inquiéter de l'accueil qui lui sera réservé. Son entrée est saluée par des applaudissements frénétiques. Six minutes durant, elle reste figée au centre de la scène, dans l'attente que les acclamations et les applaudissements en cadence cessent pour lui permettre de commencer.

« Elle n'a pas bien chanté, écrira Bing par la suite. Mais cela n'y a fait absolument aucune différence. Il n'y a jamais eu une Tosca comme elle et je n'ai jamais vraiment apprécié une autre cantatrice dans les mêmes rôles qu'elle... Herbert von Karajan et elle étaient les artistes suprêmes à l'époque où je dirigeais le Metropolitan et je ne peux m'en prendre qu'à moi pour le petit nombre de leurs apparitions. Pour Callas, vingt et une au total, sept Lucia, six Norma, six Tosca, deux Violetta. »

Dans son compte rendu de la première, Alan Rich, du *Herald Tribune*, ne critique pas sa voix mais la loue au contraire avec respect. « La voix que j'ai entendue hier soir avait une légèreté crémeuse qui rappelait ses premiers enregistrements. Elle est mystérieusement parvenue à cet accomplissement sans perdre sa faculté sidérante de la mettre au service de l'action. De mémoire d'homme, c'était – du point de vue du chant simplement – une réussite vocale qui fera date. »

Le même matin, le *New York Times* publie en première page – fait des plus rares – une critique d'Harold Schonberg : « Sa conception du rôle est électrisante. Elle utilise de façon frappante tout ce qu'elle a à sa disposition. Elle est une amoureuse, une tigresse, une femme possédée par la jalousie... Une interprétation suprême, un drame inoubliable. »

Après la première, Bing donne une réception pour toutes les vedettes de la distribution, même s'il est clair que Maria en est l'invitée d'honneur. Jackie Kennedy, présente dans la salle, l'a acclamée comme tout le monde. Impeccablement coiffée et portant une très élégante robe de satin blanc griffée Dior, Jackie est guidée par Bing jusqu'à Maria qui reçoit des félicitations. « Madame Callas, je viens d'assister à l'une des plus éblouissantes soirées d'opéra de ma vie », dit Jackie, les yeux brillant d'un enthousiasme non feint.

Les deux femmes échangent une brève poignée de main. Ce sera leur première et dernière rencontre.

23
Un hiatus historique

Maria rentre à Paris dans un état de grande fragilité physique, sans aucune énergie et ayant encore dangereusement maigri. Comme elle n'a pas envie de se confier à son médecin privé, qui ignore qu'elle a subi récemment un avortement, elle se prescrit elle-même une longue liste de vitamines, par ordre alphabétique, et se consacre sur-le-champ aux répétitions de *Norma*. Hormis Gianfranco Cecchele qui remplace Corelli, la production est la même que l'année précédente.

Le public de la première, quoiqu'un peu moins étincelant qu'un an plus tôt, attend son entrée avec impatience. On raconte en effet qu'elle ne chantera peut-être plus jamais à Paris, qu'elle songe à prendre sa retraite pour épouser Onassis. Hormis ses proches, tout le monde pense que c'est sa carrière qui l'en a empêchée jusque-là. Les spectateurs cherchent à apercevoir « le Grec » mais il n'est pas dans la salle. Certains se disent qu'il est peut-être en coulisses. En fait, il est à New York, où il s'est rendu peu de temps après le retour de Maria. L'habituelle corbeille de roses rouges est cependant là et Franco Zeffirelli lui a heureusement été d'un soutien personnel et professionnel inestimable pendant toutes les répétitions.

Une heure avant le lever du rideau, Maria est au bord de l'évanouissement. Une grande confusion règne en coulisses. On se demande si elle doit ou non chanter. « Non, non, je ne peux pas les décevoir », insiste-t-elle en se préparant à faire son entrée en scène. Le régisseur s'avance afin de faire une annonce au public. Le silence tombe dans la salle, car les spectateurs craignent que le spectacle soit annulé. Il les informe que, bien que se sentant souffrante, Mme Callas va quand même chanter mais leur demande de bien vouloir faire preuve d'indulgence.

En fait, Maria donne une interprétation plus que crédible, ponctuée de quelques moments de grâce, dont la scène avec les enfants et la fin, d'une grande noblesse. Vocalement, elle a des passages poignants dans le médium. Elle transforme quelques contre-*ut* en *ré* bémol mais sa voix est stable, et la salle, électrisée, debout, lui fait une longue ovation et la rappelle une dizaine de fois.

Quand arrive la dernière du 29 mai, elle semble avoir vaincu la plupart de ses problèmes vocaux. En réalité, ses forces s'amenuisent et elle continue de souffrir de graves hémorragies. Alors que le rideau va se lever sur le troisième acte, elle trébuche dans les coulisses et des collègues la rattrapent. « Êtes-vous sûre que ça va aller ? », lui demande le régisseur.

Elle se contente d'acquiescer de la tête et de passer près de lui. Au bout de dix minutes, elle porte sa longue main blanche à sa gorge en laissant échapper un petit halètement. On dirait que ce son et le geste qui l'accompagne font partie de son interprétation. Mais, sous les yeux des spectateurs horrifiés, elle s'effondre à terre. Le régisseur donne l'ordre de baisser le rideau. La représentation de *Norma* est arrêtée, le public ignore si Callas a été frappée à mort ou s'il s'agit d'un simple évanouissement. On la transporte dans sa loge, à moitié inconsciente, et le médecin qu'elle refusait de voir est appelé en hâte.

Il arrive une demi-heure après et donne l'ordre de la transporter à l'hôpital. « Pas en ambulance », supplie Maria. Une heure plus tard, alors qu'elle se sent encore faible et nauséeuse, on l'aide à sortir du théâtre sous les ovations de la foule qui s'est agglutinée à la sortie des artistes. S'agrippant au bras de Michel Glotz, elle parvient à dire : « Je sais que je vous ai laissé tomber. Je suis désolée. Je vous promets de revenir un jour pour obtenir votre pardon et répondre à votre affection. » On lui fraie un chemin vers sa voiture entre ses admirateurs, dont beaucoup ont les larmes aux yeux.

Selon la version donnée à la presse, elle souffre d'une grave baisse de tension, ce qui est en partie vrai. Ses pertes de sang ont fait chuter dangereusement son taux d'hémoglobine. On procède à une cautérisation et à une transfusion sanguine. Onassis revient précipitamment à Paris pour être à son chevet. L'annulation de la *Tosca* du 5 juillet à Covent Garden est évoquée, mais Maria tient à honorer son contrat. Onassis lui promet qu'après cette représentation, ils iront passer le reste de l'été à Skorpios, où elle pourra ne rien faire sinon se dorer au soleil.

On peut penser qu'il se sent un peu responsable de son état. Maria est en tout cas rassérénée, puisqu'elle confie à Maggie van Zuylen que ces vacances seront « l'occasion d'une demande en mariage et d'une cérémonie tranquille ». Onassis l'accompagne à Londres pour cette *Tosca* qui va être donnée devant la reine, la reine mère et le prince Philip. Sans doute pas la plus enflammée de ses Tosca, mais elle interprète « Vissi d'Arte » de façon exquise et sa voix, si elle manque de puissance, ne lui fait pas défaut. Elle ignore qu'elle vient de chanter un opéra entier pour la dernière fois de sa vie. Michel Glotz négocie les conditions d'un retour dans *Norma* et d'autres productions à Paris, dont *Médée* et *La Traviata*. De son côté, Zeffirelli tient absolument à filmer *Tosca*, d'autant que Vergottis, sans doute pour leur prouver sa bonne foi, maintient sa promesse de financer ce projet.

Maria s'attend donc à revivre une « nouvelle lune de miel » avec Aristote, comme l'été précédent. Pour préserver leur intimité, la liste d'invités est plus réduite que jamais. Onassis pleure la mort récente de Winston Churchill. Durant les funérailles à la cathédrale Saint-Paul, il sanglotait tellement qu'Anthony Montague Brown a essayé de lui donner un calmant, qu'il n'a pas réussi à avaler. Sur le trajet du retour, il a demandé à son chauffeur de faire une halte dans un pub du Strand, où il a apporté son propre tribut à la mémoire du grand homme. Le brandy favori de Churchill a été servi à la ronde, tandis que chacun évoquait ses propres souvenirs affectueux du célèbre homme d'État. Son chagrin va durer, puisque des mois après la mort de Churchill, Maria le trouvera dans son bureau du *Christina*, occupé à relire, les yeux humides, des lettres du grand homme. Pour un intime, « Churchill était le père qu'il a perdu tôt dans sa vie dans des circonstances tragiques ».

« Cet été-là, Aristote était d'humeur très sombre, très grecque, notera un autre ami. La plupart du temps, il l'ignorait *[Maria]* complètement, comme si elle n'était tout simplement pas là. Puis il explosait de rage contre elle, pour des raisons que personne ne parvenait à comprendre. »

Maria oscille entre l'incompréhension et le désespoir. Chacun d'eux pleure quelque chose, et chacun d'eux craint ce que l'avenir lui réserve : Onassis, une perte de pouvoir et Maria, des problèmes de voix. Au lieu de se réconforter, ils ne cessent de se disputer et Maria finit toujours par se réfugier dans un coin du *Christina*, pendant qu'il arpente sans but l'île de Skorpios.

« Autrefois, note un proche, on savait qu'ils prenaient toujours du plaisir au lit, même quand ils se querellaient, rapporte un observateur. Il suffisait de les regarder. Mais il se conduisait à présent comme s'il ne pouvait pas la supporter. » Zeffirelli vient passer plusieurs semaines à Skorpios mais repart au bout de quelques jours, aussi incapable de voir Onassis traiter Maria avec une telle cruauté que de faire quelque chose pour la soulager de son chagrin.

Du coup, Onassis ne remet pas en question la décision de Maria de se rendre à Londres, afin d'assister aux funérailles du frère de Vergottis, pour lequel elle éprouvait une véritable affection, et de discuter avec Zeffirelli du film adapté de *Tosca*. Elle quitte Skorpios à bord du jet privé de son amant.

« Son départ n'a fait qu'accentuer la dépression d'Onassis, remarque un invité. Nous *[ses amis proches]* savions que Maria était le véritable amour de sa vie, mais pour des raisons incompréhensibles à l'époque, il avait décidé de mettre un terme à leur relation. Le problème, c'est qu'il ne savait pas comment s'y prendre, car dans le fond, il ne voulait pas la laisser partir. »

Pendant le séjour de Maria à Londres, le projet de *Tosca* à l'écran se concrétise. Zeffirelli le mettra en scène. Gobbi a accepté de jouer Scarpia et les studios Shepperton ont été réservés. Vergottis a conclu un accord avec la compagnie allemande Beta Films, qui le produira. Sander Gorlinsky représente les intérêts de Maria. Il lui a obtenu un cachet de 100 000 dollars, plus une participation de 10 % sur les recettes brutes, chose rare à l'époque.

Maria est en contact quotidien avec Onassis. Il semble heureux de tirer les ficelles, n'ayant jusque-là jamais été partie prenante d'une négociation contractuelle pour elle. Elle le rejoint deux semaines plus tard à Skorpios. Dès lors, c'est lui qui reprend les négociations. Il exige 250 000 dollars et 25 % des bénéfices bruts pour Maria. Zeffirelli et Vergottis viennent à Skorpios pour essayer de lui faire entendre raison, car avec ces chiffres, le film ne pourra pas se monter.

L'armateur prend la direction de la réunion qui se transforme en concours de hurlements au cours duquel il assassine Maria de « Ferme-la ! Tais-toi ! Tu n'es rien d'autre qu'une chanteuse de cabaret ! »

« J'espérais qu'elle allait saisir la bouteille la plus proche *[la scène se passe dans le bar du* Christina*]* et lui en donner un coup sur la tête mais non, elle s'est contentée de se lever et de sortir. Elle était totalement sous sa coupe », rapportera Gorlinsky.

Maria niera par la suite cette version. « Bien sûr, Aristote voulait s'occuper du contrat. Cette remarque ironique était destinée à me fournir un prétexte pour sortir et le laisser maître de diriger les débats. Nous avions répété cette scène, mais il m'a surprise en parlant du cabaret. Après, nous en avons ri tous les deux... Regardons les choses en face : pour les transactions d'affaires, personne ne lui arrivait à la cheville. »

Il a convaincu Maria que l'investissement serait plus intéressant s'ils produisaient eux-mêmes le film mis en scène par

Zeffirelli, sans la participation de Beta Films et de Vergottis, avec lequel il est à présent engagé dans une espèce de vendetta. Gorlinsky lui obéit – sans joie – et va demander aux producteurs à quel prix ils sont prêts à céder leurs droits. Beta refuse de vendre et, pendant plusieurs semaines, des hostilités tiennent lieu de négociations. Le 4 octobre, Maria déclare dans un communiqué de presse qu'elle se retire du projet. Vergottis l'appelle sur-le-champ pour lui dire qu'Onassis a gâché une occasion en or de garder une trace de l'un de ses meilleurs rôles. Ce film aurait laissé un témoignage de sa grandeur aux générations futures et lui aurait ouvert la porte de revenus beaucoup plus substantiels. De plus, elle aurait souffert d'un stress beaucoup moins grand au cinéma que lorsqu'elle se produit sur scène.

« C'est moi qui me suis retirée », répond Maria. Elle prétend qu'Onassis ne s'est jamais mêlé de son art, « sauf pour me dire que je ne devais pas me sentir obligée de poursuivre ma carrière de cantatrice ». À l'instar de bien peu de personnes à l'époque, Onassis a conscience de la fragilité physique de Maria et de la tension dont elle souffre à cause de sa voix. Il s'inquiète de ces deux problèmes qui affectent sa santé et son bien-être, même s'il donne l'impression de vouloir la manipuler – ce qu'il fait sans nul doute aussi, sachant que personne n'a davantage de pouvoir sur ses décisions que lui. Ses véritables motifs sont flous, contrairement à ceux de Maria, qui se retire d'un projet qu'elle a accueilli avec enthousiasme et qui lui plaisait sincèrement.

Elle a l'impression qu'Onassis veut qu'elle reste près de lui et qu'il pense que si elle décide de se montrer – sur scène ou dans un film – elle doit recevoir un cachet correspondant à son statut de star. « Réfléchis bien, Maria. Sans toi, il n'y a pas de *Tosca* filmée. Ils vont gagner de l'argent sur ton dos. Pourquoi ne te taillerais-tu pas la part du lion ? »

Maria continuera de l'affirmer : « À ce stade de ma carrière, ni Ari ni personne ne pouvait m'influencer. J'étais seule à prendre les décisions concernant mon art. » Explication naïve, face à toutes les preuves du contraire. Maria, qui cherche par tous les moyens à obtenir l'approbation d'Onassis et à conserver son affection, croit avisé de se mettre sous sa coupe. Il aime jouer les protecteurs, gagner des batailles pour sa dame. Il va presque jusqu'à lui reprocher de le trahir, puisqu'elle conserve son amitié à Vergottis, alors qu'il s'est fâché avec lui.

Que fait donc Maria, quelques semaines après s'être retirée du projet de *Tosca*? Elle contacte Vergottis pour lui dire qu'elle souhaite que son emprunt sur l'*Artimission* soit reconverti en actions. Demande dont on devine sans mal qu'elle lui a été suggérée par Onassis. Vergottis refuse. Quelques jours plus tard, les deux hommes se rencontrent par hasard au restaurant du Claridge de Londres et manquent s'écharper. Onassis traite Vergottis de maître chanteur et d'escroc, et lui dit qu'il va le traîner en justice. Le personnel du restaurant, épouvanté, va être obligé de les séparer. Vergottis a arraché une bouteille de vin des mains d'un serveur et en menace Onassis, lui promettant de faire un scandale au tribunal. Il hurle : « Tu seras autant responsable de l'humiliation de Maria que tu l'es de son malheur ! » pendant qu'Onassis se redresse, réajuste ses lunettes noires (bien que ce jour de novembre typiquement anglais soit fort sombre), crache par terre et sort de la salle.

Il va se calmer et même revoir Vergottis, afin de l'inciter à soumettre cette affaire *[le droit de Maria de récupérer ses actions]* à l'arbitrage d'un panel d'avocats indépendants. « À mon avis, nous devrions éviter la publicité d'un procès public », déclare-t-il à son ancien ami, sans obtenir satisfaction. Les poursuites juridiques continuent donc, mais les deux hommes ne s'affronteront définitivement que deux ans plus tard.

Dans les premiers jours d'avril 1966, Maria annonce publiquement qu'elle renonce à sa citoyenneté américaine. « Après sept années de procédure juridique en divorce, mon avocat s'est aperçu qu'il suffisait que je prenne la nationalité grecque pour que mon mariage n'existe pas aux yeux du monde – sauf en Italie. » Ce qui n'est pas tout à fait exact. Ses conseillers juridiques n'ignoraient pas que la loi grecque passée en 1946, trois ans avant son mariage avec Meneghini, stipulait l'invalidité de tout mariage d'un citoyen grec qui n'avait pas été contracté dans une église orthodoxe grecque. Ils devaient donc prouver qu'elle détenait la nationalité grecque à l'époque de son mariage. Les parents de Maria étaient certes grecs, mais son père avait renoncé à sa nationalité en devenant américain quand elle était petite. Les avocats ont finalement réussi à contourner cet obstacle, au prix de beaucoup de temps et d'argent. Maria est donc désormais libre, même si Meneghini refuse d'accepter la décision du juge, et autorisée à se remarier si elle le désire.

Aucun obstacle n'empêche donc plus les amants de sceller leur union. Leurs amis, tout comme Jackie et le père de Maria, attendent avec impatience l'annonce du mariage. Rien ne se produit, ce qui attriste les proches de Maria, qui savent à quel point elle tient à devenir Mme Onassis. Plus tard, Maria confiera à Stelios Galatopoulos que son amour pour Onassis était très fort mais qu'elle avait « l'intuition, ou ce que vous voudrez, que dès *[qu'elle]* l'épouserai*[t]*, *[elle]* le perdrai*[t]* – il se tournerait vers une femme plus jeune qu*['elle]*. » Raisonnement curieux, si elle est sincère. Elle sait parfaitement qu'Onassis ne lui a été fidèle qu'au début de leur relation. Elle a parlé franchement à Maggie van Zuylen de son côté coureur de jupons et son amie lui a conseillé de ne pas y prêter attention et de ne jamais le lui reprocher, afin qu'il soit toujours reconnaissant de retrouver son amitié loyale, ses bras réconfortants et leur relation sexuelle.

De nature, Onassis est un tombeur. Jeune homme, il passait son temps dans les bordels. Les femmes se sont ensuite jetées dans les bras de ce célibataire parmi les plus fortunés de la planète. Maria nourrit un point de vue contradictoire, et fort hypocrite, sur « la dépendance » de son amant. Malgré leur longue liaison illicite, elle prétend que, pour des raisons religieuses et morales, elle ne pourrait pas signer un pacte de mariage avec un homme qui a tant d'aventures. « Notre mariage se serait vite transformé en dispute sordide, dira-t-elle. Comment un homme qui vous aime vraiment peut-il avoir des aventures ? Il ne peut pas aimer toutes ces femmes. » Elle passe son temps à essayer de rejeter ses soupçons. Maggie, qu'elle considère comme « une mère, une sœur, une amie », lui explique qu'un homme comme lui aime sincèrement sa femme ou « la femme de sa vie et que dans son esprit, ses aventures extra-conjugales ne sont rien d'autre que des infidélités biologiques ». On a l'impression que Maria essaie d'expliquer qu'elle est capable de supporter un amant infidèle, mais pas un mari infidèle. « Le rôle de la femme trompée ne faisait pas partie de mon répertoire, dira-t-elle plus tard. Ari savait que tôt ou tard, nous serions à couteaux tirés si nous nous mariions… »

En fait, toute mention du mariage déclenche une des humeurs glaciales et distantes d'Onassis, si bien que Maria sait qu'elle ne doit pas insister davantage sans risque de tout perdre. Elle pense sincèrement que leur amour est unique, *historique*. Elle se convainc qu'Onassis n'aime pas ces autres femmes. Ces relations ne sont que d'ordre purement sexuel ou, lorsqu'elle n'est pas avec lui, provoquées par l'ennui. D'un côté, elle prétend qu'il lui a apporté la liberté, l'indépendance, la faculté de s'appartenir ; de l'autre, elle ne voit pas qu'elle a manifestement perdu toute liberté et toute indépendance. Sa carrière étant au plus bas, son bonheur ne dépend plus que d'Onassis. Elle possède effectivement des biens substantiels : l'appartement de l'avenue Georges-Mandel, des bijoux, des antiquités, assez de royalties sur ses enregistrements pour mener une existence très confortable, sinon luxueuse, des actions et du liquide lui permettant de garder le même train de vie. Mais sans Onassis, tout cela n'aurait aucun sens.

Lorsque Serafin lui demande pourquoi elle ne le quitte pas, elle répond : « Est-ce que vous serez là à 3 heures du matin quand je serai toute seule ?

— Mais vous êtes belle, vous avez du talent. Qu'est-ce qui vous fait penser que vous serez seule ?

— Sans Onassis, je ne suis rien. Je ne deviens une femme qu'à travers son regard. Pourquoi est-ce que j'intéresserais un autre homme ? »

Le 17 avril 1967, le procès Vergottis contre Onassis, dont le juge dira qu'il « présentait plusieurs éléments d'une tragédie de Sophocle », est plaidé devant maître Roskill au Queen's Bench à Londres. Maria entre au tribunal au bras d'Onassis, vêtue comme pour une apparition en scène, une écharpe théâtralement drapée sur l'épaule de sa robe écarlate, les cheveux dissimulés sous un turban blanc, le teint très pâle, ses grands yeux expressifs soulignés de khôl.

« Je suis navré de dire que M. Vergottis a déclaré que si M. Onassis ou Mme Callas osaient apparaître à la barre des témoins, ils risquaient d'être éclaboussés par un grand scandale, à l'intérieur du tribunal et dans la presse, commence par déclarer leur représentant, sir Millner Holland. Il semble naturel que M. Onassis ait qualifié cela de chantage, ce qui a fait rire M. Vergottis. Depuis lors, la querelle entre ces deux messieurs ne s'est pas calmée. »

Vergottis aura sa revanche, puisque la première question posée par son avocat, Peter Bristow, à Onassis est : « Tout de suite après avoir rencontré Mme Callas, vous êtes-vous séparé de votre femme et s'est-elle séparée de son mari ?

— Oui, monsieur. Rien à voir avec notre rencontre. Simple coïncidence, répond l'armateur.

— Considérez-vous qu'elle occupe une position équivalente à celle d'une épouse, si elle était libre de l'être ?

— Non. Si cela était le cas, rien ne m'empêcherait de l'épouser, et elle non plus.

— Vous sentez-vous d'autres obligations à son égard hormis celle de votre amitié ? »

Sans hésitation et au grand dam de la plupart des personnes présentes dans la salle, Onassis réplique alors : « Absolument aucune. »

Avec Galatopoulos, beaucoup plus tard, Maria tentera encore de rationaliser la chose : « Ce qu'Aristote a dit au tribunal était tout à fait exact. Il se référait au procès et en ce qui le concernait, il n'était tenu à rien d'autre… Aristote était un homme beaucoup trop rusé pour laisser l'avocat de Vergottis prendre le dessus. Il était évident que Vergottis pensait gagner le procès en dévoilant ma relation avec Aristote et en provoquant un scandale[1]. »

Le procès, couvert par les journaux du monde entier et qui fait la une des tabloïds, marque la fin de l'amitié de Maria et de Vergottis, auquel elle n'adressera plus jamais la parole. Il marque aussi le début de ce que Maria qualifie les « errances fébriles d'Aristote ». Durant l'hiver 1967-1968, il est presque toujours en déplacement, et presque toujours sans elle. Maria regagne le cocon de son appartement parisien, voit des amis comme Maggie van Zuylen et Zeffirelli mais s'aventure rarement loin de l'avenue Georges-Mandel.

Maria et Onassis ont été rapprochés par l'épreuve du procès Vergottis, mais la veille de son départ pour Paris, elle a pris conscience qu'Aristote avait adopté une attitude différente à son égard. Lors d'un dîner avec lord Harewood et d'autres personnes, il a déclaré : « Les seuls êtres libres sont ceux qui n'aiment personne.

— C'est un prix trop cher à payer », a observé Maria.

Il lui a alors demandé quel était son souhait le plus cher et elle s'est contentée de répondre : « Avoir simplement de bonnes relations avec moi-même ».

Leurs hôtes ont remarqué un changement dans leur langage corporel. Ils ne se tiennent plus la main comme par le passé. Il ne l'enlace plus spontanément par la taille ou les épaules. Elle semble distraite et il ne paraît pas le remarquer.

Dans le plus grand secret, sans éveiller les soupçons de Maria, Onassis a régulièrement traversé l'Atlantique pendant les années 1966 et 1967 pour rendre visite à Jacqueline Kennedy dans son appartement de la 5e Avenue. De nombreuses rumeurs circulent à propos de Jackie, transformée en icône par les Américains. Ces derniers ne souhaitent pas qu'elle devienne une veuve professionnelle mais ils la considèrent aussi comme leur propriété. Ils passent au

1. Une autre année sera nécessaire pour que le procès soit finalement conclu en faveur de Maria et d'Onassis, ce qui pour ce dernier constitue une énorme victoire.

crible les hommes en compagnie desquels la photographient les hordes de paparazzi qui la poursuivent, un peu comme ils traqueront vingt ans plus tard la princesse Diana, afin de savoir s'ils feraient ou non un beau parti.

David Ormsby-Gore (lord Harlech), ancien ambassadeur de Grande-Bretagne aux États-Unis, veuf et bon ami de la famille Kennedy, est à leurs yeux un prétendant convenable, même si la plupart des Américains souhaitent qu'elle se remarie à un compatriote. On la voit avec Roswell Gilpatric, ancien sous-secrétaire à la Défense du gouvernement de son mari, Mike Nichols, le financier André Meyer et Arthur Schlesinger Jr. Elle a également un cercle d'amis homosexuels comme Truman Capote et Rudolf Noureïev. Sa vie privée intéresse des dizaines de milliers de gens et fait l'objet de constantes spéculations que les échotiers rapportent abondamment.

Onassis et Jacqueline Kennedy vont observer un tel secret que jusqu'à janvier 1968, aucun membre de leur entourage ne soupçonnera le caractère sérieux de leur relation. Jusqu'à cette date, ils ne se rencontreront qu'en tête à tête, Onassis profitant de voyages d'affaires à New York pour la voir en secret, en empruntant l'entrée et l'ascenseur de service de son immeuble. À l'insu de Maria, Jackie réussira à passer du temps avec lui à Skorpios et à venir le voir dans son appartement parisien de l'avenue Foch.

Jackie est contrainte à cette discrétion. Elle demeure sous la coupe de la famille Kennedy et plus particulièrement de Robert Kennedy, qui a l'intention de se présenter à la candidature pour la présidence à la Convention démocrate de juillet 1968. La présence de la veuve de son frère assassiné à ses côtés ne peut qu'être une incitation de vote en sa faveur. Il a donc prévenu sa belle-sœur que des liaisons « inacceptables » nuiraient à sa campagne. S'il se doute bien que Jackie a un amant, il ne devine pas un instant son identité, car une aventure entre elle et Onassis est totalement incrongrue.

Subitement, on voit Jackie et l'armateur partout ensemble : dînant au El Morocco et au « 21 », au Dionysos et au Mykonos, deux célèbres restaurants grecs new-yorkais, et chez Maxim's à Paris, le lieu privilégié des tête-à-tête amoureux d'Aristote et de Maria.

En mars 1968, alors que Robert Kennedy est au cœur de la campagne des primaires, une femme – connue pour être pourvoyeuse d'informations pour les chroniqueurs mondains – demande à Onassis, lors d'un cocktail donné à l'hôtel George V à Paris, quelle est la femme suprême à ses yeux : « Garbo ? Eva Perón ? Maria Callas ? »

Sans hésiter, il répond : « Jacqueline Kennedy. C'est une femme totalement incomprise. Peut-être même d'elle-même. On la considère comme un modèle de décence, de constance et d'un grand nombre de ces vertus américaines si ennuyeuses. Elle est à présent complètement dénuée de mystère. Elle a besoin qu'un petit scandale lui redonne vie. Une peccadille, une indiscrétion. Il faudrait que quelque chose lui arrive pour qu'elle suscite à nouveau la compassion *[du monde]*. Le monde adore plaindre la grandeur déchue. »

La presse comprend l'insinuation : Onassis et Jackie sont ensemble.

Lorsque ses yeux se dessillent, Robert Kennedy, pensant bien entendu à la liaison de Lee avec l'armateur, commente d'un ton coupant : « C'est sans doute une faiblesse familiale. » Puis il ajoute : « Je suppose que vous savez que ça peut me coûter cinq États. »

Quant à Maria, elle est médusée. Onassis lui a dit tout de go qu'il avait demandé à Jackie de l'épouser et qu'il espère bien qu'elle va accepter. « Il ne s'agit pas d'amour, lui a-t-il précisé. C'est toi que j'aime, mais j'ai besoin d'elle. » Il lui a ensuite reparlé de ses problèmes avec le marché américain, qui lui est fermé depuis que le gouvernement fédéral l'a accusé en 1945 de ne pas payer d'impôt sur le revenu pour ses pétroliers utilisant des docks américains. Un mariage avec Jackie ne pourra que le placer dans le giron des Kennedy et comme Robert sera sans doute le prochain Kennedy à occuper la Maison-Blanche, ses problèmes seront facilement résolus. *Et si Robert Kennedy ne remportait pas l'élection ?* Il financerait une campagne de son frère cadet, Ted, et cela suffirait sans doute à lui faire obtenir gain de cause.

Il l'a assurée que Jackie ne l'aimait pas non plus. Tout ce qu'elle veut, c'est quitter les États-Unis, où elle ne jouit plus d'aucune intimité. « Elle rêve qu'on l'assassine et elle vit dans la crainte qu'on kidnappe ses enfants ou qu'on s'en prenne à elle. » Il lui a promis des demeures à l'étranger, des gardes du corps nuit et jour, plus efficaces que les agents du FBI chargés de la protéger et qu'elle a d'ailleurs été assez rusée pour semer lors de ses rencontres avec lui. Aux États-Unis, elle reste la veuve du président Kennedy, enveloppée d'un voile de tristesse. En Europe, et en sa compagnie, elle est redevenue la Jackie au cœur léger d'antan. Elle a repris confiance en sa féminité, on le devine à sa démarche, à son sourire espiègle, au fait qu'elle a retrouvé sa voix sexy de « Marilyn Monroe déguisée en Ophélie », selon la formule de Maria.

Toutes ces explications sont loin de calmer Maria. Elle est profondément blessée et sa douleur augmente encore quand elle comprend qu'Aristote est venu lui dire qu'ils ne peuvent plus se rencontrer en public ni avoir de relations, au sens biblique du terme – tout au moins pour l'instant – mais qu'il l'aimera toujours, et qu'il restera toujours à sa disposition pour l'aider et la conseiller. Cette trahison la laisse encore plus déconcertée qu'amère. Après une si longue liaison, une passion mutuelle si profonde, elle n'arrive pas à comprendre pourquoi il veut épouser une femme qu'il n'aime pas, même s'il s'agit de Jackie, de laquelle il tirera des avantages particuliers.

En juin, Onassis emmène plusieurs amis proches et associés, ainsi que Christina, à présent adolescente, en croisière dans les îles Vierges. La plupart des invités servent de couverture, car ils quittent le yacht la veille de l'arrivée de « la nouvelle invitée mystérieuse » qui n'est autre que Jackie. On a prévenu le personnel qu'il s'agissait d'une personne ayant « assez d'influence pour renvoyer quiconque jugé inadéquat ». Des portraits du couple Kennedy à l'époque de sa splendeur ont été suspendus aux murs du grand salon et du fumoir. Onassis a fait redécorer sa suite en une journée pour accueillir une femme. Des flacons des parfums préférés de Jackie ont été placés dans le dressing. Des bouquets d'énormes pivoines écarlates et roses – ses fleurs préférées – ont remplacé les roses rouges tant aimées de Maria.

Hormis Christina, Joan Thring, assistante personnelle de Noureïev et bonne amie de Jackie et d'Onassis, est l'une des seules personnes à rester à bord. « Pour l'amour du ciel, lui dit Onassis, ne la lâchez pas. Je ne veux pas qu'un salaud vole des clichés d'elle et moi en tête à tête, qui feront croire que nous batifolions seuls. »

Thring racontera que, tous les après-midi à l'heure du thé, ils s'isolaient dans un coin du yacht pour discuter de leur projet de mariage, sans donner un instant l'image d'amants comme Maria et Onassis. Ils restent en liaison avec Robert Kennedy qui joue les courtiers, tout en poursuivant activement sa campagne présidentielle. À mi-chemin des négociations (car c'est bien de cela qu'il s'agit), Onassis remarque que Robert Kennedy rend les choses « beaucoup trop faciles » et qu'il s'attend à des ennuis.

Jackie et Onassis semblent être parvenus à un accord, mais elle a promis à Robert de ne rien annoncer avant l'élection qui ne se tiendra que sept mois plus tard. Du point de vue d'Onassis, aucune affaire n'est sûre avec un tel laps de temps. « Tant qu'il restera une fibre politique dans le corps de Robert, grogne l'armateur, Jackie restera sous sa coupe. »

Trois semaines plus tard, le 5 juin, Robert Kennedy est assassiné à l'hôtel Ambassador de Los Angeles lors d'une soirée de bienfaisance. Selon un associé londonien d'Onassis, ce dernier aurait déclaré : « Elle est libérée des Kennedy, le dernier lien est rompu. » Il semble sincèrement ému par cette atroce tragédie, et cependant soulagé que « sa plus grosse migraine ait été éliminée ». Il devient le seul espoir de Jackie d'échapper à ce qu'elle appelle « la vendetta contre les Kennedy… S'ils tuent les Kennedy, mes enfants sont une cible de premier choix. Je veux les emmener hors de ce pays ».

Jackie accepte sa demande en mariage avant que les accords financiers ne soient finalisés (Ted Kennedy reprend le collier en la matière). Le mariage est fixé en octobre à Skorpios. Lee, apprenant la nouvelle, appelle Truman Capote aux États-Unis, elle « hurle, pleure et se lamente ». « Comment est-ce qu'elle a pu me faire une chose pareille? Comment? Comment est-ce que ça a pu arriver? » Capote essaie de la calmer mais elle sanglote éperdument. Il attend qu'elle ait « repris son souffle » et lui dit qu'il la rappellera quand elle aura maîtrisé ses émotions. Il le fait, mais elle est toujours aussi déchaînée. « Lee croyait vraiment avoir épinglé Onassis, racontera plus tard Capote. Ce n'était pas lui qu'elle aimait, mais tous ses pétroliers. »

Le mariage de Jacqueline Bouvier Kennedy avec Aristote Onassis n'est annoncé officiellement que trois jours avant la date fixée pour la cérémonie et célébré le 20 octobre 1968 dans la chapelle de l'île de Skorpios.

Maria se réfugie sur-le-champ dans l'isolement, refusant de voir quiconque à l'exception de Maggie. Les rideaux de son appartement restent fermés jour et nuit, car un paparazzi a réussi à grimper à l'un des marronniers de l'avenue et à se percher sur une branche pour photographier les portes-fenêtres du grand salon au téléobjectif. Elle les laisse verrouillées, de crainte qu'un autre Tarzan ne parvienne à se propulser sur le balcon et à pénétrer dans son appartement.

Elle est au-delà du désarroi. « Après neuf années, pas d'enfant, pas de famille, pas d'amis », dira-t-elle plusieurs années après en sanglotant à John Ardoin qu'elle respectait beaucoup. « C'est très peu, vous savez. Et vous vous demandez : Mon Dieu, pourquoi? Pourquoi de telles choses arrivent-elles? Qu'est-ce qui pousse quelqu'un à faire preuve d'une telle cruauté? Comment un homme peut-il être si malhonnête? Si… je ne sais pas, si fou? Le pauvre homme! »

« Il ne l'aime pas, ne cesse-t-elle de protester. C'est juste un contrat. » Dans son cœur, elle n'en est pas vraiment persuadée, puisque le jour du mariage, elle donne l'ordre que ne soient allumées ni la radio ni la télévision. Elle refuse de lire les journaux ou de parler à quiconque au téléphone. Elle s'enferme dans sa chambre avec ses deux caniches. Ses domestiques, qui viennent derrière sa porte s'assurer qu'elle n'attente pas à sa vie, l'entendent sangloter. « Elle était d'humeur sombre, *très sombre*, rapportera l'un d'eux. Personne n'osait le dire, mais nous avions peur qu'elle commette une sottise. »

Maria, pourtant, survit. Elle s'est sortie de beaucoup de choses dans son existence : la guerre, la famine, les trahisons de sa mère et de Battista. Dès le lendemain du mariage, elle s'entretient avec Michel Glotz et Sander Gorlinsky de la poursuite de sa carrière. Ce qui ne signifie pas qu'elle s'en soit sortie indemne. Une part d'elle-même est morte le jour où Onassis a épousé Jackie Kennedy et le reste demeurera à jamais teinté de tristesse.

24

Seule

Elle pourrait se laisser aller à l'apitoiement sur elle-même. Elle aimera toujours Aristote. Aucun homme n'a jamais autant compté pour elle. Toutes les pièces de son appartement sont pleines de photographies de lui. Sur sa table de chevet, elle conserve sa préférée, qui les représente souriant, main dans la main sur le pont du *Christina*. Elle évite de lire les magazines et la presse à sensation qui couvrent le mariage et la vie mondaine de Jackie et d'Onassis, que les paparazzi ne lâchent pas.

La nouvelle de la mort de Tullio Serafin alourdit encore son cœur. Il a été son plus grand mentor, voire son meilleur ami. « C'est Serafin qui m'a appris la signification de l'art, confessera-t-elle, et qui m'a guidée pour que je la découvre par moi-même... Il m'a ouvert les yeux, m'a montré qu'il existe une raison pour tout en musique. Rien n'échappait à sa vigilance. Il ressemblait à un renard rusé : chaque mouvement, chaque souffle, chaque mot, chaque petit détail était important. » C'est Serafin qui lui a enseigné les proportions d'un récitatif, le principe de base du bel canto, qui consiste à préparer « une phrase dans son âme avant de la chanter » ; il lui a appris les gestes, à écouter la musique, à répondre avec justesse à une pause, un accord, un crescendo.

Après sa mort, souvent, dans un moment d'oubli, elle décrochera son téléphone pour lui parler. « Je n'ai jamais connu d'homme plus avisé que lui. Il était toujours là quand j'avais besoin de lui, dira-t-elle. Je ne vois pas de qui je pourrais dire la même chose… Il me manquera toujours. » À Noël 1968, malgré les fantômes du passé qui la hantent, Maria accomplit un effort surhumain sur elle-même pour montrer un visage souriant à ses amis. Le 2 décembre, jour de son quarante-cinquième anniversaire, elle a reçu un paquet d'Onassis contenant une petite horloge en pierreries et émail de chez Cartier qui trônait dans son dressing, sur le *Christina*. Elle l'a lui a renvoyée sans un mot.

Hormis s'accrocher à sa dignité, il ne lui reste plus grand-chose à faire. Le passé s'est enfoncé dans les ténèbres. Elle redoute par-dessus tout l'inactivité qui ne pourra que la détruire. Ses projets atteignent le stade de la discussion et se dissolvent dans le néant. Elle se montre humble, reconnaissante, sensible au moindre petit geste de bonté à son égard. Bruna et Ferruccio, son majordome, deviennent ses anges gardiens, ses protecteurs. Les paparazzi ne la laissent pas en paix. Ils surgissent de derrière les voitures et les arbres. Des photos qu'ils ont volées d'elle, promenant ses chiens, montant dans une limousine ou sortant de chez son coiffeur sont publiées dans la presse à sensation. Elles sont accompagnées de légendes qui ne parlent pas de Callas la cantatrice, mais de Maria, la femme qu'Onassis a jetée pour Jackie Kennedy. Elle reçoit des centaines de lettres de condoléances.

Elle confie à son amie Hélène Rochas que ceux qui s'attendent à la voir se recroqueviller pour mourir vont en être pour leurs frais.

Cinq mois seulement après avoir épousé Jackie, Onassis recommence à la courtiser, bien décidé à la récupérer. Ce mariage qui, à ses yeux, allait lui apporter des relations prestigieuses et utiles est un véritable désastre. La passion que lui manifestait Jackie au début, lorsqu'il lui offrait presque quotidiennement des bijoux hors de prix, s'est évanouie. Elle passe son temps à le fuir. Quand ils sont ensemble, elle le rabaisse en public. Elle s'est révélée honteusement dépensière : 7 millions de dollars en cinq mois pour redécorer le *Christina*, la maison de Skorpios, la maison de Glyfada et l'appartement parisien (ces dépenses atteindront presque 20 millions au bout d'un an). Son allocation mensuelle de 30 000 dollars est en général dilapidée dès la fin de la troisième semaine, sans qu'il parvienne à comprendre où passe cet argent, car elle dépense aussi des sommes extravagantes en cartes de crédit, tandis que s'amassent des factures de décorateur, domesticité personnelle et frais de voyages, qu'elle envoie au bureau de son mari[1].

Onassis ne verrait peut-être pas d'inconvénient à débourser de pareilles sommes s'il s'agissait d'un investissement où il trouve son compte. Mais il se plaint d'être traité par les Kennedy comme un gigolo. Bien vite, il a compris qu'il resterait toujours pour eux un intrus, un étranger. Du fait du décès de Robert, personne n'est désormais assez puissant outre-Atlantique pour l'aider à rétablir ses transactions maritimes avec les États-Unis. Le nouvel occupant de la Maison-Blanche, Richard Nixon, a fait clairement savoir qu'il ne l'aimait pas et qu'il se méfiait de lui. L'armateur a fait un mauvais calcul et plus que jamais, il déteste se retrouver en position de perdant.

« Peu de temps après avoir épousé Jackie, il s'est remis à voir Maria, se souvient Marie-Hélène de Rothschild, la fille de Maggie van Zuylen. Ma mère a joué les intermédiaires. Nous avons dit à Maria que si elle voulait le reconquérir, elle devait se montrer plus fuyante. Elle était toujours à sa disposition. Un jour, je l'ai obligée à se cacher dans ma maison de campagne pour qu'il ne la trouve pas. Il en a été très agacé. Mais l'effet n'a pas duré longtemps, parce qu'une semaine après, elle rampait de nouveau à ses pieds. »

Maria ne voit pas tout à fait les choses du même œil : « Au début, je ne le laissais pas entrer. Mais figurez-vous qu'il n'arrêtait pas de siffler sous les fenêtres de mon appartement, comme le faisaient les jeunes gens en Grèce il y a cinquante

---

1. À l'époque, *Forbes* estime la fortune d'Onassis à 500 millions de dollars. Ce montant ne tient pas compte de la valeur de Skorpios, ni des antiquités, tableaux et bijoux en sa possession.

ans *[elle s'exprime dans les années 70].* C'était comme cela qu'ils courtisaient leur bien-aimée. Je l'ai donc fait entrer avant que la presse n'apprenne ce qui se passait avenue Georges-Mandel.

« Le voir revenir, si peu de temps après son mariage, a transformé mon bouleversement en joie mêlée de frustration. Je ne lui ai jamais laissé entendre que je pensais qu'il allait divorcer, mais j'ai senti que puisque notre amitié avait au moins survécu à son mariage, il commençait à changer de point de vue sur les relations humaines. »

Ils ne se voient que sporadiquement et leurs rencontres doivent toujours rester secrètes. Onassis ne manifeste aucune velléité de vouloir quitter Jackie. Il affirme à Maria qu'il n'a plus de rapports sexuels avec sa femme mais il se contredit, puisqu'à la même époque, il se vante fièrement à Pierre Salinger, l'ancien secrétaire de presse de John Kennedy affecté à présent à la chaîne de télévision ABC à Paris, de faire l'amour cinq fois par nuit à Jackie. « Il faisait des descriptions très crues de sa relation physique avec elle », rapporte Salinger. Christina et Alexandre, devenus adultes, détestent Jackie, qu'ils surnomment « la veuve ». Onassis raconte à Maria que l'attitude de ses enfants lui complique l'existence. Il n'apprécie pas leur mode de vie, alors que de l'extérieur, on comprend sans mal qu'ils peuvent difficilement prendre exemple sur lui ou sur leur mère.

Maria l'écoute se plaindre et compatit à ses problèmes. Ils redeviennent amants. Comme au début de leur rencontre, elle est « l'autre femme », celle qu'on voit clandestinement. Après toutes ces années où elle a été sa compagne aux yeux du monde, elle a le plus grand mal à accepter cette situation. Afin de leur permettre de se détendre sans masque, Maggie van Zuylen donne des petites réceptions pour quelques intimes, comme sa fille et Hélène Rochas. Onassis a dépassé à présent la soixantaine. Ses cheveux noirs ont beaucoup grisonné et commencé à se clairsemer, mais il n'a perdu ni son pouvoir de séduction charismatique, ni son emprise sur Maria. Son regard est toujours aussi perçant et sa voix rauque s'est encore épaissie. Plus que jamais il ressemble à un parrain de la mafia.

« Maria était encore sincèrement, follement éprise d'Aristote... se souvient Marie-Hélène de Rothschild. Ensemble, ils se conduisaient de façon animale. » Ils sont incapables de ne pas se toucher physiquement. Cependant Maggie et sa fille, qui ont contribué à leurs retrouvailles, se demandent si elles ont bien agi pour Maria.

Le matin du 26 mai 1969, Bruna trouve Maria inconsciente dans son lit. Il faut la transporter d'urgence à l'Hôpital américain. Elle a pris une dose massive de barbituriques mais jure qu'il s'agit d'un accident. Elle a pris ses cachets habituels et comme une heure plus tard, elle ne parvenait pas à s'endormir, elle en a avalé d'autres. À l'entendre, l'inquiétude a poussé Bruna à réagir trop violemment. Quelle que soit la vérité, les dégâts sont bien là. « CALLAS TENTE DE SE SUICIDER POUR ONASSIS », titre la presse à sensation. Maria est horrifiée, mais Onassis la soutient, en privé tout au moins. Il lui répète qu'on ne doit pas les voir ensemble pendant un certain temps. Elle croit l'avoir de nouveau perdu, car des journaux recommencent à publier des photos de Jackie et de lui à des événements mondains.

Le salut se présente sous la forme d'une *Médée* que le cinéaste et poète Pier Paolo Pasolini prépare pour l'écran. Homme brillant, homosexuel engagé, Pasolini s'est fait connaître par des films comme *L'Évangile selon saint Matthieu*, œuvre austère et anticonformiste interprétée par des amateurs, dont sa mère, qui a été saluée en 1964 comme un chef-d'œuvre. L'utilisation très efficace de la lumière et des ombres y traduit sa force de réalisateur, d'une dignité lancinante. En 1967, *Œdipe roi*, dans lequel il jouait le grand prêtre aux côtés de Silvana Mangano, Franco Citto et Alida Valli, a magnifiquement confirmé son talent très personnel et sa vision de la passion et de la violence. Maria a fait sa connaissance lors de l'un des dîners donnés par Maggie. Pasolini est un marxiste fervent, capable, malgré l'aspect sombre de son œuvre, de se montrer en privé d'une grande extravagance.

Séduite par l'homme, Maria est intriguée par le scénario de *Médée* qu'il lui a envoyé. Il ne comprend presque aucun dialogue, l'histoire étant narrée avant tout par la direction de la caméra. Cette Médée relève de la pure légende grecque mais Maria se rend bien compte que, si elle accepte de la jouer, on établira inévitablement des comparaisons entre sa liaison avec Onassis et l'amour violent et passionné que Médée voue à Jason. Hormis une brève berceuse pour ses enfants (supprimée au tournage) elle n'aura pas à chanter et ne souffrira donc pas de la pression qu'exercerait sur elle un opéra filmé.

Pasolini lui propose de faire un essai. Maria l'invite à dîner afin qu'ils en parlent. Elle lui donne son accord, à condition que cet essai ne soit *jamais* diffusé. Pasolini lui en fait la promesse et dès lors, leur dîner, très joyeux, est une grande réussite. Selon les techniciens, Maria se montre stupéfiante dès le lendemain devant la caméra. Pasolini confie à *Opera News* qu'il la voit comme « la plus moderne des femmes, habitée en même temps par la plus ancienne des femmes, mystérieuse et magique, dont les sensibilités créent en elle un énorme conflit ».

Cette perspective de devenir la vedette d'un film l'enthousiasme et plaît à Onassis, puisqu'il a toujours estimé qu'elle devrait faire du cinéma. Pourtant, il n'intervient en aucune façon dans les négociations comme il l'a fait par le passé. Il laisse le soin à Michel Glotz, Maria et ses avocats de les mener. Selon les normes cinématographiques, les exigences de Maria sont modestes. Pasolini ne dispose pas du genre de budget réservé aux films commerciaux. Il espère que *Médée* remportera un succès populaire mais au départ, le film entre dans la catégorie art et essai. Maria est en participation, avec un humble cachet, pour une star de son calibre, de 65 000 dollars. Ses frais seront généreusement couverts et comprendront la présence à ses côtés pendant le tournage de Bruna et de Ferruccio, ainsi que l'engagement et la rétribution d'une secrétaire. Elle aura aussi un droit de regard sur toutes les photographies fournies à la presse.

La « secrétaire » sera Nadia Stancioff, blonde, grande, intelligente, qui a été jadis directrice des relations publiques des festivals de Venise et de Spolète. « Je n'ai pas besoin d'une attachée de presse, se plaint Maria à Pasolini, mais d'une personne chargée de mon courrier et d'accomplir de menues tâches pour moi. » Pasolini ne partage pas son avis et Nadia va effectivement cumuler les rôles de secrétaire et d'attachée de presse. La relation des deux femmes se révélera mutuellement heureuse. Au départ, elles semblaient très différentes, mais elles vont vite se lier d'amitié.

Les essayages débutent au mois de mai à Rome, où certaines scènes seront filmées en intérieur aux studios de Cinecitta. Le décorateur du film est Piero Tosi, qui a créé les costumes de *La Somnambule* de Maria à la Scala en 1955. Début juin, Maria et l'équipe arrivent à Göreme, une contrée reculée de la Turquie présentant, « en toile de fond, des collines de rocs et de glaise monolithiques, des dunes d'une blancheur éblouissante et des déserts rappelant des paysages lunaires, des laisses de vase à l'infini desséchées par le soleil ». Pasolini désire y recréer le « monde perdu, inconnu, mystique » de la Colchide.

Par une chaleur souvent intolérable, Maria porte d'épais costumes de laine et de mousseline, couverts d'extraordinaires colliers païens de plus de sept kilos. Sa longue chevelure ondulée, déployée, à laquelle ont été ajouté des postiches, la transforme en femme sauvage et barbare. Pasolini encourage les improvisations, dans l'espoir d'obtenir d'elle et des autres membres de la troupe des éclairs de génie. Il est avare en répétitions et la première prise est souvent la bonne. Sous une température de 40 °C, il tourne une scène au cours de laquelle Maria court éperdument de long en large dans une laisse de vase comme une possédée. Son ample jupe est tellement alourdie par la boue que l'énorme effort qu'elle doit fournir pour se mouvoir finit par avoir raison d'elle. Elle s'évanouit. Deux membres de l'équipe la transportent à l'abri d'une tente. Lorsqu'elle reprend conscience, elle prie tout le monde de l'excuser :

« Pardonnez-moi ! Je suis si bête ! Je n'aurais pas dû faire ça. Je vous coûte beaucoup de temps et d'argent. »

Elle tient à transformer cette tentative en succès. Cependant, malgré sa confiance en Pasolini, elle n'est pas satisfaite des rushes, car elle trouve qu'il privilégie trop les gros plans sur son visage « pareil à un masque grec », qui ralentissent la narration. Elle le supplie de la filmer de plus loin. Ils ont un accrochage. Maria a le sentiment que des plans de mouvement et d'action raconteraient mieux l'histoire. Elle ne l'emporte malheureusement pas, et le film se révélera en effet hiératique, au point de friser l'ennui.

« Pasolini a détruit Maria, dira Zeffirelli par la suite, il a essayé de la rendre différente de ce qu'elle était... On aurait pu passer des années à la regarder. Cette esquisse de sourire, cette bouche, ces yeux inouïs. Elle était enchanteresse, la musique incarnée, l'illumination idéale de la musique. Aucun metteur en scène ne le lui avait appris, c'était un don inné, elle avait trouvé la confiance en elle-même, le geste juste, au moment juste, pas un mouvement de plus que nécessaire. Un metteur en scène devait se fier à son instinct. Pasolini ne l'a pas fait. »

« Médée était une demi-déesse qui avait abandonné ses croyances pour s'en remettre entièrement à un homme. Mais c'était aussi une femme ayant vécu toutes les expériences féminines, à un degré simplement plus intense – des sacrifices, des souffrances plus grandes –, confie Maria pendant une interview lors du tournage. Elle a essayé de survivre à toutes ces expériences. On ne peut pas les traduire en paroles... J'ai regardé dans les profondeurs de l'âme de Médée. »

Vers la fin du tournage, qui se déroule à Pise, sur les îles de Grado et de Tor Caldara, à Alep en Syrie et à Tor Caldona près de Rome, elle commence à perdre confiance en elle-même. « Dites-moi, ne cesse-t-elle de demander à Pasolini, si ce geste est trop imposant, trop opératique. » Elle n'est pas sûre que la caméra l'aime vraiment.

Chaque fois qu'elle parvient à s'esquiver en fin de semaine de ce tournage exténuant, elle rentre à Paris. Elle passe du temps avec Élisabeth Taylor qui tourne alors dans la capitale parisienne *The Only Game in Town (Las Vegas, un couple).* Richard Burton en profite pour lui donner des conseils sur les angles de la caméra et la technique du jeu cinématographique.

Le tournage se termine la première semaine d'août. Elle voudrait que Nadia reste auprès d'elle à Paris, mais cette dernière ne se voit pas dans un emploi de simple secrétaire. En outre, elle sait que Maria ne sera pas facile si elle est désœuvrée. Leur amitié perdurera, mais Nadia part de son côté.

En décembre, Maria se rend à Rome pour visionner le premier montage de *Médée.* Elle reconnaît le talent artistique de Pasolini, mais la lenteur, les interminables gros plans sur son visage, le sang et la violence barbare des sacrifices humains la laissent perplexe. La scène où elle assassine tour à tour ses fils l'émeut : elle les déshabille tendrement, les baigne, les vêt pour la nuit puis les berce pour les endormir. Un gros plan sur le couteau, une ellipse, et elle les allonge sur leur lit, la tête dodelinante comme celle d'un enfant endormi.

L'année 1969 arrive à son terme. Le mariage d'Onassis et de Jackie se détériore encore. Il confie à Maria que Jackie n'en avait qu'à son argent et qu'elle a mis la main sur une bonne partie de sa fortune. Elle est « creuse et elle a le cœur froid ». On revoit les amants ensemble. Un soir, on les photographie dînant en tête à tête chez Maxim's, leur vieux repère. La presse du monde entier publie le cliché. Dès le lendemain, Jackie saute dans un avion depuis Londres où elle faisait du shopping avec Lee, et exige de son mari qu'il l'emmène aussi dîner chez Maxim's, afin d'apporter un démenti aux cancans. Il s'exécute à contrecœur, non sans confier à Maria que Jackie a menacé de la citer dans un procès en divorce s'il s'y refusait.

Onassis a l'impression de perdre pied de tous côtés. Christina la rebelle, à vingt et un ans, en manque désespéré d'amour, veut épouser un divorcé de quarante-huit ans, Joseph Bolker. Son père est convaincu que Bolker ne s'intéresse qu'à sa fortune. Christina, incapable de communiquer avec sa mère qui semble trop souvent sous la dépendance de drogues diverses, a établi une distance avec son père pour l'empêcher de se mêler de sa vie. Elle passe une grande partie de son temps à Monte-Carlo, où elle a la certitude qu'il ne la suivra pas. De son côté, Alexandre – beau, intelligent, aventureux – ne montre aucune ambition de marcher sur les pas de son père et vit une liaison passionnée avec la baronnesse Fiona Thyssen-Bornemisza, de quinze ans son aînée. Pour couronner tous ces soucis, Onassis se débat dans plusieurs transactions commerciales risquées.

Maria n'est que trop heureuse de s'échapper peu après le Nouvel An en compagnie de Pasolini. Ils vont présenter ensemble *Médée* au Festival argentin de Mar del Plata. Le film reçoit un accueil mitigé mais elle est traitée royalement. Elle rentre à Paris, tandis que Pasolini se rend à Rome pour réviser le montage avant la projection de gala qui aura lieu à l'Opéra de Paris le 28 janvier. Maria est partagée entre l'inquiétude et l'excitation. Onassis a réservé une loge dans laquelle Maggie van Zuylen et des amis se joindront à lui. À la dernière seconde, ses affaires l'appellent à New York.

Le Tout-Paris assiste à l'événement. Il acclame Maria à son entrée dans la salle, habillée royalement et parée de somptueux bijoux offerts par son amant. Pendant la projection, elle est très agitée. De la loge où elle a pris place, elle voit tour à tour le public qui s'ennuie ou les détails qui lui paraissaient déjà faux, exagérés de façon grotesque sur l'écran. Elle garde la face durant le souper qui suit, mais elle sait déjà que sa première apparition au cinéma sera la dernière. *Médée* remportera peut-être un *succès d'estime**, mais ne sera jamais vu par le grand public.

Au cours de l'été 1971, Maria accepte avec enthousiasme l'invitation de Peter Mennin, président de la célèbre Juilliard School of Music, de venir donner à New York une série de master-classes à des artistes talentueux. Les cours, organisés en deux sessions d'une semaine pour vingt-cinq étudiants choisis sur audition parmi trois cents postulants, se tiendront entre octobre 1971 et mars 1972.

À Paris, sa vie est pénible. Onassis est préoccupé et ne lui rend pas régulièrement visite. La solitude de Maria est aggravée par des problèmes physiques qui l'effraient. Sa vue baisse et on diagnostique un glaucome. Elle doit porter une montre dotée d'un système d'alarme, afin de ne pas oublier de mettre des gouttes dans ses yeux toutes les deux heures. Le pire est pourtant la terreur que lui inspire le déclin de sa Voix, la compagne sur laquelle elle a toujours compté. Elle a besoin de retrouver de l'assurance et ces cours, qui lui permettront de transmettre son savoir à une nouvelle génération de chanteurs, lui semblent un bon début pour y parvenir. Durant les semaines précédant son départ pour New York, elle travaille avec assiduité les œuvres qu'elle va enseigner et consulte son vieux professeur, Elvira de Hidalgo. Elle arrive à New York une semaine avant la première classe, exaltée par un projet comme elle ne l'a pas été depuis *Médée*.

John Ardoin, qui assiste à ses cours, écrira : « Elle abordait son rôle de professeur plutôt comme une amie ou une collègue soucieuse d'aider ses élèves à franchir les obstacles qu'ils ne manqueraient pas de rencontrer. » Il précise qu'elle s'exprimait avec « douceur, franchise et sans ménager ses louanges ».

Cette expérience lui procure une vive émotion, car elle lui permet de se rappeler tout ce qu'elle a appris durant ses années sur scène. « En musique, confie-t-elle à John Ardoin, nous restons des étudiants toute notre vie. » Elle l'aide également à regagner sa confiance devant un public prestigieux, puisque certains des plus grands chanteurs et musiciens du monde – Placido Domingo, Luciano Pavarotti, Grace Bumbry entre autres – ont souhaité entendre ce qu'elle a à transmettre.

Giuseppe Di Stefano, éternel joli cœur malgré ses cinquante ans et un début de bedaine, se trouve également à New York à l'époque. S'il reste pétri de sa propre importance de ténor lyrique extrêmement doué, les choses ne sont malheureusement guère brillantes pour lui non plus depuis un certain temps. Sa voix le lâche et il a de graves ennuis dans sa vie privée. Sa femme Lucia, qui supporte depuis longtemps ses infidélités, se montre moins complaisante que jadis, et sa fille

Luisa lutte contre le cancer. Sa carrière est sur la pente déclinante, au moment même où il a besoin de beaucoup d'argent pour régler les frais médicaux élevés de Luisa.

Di Stefano rentre d'une tournée décevante au Japon. Là-bas, un agent lui a dit qu'il remplirait plus facilement les salles s'il s'y produisait en compagnie d'une soprano célèbre. Cet agent lui a proposé une autre tournée et une prime (un cachet de chercheur de tête, somme toute) : 5 000 dollars pour Anna Moffo, 10 000 dollars pour Renata Tebaldi et 15 000 dollars pour Maria Callas. Ce n'est donc ni par hasard qu'il fait escale à New York où Maria donne ses master-classes très médiatisées, ni par simple gentillesse qu'il lui envoie un gros bouquet de roses rouges, accompagné d'une carte signée « *Felicita, Pippo* », le surnom qu'elle lui a toujours donné.

Maria est heureuse de retrouver son vieux collègue et de bavarder avec lui. Di Stefano met des gants pour aborder le sujet d'une éventuelle tournée conjointe. Elle commence par lui opposer un refus très ferme. Il lui rétorque qu'elle a tort, qu'elle ne peut rien faire de mieux que remonter sur scène et retravailler sa voix. Il l'aidera. La pression sera minime, puisqu'ils ne chanteront que des duos et tout au plus deux ou trois arias en soliste. Il se montre si persuasif que Maria finit par lui dire *peut-être*. Ils en reparleront à Paris.

Maria rentre à Paris au printemps 1972. Ce projet de tournée lui a redonné du tonus. En outre, elle a trouvé Di Stefano beaucoup plus séduisant que jadis. Elle ne s'est jamais sentie libre d'avoir des liaisons à l'époque de son mariage et a été par la suite d'une fidélité absolue à Onassis. Avec le recul, son attitude lui apparaît sotte. Di Stefano, ayant senti qu'elle était seule et en état de manque, n'a aucun mal à profiter de la situation, d'autant qu'un homme comme lui ne laisse jamais passer une occasion de démontrer qu'il est un grand amant.

Ces master-classes ont permis à Maria de mieux communiquer avec les jeunes, et ses progrès en la matière semblent rejaillir sur Alexandre et Christina (qui entre-temps a épousé Bolker et divorcé dans la foulée), puisqu'ils font alors un effort pour se rapprocher d'elle. Alexandre lui rend visite à plusieurs reprises ; leurs conversations se prolongent tard dans la soirée. Il la respecte de plus en plus. Au début, il la tenait pour responsable du divorce de ses parents. Il a changé d'avis, ses yeux se sont ouverts et il voit leurs rôles respectifs avec davantage de maturité. Il reconnaît que Maria est « une compagne et une adversaire digne » de son père.

Maria encourage ces rencontres. Alexandre est l'être qui compte le plus aux yeux d'Onassis, son unique fils, sa garantie d'immortalité, l'héritier de sa fortune. Onassis ne l'a pourtant compris que lorsque son fils est devenu adulte et qu'ils se sont, sinon séparés, du moins *éloignés,* distance qui le fait beaucoup souffrir. Alexandre lui ressemble un peu, mais il est plus grand, plus mince, et possède des traits plus juvéniles que lui au même âge. Comme Maria, il est myope et porte d'épaisses lunettes d'écailles. « Toi et moi voyons le monde flou, souvent déformé, lui dit-elle un jour. Je comprends comment cela peut affecter ta vie. »

Replié sur lui-même, Alexandre a du mal à communiquer avec ce père grandiloquent. Il aime les avions, le pilotage, les bateaux, la mécanique. La perspective d'hériter de l'empire Onassis le terrifie. Il se sent piégé. Il en veut à son père de continuer à lui verser une allocation extrêmement généreuse, car il occupe à présent un poste de direction chez Olympic Airways pour lequel il devrait, estime-t-il, recevoir un salaire normal. Poussé par sa maîtresse Fiona et encouragé par Maria, il décide de poursuivre ses études universitaires en cachette de son père, afin d'obtenir un diplôme d'ingénieur en astronautique. S'il est très frustré de ne pas être autorisé à piloter des avions commerciaux à cause de ses problèmes de vue, il ne se prive cependant pas de se mettre souvent illégalement aux commandes des appareils privés de son père.

Le lundi 22 janvier 1973 à 15 h 30, Alexandre, en compagnie de ses deux copilotes, décolle pour un aller-retour entre Athènes et plusieurs îles grecques. Quelques secondes plus tard, alors que l'avion s'est à peine élevé d'une trentaine de mètres, il penche brusquement sur la droite et s'écrase au sol où il fait des tonneaux sur plus d'une centaine de mètres. Lorsque les secours arrivent sur place, Alexandre a subi des blessures si graves à la tête qu'on ne l'identifie qu'au monogramme de son mouchoir ensanglanté. Ses compagnons de vol sont eux aussi sérieusement blessés, mais leur vie n'est pas en danger. Après une opération de la dernière chance, pratiquée sur l'ordre d'Onassis par un neurochirurgien de Boston appelé en hâte, il s'avère qu'Alexandre ne survivra pas. Il décède le 23 janvier à 18 h 55, entouré de son père, de Christina, de Jackie et de Fiona.

Inconsolable, Onassis est convaincu que la mort de son fils n'était pas un accident mais l'œuvre de l'un de ses ennemis, qu'il ne peut pas nommer, car il en a accumulé beaucoup au fil des ans. Plus que tout au monde, Maria aimerait être près de son amant pour partager son chagrin, mais elle est indésirable aux funérailles qui ont lieu à Skorpios, où Alexandre est enterré dans la chapelle. Plusieurs mois durant, elle ne verra pas Onassis qui vogue de port en port, arpentant les ponts de son yacht comme le Hollandais volant de Richard Wagner.

Maria souffre aussi du bref regain de tendresse suscité par le décès d'Alexandre entre Onassis et Jackie, qui ne connaît que trop bien la douleur de perdre subitement un être aimé. Il ne faut cependant pas longtemps pour que Jackie s'enfuie à New York où sont scolarisés ses enfants. Une fois de plus, Onassis retrouve les bras de Maria. Elle le réconforte de son mieux, tout en devant faire son propre deuil familial.

En novembre 1972, elle a en effet appris par un coup de fil de sa sœur, qui veille à présent à Athènes sur leur mère, leur père et Alexandra, que George, âgé de quatre-vingt-six ans, était au plus mal. Un mois plus tard, il succombait aux complications d'une pneumonie, sans qu'elle se soit rendue à son chevet. Les journalistes se pressèrent aux humbles obsèques. Jackie leur a raconté que Maria était navrée d'être retenue par un enregistrement, mais la vérité était tout autre.

Maria aurait bien évidemment interrompu son enregistrement pour le décès de son père, mais elle n'a pas supporté la perspective d'être la cible de la presse si elle séjournait à Athènes en même temps que les Onassis, qui s'y trouvaient à l'époque.

Cette décision la hantera pendant des années. Bruna la trouvera un jour dans sa chambre, pleurant devant une photo de son père posée sur ses genoux. « J'ai été une fille en dessous de tout. Je ne me suis même pas rendue à son chevet quand il était mourant. Je sais qu'il me pardonnerait. Mais Dieu ne me pardonnera pas. »

25

Tournée

L'enregistrement que Maria a pris comme prétexte pour ne pas assister aux funérailles de son père s'est déroulé à Londres du 30 novembre au 20 décembre 1972. Il s'agissait de duos de Verdi avec Giuseppe Di Stefano et le London Symphony Orchestra, en prémices à leur tournée prévue pour l'automne 1973. Après avoir écouté le résultat des cinq séances, Maria, effrayée par sa voix creuse, son essoufflement et son fréquent manque de justesse, exige que le disque ne soit pas publié, d'autant que Di Stefano a lui aussi d'énormes problèmes vocaux. Cet unique témoignage de Maria dans le superbe duo d'amour « Io vengo a domandar » de l'acte I de *Don Carlos* a été préservé, mais la bande ne fait que tristement souligner son incapacité à teinter de légèreté et de joie significatives une telle aria comme par le passé. Il est clair qu'elle doit remettre sa voix en forme dans les six mois à venir, sinon la tournée devra être annulée.

Après la mort tragique de son fils, Onassis ne vient plus la voir que rarement. Il ne se remettra jamais vraiment de son immense chagrin. Maria se sent seule et abandonnée. Elle s'en remet à Di Stefano pour la réconforter. Sander Gorlinsky a organisé leur tournée qui débutera en septembre à Londres, au Royal Festival Hall. De là, ils se rendront à Hambourg, Berlin, Düsseldorf, Munich, Francfort et Mannheim, puis à Madrid, Paris et Amsterdam. Les vacances de fin d'année permettront à Maria de se reposer avant les vingt villes américaines et canadiennes prévues ensuite. La tournée s'achèvera par des concerts en Extrême-Orient : Séoul, Tokyo, Osaka, Hiroshima et, pour finir, Sapporo, le 11 novembre.

De par sa simple ampleur, cette tournée aurait épuisé maints chanteurs plus jeunes : vols, décalage horaire et variations climatiques, trente-six villes et trois continents, réceptions et interviews, problèmes d'acoustique différents selon les théâtres, vie à l'hôtel et repas au restaurant, souvent à des heures indues, auxquels viendra s'ajouter l'inévitable pression constituée par l'état de sa voix... À bien des égards, Maria, sur le point de fêter son cinquantième anniversaire, a l'impression d'avoir commis une folie en acceptant un programme si lourd. Mais depuis les cours à Juilliard, son univers s'est rétréci. Sans Onassis, sans sa Voix dont elle parle souvent comme d'un enfant, et sans son public, elle étouffe dans la cage dorée qu'est devenu son appartement parisien.

Sander Gorlinsky détient à présent autant de pouvoir en Europe que Sol Hurok en Amérique. Maria entretient une relation d'amour-haine avec cet homme assez vulgaire, portant des lunettes, un gros cigare perpétuellement coincé dans la bouche, qui évoque les manitous tyranniques des grands studios hollywoodiens. Gorlinsky est cependant capable d'obtenir des cachets très élevés pour ses artistes, parmi lesquels figurent Tebaldi, Gobbi, Noureïev et Callas. Il a réussi à décrocher 15 000 dollars par soirée pour Maria, tous frais payés (voyages en première classe, suite d'hôtel, plus salaire et dépenses de la jeune bonne italienne, Elena, qui l'accompagnera, Bruna et Ferruccio restant à Paris). Elle pourra aussi emmener ses caniches, en Europe tout au moins. Di Stefano ne recevra pour sa part que 5 000 dollars par soirée, et cette différence de traitement le vexe beaucoup.

Maria a-t-elle besoin de cet argent ? Pas vraiment, mais elle se languit de retrouver son public. Et puis elle pourra compter sur Di Stefano. Par le passé, ils ont eu des relations tendues, malgré une attirance physique qu'ils n'ont concrétisée que le jour où il est venu à Paris afin de la convaincre une fois pour toutes d'entreprendre cette tournée avec lui. Maria, depuis toujours incapable de résister aux flatteries, a succombé aux avances de ce flagorneur-né. Elle ne l'aime en aucun cas comme elle aime Onassis, mais la grande virilité du ténor lui redonne l'impression d'être une femme désirable.

Deux pianistes, le jeune et talentueux Robert Sutherland et le célèbre octogénaire Ivor Newton, seront aussi de la tournée. Di Stefano a convaincu Maria qu'ils seraient mieux servis, et à moindres frais, s'ils étaient accompagnés par un pianiste au lieu d'un orchestre. Comme cela, ils ne seront liés ni à un programme ni à une tonalité donnés. Il a fallu engager Sutherland parce que Newton, qui a accompagné des cantatrices légendaires comme Melba, Flagstad et Lehman, a du mal à se faire assurer, en raison de sa santé délicate. Sutherland travaillera avec Maria et Di Stefano aux répétitions, et pourra remplacer le vieux pianiste si ce dernier est trop fatigué pour jouer.

Sutherland arrive à Paris au mois d'août, par une terrible vague de chaleur, afin de commencer les répétitions dans la salle de musique de l'avenue Georges-Mandel. L'accueil gracieux de Maria l'impressionne : « des boissons revigorantes à peine arrivé, des jus de fruits frais dans du cristal taillé et mon thé *[concession à ses goûts anglais]* dans de la belle porcelaine blanche, avec des serviettes de linon. Dès que nous avons fini nos rafraîchissements, Di Stefano s'est levé et a annoncé *Faust.* Ivor a tenu à ce que j'accompagne ce morceau truffé d'embûches. Je savais que d'une certaine façon, j'étais mis à l'épreuve. Nous avons parcouru une série de duos, tous choisis par Di Stefano. Callas le laissait faire, se satisfaisant d'approuver ses choix. » Sutherland remarque au passage qu'une photo du ténor trône sur le piano.

Une heure plus tard, Maria s'esquive, tandis que Di Stefano leur annonce qu'ils ont l'intention d'aller se reposer à San Remo, où il possède une villa, pour fuir la canicule parisienne. Ivor Newton lui demande quand ils comptent partir et Di Stefano lui répond : « Tout de suite. Nous attendons la voiture. »

Maria réapparaît quelques instants plus tard, chapeautée. Ils s'en vont, Di Stefano au volant de la Mercedes de Maria.

Sutherland doute qu'ils se rendent à San Remo, à plus d'une journée en voiture sur la côte italienne, d'autant qu'ils n'ont apparemment emporté aucun bagage. Deux choses ont cependant été clairement énoncées par Di Stefano : Maria et lui sont « ensemble » et les répétitions sont pour l'instant terminées. Elles commenceront sérieusement trois semaines plus tard, lorsque la vague de chaleur se sera dissipée et que le ténor se sentira d'humeur plus studieuse.

« On ne pouvait trouver deux chanteurs aux méthodes de travail plus opposées, écrit Sutherland. Elle a passé sa carrière en quête de la perfection. Il croyait être né avec... Parfois, il lui donnait des conseils qui aboutissaient à de bons résultats, non sans la harceler et la cajoler et, lorsqu'il perdait patience, c'est-à-dire souvent, l'insulter. Il ne cessait de répéter *"Apri la gola"* (ouvre la gorge)... ce qui déconcertait Maria. Elle ne comprenait pas ce qu'il voulait. "Regardez-la, me disait-il, la plus grande cantatrice du monde, et elle ne sait même pas ouvrir la gorge !" »

Après quelques scènes de ce genre, Maria, telle une furie d'opéra, s'en prend à son partenaire. Il rabaisse son caquet, prend des gants – temporairement – et lui manifeste « courtoisie et respect ». Mais elle s'est sentie rabaissée et en a été profondément affectée. Elle développe un petit rire nerveux. Elle apprend, nouvelle contrariété, que quelques jours après leur apparition au Royal Festival Hall, Renata Tebaldi et Franco Corelli se produiront à l'Albert Hall dans un programme calqué sur le leur, également organisé par Sander Gorlinsky. Elle se sait incapable de supporter le genre de pression engendrée par les inévitables comparaisons. Elle en veut terriblement à Gorlinsky et le lendemain matin, confie à Sutherland qu'elle a pleuré toute la nuit. Elle se sent trahie et parle d'engager un autre agent. Mais à ce stade des négociations, c'est évidemment impossible. Pour finir, elle convainc Gorlinsky de repousser le concert du Festival Hall *après* la partie allemande de sa propre tournée. Comme cela, son récital et celui de Tebaldi seront plus éloignés l'un de l'autre et elle aura un mois supplémentaire avant Londres pour travailler sa voix qu'elle n'estime pas encore à la hauteur.

Durant ces mois de répétitions, elle passe de « la petite fille vulnérable » à la grande diva hautaine. Elle s'appuie beaucoup sur le calme, le sourire discret et la sympathie de Robert Sutherland pour surmonter les écueils. Elle passe des après-midi entiers avec lui dans la salle de musique, à écouter des enregistrements pirates de ses apparitions sur scène. « Est-ce que vous trouvez que j'ai bien chanté ce soir-là ? », lui demande-t-elle, plus chatte que tigresse.

Les répétitions continuent à Milan, dans l'appartement où les Di Stefano vivent avec leurs trois enfants. La jalousie de l'épouse du ténor et le piano désaccordé rendent l'atmosphère irrespirable. « Maria avait passé deux étés avec les *[Di Stefano]* à Milan et dans leur appartement de San Remo, raconte Sutherland. Lorsqu'elle n'était pas chez eux, Di Stefano "travaillait" chez elle à Paris... Sa famille le voyait de moins en moins et leur ressentiment grandissait, du fait de la maladie de sa fille. »

Cette situation déplorable voit Maria se conduire de manière, au mieux irréfléchie, au pire cruelle. Mme Di Stefano a depuis bien longtemps accepté le traitement que lui inflige son mari. Mais au moment où Luisa souffre d'un cancer incurable, l'intrusion dans leur vie de la maîtresse de son mari constitue un fardeau supplémentaire trop lourd à supporter. Maria fait preuve d'un égocentrisme obsessionnel. Son statut de grande artiste ne l'exempte pas par ailleurs de ses responsabilités. Au cours de sa vie, tout a tourné autour d'elle. Sa mère l'a aidée à se focaliser très jeune sur elle-même. Ensuite, son combat pour atteindre la célébrité, puis sa lutte pour conserver sa position ont complètement rétréci sa vision des choses. Exception faite d'Onassis, elle voit les gens en fonction d'elle-même, très rarement dans l'autre sens.

Ce défaut ne l'empêche pas de faire preuve d'une vulnérabilité désarmante, d'une dualité de caractère qui surprend, déconcerte et émeut. Alors qu'elle n'a jamais pris ses domestiques de haut et qu'elle a toujours demandé pour eux des conditions de déplacement égales aux siennes, elle ne songe que rarement au bien-être de sa sœur. Malgré la silhouette de sylphide qu'elle arbore depuis quinze ans, elle ne s'est jamais départie du sentiment d'être la grosse Maria pataude de sa jeunesse et de son enfance. « Regardez-moi ces jambes ! se lamente-t-elle parfois. Elles sont aussi laides que celles d'un piano. » Elle est sa plus dure critique et se sent obligée de prouver qu'elle peut réaliser l'impossible. Sa voix est à ses yeux un don de Dieu, qu'elle ne doit pas désacraliser. Sans adhérer vraiment à aucune religion, elle est profondément croyante et se réfère souvent à Dieu dans sa conversation et son courrier. Elle croit aux principes de la religion grecque orthodoxe dans laquelle elle a été élevée et vers laquelle elle s'est de nouveau tournée après son divorce d'avec Meneghini.

Elle a l'impression d'avoir été trahie toute sa vie : par sa mère, son mari, Onassis qu'elle ne peut cependant s'empêcher d'aimer toujours, le monde de l'opéra, ses agents, les foules qui l'ovationnent un jour et la sifflent le lendemain. À chaque coup dur, elle s'écrie : « Mon Dieu, qu'ai-je fait pour mériter cela[1] ? », incapable la plupart du temps de voir qu'elle est seule responsable.

Le 24 octobre, veille de la première, tous les participants de la tournée se retrouvent à l'hôtel Plaza de Hambourg. Maria et Elena – chargée de sa boîte à bijoux – partagent avec les Di Stefano un appartement qui comprend deux suites reliées par un très vaste salon. Gorlinsky, qui n'a pas oublié de se munir d'une large provision de whisky écossais et de cigares Havane, occupe une suite beaucoup moins prestigieuse quelques étages plus bas. Newton et Sutherland sont à portée de main. Au cours de la dernière répétition, les deux chanteurs hésitent encore sur leur programme définitif et le concert commence sans qu'ils l'aient fixé. Di Stefano va

1. C'est ce que dit Tosca dans *Vissi d'arte* : « *Perche, perche, signor, perche remuneri cosi.* » (Après tout ce que j'ai fait pour vous, Dieu, pourquoi, pourquoi m'avez-vous si mal récompensée ?)

profiter à plusieurs reprises des applaudissements entre les arias et les duos pour choisir le morceau suivant, ce qui met les nerfs de Newton à rude épreuve.

La couturière préférée de Maria, Mme Biki, a conçu pour elle une merveilleuse collection de toilettes – dans une palette de couleurs inspirées de bijoux : jade, topaze, rubis, bleu saphir et vert olive pâle – dont les étoffes fluides donnent l'impression qu'elle traverse la scène sur un nuage. Pour la première, elle a choisi une robe de soie et de mousseline olive s'arrêtant aux chevilles. Di Stefano ouvre la voie et elle apparaît sous les acclamations de « *Maria ! Brava ! Diva !* », les pans de sa robe aérienne volant dans le dos. Sa splendide chevelure auburn est tirée en chignon et elle porte aux oreilles et au cou les perles qu'Onassis lui a offertes pour son quarante-cinquième anniversaire. Rayonnant, Di Stefano la promène d'un côté à l'autre de la scène. Puis ils s'installent au centre et attendent que les applaudissements enthousiastes s'éteignent. Ils présentent un programme entrecoupé de morceaux pour piano seul, qui dure au total environ deux heures[1].

Si le public semble tout simplement content de voir et d'entendre Callas, les critiques européens, tout en ayant la générosité de s'appesantir sur sa grande présence et sa gloire passée, précisent que *cette* Callas n'est pas celle qui a triom-

1. Dans toutes les villes de la tournée, les programmes proposaient une liste de onze arias pour Maria, de huit arias et quatre chansons pour Di Stefano, et de sept duos, dans laquelle les chanteurs pouvaient choisir à volonté. Ils alternaient donc très souvent. Pour Callas : « Pleurez mes yeux » du *Cid*, la « Habanera » de *Carmen*, « Suicido ! » de *La Gioconda*, « L'Altra Notte in fondo al mare » de *Mefistofele*, « Non Pianger » et « Tu che la vanita » de *Don Carlos*, le boléro des *Vêpres siciliennes*, « O mio bambino caro » de *Giani Schicchi*, « Quando m'en vo' » de *La Bohème*, « In quelle trine morbide » et « Sola perduta, abbandonato » de *Manon Lescaut*. Durant la partie nord-américaine de la tournée, Callas ajoute à son répertoire « Voi lo sapete » de *Cavalleria rusticana*, « Vissi d'arte » de *La Tosca*, la scène de la lettre de *Werther* et « Adieu notre petite table » de *Manon*. En définitive, elle ne les chantera pas tous et le public ne savait jamais les arias qu'elle choisirait.

phé sur les plus grandes scènes du monde entier. Maria refuse de se laisser abattre. Elle revit, elle est sur scène et Di Stefano se montre un amant plein d'ardeur. Il lui a même laissé entendre qu'il avait l'intention de divorcer. Il aimerait bien l'épouser, mais le cancer de sa fille l'empêche de rien prévoir pour le moment. Maria refuse de s'engager, mais elle rayonne. On dirait même qu'elle a rajeuni. L'atmosphère va malheureusement dégénérer pendant la partie américaine de la tournée, du fait de la présence de Mme Di Stefano. Lors de leurs déplacements, le ténor monte dans une limousine luxueuse avec Maria, laissant sa femme, de plus en plus exaspérée, les suivre dans un second véhicule plus modeste.

Le premier concert américain a lieu à Philadelphie. « Callas a déployé toutes les qualités d'une superstar, écrit Louis Snyder dans *The Christian Science Monitor.* Silhouette altière, attitude en scène d'un goût impeccable qui pourraient servir en elles-mêmes de leçons à un aspirant interprète. On ne peut malheureusement en dire autant de son partenaire... qui s'est laissé aller à tous les excès vocaux des chanteurs populaires sûrs d'eux et a offert un contraste tarabiscoté avec le maintien et la projection dignes de Callas. » Cette critique ne fait qu'aviver le mécontentement grandissant de Di Stefano.

À New York, Maria et lui disposent de suites différentes à l'hôtel Stanhope, sur la 5e Avenue. La direction a fait installer un piano dans l'appartement de Maria et un beau tapis persan pour étouffer le son. Elena est aussi au Stanhope, tout comme Robert Sutherland qui a remplacé Ivor Newton pour le reste de la tournée, car le vieux musicien ne parvenait pas à s'adapter aux méthodes de travail des deux chanteurs. C'est Sol Hurok qui s'occupe de cette partie de la tournée. Pour fêter le retour de Maria « à la maison », il a organisé un dîner de gala en son honneur. Elle est allée acheter une robe d'organza émeraude au prix astronomique de 4 000 dollars, dont elle a envoyé la facture au bureau d'Hurok. Au dîner, il la complimente sur sa robe. « Je suis heureuse qu'elle vous plaise, lui dit-elle avec un grand sourire, la main sur la sienne. C'est vous qui l'avez payée. »

À New York se trouve également à l'époque une pianiste grecque, Vasso Devetzi, qui a rencontré Callas à Paris l'année précédente et s'est insinuée dans ses bonnes grâces. Devetzi n'a pas eu beaucoup de chance avec sa carrière et reste cantonnée au circuit, très mal payé, des écoles et des clubs. Elle a connu Maria à une époque où celle-ci était très déprimée, entre son retour de Juilliard et la réapparition de Di Stefano : sa meilleure amie Maggie van Zuylen venait en effet de mourir d'une longue maladie et Bruna était en congé, au chevet de sa vieille mère souffrante en Italie.

Vasso semble révérer l'art de Maria et se montre toujours à la fois flatteuse et serviable. Grande, brune, yeux étincelants et langue de vipère, elle a presque le même âge que Maria. Elle a déplu sur-le-champ à Ferruccio. Dès que Maria tourne le dos, elle se montre coupante et autoritaire et semble prendre trop vite ses aises avenue Georges-Mandel. Les domestiques de Maria sont sûrs que cette dernière l'aide financièrement. Vasso est soi-disant à New York pour signer avec un agent. Elle a accompagné Maria lors de l'achat de sa splendide robe pour le dîner de gala et en a profité pour obtenir une invitation et lui emprunter une toilette pour l'occasion. Elle déplaît à Di Stefano qui ne se gêne pas pour le dire à Maria. Ils se disputent à son sujet. De son côté, Maria ne supporte pas la présence de la femme du ténor.

Après la dernière répétition du récital de Carnegie Hall, Maria, Di Stefano et Sutherland projettent une promenade à Central Park en voiture. À la dernière seconde, Mme Di Stefano surgit à la porte des artistes et monte à l'arrière du véhicule avec eux. Di Stefano demande au chauffeur de les ramener à l'hôtel. Plus tard, Maria se plaint à Sutherland que Mme Di Stefano ne la laisse pas en paix, puis elle l'appelle au milieu de la nuit pour lui dire que certaines parties du récital du lendemain l'angoissent. Elle semble vraiment égarée et Sutherland lui demande si elle est seule.

« Bien sûr, il est allé voir cette autre femme *[son épouse]* », répond-elle, avant de lui demander : « Est-ce que ça se passera bien demain ? Est-ce que vous pouvez prier pour moi, Robert ? Priez pour moi, je vous en prie. » Comme son somnifère ne lui fait aucun effet, Maria en reprend plusieurs. Le lendemain à midi, Elena, inquiète de ne pas l'avoir encore vue, la trouve inconsciente dans sa chambre. Terrifiée, elle appelle Di Stefano. Un médecin, le Dr Louis Parrish, parvient à la réveiller, mais elle est incohérente. Il lui donne un émétique, l'oblige à marcher et à boire du café noir. À 15 heures, quoique toujours faible, elle parvient à parler. En présence du médecin et de Sutherland, elle déclare à Di Stefano : « J'ai quelque chose à te dire, mais je ne peux pas. Elena va le faire. »

La jeune Italienne a du mal à s'exprimer et lance des regards affolés à Maria et Di Stefano. « Madame ne peut plus supporter Mme Di Stefano », parvient-elle à dire. Sans rien répondre, le ténor se détourne et sort de la pièce, manifestement bouleversé.

Cette overdose a irrité la gorge de Maria. Le Dr Parrish la traite, sans résultat. Il est 18 heures et Maria ne pourra pas chanter. Une heure plus tard, on affiche au box office que le concert est annulé parce que Callas souffre « d'une inflammation aiguë des voix respiratoires supérieures ». Une porte-parole l'annonce aux personnes déjà rassemblées dans le foyer autour d'un cocktail, leur précisant que le récital est reporté au 5 mars. La majorité des spectateurs, malgré leur déception, ne se formalise pas de cette annulation. Personne ne soupçonne que ce sont les tourments de la jalousie qui ont poussé Maria à prendre trop de somnifères. Pourtant, le *New York Times* titre : « CALLAS : GRIPPE OU MALADIE NERVEUSE ? » Ce malheureux épisode aura néanmoins une conséquence positive, puisque Renata Tebaldi est l'une des premières à l'appeler. Elles vont s'entretenir pendant deux heures et, à défaut de devenir les meilleures amies du monde, oublier à jamais tous leurs différends.

À Boston, étape suivante de la tournée, Mme Di Stefano brille par son absence et le ténor s'alite en raison, selon lui, « d'une grippe imminente ». Très fiévreux, il ne peut pas assurer la représentation. Comme une autre annulation les ruinerait, Maria va devoir chanter seule, épreuve au-dessus de ses forces. Elle pense alors à Vasso Devetzi, toujours à New York, et lui demande de lui rendre le service de jouer des morceaux de piano entre ses arias pour lui permettre de se reposer. La pianiste arrive par le vol suivant.

À en croire Sutherland, Maria va cependant chanter « avec une meilleure maîtrise technique qu'à tous les autres concerts, malgré des notes hautes encore problématiques, mais en trouvant des solutions impromptues pour dissimuler ses faiblesses. C'était une voix à la limite d'un retour sur une scène d'opéra... » Vasso Devetzi, après dix-sept minutes ennuyeuses de Haendel, interprète des œuvres de Schumann et de Chopin.

Dans *The Nation*, Richard Dyer écrit : « Cette soirée m'a surtout ému parce qu'elle était le vrai triomphe humain d'une personnalité artistique, le triomphe d'une volonté, toujours audacieuse et prenant beaucoup de risques pour maîtriser des moyens de plus en plus réfractaires. »

Entre Maria et Di Stefano, les relations sont des plus tendues. « Il m'a de nouveau laissée tomber, dit-elle avant d'entrer sur la scène du Symphony Hall de Boston, au moment où j'ai le plus besoin de lui, sur le territoire des Kennedy. »

Mme Di Stefano réapparaît à Chicago. La voix du ténor baisse et c'est Maria qui tient les concerts. Ils retournent à New York où les attend Sander Gorlinsky. L'imprésario, qui n'a jamais fait dans la dentelle, annonce sans ménagement à Di Stefano : « Je ne peux plus vous trouver d'engagements. Personne ne veut de vous. » Plus tard dans la journée, après avoir envoyé un superbe bouquet de roses à Maria, Sol Hurok meurt d'une crise cardiaque. Maria est effondrée par la disparition de cet homme généreux et gai pour lequel elle éprouvait une vive affection.

Cette tournée se transforme en voyage en enfer. Di Stefano est presque brisé par la succession des événements, les disputes, les pressions, Gorlinsky, les sarcasmes des critiques, alors que Maria semble redoubler d'énergie à chaque nouvelle crise, au point de finir par lui offrir soutien et réconfort. La santé de leur fille se détériorant, Mme Di Stefano est contrainte de regagner l'Italie. Maria donne trois récitals seule, Di Stefano étant aphone. À leur arrivée au Japon, leur liaison appartient au passé et elle a juré qu'elle ne rechanterait plus jamais avec lui.

Le 11 novembre 1974, elle chante bien, devant une salle comble, dans la petite ville de Sapporo. Date fatidique, puisqu'elle marquera la dernière apparition de Maria Callas sur scène. L'accueil est des plus réservés, puisque Maria et Di Stefano n'ont droit qu'à deux rappels. À son retour à l'hôtel, elle trouve un message de Vasso lui demandant de la rappeler à Paris et déclare : « C'est une mauvaise nouvelle, je *le sens.* » Effectivement, Onassis vient d'être hospitalisé à Paris, à l'Hôpital américain, pour une maladie incurable, la myasthénie.

Peu après qu'Onassis eut subi une opération de la vésicule biliaire, en février 1975, le destin voulut que la mère de la pianiste fût elle aussi hospitalisée à l'Hôpital américain, à quelques chambres d'Onassis. De retour à Paris, Maria s'enferme dans son appartement, par crainte d'être absente en cas d'évolution de l'état d'Aristote. Ses liens avec Vasso se resserrent. La pianiste passe tous les soirs chez Maria pour lui donner la moindre bribe d'information qu'elle a pu glaner : le nom des médecins qui ont vu Onassis, celui des personnes qui lui ont rendu visite ce jour-là, un mot de ses infirmières. Comme Christina et Artémis, Jackie va voir son mari tous les jours (alors que leur procédure de divorce est entamée). Elle a donné l'ordre à l'hôpital de ne laisser Maria Callas se rendre au chevet d'Aristote sous aucun prétexte.

Ceux qui ont vu l'armateur rapporteront qu'il n'était plus qu'un squelette, un homme gris et hagard, amaigri de plus de vingt-cinq kilos. Cinq semaines durant, après son opération, il entrera et sortira du coma. Un jour, il dit au Dr Jean Caroli : « Vous connaissez la signification du mot *thanatos* en grec ? La mort. Je ne sortirai pas de cet hôpital vivant. Je veux que vous me donniez *thanatos.* Je ne veux pas souffrir. Je préfère être mort. »

Jackie vit avenue Foch, mais hormis les visites à son époux, elle ne se gêne pas pour sortir tous les soirs, ce qui n'améliore pas l'opinion que se font d'elle Christina et Artémis. Quant à Maria, elle commente avec amertume : « Jackie n'est ici que parce que le monde entier la regarde. »

Finalement, au bout de cinq semaines, la santé d'Onassis semblant s'améliorer un peu, Jackie regagne New York pour être auprès de ses enfants. À la fin de la semaine, elle part skier dans le New Hampshire. L'état d'Onassis décline très vite et on n'arrive pas à la joindre. Le dimanche 9 mars, Artémis appelle Maria tôt le matin pour lui suggérer de venir dire adieu à son amant. On s'arrange pour la faire entrer par une porte de service à l'arrière de l'établissement. Christina et Artémis la laissent seule dans la chambre d'Aristote. Sous tente à oxygène, il est dans le coma. Alors qu'elle évoque leur bonheur passé, elle le voit subitement ouvrir un œil. Il semble la reconnaître. Elle ne peut pas le toucher et ne veut pas que la dernière image qu'il garde d'elle soit celle d'une femme en larmes. « C'est moi, chuchote-t-elle. Maria. Ton canari. »

Il baisse sa paupière. Elle lui murmure qu'elle l'aime et l'aimera toujours. Elle ajoute quelque chose en grec, dont elle ne se souviendra pas. Elle voulait juste souligner leur héritage commun. Puis elle repart par le même chemin dérobé. Le lendemain, en compagnie d'Elena, Bruna, Ferruccio et ses deux caniches, elle s'envole pour la Floride où elle va séjourner dans une villa de Palm Beach, prêtée par des amis. Elle ne veut pas être la proie des paparazzi quand Onassis fermera les yeux pour toujours.

Christina reste au chevet de son père jusqu'à la fin. Il meurt le samedi 15 mars. Vasso apprend la nouvelle à Maria qui répond : « J'ai l'impression d'être veuve. » Devant son chagrin, ses domestiques redoutent qu'elle n'attente à ses jours et se gardent de lui apprendre que Visconti est mort lui aussi, deux jours plus tard. Peu après, la nouvelle du décès de la fille de Di Stefano lui parvient elle aussi.

Maria ne se rend pas aux obsèques d'Onassis à Skorpios, où on l'inhume à côté de son fils[1]. « De quoi aurions-nous l'air, ses deux veuves à côté du cercueil ? », dit-elle à ses domestiques. Elle rentre à Paris au mois de mai. Les marronniers sont en fleurs. Vasso l'accueille et dès lors, ne s'éloignera plus que rarement d'elle.

---

1. Onassis laisse la plus grande partie de ses biens, estimés à plus d'un milliard de dollars, à sa fille Christina, qui a déjà hérité de sa mère, décédée deux ans auparavant dans des circonstances mystérieuses. Jackie et Christina vont se battre pendant dix-huit mois pour la succession. Jackie recevra 125 millions de dollars, Maria, rien, mais Artémis lui envoie plusieurs souvenirs, dont les lettres qu'elle a adressées à son frère.

26

Influences machiavéliques

La nuit terrorise Maria. Elle a le plus grand mal à s'endormir. Le Mandrax qu'elle utilisait n'agit plus. La lumière reste allumée dans plusieurs pièces, pour la rassurer si ses insomnies la poussent à déambuler dans l'appartement. Le poste de télévision de sa chambre reste constamment allumé. Il lui arrive d'appeler un ami au cœur de la nuit, mais tous n'apprécient pas ces intrusions. S'il la voit rarement, Noureïev fait partie de ceux qui l'écoutent avec patience. Elle peut compter sur Zeffirelli, dans la mesure où elle arrive à le joindre. Et puis il y a Vasso, toujours disponible.

La pianiste vit avec un avocat à quelques pâtés de maisons. Maria essaie souvent de nouveaux somnifères que Vasso s'est procurés. Dans l'attente qu'ils fassent effet, elle coupe le son de la télévision. Pendant que les images défilent en silence sur l'écran, elle écoute des bandes pirates de ses concerts, que des admirateurs lui ont souvent fait parvenir. « Si je pouvais encore vivre trois ans avec ma Voix, je serais heureuse », confie-t-elle à plusieurs visiteurs. Mais elle n'a que trop douloureusement conscience que sa compagne l'a à jamais abandonnée.

Certaines nuits, son angoisse est telle qu'elle réveille Bruna pour lui demander de dormir sur le canapé du dressing attenant à sa chambre, dont la porte reste ouverte. La solitude l'effraie autant que les ténèbres. Tous les matins, Vasso arrive vers 10 heures et lui donne des amphétamines pour la réveiller. Ni Bruna, ni Ferruccio n'arrivent à définir la place qu'elle occupe dans la vie de Maria, puisqu'elle n'est ni sa secrétaire, ni une vraie amie. Elle ne rédige pas son courrier et ne répond au téléphone que lorsque Maria lui demande de le faire. Elle a sa propre clé, entre et sort à son gré, regarde de haut les domestiques et leur donne des ordres coupants.

Le compagnon de Vasso, Jean Roire, l'accompagne le plus souvent lorsque Maria est chez le coiffeur, l'une des rares sorties qu'elle effectue encore. Ferruccio dira qu'il l'a vu fouiller dans les papiers de Maria. Frisant la cinquantaine, Roire est un homme calme, mince, légèrement chauve, portant des lunettes à fine monture, toujours tiré à quatre épingles.

Depuis la mort d'Onassis, Maria ne s'intéresse plus que de loin à ses affaires professionnelles. Elle ne chante plus et n'a plus besoin d'un imprésario. Un cabinet d'experts-comptables s'occupe de ses factures et de ses impôts. Elle est très riche, puisque ses avoirs dépassent les 15 millions de dollars. Cet argent provient des royalties de ses disques, mais surtout des investissements qu'elle a effectués sur les conseils d'Onassis. S'y ajoute la sublime collection de bijoux qu'il lui a offerts, peut-être moins voyants que ceux d'Élisabeth Taylor mais provenant tous de joailliers célèbres comme Tiffany, Cartier, Aspree ou Harry Winston.

Plusieurs fois par an, Mme Biki vient de Rome avec son assistant et des rouleaux de tissus. Maria s'est prise de passion pour les caftans de brocart ou de soie brodés exotiques, ces vêtements longs et amples, très théâtraux, parfaits lorsqu'elle reçoit pour le thé ou des cocktails. Elle ne supporte plus les dîners car de nombreux amis l'ennuient ou l'agacent. Elle reproche ainsi à Hélène Rochas d'avoir eu une liaison avec Stavros Niarchos après la mort tragique de Tina. Elle reçoit la visite de son parrain, le Dr Lantzounis. Nadia Stancioff vient la voir de Londres. Di Stefano passe aussi. Il est retourné à Tokyo pour trois *Tosca* avec Montserrat Caballé, mal accueillies par la critique. La photo d'Onassis a remplacé la sienne sur le piano du salon.

De temps à autre, Maria reçoit encore des propositions. « Ils me demandent de chanter *La Veuve joyeuse*, confie-t-elle à Robert Sutherland qui est resté son ami. Quelle indignité ! » Dans *Maria Callas – Journal d'une amitié*, il écrit : « Lors de mes visites à Paris, je craignais de plus en plus ce que j'allais trouver. Maria sombrait dans le pessimisme, voire l'amertume. Elle n'avait plus d'énergie spirituelle... Ses amis l'abandonnaient, las de ses changements d'avis de dernière minute ou de la voix de Bruna qui leur répondait au téléphone que Madame, souffrante, était contrainte d'annuler son rendez-vous à dîner. » Elle a repris du poids, car elle se laisse aller à manger du chocolat et des crèmes glacées. « Elle marchait les épaules voûtées, comme pour se protéger. Ses yeux, que j'avais souvent vus exprimer des sentiments passionnés, avaient un regard lointain, vide et indifférent. »

Les somnifères et les amphétamines fournis par Vasso sont largement responsables de son état. Lorsque Ferruccio en parle à la pianiste, elle lui fait comprendre qu'il se mêle de ce qui ne le regarde pas et lui réplique : « Je lui en donne quand elle m'en demande. »

« *[Maria]* doutait de tout, poursuit Sutherland... Chacune de ses opinions était suivie d'un "Est-ce que j'ai raison ?" Nous écoutions de plus en plus souvent ses enregistrements. »

Vasso s'arrange pour arriver quand Maria a des invités. De l'entrée, elle lance, dans son anglais strident, sans même la regarder : « Tu es belle aujourd'hui, Maria », avant d'aller s'affairer dans son bureau. Elle a compris depuis longtemps que Maria, criblée d'incertitudes, se laisse séduire par la flagornerie.

Après la mort d'Onassis et la perte de sa voix, Maria évoque irrésistiblement la Norma Desmond de *Sunset Boulevard*. La détermination farouche qui l'incitait jadis à avancer l'a désertée. À l'automne 1976, elle envoie un chèque à sa sœur et lui téléphone à Athènes. « Je n'avais pas besoin d'argent, lui dit Jackie.

— C'était juste un cadeau, répond Maria. Tu es la seule famille qui me reste. »

Évangélia vit pourtant toujours, elle aussi, à Athènes. Au mois de septembre, Maria appelle sa sœur en pleine nuit et elles s'entretiennent pendant une heure. « Je ne sors plus beaucoup... » Sa voix s'affaiblit. « Aristote est mort. J'ai envie de mourir aussi. Depuis que j'ai perdu ma voix, j'ai envie de mourir. »

Jackie la réprimande, lui rappelle tout ce qu'elle a donné à son art et peut encore offrir au monde. Pourquoi pas une autre série de master-classes ? Maria rejette l'idée et se contente de rire.

Le 2 décembre 1976, elle a cinquante-trois ans. Elle ne les fête pas, car elle n'a jamais aimé ce genre de célébrations. « Quand j'étais petite, mes anniversaires étaient tristes. Les cadeaux promis n'arrivaient jamais. Je préférais ne rien avoir qu'être déçue. » Ses vieilles blessures ne sont pas guéries. Bruna lui a cependant fait la surprise d'un gâteau et Ferruccio a ouvert une bouteille de champagne. Elle les a embrassés tous les deux et leur a dit : « Vous êtes désormais mes seuls amis. »

Neuf mois plus tard, le matin du 16 septembre, Bruna lui apporte un verre de jus d'orange et ouvre les rideaux. Le soleil inonde la chambre. Maria s'assoit et ses caniches sautent du lit pour suivre Bruna. Cinq minutes plus tard, lorsque Bruna revient avec du café chaud, les chiens sur les talons, elle voit Maria allongée sur le sol à l'entrée de la salle de bains et se précipite vers elle. Maria lui souffle : « *Mi sento male* » (je me sens mal) et tente en vain de se relever. Bruna hurle à Ferruccio de venir.

À eux deux, ils la soulèvent et l'allongent sur le lit. Elle a du mal à respirer et ils sont effrayés par son visage blême, ses lèvres bleues, ses mains glaciales et tremblantes. Pendant que Bruna lui fait avaler une cuillère de café, Ferruccio essaie de demander une ambulance à l'Hôpital américain. La ligne est occupée. Il se rabat sur son propre médecin qui arrive un quart d'heure plus tard. Maria est morte. Ferruccio enferme les chiens qui gémissent plaintivement dans la cuisine. Vasso arrive sur les pas du médecin. Elle appelle « Maria ! » de l'entrée et pénètre dans la chambre, croyant au début que Maria dort encore. Puis elle comprend. Elle reste quelques instants au chevet du corps, puis elle reproche en termes violents à Bruna et Ferruccio de ne pas l'avoir appelée en premier.

« Qui est son plus proche parent ? demande le médecin.

— Elle n'en a pas. Je suis l'exécutrice testamentaire de Mme Callas », répond Vasso d'un ton autoritaire.

La mère et la sœur de Maria sont encore en vie, et aucune preuve n'appuie ses dires mais le médecin la croit. Pendant qu'ils attendent les policiers, Vasso s'entretient avec lui dans le bureau de Maria. Elle ne mentionne pas les fortes doses de médicaments que prenait Maria. Plus tard dans la journée, elle emporte le certificat de décès selon lequel, comme le médecin l'a dit aux officiers de police, Maria est morte d'un arrêt du cœur.

Jackie n'apprend la nouvelle que le lendemain matin par un coup de fil de Jean Roire. Elle est trop bouleversée pour demander à son interlocuteur de préciser son identité. Mais elle lui demande comment Maria est morte. *D'un arrêt du cœur.* Quand auront lieu les funérailles ? *Dans trois jours à Paris.* Évangélia, trop fragile pour supporter le déplacement et l'épreuve des obsèques, n'accompagne pas Jackie qui est parvenue à se procurer la somme nécessaire au voyage. C'est Vasso qui accueille Jackie à l'appartement et l'emmène dans la chambre où Maria est allongée sur son lit. Bruna a procédé à sa toilette mortuaire, l'a coiffée et habillée d'une robe de mousseline grise. Le visage nu, Maria a les mains croisées sur la poitrine.

« Sa beauté m'a beaucoup impressionnée, se souvient Jackie. Je ne comprends pas. Elle n'a jamais été plus belle que dans la mort. » Di Stefano arrive tout de suite après Jackie. Vasso lui fait interdire l'entrée de l'appartement. Elle a pris les choses en main et son attitude dictatoriale incite Jackie à croire qu'elle est l'agent ou l'imprésario de sa sœur. Vasso lui suggère de retourner se reposer à son hôtel où une voiture passera la prendre une heure avant la cérémonie, fixée à 16 h 30 le lendemain. Jackie comprend implicitement que Maria sera enterrée.

L'église orthodoxe grecque de la rue Bizet déborde de fleurs et de couronnes, offertes par Christina et Artémis, les directions de Covent Garden, de la Scala et du Metropolitan House, la famille Churchill, les présidents français et grecs. Un coussin mortuaire de marguerites rouges, oranges et jaunes porte l'inscription « Grace et Rainier ». Sur le cercueil, un simple bouquet rose et blanc de Jackie et de la mère de Maria. Personne n'a envoyé de roses rouges. Vasso s'est arrangée pour placer Jackie tellement à l'écart qu'elle n'a pratiquement aucun contact avec les membres de l'assistance, qui ignorent même que la sœur de Maria est parmi eux.

Quand on soulève le cercueil pour le placer sur le corbillard, un homme à l'écart crie « Bravo Callas ! » et lance des applaudissements, vite repris par la foule. Le corbillard n'emmène pas Maria au cimetière mais au crématorium. La hâte de cette décision, prise par Vasso sans consulter personne, incite à se poser de graves questions. Maria a-t-elle laissé des instructions dans son testament ? Vasso affirme qu'il n'y avait pas de testament, alors qu'il existe bel et bien un brouillon qu'elle n'a jamais signé. Maria n'a d'autre part jamais dit à Bruna et à Ferruccio qu'elle souhaitait être incinérée, pratique ni courante, ni acceptée dans le rite orthodoxe grec. Des rumeurs de suicide vont courir et certains iront jusqu'à parler d'un assassinat. Mais qui aurait pu avoir intérêt à supprimer Maria ?

Les médecins se mettront par la suite d'accord sur le fait qu'elle n'est pas morte d'un arrêt du cœur. Les symptômes de la veille décrits par Bruna et Ferruccio – essoufflement et douleur dorsale – et le récit de son décès indiquent une défaillance pulmonaire. Le médecin conclut à « une embolie remontée des jambes aux poumons par le système sanguin qui a bloqué l'artère pulmonaire ». Maria prenait des pilules pour dormir, des pilules pour se réveiller. Elle était déprimée et sa tension était basse. Toutes ces conditions, inactivité, beaucoup de repos au lit, manque d'exercice, médicaments, causent en général les embolies pulmonaires[1].

1. Ce diagnostic est dû au Dr Andreas Stathopoulos, qui a épousé Jackie en 1994 et a enquêté à la demande de cette dernière.

Ces conclusions paraissent logiques et crédibles, même si ces symptômes, selon d'autres médecins, peuvent indiquer une thrombose coronaire ou un arrêt cardio-vasculaire provoqué par un caillot sanguin allant directement au cœur. Comme Vasso s'est arrangée de son propre chef pour faire incinérer rapidement le corps, sans demander d'autopsie ni d'enquête, personne ne connaîtra jamais la vérité. Cette décision éveille bien entendu des soupçons à l'égard de la pianiste.

Ses intentions, habiles, machiavéliques et parfaitement menées, ne laissent pas de place au doute : Vasso Devetzi voulait l'argent de Maria et va presque réussir à se l'approprier entièrement. Le brouillon de testament introuvable faisait de Bruna et de Ferruccio ses héritiers principaux. Vasso sait qu'en l'absence d'un testament, la sœur et la mère de Maria pourront, selon la loi française, réclamer l'héritage. Avant le départ de Jackie pour Athènes, elle l'assure qu'en « qualité de meilleure amie de Maria », elle fera tout pour que sa famille hérite et qu'elle « les guidera dans les dédales compliqués de la loi et des affaires françaises ».

Un petit grain de sable dans son plan bien huilé va la pousser à agir en hâte : la réapparition subite de Battista Meneghini, deux jours avant les funérailles, accompagné d'un avocat italien muni de documents certifiant que, comme leur divorce n'a pas été reconnu en Italie, il demeure le mari de Maria et par conséquent son unique héritier.

Maria vivait en France et avait la nationalité grecque. Si Meneghini veut obtenir gain de cause, il lui faudra aller devant un tribunal français, ce qui lui sera pénible (il ne parle pas français) et lui reviendra très cher. Vasso, de son côté, veut à tout prix éviter cette confrontation, car on découvrira qu'elle n'est nullement habilitée à agir comme elle le fait. Elle propose donc un compromis à Meneghini : s'il renonce à ses prétentions, il recevra la moitié des biens de Maria et du montant de la vente de l'appartement. Le reste, à l'exception des royalties de Maria « et de petits dons personnels qu'elle sait que Maria aurait aimé faire », ira à une Fondation Maria Callas, destinée à encourager de jeunes chanteurs et musiciens et à leur donner des bourses. Apprenant le montant des biens, Meneghini se laisse manipuler.

À présent âgé de plus de quatre-vingts ans, il signe les documents que lui présente Vasso et qui sont légalement enregistrés. Il va hériter d'une somme dépassant ses rêves les plus fous et couvrir de bijoux – au compte-gouttes pour être sûr de la retenir – Emma Roverselli-Brutti[1], la femme beaucoup plus jeune que lui qui partage sa vie.

Experte en escroquerie, Vasso est capable de dissimuler sa sournoiserie sous un comportement distingué. Dès qu'elle s'est immiscée dans la vie de Maria, elle a acquis du vernis et de la prestance. Elle *avait l'air* d'une femme à qui Maria aurait pu confier ses affaires en toute confiance. En fait, Maria l'avait autorisée à effectuer des transactions bancaires en son nom et à signer des chèques à sa place dans ses boutiques favorites. De nombreuses raisons incitent à penser qu'elle n'a pourtant jamais été totalement séduite par elle, mais que l'éloignement de ses vieux amis, sa névrose grandissante, son isolement et sa solitude de plus en plus marqués l'ont placée sous sa coupe.

Sutherland se souviendra que, lors de l'une des dernières visites qu'il a rendues à Maria, cette dernière, pendant que Vasso avait le dos tourné, a « levé les yeux au ciel et haussé les épaules », en chuchotant « elle me tient compagnie ».

---

1. Dans ses mémoires, Meneghini prétend qu'il n'a voulu aucun des objets offerts à Maria par Onassis. C'est faux. On a vu Mme Roverselli-Brutti (officiellement sa « dame de compagnie ») porter des bagues de Maria. De plus, la plus grande partie de la fortune de Maria provenait d'investissements faits en son nom par Onassis. Lors de leur séparation, Meneghini s'était emparé de presque tout ce qu'elle avait gagné jusque-là. Elle n'avait eu droit qu'à 75 000 dollars et une partie des objets de leur appartement milanais. À sa mort, en 1986, Meneghini léguera la plus grande partie de ses biens à Mme Roverselli-Brutti, laquelle vendra très vite presque toutes les possessions de Callas à un collectionneur, Ilario Thomassia, et à des fonds italiens privés. Les 2 et 3 décembre 2000, ces objets, additionnés de ceux que Jackie Callas avait cédés à un journaliste grec, Nicolas Petsalis-Diomidis, ont été vendus aux enchères à New York.

Au téléphone, Vasso propose à Jackie de revenir à Paris à ses frais, « au cas où Meneghini déciderait quand même de faire un procès ». De peur de perdre sa part d'héritage, Évangélia, qui pleure Maria comme si elles avaient entretenu des relations idylliques toute leur vie – elle écrit un poème évoquant le « petit oiseau qui l'a laissée seule dans la nuit » – incite Jackie à accepter.

Jackie, représentée par un avocat choisi par Vasso et munie d'une lettre notariée l'autorisant à agir au nom de sa mère, rencontre à deux reprises Meneghini, qui ne lui plaît pas davantage que vingt-neuf ans plus tôt. Il s'agit de s'assurer qu'il ne reviendra pas sur son accord et qu'il ne contestera pas qu'Évangélia Callas est légalement l'héritière de la moitié des biens de sa fille[1].

Plus tard, Jackie demande à Vasso si Bruna et Ferruccio sont toujours salariés. Après avoir essayé d'esquiver le sujet, Vasso réplique qu'ils n'ont jamais reçu de salaire, que Maria les a nourris et logés pendant vingt-sept ans et qu'elle se contentait d'envoyer régulièrement de petites sommes à leurs familles. Jackie décide que sa sœur aurait voulu récompenser leur fidélité et parvient à convaincre Vasso, qui s'y oppose fermement, à leur verser à chacun 100 000 dollars, bien loin des millions qu'ils auraient reçus si les souhaits de Maria avaient été exaucés. Bruna emmènera aussi les caniches dans son village italien. C'est à ce moment que Vasso informe Jackie que sa sœur voulait créer une fondation pour les jeunes chanteurs. Elle la presse de lui léguer tout son argent par testament – au cas où elle décéderait. Argent qu'elle se chargera de mettre sur le compte de ladite fondation, qui n'est pas encore créée.

---

1. Ironiquement, Jackie Callas aurait appris, si elle avait été bien conseillée, que Meneghini n'avait aucun droit sur la succession de sa sœur, car Maria avait renoncé à sa citoyenneté américaine pour devenir grecque. N'ayant pas épousé Meneghini selon les rites grecs orthodoxes, elle n'était pas légalement sa femme. Si la succession avait été réglée devant un tribunal grec, Évangélia Callas aurait hérité, en l'absence d'un testament, de la totalité de la fortune de sa fille.

Vasso et Jackie se donnent rendez-vous quatre mois plus tard à Paris « pour partager équitablement le mobilier de l'appartement ». Le reste sera mis aux enchères et les profits partagés entre Meneghini et Mme Callas mère. Vasso, qui a ouvert un compte en Suisse, se décide à louer un petit local à Genève à l'enseigne de « Fondation Maria Callas ».

Le 6 janvier 1978, Jackie revient à Paris comme convenu. Un huissier a enlevé les scellés de l'appartement[1]. Meneghini et Signora Roverselli-Brutti sont déjà occupés à fouiller les armoires et les tiroirs. À la nuit tombée, tout est terminé. Les objets récupérés par Meneghini ont été placés dans des dizaines de boîtes, soigneusement entassées le long d'un mur du salon et de l'entrée. Ceux choisis par Jackie, laquelle a passé en revue avec beaucoup d'émotion les affaires les plus intimes de sa sœur, lettres, parfums, lingerie, vêtements, sont empilés en vrac sur les tables de la cuisine et de la salle à manger. Vasso lui a dit d'emporter à Athènes ceux auxquels elle tient. Les autres serviront à une exposition.

Vu la façon dont sa mère et Milton Embiricos l'ont manipulée par le passé, on ne peut guère s'étonner que Jackie se soit laissé berner de la sorte. Bonne de nature, elle a bien meilleur caractère que sa sœur, manque totalement d'assurance et ne rêve pas de posséder ce dont elle a été privée. Jackie est une femme humble, se satisfaisant d'une vie modeste. Vasso a tout de suite senti le parti qu'elle pouvait tirer de sa vulnérabilité et Jackie, de même qu'elle a été incapable de résister à sa mère, ne s'oppose pas à la pianiste et accepte d'établir un testament au bénéfice de la Fondation Maria Callas.

La vente aux enchères des biens restants se tient au mois de juin dans l'appartement de Maria. Meneghini rachète les objets que Maria aurait, à l'entendre, emportés en le quittant.

---

1. Ferruccio dira que, pendant les trois journées précédant les funérailles de Maria, Vasso est venue à plusieurs reprises à l'appartement, d'où elle est repartie avec un grand nombre d'objets des collections de Maria : boîtes en porcelaine de Limoges et de Sèvres, émaux orientaux, cadres sertis de pierreries de chez Cartier et petites horloges. Bruna et lui se sont aperçus qu'ils avaient disparu. Ces objets de valeur n'ont jamais été retrouvés.

Il n'a pas à les payer, puisque les bénéfices de la vente sont partagés entre les deux héritiers. Vasso s'est également organisée avec Jackie (qui s'occupe des affaires de sa mère) pour lui envoyer des chèques destinés à la Fondation Maria Callas au fur et à mesure qu'ils arrivent à échéance, afin qu'elle les signe et les lui renvoie. La pianiste va effectivement envoyer de temps en temps des chèques en Grèce, jamais très élevés, mais qui font passer sous les yeux de la mère et de la fille davantage d'argent qu'elles n'en ont vu de toute leur vie. Jackie écrit dans ses mémoires que le premier chèque qu'elle a renvoyé signé à Vasso s'élevait à 300 000 dollars.

Évangélia décide alors de venir terminer ses jours à Paris où elle pourra interpréter le rôle de la mère de la grande diva. Vasso, après avoir essayé d'en dissuader Jackie, prend les choses en main. Elle leur trouve un logement à Neuilly qu'elle meuble avec du mobilier de l'appartement de Maria – subitement réapparu, dont le piano et une très belle commode. Elle engage aussi pour elles une bonne portugaise.

À Noël, on apprend que les cendres de Maria ont disparu du cimetière du Père-Lachaise. Évangélia s'empresse d'accuser son ex-gendre mais l'urne est retrouvée le jour même dans une autre partie du cimetière. Il ne s'agissait manifestement que d'une plaisanterie macabre. Vasso décide alors de disperser les cendres de Maria dans la mer Égée qu'elle aimait tant.

Le gouvernement grec, trop heureux de ramener sa célèbre diva dans son pays natal, l'aide à organiser une cérémonie à bord d'un bateau, à laquelle ne peut assister Évangélia, trop souffrante. Jackie sera bien là, mais Vasso, *deus ex machina*, s'arrange encore une fois pour la maintenir à l'écart. Bruna et Ferruccio sont également à bord du destroyer loué pour l'occasion. Au moment de la dispersion des cendres au-dessus la mer, une bourrasque se lève et les renvoie vers les personnes présentes. Jackie en reçoit en plein visage, moment atroce qu'elle n'oubliera jamais.

Vasso explique alors à Jackie que son travail pour la Fondation l'a contrainte à « abandonner sa carrière de pianiste internationale » et qu'elle est complètement démunie. Il doit bien exister un moyen de lui verser un traitement confortable, afin qu'elle puisse poursuivre le vœu de Maria. Une fois de plus, Jackie, qui n'éprouve que de la compassion à l'égard de cette femme si serviable, ne la questionne pas une seconde. La boîte à bijoux de Maria est sortie de son coffre et une bonne partie des précieux présents d'Onassis remis à Vasso, afin qu'elle les vende pour son propre compte[1].

Évangélia Callas va mourir à Athènes, où elle est retournée avec Jackie en 1982. Jackie continuera de se faire duper pendant plusieurs années par Vasso et ne réalisera l'arnaque qu'en 1985, lorsqu'elle épousera le Dr Andreas Stathopoulos. La Fondation Maria Callas n'était qu'une devanture. On ne retrouvera pas trace de l'argent subtilisé et, lorsque des preuves suffisantes seront réunies pour amener l'affaire devant un tribunal, Vasso Devetzi sera morte d'un cancer, emportant ses secrets dans la tombe.

Callas fut un phénomène créé par sa propre volonté, une étoile qui brillera éternellement au firmament du monde lyrique. Sa carrière, malgré sa brièveté, a cependant laissé une empreinte indélébile. À travers les héroïnes vibrantes auxquelles son génie donnait vie, elle a établi un lien affectif sans pareil avec son public. D'autres cantatrices du XXe siècle ont peut-être eu des voix plus parfaites, mais aucune n'a parlé aux mélomanes comme la sienne, aucune ne les a si profondément remués. Elle a participé à la révolution de l'opéra, car son perfectionnisme, qui la poussait sans relâche à aller au cœur de son art, lui a permis d'en révéler le sens le plus profond. Écouter Callas aujourd'hui, c'est ouvrir une fenêtre et laisser la vie pénétrer dans la pièce. La vie a ses nombreuses imperfections, tout comme Maria. Mais la vie perdure, tout comme Callas, unique, à jamais prima donna *assoluta.*

---

1. Entre 1978 et 1980, 1 570 000 dollars seront versés à Devetzi et à sa fausse fondation. « Pour moi qui avais toujours gratté et économisé, écrira Jackie Callas, de pareilles sommes d'argent ne signifiaient rien. »

Crédits photo

Page 1 : Évangélia et George Callas avec leurs filles, circa 1924 (*Museum of the City of New York*). Maria en uniforme de girl-scout lors d'une fête scolaire (*Museum of the City of New York*).

Page 2 : 1953 : débuts italiens aux Arènes de Vérone dans *La Gioconda*, avec l'autorisation des Arènes de Vérone (*Rex Features*). En compagnie de Tullio Serafin (avec l'autorisation des Arènes de Vérone).

Page 3 : Avant le début de son régime (*Popperfoto*). La nouvelle Callas sort de sa chrysalide (*Rex Features*). Avec Meneghini dans leur appartement de Vérone (*Rex Features*).

Page 4 : Pose dans l'appartement de Vérone (*Popperfoto*). 1954 : débuts américains à Chicago dans *Norma* (*Popperfoto*). Devant la coiffeuse de sa loge (*Camera Press*).

Page 5 : Explosion de rage (*Popperfoto*). Caricature de Maria publiée dans le *Chicago Tribune* (*Mary Evans Picture Library*). Maria demande à la presse de ne plus l'importuner (*Camera Press*).

Page 6 : Avec Luchino Visconti (*Photofest*). En compagnie de la célèbre chroniqueuse Elsa Maxwell (*Camera Press*).

Page 7 : Son mariage avec Meneghini commence à battre de l'aile (*Popperfoto*). Avec Michel Glotz (*Performing Arts Library*).

Page 8 : Maria, Meneghini et Onassis (*Camera Press)*. À Venise, avant la première croisière des amants sur le *Christina* (*Camera Press)*.

Page 9 : Dîner en ville avec Onassis (*Rex Features*). Avec Rudolf Bing, directeur du Metropolitan Opera *(DR)*. Onassis baise la main de la princesse Grace de Monaco (*Camera Press*).

Page 10 : Conférence de presse de Maria le jour de son divorce d'avec Meneghini (*Performance Arts Library)*. Les deux rivales, Callas et Tebaldi (*Photofest*).

Page 11 : Maria accueillie à Dallas par Lawrence Kelly (*Andrew Hanson*). Franco Zeffirelli (*Andrew Hanson*).

Page 12 : Onassis avec Jackie Kennedy, la veuve du président (*Photofest*). Maria après le mariage d'Onassis et de Jackie Kennedy (*Camera Press*).

Page 13 : 1970 : Maria rend visite en secret à Onassis en Grèce (*Photofest*). Maria et Franco Rossellini sur le tournage de *Médée* (*Photofest*).

Page 14 : Avec Giuseppe di Stefano (*Camera Press). Standing ovation* du public de Dallas (*Photofest*).

Page 15 : Vasso Devetzi avec l'urne contenant les cendres de Maria (*collection privée*). À bord du navire d'où ses cendres vont être dispersées (*collection privée*).

Page 16 : Maria *(DR)*.

Index

Remerciements

J'ai entrepris des études supérieures de musique, choix audacieux de ma part puisque je n'avais pour cet art aucun don particulier susceptible de me permettre d'y faire carrière, même si je nourrissais le rêve de devenir compositeur. L'écrit l'a finalement emporté : l'amour des lettres et le besoin de me réaliser pleinement dans un mode d'expression m'ont conduite à bifurquer, avec joie et succès, sur ce chemin. Ma passion pour l'opéra et les chanteurs qui le faisaient vivre pour moi n'en a pas été tarie pour autant et la musique continue souvent de m'apporter un réconfort.

Je possédais beaucoup de disques de Callas, mais je ne l'ai vue sur scène pour la première fois qu'en 1964 à Covent Garden, dans le rôle de Tosca. Elle m'a stupéfiée. Non seulement elle était habitée par la musique, mais elle comprenait les paroles et le caractère de son personnage. Callas ne possédait peut-être pas la voix la plus pure du XXe siècle, mais elle en a été la reine du *bel canto.* Elle a à jamais révolutionné la manière de chanter l'opéra. Sa disparition précoce, au sein d'une telle controverse, revêt un caractère tragique, d'autant qu'il ne nous reste pratiquement aucun témoignage visuel de sa présence en scène. De plus, aucun opéra n'a été composé pour elle.

Sa vie elle-même présenta toutes les caractéristiques d'un opéra grandiose et passionné. Par-dessus tout, Callas était une femme de chair et de sang. Fascinante, audacieuse, cette Cendrillon, par le truchement de sa volonté, s'est muée en bonne fée. J'ai essayé dans cet ouvrage de lui donner vie et je voudrais remercier tous ceux qui m'ont aidée dans cette entreprise, car un biographe ne travaille pas seul. Au fil des pages, j'ai cité un grand nombre des personnes compétentes et consciencieuses qui m'ont guidée. Il serait néanmoins ingrat de ma part de ne pas dire ici tout ce que je dois, comme tous les amoureux de la musique à travers le monde, aux ouvrages de feu John Ardoin sur Maria Callas.

Je remercie tout particulièrement Robert Sutherland, l'excellent accompagnateur de Maria Callas, et la centaine de ses amis et collaborateurs qui l'ont connue à Athènes, New York, Vérone, Rome, Milan et Dallas. Leurs souvenirs encore vivants m'ont beaucoup appris. J'ai bénéficié de l'aide inestimable de membres érudits du personnel de la Bibliothèque britannique, de la Bibliothèque publique de New York, de la Bibliothèque du Lincoln Center, du Musée de la radiodiffusion de New York, ainsi que d'archivistes du Metropolitan Opera et de Covent Garden.

Merci aussi à Ion Trewin, mon éditeur anglais, pour son enthousiasme, ainsi qu'à Hope Dellon et Sally Richardson aux États-Unis. À mon agent, Mitch Douglas, dont l'intérêt n'a pas faibli et dont la riche collection personnelle de disques m'a permis d'écouter aussi bien des interviews que des interprétations extraordinaires de Maria Callas. Toute ma gratitude va à Terence McCarthy, dont l'aide s'est révélée aussi indispensable pour mes recherches sur ce livre que pour les précédents.

Mon mari, Stephen Citron, s'est fait un nom dans le domaine des biographies musicales. Fin musicien et amoureux depuis toujours de l'opéra, il possède des connaissances encyclopédiques en la matière, qu'il m'a volontiers communiquées et dont je mesure l'inestimable portée. Personne ne m'a plus ardemment encouragée que lui.

Table

7731

Achevé d'imprimer en France (Malesherbes)
par Maury-Eurolivres
le 2 août 2007.
Dépôt légal août 2007. ISBN 9782290337776
1er dépôt légal dans la collection : juillet 2005

Éditions J'ai lu
87, quai Panhard-et-Levassor, 75013 Paris
Diffusion France et étranger : Flammarion